KB263970

중학생이 보는
페스트

알베르 카뮈 지음 | **김동호·김선** 옮김
성낙수(한국교원대 교수) · **오은주**(서울여고 교사) · **김선화**(홍천여고 교사) 엮음

좋은 책 좋은 독자를 만드는 —
(주)신원문화사

　더 이상 언급할 필요도 없지만 요즘은 독서의 중요성이 더욱 강조되는 시대입니다. 첨단과학으로 이루어진 대중매체 덕분에 눈으로 읽는 것보다는 말초신경을 자극하는 동영상 쪽으로 관심이 모아지는 데 대한 우려 때문일 것입니다. 꿈과 희망을 가지고 자라나는 학생들에게는 올바른 사고력과 분별력을 키워 주어야 합니다. 그런 점에서 다른 사람들의 생각과 철학, 인생관과 세계관이 들어 있는 명작들을 많이 읽는 것이야말로 바람직한 학습 효과를 거둘 수 있는 지름길이라 생각합니다.

　명작은 오랜 세월에 걸쳐 많은 사람들이 읽고 크게 감동을 받은 인정된 작품들로서, 청소년들의 삶에 지침이 되어 주고 인생관에 변화를 주게 될 것입니다.

　이번에 중학생들에게 꼭 읽히고 싶은 명작들을 선정하여, 작품을 바르게 감상하고 독후감을 쓰는 데 도움을 주고자 이 시리즈를 기획하게 되었습니다. 작품들은 동서고금에 걸쳐 객관적으로 인정받은, 훌륭한 대상만을 선정하였습니다. 그리고 책의 구성을 다음과 같이 하여, 읽고 쓰는 데 도움이 되도록 하였습니다.

하나, 삶에 대한 지혜와 용기를 주고 중학생이라면 꼭 읽어야 할 명작만을 골랐습니다.

둘, 명작을 읽고 난 후의 솔직한 느낌을 논리적 · 체계적으로 쓸 수 있도록 중학생들의 독후감 작성에 따르는 부담을 덜어 주도록 구성하였습니다.

셋, 작품 알고 들어가기, 내용 훑어보기, 작품 분석하기, 등장인물 알기를 통해 작품을 분석하는 힘을 기를 수 있도록 하였습니다.

넷, 작가 들여다보기, 시대와 연관 짓기, 작품 토론하기 등을 통해 작가의 일생을 알고 시대의 흐름을 파악하여 상상력과 창의력을 키워 주도록 하였습니다.

다섯, 독후감 예시하기와 독후감 제대로 쓰기에서는 책을 읽는 방법과 독후감 모범답안 실례를 제시함으로써 문장력을 길러 주는 한편 독후감 쓰기의 충실한 길라잡이가 되도록 했습니다.

아무쪼록 이 책들이 중학생들의 학습 능력 향상에 큰 도움이 되길 빌어 마지 않습니다.

엮은이 성 낙 수

차 례

작품 알고 들어가기 6

■

제1부 10

■

제2부 81

■

제3부 198

■

제4부 221

■

제5부 319

■

독후감 길라잡이 369

■

독후감 제대로 쓰기 397

작품 알고 들어가기

알베르 카뮈는 〈이방인〉, 〈칼리굴라〉, 〈시지프스의 신화〉, 〈페스트〉 등의 걸출한 작품을 연달아 내놓았던 프랑스의 대표 작가입니다. 카뮈는 소설가이기에 앞서 뛰어난 철학자이자 시대를 거스르는 사상가이기도 했는데요. 전쟁과 사형제도에 반기를 들고 반전, 인권 운동을 하는가 하면, 공산당 활동에 매진하기도 합니다. 그 과정에서 카뮈는 사람들의 비난을 받기도 했지요. 특히 철학적 입장을 함께했던 사르트르와는 등을 돌리기도 합니다. 그러나 카뮈가 이렇게 자기 자신에게 많은 불이익이 온다 할지라도 고집스러운 성격을 지킨 이유가 있었습니다. 그는 부조리한 사회에 결코 굴하려 하지 않았습니다. 그의 이런 생각들은 그의 작품들에도 고스란히 녹아 있습니다. 다소 극단적이긴 해도 열정적인 카뮈의 철학에 결국 많은 사람은 매료됩니다. 인간의 존재를 깊이 탐구해 이를 소설로 옮기는 실존주의 철학 소설의 대가라는 평가를 들으며, 1957년 40대의 젊은 나이로 노벨 문학상을 수상하기도 합니다.

〈페스트〉는 전염병이 퍼진 작은 도시의 다양한 인물 군상의 생각들을 세밀하게 묘사한 작품입니다. 작품의 배경인 20세기 중반에는 페스트가 창궐한 시기는 아니었지요. 그럼에도 카뮈가 작품 속에서 페스트를 퍼뜨렸던 이유는 무엇이었을까요? 이는 전염병에 대한 단순한 대중의 공포심과 그 극복이 아니라 전염병으로 생겨난 부조리한 사회 현실에 대해서 고발하려는 것을 목적으로 했기 때문입니다. 실제로 〈페스트〉는 페스트로 인한 민중의 고통이 아니라 페스트가 창궐한 마을을 봉쇄하려는 부조리한 권력에 대한 인물들의 저항에 초점이 맞춰져 있어요. 카뮈는 사람을 48시간 만에 죽일 수 있는 역병보다도 민중을 억압하는 사회가 더욱 무섭다는 것을 강조하고자 했습니다.

　때 아닌 페스트의 유행으로 생지옥이 되어 버린 마을 속으로, 인터뷰를 떠날 준비가 되셨는지요?

페스트

제1부

이 글의 주제가 되는 괴상한 일련의 사건은 194×년 오랑에서 발생했다. 이러한 사건들은 자주 일어나는 것이 아니므로, 일어난 장소가 그런 일에 맞지 않는다는 것이 일반적인 상식이었다. 언뜻 보기에도 오랑은 하나의 평범한 도시이며 알제리 해안에 있는 프랑스의 한 도청 소재지라는 것 이외에 별다른 도시가 아니기 때문이다.

도시 자체는 아무래도 초라하다고 하지 않을 수 없다. 조용한 분위기 때문에, 다른 많은 상업 도시와 이 도시가 다른 점을 분간하려면 어느 정도 시간이 필요하다. 어떻게 하면 쉽게 상상할 수 있을까? 예컨대, 비둘기나 나무나 공원도 없는 도시, 새들의 날갯짓 소리나 나뭇잎들이 바스락거리는 소리도 없는, 한마디로 말해서 생기 없는 어떤 장소를 상상하면 된다.

계절의 변화도 거기에선 하늘을 바라보아야만 알 수 있을 뿐이다. 봄이 오는 것도 공기가 달라진 것에 의해서거나, 소규모 행상들이 교외에서 가지고 오는 꽃 광주리들을 보고서야 겨우 알 수 있다. 그러니까 봄은 시장에서 파는 물건과도 같은 것이다. 여름에는 햇볕이 모든 것을 태울 듯이 내리쬐어, 집들은 너무나 건조해지고 벽은 모조리 잿빛으로 변한다. 때문에 사람들은 덧문을 내리고 그늘 속에서 지내지 않을 수 없다. 반대로 가을에는 진흙투성이다. 맑은 날씨는 겨울에만 볼 수 있다.

어느 한 도시를 제대로 알기 위해서는 사람들이 그곳에서 어떻게 일하며, 사랑하고, 죽어 가는지를 살펴보면 된다. 이 작은 도시에서는, 기후 때문이기도 하겠지만 이 모든 것이 동시에 그리고 열광적이면서도 무심하게 일어난다. 요컨대 사람들은 일상적인 것에 싫증을 느끼면서도 습관적인 일에는 열심인 것이다. 우리 시민들은 일을 열심히 하는데, 그것은 단지 많은 돈을 벌기 위해서이다. 그들은 특히 상업에 관심을 갖고 있어서, 그들에 의하면, 무엇보다도 장사하는 데 전념한다. 물론 그들은 소박한 즐거움에 대한 취미도 있어서 여인과 영화와 해수욕을 즐기기도 한다. 그러나 절제 또한 잘하므로 이런 즐거움들은 토요일 저녁이나 일요일로 미루어 두고, 주중의 다른 날에는 기를 쓰고 버는 데만 열중한다. 그들은 저녁에 일을 마치면 일정한 시각에 카페에 모이기도 하고, 늘 같은 거리를 산책하기도 하며, 때론 집으로 돌아와 발코니에 앉아 있기도 한다. 나이가 든 사람들의 경우는 볼링 회합이나 친한 사람들끼리의 회식, 또는 어느 정도 큰돈

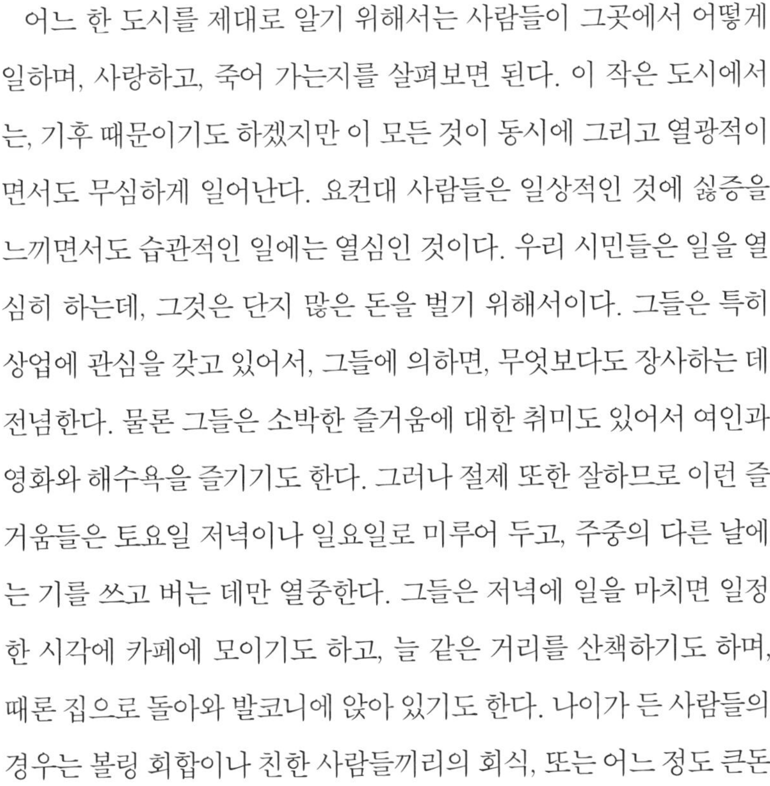

을 거는 카드 모임에 참석하는 일이 거의 전부다. 반면에 젊은이들은 거칠고 단순한 일들을 즐기고 싶어 한다.

아마도 사람들은 우리들의 도시만 특별한 것이 아니라 결국 우리들 현대인이 모두 그렇다고 말하리라. 어쩌면 오늘날엔 사람들이 아침부터 저녁까지 일하고 남는 시간을 카드놀이나 카페에서 잡담을 하면서 보내는 모습이 자연스러울지도 모른다. 그러나 어떤 도시나 어떤 나라에서는 사람들이 때때로 새로운 것에 대한 호기심을 갖는 수도 있다. 대체로 그런 것이 그들의 생활에 변화를 주지는 않는다. 다만 그런 호기심을 가졌을 뿐이고 그만큼 득을 보는 셈이다. 하지만 반대로 오랑은 분명히 그런 분위기가 감돌지 않는 아주 현대적인 도시다. 따라서 이곳에서는 사람들이 서로 사랑하는 방식을 자세히 설명할 필요가 없다. 남자와 여자는 이른바 애욕으로 인해 곧 서로를 마멸시키거나 그렇지 않으면 두 사람만의 오랜 습관 속에 빠져 버리게 된다. 이 두 극단적인 상황 사이에서 중간적인 형태는 흔하지 않으며, 또한 특이한 일도 아니다. 오랑에서도 다른 곳과 마찬가지로 시간과 성찰의 여지가 없기 때문에 사람들은 사랑한다는 일이 무엇인지도 모른 채 사랑할 수밖에 없는 것이다.

이곳 오랑에서 더욱 특이한 것은 죽어 갈 때 겪게 되는 어려움이다. 어쩌면 어려움이란 표현보다 불편이라고 말하는 편이 더 적절할지도 모른다. 병이 든다는 것은 결코 유쾌한 일이 못 된다. 그러나 병이 들어도 제도적으로 치료해 주는 도시나 나라가 있어서 거기에서는 그런대로 몸을 맡길 수도 있다. 병자가 부드러움을 필요로 하고 무엇인가에 의지하길 원하는 것은 극히 자연스러운 일이 아닐 수 없다. 그러나 오랑에서는 유별난 기후, 취급하는 사업의 중요성, 무의미한 겉치레, 빨리 오는 석양, 쾌락의 성질, 이 모든 것들이 건강을 필요로 한다. 여기서는 병이 들게 되면 아주 고독해진다. 더위에 말라 금세라도 무너질 듯한 수백 개의 벽 뒤 그늘진 데서 덫에 걸려 사람이 죽어가는 동안 다른 한편에서는 그 순간에 전화로 또는 카페에서 만나 어음과 선하증권(船荷證券), 그리고 할인에 대해 이야기를 하는 많은 주민이 있다는 것을 한 번 상상해 보라. 아무리 현대인이라고는 해도 죽음이 이렇게 비정의 도시에 덮쳐올 때, 그 죽음 안에는 뭔가 편안하지 못한 면이 있으리라는 사실을 감지할 수 있으리라.

아마도 이와 같은 몇몇 특징들만이라도 알게 되면 이 도시의 분위기는 충분히 파악할 수 있으리라. 그렇지만 아무것도 과장해서는 안 된다. 강조해야 할 것은 이 도시와 생활의 평범한 모습이다. 그러나 습관이 들기만 하면 사람들이란 곧 별 탈 없이 하루하루를 보낼 수가 있다. 이 도시는 바로 습관을 장려하는 편이기 때문에 모든 게 잘되어 간다고 말할 수도 있다. 이런 관점에서 보면 아마도 생활 자체가 별로 활력적이지 못할지도 모른다. 하지만 적어도 우리 도시에서는 무질서라는 것은 찾아보기 힘들다. 게다가 우리 주민들은 솔직하고, 인정 많고, 활동적이어서 여행자들로부터 상당한 신뢰와 경의를 받아 왔다. 이 도시에는 사실 볼 만한 풍경도 없고, 나무도 없고, 영혼조차 없지만 때문에 아늑한 곳으로 여겨지고 결국 사람들은 그곳에서 잠들어 버린다. 그러나 헐벗은 고원의 한가운데 자리한 그 도시는 마

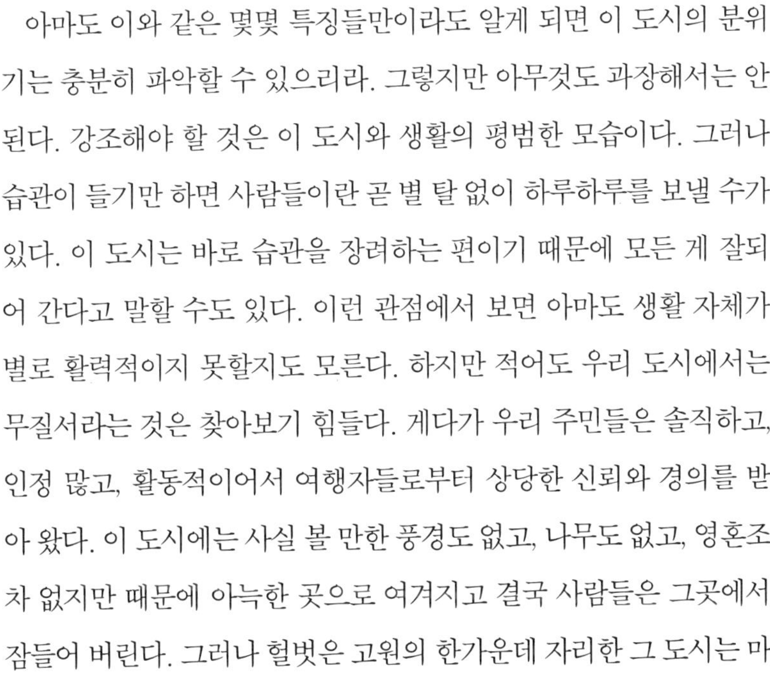

치 그린 듯한 만(灣) 앞의 아름다운 언덕에 둘러싸여, 비길 바 없는 경치와 마주한다는 것을 덧붙여 말해 두는 것이 공평하겠다. 단지 이 도시가 만을 등지고 있어 바다를 보려면 도시를 벗어나야만 한다는 것이 유감이라면 유감이었다.

이만하면 우리도 나중에야 알게 되었지만, 우리 시민들이 그해 봄에 일어난 작은 사건들이, 내가 앞으로 말하려는 일련의 중대한 사건들의 첫 징조가 되리라는 사실을 전혀 감지하지 못했다는 것을 쉽게 납득할 수 있으리라. 그 사실은 어떤 사람들에게는 아주 자연스러운 일로, 또 어떤 사람들에게는 도저히 있을 수 없는 일로 받아들여질 것이다. 하지만 아무튼 말하려는 사람으로서는 이런 모순을 생각할 필요는 없다. 그의 임무란 그런 일이 실제로 일어났고, 그것이 윗사람들의 관심을 모았으며, 수많은 증인이 그가 이야기하는 것을 진실로 동감하리라는 사실을 알았을 때, '그런 일이 일어났다.'고 진술하는 것이다.

그런데 언젠가는 반드시 그 진술자의 진실성은 밝혀지기 마련이지만, 그가 우연히 몇 명의 증인을 얻지 못했었다면, 또 그가 사건의 무게로 앞으로 말하려 하는 모든 일에 휘말려들지 않았던들, 그는 이와 같은 일에 나설 명분도 갖지 못했을 것이다. 이 점이 바로 그가 역사가의 역할을 맡을 수 있었던 계기인 것이리라. 물론 역사가란 비록 전문가가 아닌 아마추어일지라도 반드시 자료가 필요한 법이다. 따라서 이 이야기의 진술자 역시 자신만의 자료가 있다. 우선 자신이 목격한 것과 다른 사람이 목격한 것이 있다. 이 기록에 나오는 모든 인물이 털어놓는 이야기가 그 자신의 자료인 셈이다. 또한 자기 수중에 들어오게 된 문서 중 필요한 부분은 자료의 일부로 소유하는 것이다. 그는 적당하다고 생각될 때는 여러 군데에서 자료를 끄집어내어 적절히 이용할 수 있다. 아무튼 이제 설명이나 머리말은 그만두고 이야기 자체를 시작할 때가 된 것 같다. 처음 며칠 동안은 좀 자세히 언급할 필요가 있다.

　4월 16일 아침, 의사 베르나르 리외는 그의 진찰실에서 나오다가 층계 중간쯤에서 죽은 쥐 1마리를 발견했다. 순간, 그는 무심코 그 쥐를 치워 버리곤 층계를 내려왔다. 그러나 거리로 들어서자 도대체 그 쥐가 어떻게 그런 곳에서 죽어 있었을까 하는 생각이 들어 발길을 돌려 수위에게 그 사실을 알렸다. 더구나 미셸 영감이 놀라는 모습을 보니, 그는 더욱 자신의 발견이 예사로운 일이 아님을 직감했다. 죽은 쥐의 출현은 수위에게는 하나의 수치스러운 일에 불과했지만, 리외는 그 이상의 무언가가 있음을 느꼈다. 아무튼 수위는 단호하고 명백하게 이 건물 안에는 원래 쥐가 없었다고 말했다. 의사가 그에게 이층 층계 중간쯤에 쥐가 있는데 아마도 죽은 것 같다고 아무리 힘주어 말해도, 미셸 씨의 생각은 확고했다. 이 건물에는 쥐가 없으며 따라서 누군가가 밖에서 가지고 왔음이 틀림없다는 이야기였다. 말하자면 누군가의 장난이라는 주장이었다. 바로 그날 밤 베르나르 리외는 아파트 복도에 서서 자기 방으로 올라가기 전에 열쇠를 찾고 있었는데, 그때 복도의 한구석으로부터 갑자기 물에 젖은 큰 쥐 1마리가 비틀거리는 모습으로 나타나는 것을 보았다. 그 쥐는 머뭇거리면서 바로 서려고 애쓰는 듯하다가 의사 앞으로 곧장 달려오더니, 다시 멈칫하다가 작은 소리를 내며 제자리에서 맴돌다가 마침내 반쯤 벌어진 주둥이로 피를 쏟아내며 쓰러지고 말았다. 의사는 잠시 그 쥐를 물끄러미 바라보다가 자기 방으로 올라갔다.

그러나 그는 쥐 생각을 하는 게 아니었다. 그 피를 토한 쥐의 모습이 갑자기 그의 해묵은 걱정거리를 되살린 것이다. 바로 다음 날이 병석에 누운 지 일 년이 되는 자기 아내가 어느 산 속에 있는 요양소로 떠나는 날이었다. 돌아와 보니 아내는 그가 시킨 대로 침대에 누워 있었다. 요양소로 떠나기 전에 미리 충분한 휴식을 취하기 위해서였다. 그녀는 미소를 지었다.

"기분이 매우 좋아요." 그녀가 말했다.

의사는 침대 밑의 등잔 불빛을 받으며 자기 쪽을 향한 그녀의 얼굴을 물끄러미 바라보고 있었다. 서른의 나이에 병색이 짙었지만 리외에게는 그녀의 얼굴이 여전히 젊고 아름다운 얼굴로 보였다. 아마도 다른 모든 것을 지워 버리는 그 미소 때문이리라.

"잠을 자도록 해요. 간호사는 11시에 올 거요. 12시 기차를 타도록 당신을 데려다 주겠소." 그가 말했다.

그는 땀이 밴 그녀의 이마에 키스했다. 그녀는 그가 방문으로 나갈 때까지 미소를 지으며 바라보았다.

이튿날 4월 17일 8시, 수위는 지나가던 의사를 불러 세우고는 어떤 나쁜 놈의 장난꾼들이 복도 한가운데에 다 죽은 쥐 3마리를 놓고 갔다면서 욕설을 퍼부었다. 쥐들이 모두 피투성이였던 것으로 보아 분명 커다란 덫으로 잡았음에 틀림없다면서 자기는 그 나쁜 놈들이 필시 빈정거리며 나타날 거라고 생각하곤, 쥐의 발목을 붙잡은 채 얼마 동안 문지방에 서서 기다렸었는데 아무도 오지 않았다고 했다.

"아! 그놈들 기어코 잡고야 말겠어요." 미셸 씨는 말했다.

마음이 꺼림칙한 리외는 자기 환자들 중 가장 가난한 사람들이 사는 도시 변두리 지역부터 왕진을 시작하기로 마음먹었다. 그곳은 쓰레기 청소를 제대로 하지 않았기 때문에, 그가 탄 자동차는 먼지투성이의 곧은길을 따라 인도 주변에 늘어놓은 쓰레기통들을 스칠 듯이 지나갔다. 이렇게 지나가다가 어느 거리에서 의사는 채소찌꺼기와 더러운 쓰레기 위에 던져진 쥐들을 열두어 마리나 보게 되었다.

첫 환자는 거리가 내다보이는, 침실 겸 식당으로 쓰는 방의 침대에 누워 있었다. 딱딱하고 마른 얼굴을 한 스페인 남자였는데, 그는 앞에다 완두콩이 가득 담긴 냄비를 놓고 있었다. 의사가 들어갔을 때, 환자는 침대에서 반쯤 몸을 일으켜 늙은 천식 환자 특유의 그렁그렁하는 숨결을 진정시키려 애쓰는 참이었다. 그의 아내가 세숫대야를 가져왔다.

"그런데 의사 선생님, 그것들이 나온 걸 보셨나요?" 주사를 맞으며 그가 말했다.

"정말 그렇대요." 그의 아내가 말했다. "이웃집에서도 3마리나 거두어 냈다는군요."

노인은 손을 비비고 있었다.

“이만저만 나와야 말이지요. 쓰레기통마다 발견되거든. 배가 고픈 모양이지.”

리외는 동네가 온통 쥐에 대한 화제로 들끓고 있다는 것을 쉽게 알 수 있었다. 왕진이 끝난 후 그는 집으로 돌아왔다.

“선생님께 전보가 와서 위층에 갖다 놓았습니다.” 미셸 씨가 말했다.

의사는 또 다른 쥐를 보았느냐고 물었다.

“아, 아닙니다. 제가 이렇게 지키고 있잖습니까? 그래서 감히 그놈들이 또다시 그런 장난을 못하는 겁니다.” 수위가 대답했다.

전보는 그 다음 날 어머니가 오신다는 내용이었다. 며느리가 없는 동안 자기가 대신 아들의 집을 돌보겠다는 것이었다. 의사가 방으로 들어갔을 때, 간호사는 벌써 와 있었다. 그의 아내는 이미 옷을 갈아입고 몸단장까지 끝냈다. 그는 아내에게 환히 웃어 보였다.

“당신, 정말 멋있어.”라고 말했다.

잠시 후 역에서, 그는 아내를 부축하여 침대차에 태웠다. 아내는 차 안을 둘러보더니 말했다.

“우리에게는 너무 비싼 좌석 같은데요.”

“괜찮아.” 리외가 대답했다.

“쥐 이야긴 대체 뭐예요?”

“확실히 모르겠어. 참 기묘한 일이야. 그러나 곧 괜찮아지겠지.”

그러고 나서 리외는 아내에게 빠른 어조로 그동안 좀 더 관심을 썼어야 했는데 너무나도 무심했다며 사과했다. 그녀는 아무 말 말라는 듯이 머리를 저었다. 그러나 리외는 한마디 덧붙였다.

"당신이 다시 돌아올 때는 모든 게 좀 나아질 거야. 그때는 새롭게 시작하는 거야."

"그래요." 그녀가 눈을 반짝이며 말을 받았다. "새 출발을 해요."

잠시 후 그녀는 등을 돌리고 유리창 밖을 내다보았다. 플랫폼에서는 사람들이 서로 부딪치며 분주히 오가고 있었다. 기관차 출발 소리가 그들에게까지 들려왔다. 그는 아내의 이름을 불렀다. 돌아다보니 그녀의 얼굴에 눈물이 흘러내렸다.

"울지 마오." 그는 부드럽게 말했다.

눈물 사이로 어설픈 미소를 띠며 그녀는 한숨을 푹 쉬었다.

"이젠 가 봐요. 모든 게 잘될 거예요."

그는 그녀를 꼭 껴안아 주고는 플랫폼으로 내려섰다. 그리곤 차창 너머로 미소 짓는 아내의 얼굴을 바라보았다.

"제발, 몸조리 잘해요." 그가 말했다.

그러나 그녀는 남편의 음성을 듣지 못했다.

출구 근처에서 리외는 어린 아들의 손을 잡고 오던 예심 판사 오통 씨와 마주쳤다. 의사는 그에게 여행을 떠나느냐고 물었다. 큰 키에 머리카락이 검은 오통 씨는 어떻게 보면 옛 사교계 인사 같기도 했고, 또 어떻게 보면 장의사의 일꾼 같았는데, 무뚝뚝한 목소리로 짧게 대답했다.

"본가에 인사를 하러 갔던 아내를 기다리는 중이에요."

기관차가 기적을 울렸다.

"쥐들이……." 판사가 말했다.

리외는 기차가 가는 방향으로 잠시 시선을 돌렸다가 출구 쪽으로 다시 돌아섰다.

"네, 그건 별게 아닌 것 같습니다." 그가 말했다.

그의 머릿속에 남아 있는 그때의 기억이란 단지 죽은 쥐가 가득 담긴 상자 하나를 팔에 끼고 가던 역무원의 모습이 전부였다.

그날 오후 리외가 진찰을 시작할 즈음 한 남자가 찾아왔는데, 그는 자신은 신문 기자이며 이미 아침에도 왔었다는 말을 꺼냈다. 그는 레몽 랑베르라는 사람이었다. 이 사내는 작은 키에 단단해 보이는 다부진 얼굴, 맑고 총명한 눈을 가졌는데, 간편한 스타일의 복장을 보아 생활 형편이 어려운 것 같지는 않았다. 그는 곧장 용건을 이야기했다. 파리에 있는 어떤 신문에다 기고하기 위해 아랍인들의 생활 실태를 조사 중인데, 그들의 보건 상태에 관한 자료를 얻고자 한다는 것이었다. 리외는 보건 상태가 좋지 않다고 말해 주었다. 그러나 좀 더 자세한 이야기에 들어가기 전에 신문 기자라는 사람들이 정말 진실을 보도할 수 있는가를 알고 싶다고 말했다."

"물론입니다." 랑베르는 대답했다.

"내 말은 당신네들이 과연 철저하게 고발할 수 있는지 그걸 알고 싶다는 이야깁니다. 알겠어요?"

"철저하게요? 아, 그렇게는 못합니다. 사실대로 말하면, 제 생각에는 그 고발이라는 게 별 근거가 없을 듯한데요."

리외는 부드러운 말투로 사실 그와 같은 고발이 근거가 없을지도 모르지만, 그렇게 질문함으로써 다만 그가 거리낌 없이 증언할 수 있는지 아닌지를 알고자 했을 뿐이라고 설명했다.

"나는 진실을 받아들일 수 있습니다. 따라서 당신 말대로 철저하게 고발할 수 없으면 나 역시 내가 가진 자료를 제공할 수가 없습니다."

"꼭 냉혈 정치가 생쥐스트(프랑스 혁명 때의 열광적인 자코뱅 당의 투사—역주)와 같은 말투군요." 신문 기자가 미소를 지으며 말했다. 리외는 언성을 높이지 않은 채, 그런 건 잘 모르겠으나 자신은 지금 사는 이 세상에 질려 버렸으면서도 인간에 대한 애정은 남아 있는 사람이며, 불의와의 타협을 단호히 거부하는 사람이기 때문에 그런 말을 하는 것이라고 응수했다. 랑베르는 목을 움츠린 채 의사를 물끄러미 응시했다.

"무슨 말씀이신지 이해할 수 있을 것 같군요." 그가 일어서면서 말했다.

의사는 그를 문까지 바래다주었다.

"이해해 주시다니 감사합니다."

랑베르는 초조해진 것 같았다.

"네." 그가 말했다. "잘 알겠습니다. 바쁘신데 죄송합니다."

의사는 그와 악수하면서, 요즈음 이 도시에는 죽은 쥐들이 여기저기서 발견되는데 이것이 기사거리가 될 수 있을는지 물었다.

"그래요!" 랑베르가 외쳤다. "그거 흥미 있는 일이군요."

오후 5시에 다시 왕진을 가려고 나오던 의사는 복도에서 젊고 건장한 한 사내와 마주쳤는데, 그의 얼굴은 혈색이 좋고 짙은 눈썹에 윤곽이 뚜렷한 다부진 모습이었다. 리외는 이따금 그 남자를 아파트 맨 위층에 살고 있는 스페인 댄서들의 집에서 만난 일이 있었다. 장 타루는 자기 발밑 계단 위에서 죽어 가는 쥐의 마지막 경련을 계속 바라보며 열심히 담배를 피우고 있었다. 그는 어둡고 냉정한 듯하면서도 침착한 시선으로 의사에게 목례를 하고 나서, 쥐들이 나타나는 일은 좀처럼 없었는데 이상한 일이라고 덧붙였다.

"그래요." 리외가 말했다. "잘은 몰라도 꽤나 성가신 일이 될 겁니다."

"어떤 의미에서는, 음, 단지 어떤 의미에서는 그럴지도 모르죠. 이제까지 이런 일은 한 번도 없었으니까요. 그뿐입니다. 그렇지만 저는 이걸 흥미 있는 일이라고 생각합니다. 그렇고말고요. 아주 흥미가 있지요."

타루는 머리칼을 뒤로 쓸어 넘기며 다시 쥐 쪽으로 시선을 던졌다. 이미 쥐는 꼼짝도 하지 않았다. 타루는 리외에게 미소를 지으면서 말했다.

"그러나, 선생님. 요컨대 이런 일은 수위들이나 걱정할 문제지요."

바로 그때 의사는 아파트 앞 현관 벽에 등을 기대고 쓰러질 듯 서 있는 수위를 발견했는데, 항상 혈색이 좋던 얼굴이 피로에 지쳐 보였다.

"네, 저도 알고 있습니다." 죽은 쥐가 또 발견됐다는 몸짓을 해 보이는 리외에게 미셀 영감이 말했다. "이젠 1마리가 아니라 2~3마리씩 발견되는군요. 다른 아파트에서도 같은 일이 벌어지고 있어요."

그는 퍽 근심스럽다는 표정을 지으면서 습관적으로 연신 자기 목을 비벼 댔다. 리외는 그에게 건강상태를 물었다. 물론 수위는 안 좋다고 말할 수는 없었다. 단지 다른 때보다 피곤한 느낌이 들었다. 그의 생각으로는 쥐들 때문에 충격을 받았던 것이며 그놈들만 없어진다면 만사가 다시 좋아질 것 같았다.

그러나 다음 날인 4월 18일, 역에 나가 어머니를 모시고 온 의사는 미셀 씨의 얼굴이 더욱 여윈 것을 느꼈다. 지하실에서부터 다락방까지 10마리 정도의 쥐들이 계단에 흩어져 있었다. 마을의 쓰레기통마다 쥐들로 가득 넘쳤다. 의사의 어머니는 그 사실을 듣고도 별로 놀라는 기색이 없었다.

"흔한 일이야."

그녀는 은발의 머리에다 검고 부드러운 눈매에 아담한 체구를 가졌다.

"베르나르야, 너를 보게 돼서 기쁘구나." 그녀가 말했다. "쥐 같은 것이 우리의 기쁨을 앗아가 버리진 못하겠지."

그는 고개를 끄덕거렸다. 정말 어머니와 함께 있으면 모든 일이 잘될 것 같았다. 그렇지만 리외는 시청의 쥐 박멸과에 전화를 걸었다. 과장과는 친분이 있는 사이였다. 과장은 곳곳에서의 쥐들의 떼죽음에 대해 알고 있을까? 메르시에 과장은 이들 쥐에 대해 이미 듣고 있었으며, 부둣가에 위치한 그가 근무하는 건물에서만도 50마리가량이나 발견되었다고 했다. 그러면서도 그는 이 사실의 심각성에 대해 판단하지 못했다. 리외는 자기로서도 아직 어떤 결론을 내리지 못했으나 아무래도 쥐 박멸과에서 손을 써야 할 것이라고 이야기했다.

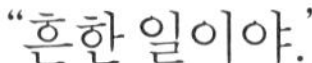

"응." 메르시에가 말했다. "지시만 내려오면 당연히 그래야지. 하지만 자네가 정말 중요한 일이라고 생각한다면 지시를 받도록 노력해 보지."

"물론 그렇고말고." 리외가 말했다.

가정부도 그에게 자기 남편이 일하는 큰 공장에서 수백 마리나 되는 죽은 쥐들을 쓸어 버렸다는 이야기를 전했다. 아무튼 우리 시민들이 불안해하기 시작한 것은 거의 이 무렵부터였다. 왜냐하면 18일부터 공장과 창고에서 수백 마리나 되는 죽은 쥐들이 쏟아지기 시작했기 때문이다. 어떤 때는 너무 길게 고통스럽게 몸부림치는 쥐들을 보다 못해 빨리 죽여 주기도 했다. 게다가 시 외곽 지대로부터 중심부에 이르기까지, 어느 곳에서나, 시민들이 모이는 어디에서건, 쥐들은 쓰레기통이나 하수도 속에 산더미처럼 수북이 쌓여 있었다. 이날부터 석간신문은 이 사건을 보도하기 시작했는데, 시 당국의 사건 해결 의지 여부와 이 불쾌한 침해로부터 시민들을 보호하기 위한 어떤 긴급 조치를 검토하는지를 묻고 있었다. 시 당국은 아직 아무런 계획도, 아무 대책도 없었지만 우선은 이를 토의하기 위해 회의를 시작했다. 일단 죽은 쥐들은 매일 아침 일찍 수거하라는 지시가 쥐 박멸과에 시달됐다. 그렇게 수거한 쥐를 박멸과의 차량 두 대가 오물 소각장으로 옮겨 태워 버리라는 것이었다.

그러나 그 후 며칠이 지나도 사태는 악화되기만 했다. 쥐의 시체는 점점 더 많이 쌓여 갔고, 매일 아침 수거되는 양은 자꾸 늘어가기만 했다. 나흘째 되는 날부터 쥐들은 떼를 지어 밖으로 나와 죽기 시작했다. 집집마다 구석진 곳이나 지하실, 지하 창고, 수챗구멍 등으로부터 비틀거리며 줄을 지어 기어 올라와서는 햇빛을 보고 몸을 가누지도 못한 채 제자리에서 맴돌다가 사람들 옆으로 와서 죽는 것이었다. 밤마다 복도나 골목길에서 죽음의 고통으로 질러 대는 쥐들의 신음이 또렷하게 들렸다. 아침마다 외곽 지대에서는 온통 피투성이인 채, 또는 살이 부어올라 썩어 있거나, 몸이 굳어진 채 수염을 꼿꼿이 세우고 개천에까지 나가 늘어져 있는 쥐들을 흔히 볼 수 있다. 시내에서조차 층계 한가운데나 마당에 듬성듬성 쌓여 있는 쥐 무더기들이 쉽게 눈에 띄었다. 또한 관청의 홀, 학교 체육관, 심지어 카페테라스로 기어 나와 죽어 가기도 했다. 시민들은 가장 분주하고 번화한 시내 중심지에서까지 쥐들을 발견하고는 깜짝 놀랐다. 연병장이나 큰길, 그리고 바다로 향하는 산책로 등에도 여기저기 지저분하게 널려 있었다. 새벽에는 죽은 쥐들이 수거되어 시내가 깨끗했지만 낮 동안에 다시 조금씩조금씩 나타나서 결국에는 그 수가 걷잡을 수 없이 불어나는 것이었다. 밤 산책을 즐기는 사람들은 방금 죽은 물컹거리는 쥐를 발로 밟게 되는 경우도 있었다. 그것은 마치 우리들이 살고 있는 바로 그 땅 속에 꽉 들어차 있는 고름을 짜내 버리고, 이제까지 내부에서 생기고 있던 절종(癤腫)과 더러운 피를 표면으로 밀어내는 것 같았다. 지금까지만 해도 평온했던 이 작은 도시가 며칠 사이에 온통 혼란에 휩싸였으니 그 놀람과 두려움이 어떠했으리라는 것은 상상하고도 남음이 있으리라. 마치 건강했던 사람이 갑자기 검붉은 피를 마구 쏟아 내는 것과 무엇이 다르겠는가!

사태의 심각성은 급변하여 이제 랑스도크 통신사가 무료로 정보를 제공하는 라디오 방송을 통해 25일 단 하루 동안에만 무려 6,231마리의 쥐들을 수거하여 소각시켰다고 보도하기까지 했다. 이 숫자는 시민들이 매일매일 목격한 광경에 명백한 의미를 부여하는 것으로써 더욱 혼란을 가중시켰다. 그때까지만 해도 사람들은 단순히 좀 불쾌한 사건이라고 투덜거리는 데 그쳤던 것이다. 그러나 사람들은 이제 사건의 전모나 원인조차 규명할 수 없는 이 현상 속에 자신들의 생명을 위협하는 무엇인가가 있다는 사실을 알아차리기 시작했다. 단지 그 스페인 천식 환자 노인만이 계속 손을 비벼 대며 노망이 든 듯 "그놈들이 나온다. 그놈들이 나오는구나." 하며 반가운 듯 중얼거리고 있었다.

4월 28일, 랑스도크 통신사가 약 8,000마리의 쥐가 수거되었다고 보도하자 시민들의 불안은 절정에 이르렀다. 그들은 철저한 대책을 요구하면서 당국을 비난했고, 바닷가에 별장을 소유한 어떤 이들은 이미 그곳으로 피해야겠다고 서두르고 있었다. 그러나 그 다음 날, 통신사는 그 현상이 갑자기 그쳤고 당국에서도 죽은 쥐를 조금밖에 수거하지 못했다고 보도했다. 그제야 모든 시민은 불안감을 늦춘 듯 했다.

그러나 바로 그날 정오 리외는 아파트 앞에 주차했을 때 그의 시야 끝에서 수위가 고개를 숙인 채 손발을 휘청거리며 간신히 걸어오는 모습을 발견했다. 그 늙은이는 어떤 신부의 부축을 받고 있었는데, 리외는 그 신부를 알아볼 수 있었다. 그는 리외도 가끔 대면한 적이 있던 적극적이며 박학한 예수회 소속의 파늘루 신부였는데, 종교에 전혀 무관심한 사람들에게조차도 그는 대단히 존경받고 있었다. 리외는 그들이 가까이 오기를 기다리며 그 자리에 있었다. 미셸 영감은 눈을 깜박거리며 숨을 거칠게 몰아쉬고 있었다. 그는 몸의 상태가 안 좋아 산책을 하러 나왔었으나 목과 겨드랑이, 사타구니에 심한 통증이 일어나서 하는 수 없이 되돌아가 파늘루 신부에게 도움을 청할 수밖에 없었다는 것이었다.

"종기가 생겼나 봐요. 참느라고 힘들었습니다." 그가 말했다.

리외는 차창 밖으로 팔을 뻗어 미셸 영감이 내민 목 밑 여기저기를 만져 보았다. 마치 나무 마디 같은 딱딱한 것이 느껴졌다.

"누워 있도록 하세요. 체온도 재 두시고 오후에 들러 살펴볼 테니까요."

수위가 떠나자, 리외는 신부에게 쥐 사건에 대한 그의 생각을 물었다.

"글쎄! 그저 단순한 유행병이겠지요." 그는 둥근 안경 너머로 대수롭지 않은 듯 눈웃음을 짓고 있었다.

점심 식사 후, 리외는 아내가 요양소에 무사히 도착했다는 내용의 전보를 다시 읽고 있었는데 전화벨이 요란스럽게 울렸다. 전에 치료해 준 적이 있는 시청 직원의 전화였다. 대동맥 협착증세로 오랫동안 고생한 사람인데 가난한 그를 리외는 무료로 치료해 준 적이 있었다.

"저를 기억하시겠어요? 그런데 오늘은 다른 사람 때문에 전화했습니다. 제 이웃집에 일이 일어났습니다. 빨리 좀 와 주십시오." 다급한 목소리로 그가 말했다.

리외는 잠시 수위를 떠올렸으나 그는 나중에 들러 보기로 생각했다. 잠시 후에 의사는 변두리에 있는 페데르브가의 허름한 건물에 들어섰다. 한기가 돌고 악취가 풍기는 계단 중간에서 그를 맞으러 나온 서기 조제프 그랑을 만났다. 조제프 그랑은 50줄에 들어선, 길게 기른 콧수염을 가진 체구가 왜소하고 야윈 사람이었다.

"좀 나아졌어요. 좀 전에는 정말 마지막인 줄만 알았습니다." 그는 리외 곁으로 다가오며 말했다. 그 사내는 연신 코를 풀어 댔다. 건물 맨 위 삼층에 올라가서 왼쪽 문에 이르렀을 때, 그곳에는 '들어오시오. 나는 목을 매달았소.'라고 붉은 글씨로 씌어 있었다.

그들은 문을 열고 들어갔다. 책상은 구석으로 밀쳐져 있고, 의자는 뒤집힌 채 동아줄이 매여 있었다. 그러나 동아줄은 아무도 매달지 않은 채 허공에 늘어져 있었다.

아주 짤막히 말을 할 때조차도 항상 알맞은 표현을 찾느라 더듬거리는 그랑이 말했다.

"때마침 제가 와서 다행히 풀어 주었어요. 밖으로 나가려던 참이었는데, 무슨 소리가 들렸어요. 문 앞에 저 글씨가 눈에 띄었을 때, 뭐랄까, 저는 장난인 줄만 알았어요. 그런데 안에서 이상한 신음 소리가 나더군요. 소름끼치기까지 했어요."

그는 머리를 긁적이며 말을 이었다.

"내 생각으로는, 그런 일은 참 고통스러울 것입니다. 물론, 저는 들어갔지요."

　　그들은 방문을 밀치고 들어가 밝기는 하지만 장식이라곤 없는 썰렁하고 보잘것없는 방의 문턱에 섰다. 뚱뚱하고 자그마한 남자가 낡은 구리 침대에 누워 있었다. 그는 숨을 거칠게 몰아쉬며 충혈된 눈으로 그들을 쳐다보았다. 리외는 순간 멈칫했다. 마치 그의 거친 숨 사이사이에 쥐들의 울음소리가 들리는 듯했기 때문이다. 그러나 방에는 움직이는 것이라곤 아무것도 없어 보였다. 리외는 그에게 다가갔다. 그 사내는 다행히 낮은 곳에서 떨어졌으므로 척추는 괜찮았다. 물론 다소 질식 증상은 있었다. 그래도 엑스레이 촬영은 필요할 것 같았다. 의사는 강심제 주사를 한 대 놓은 후 며칠 있으면 거의 회복되리라 말했다.

　　"감사합니다, 의사 선생님." 사내는 숨이 가빠 힘겹게 말했다.

　　리외가 그랑에게 경찰에 이 사실을 알렸느냐고 묻자, 서기는 조금은 당황한 기색으로 말했다.

　　"알리지 않았습니다. 아직! 알리지 않았어요. 제 생각으로는 가장 시급한 것은……."

　　"그렇겠지요. 내가 알리지요." 리외는 그의 말이 끝나기도 전에 말했다.

　　그런데 바로 그때, 환자가 몸을 비틀며 일어나서는 자기 몸은 아무렇지도 않으니 그럴 필요까지 없다고 완강히 반대했다.

　　"괜찮아요. 그렇게 대단한 일이 아니니까, 아무 일도 없을 거요. 단지 의무 때문에 그럴 뿐이오." 리외가 안심하라는 듯 말했다.

　　"아!" 환자가 고통스러운 듯 뒤로 나자빠져 흐느끼며 울어 댔다.

아까부터 콧수염을 만지작거리던 그랑이 환자에게 조용히 말을 건넸다.

"자, 코타르 씨! 잘 생각해 봐요. 의사에겐 책임이 있는 법이오. 만약 당신이 또 그런 행동을 한다면……."

코타르는 애원하듯 흐느끼며, 다시는 그런 일이 없을 것이며, 그건 단지 순간적인 충동이었으며, 자기로서는 이대로 덮어두었으면 좋겠다고 말했다. 리외는 처방전을 써 주며 알았다고 말했다.

"그렇게 합시다. 며칠 후 다시 오겠습니다. 앞으로 그런 못난 짓은 하지 마시오."

리외는 층계를 내려가면서 그랑에게 신고는 해 두겠으나, 경찰 서장에게 이 일에 대한 조사는 잠시 보류하도록 부탁하겠다고 말하며 그 환자에 대해 물었다.

"오늘 밤엔 누가 곁에 있어야겠는데요. 그 사람, 가족은 있나요?"

"가족이 있는지 없는지 잘 모르겠어요. 그러나 제가 곁에 있어야죠."

서기는 잘 모르겠다는 듯한 표정으로 말을 이었다.

"저 사람에 대해 잘 모르지만 어쨌든 서로 도와야지요."

리외는 그 집 구석구석을 살펴보며 그랑에게 그 동네에는 쥐들이 완전히 자취를 감췄는지를 물었다. 서기는 전혀 아는 바가 없었다. 사실, 그는 쥐 이야기는 많이 들은 듯했으나 그는 원래 그런 소문 따위에는 별로 관심을 두지 않는 편이었다.

"다른 일이 있어서 이만 가 봐야겠어요." 리외가 말했다.

리외는 서둘러 악수로 인사하고 돌아섰다. 아내에게 편지를 쓰기 전에 수위를 보아야 했기 때문이다.

석간신문의 가두 판매원들은 쥐들이 완전히 사라졌다고 외치고 있었다.

환자는 리외가 달려가 보니 침대에서 바닥 쪽으로 몸을 반쯤 기울이고 배와 목덜미를 손으로 감싸고 고통스러워하면서 붉은 기가 섞인 담즙을 토해 놓고 있었다. 그렇게 한참을 애쓰다가 거의 탈진 상태가 되어, 환자는 다시 자리에 누웠다. 열이 39.5도였으며 목의 임파선과 팔다리가 부어올랐고, 옆구리에 거무스름한 반점이 점차 번지기 시작했다. 그는 몸속까지 통증이 느껴진다고 호소했다.

"속이 타는 것 같아요." 그가 쥐어짜듯 말했다. "이 지독한 통증이 온통 나를 불살라 버리는 것 같아요."

검게 죽은 듯한 입 밖으로 겨우 말을 씹어 뱉듯이 간간이 이어가며, 그는 두통 때문에 눈물이 글썽거리는 눈을 의사에게로 향했다. 수위의 아내는 아무 말 없는 리외를 근심스러운 듯이 쳐다보며 물었다.

"의사 선생님, 대체 병명이 뭡니까?"

"여러 가지 상태가 나타나는데, 아직 정확히는 알 수 없습니다. 오늘 저녁까지 식사는 금하고 대신 청정제를 들게 하세요. 물을 많이 마시도록 하시고."

마침 수위는 갈증으로 목이 말라붙을 지경이었다. 집으로 돌아와서, 리외는 시내에서 명망 있는 의사 중 한 사람인 리샤르에게 전화를 걸었다.

"아뇨. 뭐 특별한 징후라고는 발견하지 못했어요."

"국부적인 염증과 고열을 수반하는 환자는 없었습니까?"

"아, 그리고 보니 염증이 몹시 심했던 임파선 환자가 두 사람 있었 군요."

"다른 경우와는 다르던가요?"

"저, 당신도 알겠지만 대개 그런 환자란……." 리샤르가 말했다.

그날 밤에도 수위는 계속 정신이 혼미했고 열이 40도까지 올라서 그놈의 쥐들에 대해 욕설 섞인 원망을 퍼부었다. 리외는 농창 고착 (膿瘡固着) 치료를 시도해 보았다. 테레빈 주사가 주는 견디기 어려운 통증에 수위는 "아, 망할 것들 같으니!" 하고 더 언성 높여 외쳐 댔다.

임파선은 더욱 부어 있었고, 손으로 만져 보니 단단한 것이 느껴졌 다. 수위의 부인은 너무나 지쳐 보였다.

"밤새 자리를 뜨지 마세요. 그리고 만약 무슨 일이 생기거든 나를 부르세요."

의사가 당부하듯 말했다.

그 다음 날인 4월 30일, 푸르고 맑은 하늘엔 어느새 훈훈한 미풍 이 일고 있었다. 미풍은 꽃향기를 싣고 불어와 봄의 한가운데임을 느끼게 해 주었다. 아침 거리의 소음이 여느 때보다 더욱 활기 있고 즐겁게 들려왔다. 그 1주일 동안 엄습해 왔던 그 지저분한 두려움을 떨쳐 버린 듯, 이 작은 도시는 활기를 되찾았다. 리외 역시 아내의 편지를 받고 한결 가벼운 마음으로 수위에게로 갔다. 그의 체온은 아침에 38도까지 떨어졌다. 그는 힘없이 침대에 누운 채 미소를 짓 고 있었다.

"의사 선생님, 좀 어떤 것 같아요?" 수위의 아내가 물었다.

"더 두고 봐야 확실히 알겠습니다."

그러나 점심때쯤 되자 갑자기 열이 40도까지 치솟았다. 환자는 계속 헛소리를 지껄였고 전날보다 구토가 더 심해졌다. 목의 임파선이 스치기만 해도 고통스러워서, 수위는 되도록이면 고개를 숙이지 않으려는 듯이 보였다. 그의 부인은 침대 옆에 앉아, 두 손을 환자의 발에 가만히 대며 리외를 올려다보았다.

"잘 들으세요. 환자를 격리시켜서 특수 치료를 받게 해야 합니다. 지금 구급차를 불러 환자를 옮겨야겠습니다."

리외가 말했다.

잠시 후, 그들은 구급차 속에서 환자를 내려다보고 있었다. 균상종들이 뒤덮여 형태조차 찾을 수 없는 입으로 환자는 들릴 듯 말듯 몇 마디 중얼거리는 듯했다. "쥐들!" 하고 그는 말끝을 흐리고 있었다. 밀랍 같은 입술은 푸르스름하게 변했고, 눈꺼풀은 아래로 늘어지고, 호흡이 거칠고 가빴으며, 임파선 때문인지 몸은 이미 정상적 기능을 상실하고 있었다. 추위에 떠는 사람처럼 아니면 땅 밑에서 무엇인가가 그를 끌어당기기라도 하듯, 수위는 이불 속으로 자꾸 몸을 움츠리며 무엇인가의 무게에 눌려 숨을 몰아쉬고 있었다. 부인은 흐느꼈다.

"의사 선생님, 이제 가망이 없을까요?"

"죽었습니다." 리외가 말했다.

수위의 죽음은 단순히 놀라움과 당황한 정도를 넘어 쥐들의 출현과 그의 죽음에서 어떤 연관성을 발견한 듯, 초기의 놀라움이 조금씩 공포로 바뀌어 가는 좀 더 혼란한 시기의 시작임을 암시했다고 말할 수 있다. 우리 시민들은, 나중에야 비로소 알게 되었지만, 그 작은 도시에서 한낮에도 쥐들이 여기저기서 나와 떼죽음을 하고, 수위가 병명도 알 수 없는 병으로 죽어도 그런 특별한 경험들이 그들 미래의 돌이킬 수 없는 불행의 시작일 뿐이라고는 생각해 본 적이 없었다. 요컨대 시민들은 사태의 심각성을 감지하지 못했으며, 그것을 빨리 알아야 할 것이었다. 모든 일이 그 정도에서만 머물렀더라도, 아마 그 일은 기억 속에 묻혀 버렸을 것이다. 그러나 수위와 빈민이 아닌, 다른 사람들의 잇따른 죽음으로 공포와 더불어 반성이 시작된 것이 바로 이때부터였다.

그러나 이 엄청난 사건에 대해 자세히 이야기하기 앞서, 필자는 지금까지 기록 외에 또 다른 한 목격자의 견해를 덧붙이는 게 이해하는 데 도움이 되리라고 믿는다. 이 이야기의 시작 부분에서 잠깐 말한 적이 있는 장 타루는 몇 주 전부터 계속 시내 호텔에 묵고 있었다. 그는 여유 있는 수입 덕분인지 상당히 넉넉하게 보였다. 그러나 이 도시의 사람들이 점점 그를 낯설게 느끼지 않게 됐지만, 그가 어디서 왔는지, 어떻게 이 도시에 오게 됐는지를 아무도 아는 사람이 없었다. 사람들이 모이는 곳에서는 으레 그의 모습이 눈에 띄었다. 이른 봄부터 바닷가에서 수영을 즐기고 있는 그의 모습을 자주 볼 수 있었다. 호남형의 얼굴에 늘 미소를 잃지 않는 그는 건전한 오락이라면 무엇이든 그저 알맞게 즐기려는 듯이 보였다. 사실 다른 사람들이 알고 있는 그의 유일한 취미라고는 이 도시에 살고 있는 스페인 무용수와 악사들의 집에 열심히 드나드는 것뿐이었다.

아무튼 그의 수첩에도 역시 혼란스러웠던 기간에 관한 일종의 기록이 남겨져 있었다. 그러나 그 기록은 얼핏 보면 무의미한 일만을 다룬 듯 독특한 느낌을 받게 하는 것이었다. 마치 그가 거꾸로 모든 사람이나 사물을 봤다고 생각될 수도 있을 것이다. 사실 모든 사람이 그 사건의 심각성을 깨닫지 못했을 때도 그는 애써 그 사실의 이야기꾼이 되고자 했던 것이다. 때문에 그가 너무 지나친 게 아닌가 의아해하고 있었다. 그럼에도 불구하고, 그 수첩에는 그 기간에 대한 직접적이진 않지만 중요하기 이를 데 없는 상세한 자료가 숱하게 기록되어 있었다. 따라서 해괴하기조차 한 흥미 있는 인물을 접어둘 순 없는 것이리라.

장 타루의 초기 기록은 그가 오랑에 도착한 날부터 시작된다. 처음의 기록은 이렇게 낡고 작은 도시에서 살게 되었다는 사실에 어떤 야릇한 만족감을 느끼는 듯했다. 시청 앞의 2마리의 청동 사자상에 대한 무의미한 듯 보이는 자세한 묘사, 나무가 없는 점에 대한 호의적인 표현, 정결치 못한 생활환경과 잘못된 도시 계획 등이 적혀 있었다. 그는 또한 전차나 거리에서 들은 대화도 단순히 기록해 놓았는데, 다만 조금 뒤 나오는 캉이라는 사람에 관계된 대화에는 예외로 설명을 삽입해 놓았다. 타루는 우연히 전차 차장들이 주고받는 대화를 듣게 되었던 것이다.

"자네 캉을 알고 있나?" 한 사람이 말했다.

"캉? 그 검은 콧수염에 키가 큰 사람 말이지?"

"그래. 전철기 일을 했었지."

"바로 그 사람이군."

"그런데, 그 사람이 죽었대."

"뭐! 언제?"

"쥐 사건이 난 후일 거야."

"저런. 무엇 때문에 죽었대?"

"나도 잘은 모르겠는데, 열병 때문이라나 봐. 어쨌든 그 사람, 원래 몸이 약했었지. 겨드랑이에 종기가 났었다는데, 그걸 견뎌 내지 못한 모양이야."

"그렇지만 건강해 보였었는데."

"아냐, 그는 심장이 약했었어. 그는 성가대 밴드부에서 관악기를 불었는데 오랫동안 나팔을 불면 몸이 나빠지기 마련이거든."

"거참. 몸이 약했으면 나팔을 불지 말았어야 되는데."

이런 짤막한 대화 내용 밑에, 타루는 왜 캉이 자신의 건강이 나쁘다는 걸 알면서도 성가대 밴드부에 참여했으며, 주일 의식에 그토록 열심히였던 진정한 이유는 무엇인지에 대해 의문점을 덧붙여 놓고 있었다.

타루는 기록에서 보면, 그의 방 창문 맞은편에 있는 발코니에서 이따금 펼쳐지는 광경을 즐기는 듯했다. 그의 방은 좁은 골목을 향하고 있었는데, 고양이들이 그 골목에 생기는 그늘 아래서 자고 있기도 했다. 그러나 점심때쯤 도시 전체가 더위에 지쳐 졸고 있는 시간이 되면 날마다 길 건너 발코니에 자그마한 체구의 노인이 나타나는 것이었다. 그 노인은 정돈된 흰머리에 군복과 같은 옷을 입고 위엄 있는 모습을 하고 있었는데, 부드럽고 근엄한 목소리로 "나비야, 나비야." 하고 고양이들을 부르는 것이었다. 고양이들은 게슴츠레한 눈만을 치커뜰 뿐 몸을 움직일 생각은 않는 것이었다. 그러면 노인은 잘게 찢은 종이를 길 위에다가 뿌리곤 했는데, 고양이들은 나풀거리며 떨어지는 종이를 보고 이끌리듯, 맨 마지막 종잇조각을 향해 멈칫거리다가 발을 뻗으며 길 한가운데로 나오는 것이었다. 그 순간 노인은 정확히 고양이를 겨냥해 힘껏 가래침을 뱉었다. 가래침이 목표물에 명중이라도 하면 그는 만족스러운 웃음을 짓는 것이었다.

이처럼 타루는 활기 있는 겉모습이나 쾌락까지도 상업적 필요에 의해 지배되는 듯한 이 도시의 그러한 성격에 완전히 매료된 모양이었다. 그 특이성―그가 수첩에서 사용한 용어다―은 타루의 경탄과 찬사를 불러일으키기에 충분했고, 한 예로 그의 평 가운데 하나는 '마침내!'라는 감탄사로 끝맺기까지 했다. 그것은 당시 여행자들의 평이 매우 주관적이었던 느낌을 주는 유일한 구절이기도 했다. 그 생각의 의미와 진실성을 밝혀내기란 쉬운 일이 아니다. 1마리의 죽은 쥐를 발견한 호텔 경리직원이 당황하여 장부에 잘못 기록했다는 것을 상술한 후, 타루는 알아보기 힘든 필체로 아래와 같이 덧붙였다.

'물음 : 자기 시간을 낭비하지 않으려면 어떻게 해야 할 것인가? 답 : 시간이란 한정적이기 때문에 소중하다는 것을 느낄 것. 방법 : 치과 대기실의 차고 딱딱한 의자에 앉아 낮 시간을 보낼 것. 일요일 저녁에는 발코니에서 보낼 것. 알아들을 수 없는 외국어로 강연하는 것을 경청할 것. 가장 길고 불편한 기차의 코스를 택한 후, 물론 선 채로 여행할 것. 극장 매표소에 줄을 서서 표를 사지 말 것, 등등.'

이와 같은 엉뚱한 글귀들 말고도, 수첩에는 이 도시의 조각배 같은 전차의 모양이나, 퇴색된 빛깔이라든지 그 불결함 등에 대해 상세히 묘사돼 있고, 무엇에 대한 설명인지 불분명하지만 '그것은 특이할 만한 일이다.'라는 구절로 끝나고 있었다.

어쨌든 타루가 쥐 사건에 대해 자신의 견해를 밝힌 기록이 있다.

오늘, 맞은편의 그 작은 노인은 당황한 듯했다. 고양이들이 보이지 않았기 때문이다. 여기저기 산더미처럼 쌓여 가는 죽은 쥐들을 보고 놀란 고양이들은 정말로 자취를 감추었다. 전에 집에서 키우던 고양이들이 죽은 쥐를 싫어했다는 기억 때문이다. 아무튼 고양이들이 거리가 아닌 지하실 안에서 뛰어다니고 있을 거라고 생각한 그 노인은 당황할 수밖에 없었을 것이다. 단정하던 머리는 헝클어진 상태이고, 활기도 없이 왠지 초조한 듯이 보였다. 잠시 후 그는 기계적으로 허공에다 침을 한 번 내뱉고 나서 안으로 들어가 버렸다.

오늘은 시내에서 전차 한 대가 갑자기 정차하게 됐다. 쥐 1마리가 차 안에서 발견됐기 때문이다. 2~3명의 부인들이 겁에 질려 내렸고, 사람들은 쥐를 밖으로 내던지고 전차는 다시 움직였다.

호텔에서 신뢰할 만한 한 야경원이 내게 이 쥐들 때문에 불행한 일이 닥칠지도 모른다고 말했다. "쥐들이 배를 떠날 때……" 나는 그

에게 그 경우와는 다르다고 말하고 도시에서는 결코 그런 일이 없었
다고 대답했다. 그러나 그 야경원의 확신은 확고부동했다. 나는 그렇
다면 대체 어떤 불행이 닥치리라 예상하느냐고 물었다. 그것은 그도
잘 모르겠다는 것이다. 그러나 만약 지진이 일어나 재앙이 생겨도 자
기는 놀라지 않으리라는 이야기였다. 내가 가능한 일이라고 시인했
더니, 그는 내게 두렵지 않느냐고 물었다.

"내가 관심을 갖는 유일한 일은 마음의 평화를 찾는 겁니다." 나는
대답했다.

그는 내 말을 완전히 이해했다. 호텔 식당에서 꽤나 흥미로운 가족
을 보았다. 아버지는 깡마른 큰 키의 사나이였는데, 뻣뻣이 세운 칼
라를 단 검은 옷을 입고 있었다. 대머리에 흰머리가 한 움큼씩 나 있
었다. 둥글고 침착해 보이는 작은 눈과 기다란 코, 옆으로 다부지게
다문 입이 그의 얼굴을 길들여진 올빼미처럼 보이게 했다. 그는 늘
일단 식당 문 앞까지 와서는 까만 생쥐처럼 호리호리한 자기 부인을
먼저 들여보낸 다음 훈련견같이 옷을 입힌 어린 아들과 딸을 데리고
아내 뒤를 따라 들어간다. 식탁 앞에서도 그는 아내가 앉은 후에야
자리에 앉는다. 그러면 그때야 비로소 그 두 꼬마들도 의자에 앉을
수 있다. 그는 부인과 자식에게까지 경어를 사용하는데, 부인을 나무
랄 때는 예의바르게, 자식들에게는 근엄하게 연설조로 늘어놓는다.

"니콜, 너무 버릇없이 굴면 안 돼요."

그러면 어린 딸아이는 울먹인다. 늘 그래 온 것처럼. 오늘 아침엔
어린 아들놈이 쥐 이야기에 흥분해서 식탁 머리에서 한마디 참견하

고 싶어 안달이었다.

"필립, 식사 때는 쥐 이야기 따위는 안 하는 법이에요. 앞으로는 절대 이런 이야길 하지 말아요."

"아버지 말씀이 옳아요." 부인이 거들었다.

두 꼬마는 마지못해 고개를 숙이고, 그 아버지는 의례적이고 습관적으로 감사의 기도를 했다.

이와 같은 경우에도 불구하고, 도시 전체가 쥐 이야기로 들끓었다. 신문도 마찬가지였다. 보통 때의 지방 소식난의 여러 가지 기사들 대신 이제는 시청에 대한 비난으로 메워졌다. 그들은 '우리 시 의원님들은 떼죽음으로 썩어 가는 쥐들로 인해 노출되어진 위험성에 대해 생각해 본 적이 있는가?'라는 식의 비난을 퍼부었다. 호텔 지배인은 아예 다른 것에는 관심도 두지 않게 되었다. 그만큼 그는 흥분해 있었다. 유명한 호텔의 승강기 안에서 쥐가 죽어 있는 것은 불명예스러운 노릇이 아닐 수 없다. 나는 그에게 "이곳뿐만이 아니라는군요."라고 위로했다. "그렇겠죠. 우리까지도 이 지경이니까요." 그는 체념한 듯 대답했다.

사람들이 점차로 공포를 느끼게 된 돌발적인 열병의 첫 케이스를 바로 그 호텔 지배인에게서 전해 들었다. 호텔의 여 종업원 1명이 열병에 걸렸던 것이다."

"전염병은 아닙니다." 그는 황급히 덧붙였다.

나는 그런 건 아무래도 상관없다고 말했다.

"아! 알겠습니다. 선생님도 저 같은 운명론자시군요."

나는 그런 생각을 품어 본 적도 없으며, 결코 운명론자도 아니다. 나는 그에게 운명론자가 아니라고 말했다.

이때부터 타루의 수첩에서는 시민들 사이에서 불안의 대상이 된 원인 모를 열병에 대해 보다 구체적인 기록이 보이기 시작했다. 그 자그마한 노인이 쥐들이 자취를 감추자 고양이들과 다시 예전과 같은 거의 습관적 행동을 되풀이하게 되었다는 사실을 기록하면서, 타루는 그 열병에 걸린 환자들의 수가 이미 10여 명을 넘게 되었고, 그 대부분은 목숨을 잃었다고 덧붙였다.

이러한 기록들을 자료로 하여 타루가 묘사한 의사 리외의 모습을 다시 살펴보면, 필자가 보기에는 리외의 모습이 아주 근접하게 묘사되어 있다.

"35살쯤으로 보이며 알맞은 키에 다부진 어깨, 장방형의 얼굴, 회색빛의 곧은 눈매, 튀어나온 턱, 반듯한 코, 짧게 깎은 검은 머리, 두툼한 입술에 활처럼 휘어진 입매, 마치 시칠리아의 농부 같은 인상을 주는데, 그건 아마도 햇볕에 그을린 검은 피부와 머리색, 그리고 늘 어두운 듯하나 그에게는 잘 어울리는 옷 때문이다.

그는 빠른 걸음으로 일정한 속력으로 보도를 따라 내려간다. 그러다 세 번에 두 번쯤은 뛰듯이 반대편 보도로 올라간다. 차 운전을 할 때는 방심하는 편이어서, 길모퉁이를 돈 후에도 방향 신호등을 켜 둔 채로 있을 때가 종종 있다. 모자를 별로 좋아하지 않으며 달관한 듯한 태도이다.

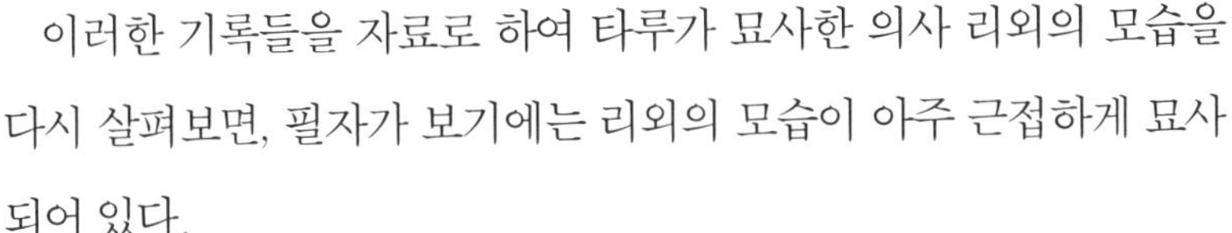

타루의 숫자 파악은 정확했다. 의사 리외도 그것에 대해 대강은 알고 있었다. 수위의 시체를 격리시키고 나서, 그는 리샤르에게 전화로 사타구니에 생기는 염증에 대해 물어보았다.

"저도 대체 이유가 뭔지 전혀 모르겠어요. 죽은 두 사람 중 한 사람은 48시간 만에, 다른 한 사람은 사흘 만에 그렇게 됐어요. 나중 사람은 죽은 날 아침만 해도 겉으론 회복되는 것처럼 보여 그냥 두었었죠." 리샤르가 대답했다.

"앞으로 그런 경우가 생기면 좀 알려 주십시오." 리외가 말했다.

그는 다시 다른 몇몇 의사들에게 전화를 걸어 알아 본 결과 불과 며칠 사이에 비슷한 환자가 20명이나 있었다는 사실을 알게 되었다. 그 환자들은 거의 모두가 목숨을 잃었다. 그래서 리외는 오랑 시 의사협회 회장인 리샤르에게 앞으로 이 열병에 걸린 환자들은 격리시키자고 제안했다.

"글쎄, 나로서는 어떻게 해 볼 도리가 없군요." 리샤르가 대답했다. "시청으로부터 어떤 조치나 지시가 있어야 할 것 같습니다. 그런데 누가 전염병의 위험성이 있다고 했습니까?"

"확실한 건 아닙니다만, 증세가 심상치 않은 것 같아 말씀드리는 겁니다."

그러나 리샤르는 자기에게는 그럴 만한 자격이 없다고 생각했다. 자기가 할 수 있는 것은 기껏해야 시장에게 그 일에 관해 보고하는 정도일 뿐이었다.

이렇게 사람들이 이 문제에 대해 이야기하는 동안, 날씨마저 악화되어 더욱 불안을 가중시켜 가고 있었다. 수위가 숨진 이튿날, 검은 안개가 하늘을 뒤덮더니 억수 같은 소나기가 퍼부었다. 이어 질식할 듯한 더위가 몰아닥쳤다. 바다조차도 제 빛을 잃어버린 채, 검은 하늘에 가려서 눈을 찌를 듯 강렬한 은빛이나 강철빛 광채를 발하고 있었다. 이처럼 때 이른 끈적끈적한 무더위는 사람들로 하여금 차라리 여름의 불볕더위를 기다리게까지 했다. 고원 위에 바다를 등진 채 기이한 모습으로 건설된 이 도시에는 무거운 무감각의 마비 상태가 감돌고 있었다. 지루하게 긴 진흙 벽 가운데서, 먼지로 덮인 진열장이 이어져 있는 거리에서, 낡고 불결한 전차 속에서, 사람들은 마치 자신들이 하늘 아래 갇혀 버린 것 같다고 느꼈다. 단지 리외의 그 늙은 환자만은 천식에서 벗어나 이때의 날씨를 즐기고 있었다.

“날씨가 푹푹 찌는군.” 그가 말했다. “기관지에는 좋은 날씨야.”

정말 뭐든지 태워 버릴 것 같은 날씨였다. 마치 열병과도 같은 무더위였다. 도시 전체가 열병에 걸린 듯한, 그것은 코타르의 자살 미수 현장 검증에 입회하기 위해 페데르브 거리에 가던 날 내내 의사 리외의 머릿속에서 떠나지 않던 인상이었다. 그러나 그와 같은 생각은 자신의 신경이 예민해져 있고 선입견에 사로잡힌 탓으로 돌리고, 여태까지의 일들과 생각을 차분히 정리할 필요를 느꼈다.

그가 도착했을 때도 아직 경감은 와 있지 않았다. 그랑이 층계에서 기다리고 있었는데, 그들은 문을 열어 놓고 일단 들어가서 기다리기로 결정했다. 이 사람은 소박한 가구가 놓인 방 두 개를 사용했다. 가구라고는 두어 권의 사전이 꽂혀 있는 책장과 칠판 하나뿐이었고, 칠판 위에는 '꽃이 핀 오솔길'이라는 글씨가 반쯤 지워진 채 씌어져 있었다. 그랑에 의하면, 코타르는 밤새 아무 탈 없이 잘 넘겼으나 아침에 깨면서부터 머리가 아프다며 아무 기력도 없어 보였다는 것이다. 그랑은 피곤하고 신경이 날카로워진 기색이었고, 방 안을 왔다 갔다 하면서 서류철을 만지작거리고 안절부절못했다.

그러면서 그는 의사에게 자기는 코타르에 대해 잘 모르지만, 아마 재산은 좀 있는 것 같다고 했다. 또 코타르는 특이한 사람이라고 덧붙였다. 코타르와 자신의 관계는 오랫동안 인사나 나누는 정도였다는 것이다.

"저는 그와 단 두 번 말했을 뿐입니다. 얼마 전에 저는 층계에서 제 방으로 가져 오던 분필통을 떨어뜨렸어요. 여러 가지 색깔의 분필이 들어 있었지요. 그때 코타르가 나와서 줍는 것을 도와주더군요. 그는 내게 많은 색의 분필이 필요하냐고 묻더군요."

그래서 그랑은 라틴어를 공부할까 한다고 이야기해 주었다는 것이다. 고등학교 때 배운 이후로 그는 라틴어를 거의 잊었다는 것이다. 그는 의사에게 말했다.

"사람들이 프랑스어의 의미를 잘 알기 위해선 라틴어가 도움이 된다고 하더군요."

때문에 그는 흑판에 라틴어 단어들을 동사의 변화와 활용에 따라 변하는 부분은 푸른색으로 그렇지 않은 부분은 붉은색 분필로 자꾸 써 놓는다는 것이다.

"코타르 씨가 제 말을 이해했는지는 잘 모르겠어요. 어쨌든 그는 흥미로웠는지 붉은 분필을 하나 달라고 하더군요. 좀 이상했지만……. 정말 그 분필을 그런 일에 사용할 줄은 짐작도 못했습니다."

리외가 두 번째 대화의 내용도 물으려는 그때, 경감이 서기와 함께 도착했다. 경감은 우선 그랑의 진술을 듣고자 했다. 리외는 그랑이 코타르에 대해 이야기할 때 자주 그를 '절망적인 사람'이라고 표현하는 것에 유의했다. 그랑은 때때로 '운명적인 결심'이라는 표현까지도 썼다. 그들이 코타르의 자살 동기를 추정할 때도 그랑은 신중히 용어를 선택했다. 결국 '내적인 고통, 갈등'이라고 결론지었다. 경감은 코타르의 태도 가운데 '그의 자살 결심'에 대해 미리 짐작할 수 있었던 점이라도 발견하지 못했느냐고 물었다.

"어제 제 집에 찾아와서는 성냥을 좀 빌리자고 하더군요. 그래서 성냥을 통째로 주었지요. 그랬더니 그는 이웃 사이에 미안하다니 어쩌니 횡설수설하더니, 내 성냥 통을 틀림없이 돌려주겠노라고 말하더군요. 저는 그냥 가지라고 말했지요." 그랑이 대답했다.

경감은 그랑에게 그때 코타르의 행동이 이상하게 생각되지 않았었냐고 질문했다.

"이상하게 느꼈던 점은 그가 말 상대를 찾는 듯했어요. 하지만 그때 저는 일하던 중이었습니다."

그랑은 리외 쪽으로 슬쩍 돌아보고는 쑥스러운 듯한 기색으로 덧붙였다.

"개인적인 일이었어요."

아무튼 경감은 당사자를 만나기를 원했다. 그러나 리외는 코타르가 경찰의 방문을 미리 알고 있는 게 좋겠다고 생각했다. 리외가 코타르의 방에 들어가자 그는 색 바랜 플란넬 잠옷만 걸치고 침대에서 몸을 일으키고는 불안한 표정으로 문 쪽에 시선을 던졌다.

"경찰이 왔군요. 그렇죠?"

"그렇소." 리외가 말했다. "그러나 걱정하지 말아요. 형식적인 조사니까 마음 놓아도 될 거요."

그러나 코타르는 그런 건 아무것도 원하지 않으며 자기는 경찰을 좋아하지 않는다고 대답했다. 리외는 화가 나서 말했다.

"나 역시 그렇소. 하지만 문제는 그들이 원하는 질문에 빨리, 그리고 정확하게 대답해야 단 한 번에 모든 것이 끝난단 말입니다."

코타르는 잠자코 있었다. 리외가 문 쪽으로 몸을 돌리려 하자 그는 다시 리외를 불렀다. 그가 침대 곁으로 다가가자 덥석 손을 잡으며 두려운 목소리로 물었다.

"환자를, 그것도 목을 매어 죽으려 했던 사람을 어떻게 하진 않겠죠? 그렇죠, 선생님?"

리외는 잠시 그를 내려다보다가 그런 걱정은 할 필요도 없으며, 자기는 환자를 보호하기 위해서 와 있는 것이라고 그를 안심시켰다. 코타르는 조금 안심이 된 듯 경감을 들어오도록 했다.

경감은 코타르에게 그랑의 증언을 읽어 준 뒤, 무슨 이유로 그런 일을 저질렀는지 본인이 좀 더 자세히 설명해 달라고 했다. 코타르는 경감의 얼굴을 쳐다보지도 않은 채 "참기 힘든 슬픔 때문에 그랬지, 다른 이유는 하나도 없어요."라고만 대답했다. 경감은 다시 그런 행동을 할 거냐고 연거푸 물었다. 코타르는 흥분해서 다시는 그런 짓은 없을 것이며, 단지 사람들이 자기를 가만 내버려 두기만을 바랄 뿐이라고 대답했다.

"지금 바로 당신 자신이 다른 사람들을 괴롭힌다는 사실을 알아 두시오." 경감이 다소 짜증 섞인 목소리로 말했다.

그러나 리외가 눈짓을 하자 경감은 그 정도로 그만두었다.

"당신도 알다시피." 경감은 방에서 나오면서 한숨을 쉬었다. "안 그래도 그 열병에 대한 소문이 떠돈 이후로는 이런 부질없는 일에 관여할 겨를이 없어서요."

경감은 의사에게 열병에 대해 물었고, 리외는 자기도 잘 모른다고 대답했다.

"순전히 날씨 탓일 겁니다." 경감은 단정하듯 말했다.

정말 그럴지도 몰랐다. 시간이 흘러감에 따라 모든 것이 끈적거리며 달라붙는 것처럼 느껴졌다. 리외가 회진할 때마다 사태의 심각성이 깊어만 갔다. 바로 그날 저녁 변두리 그 늙은 환자의 이웃 사람이 사타구니를 잡고 헛소리를 하며, 구역질을 해 대고 있었다. 임파선은 수위의 것보다도 더 부어 있었다. 그것은 하나둘씩 곪기 시작했고, 이내 썩은 과일처럼 터졌다. 리외는 집에 오자마자 시청의 의약품 보관소에 전화했다. 그날 그의 임상 메모에는 '회답이 부정적임'이라고만 적혀 있었다. 그런데 이미 다른 곳에서도 비슷한 증상을 호소하는 진찰 의뢰가 들어왔다. 곪은 곳을 절개해야만 했다. 그것은 뻔한 일이었다. 십자(十字)로 두 번 절개를 하자 임파선으로부터 핏빛의 고름이 터져 나왔다. 환자들은 온몸이 상처로 덮여 피를 흘렸다. 배와 다리에는 반점이 나타났고, 어떤 임파선은 고름이 멎자 부어올랐다. 대부분 환자들은 악취를 풍기며 죽어 갔다.

쥐 사건 때는 그토록 요란스럽던 신문이 이제는 아무 반응도 보이지 않았다. 쥐들의 죽음은 눈에 띄는 길 위에서 일어났으나 사람들의 죽음은 개인적이며 간간이 소문으로만 알려졌기 때문이다. 아무튼 신문이라는 것은 보이는 것에만 관심을 쏟는다. 그러나 도청이나 시청에서는 이 일에 대해 의아하게 생각하기 시작했다. 의사들이 저마다 몇 번의 경우만을 알고 있을 때는 아무도 무엇을 할 생각을 하지 않았다. 그러나 누군가 합계를 내 보는 것만으로도 사태의 중대성을 감지하기엔 충분했다. 그 숫자는 놀랄 만했다. 겨우 며칠 동안에 사망자 수가 점점 더 늘어났고, 이 이상한 병에 대해 관심을 가진 사람들은 이것이 틀림없는 전염병임을 확신하게 되었다. 의사이며 리외보다는 훨씬 나이가 많은 카스텔 씨가 그 무렵 그를 방문했다.

"물론 당신은 이 병이 무엇인지 알고 있겠지요?" 카스텔 씨가 물었다.

"분석 결과를 기다리는 중입니다."

"나는 이미 그 병을 알고 있소. 분석할 필요가 없단 말이오. 나는 중국에서 얼마 동안 의사 생활을 했을 때와 20여 년 전 파리에서도 비슷한 몇몇 경우를 보았소. 그러나 그 당시는 그 증세에다 병명을 붙일 엄두가 나질 않았소. 여론이란 신성한 것이오. 냉정을 잃어선 안 되지요. 공포감을 조성해선 안 된다는 거예요. '그럴 리가 없지.

이미 다 아는 사실이지만, 그 병은 서양에서 자취를 감췄는데.'라고 말했듯이 공포감을 조성해선 안 된다는 말이오. 죽은 사람들만 제외하곤 누구나 당신 역시 이 병이 무엇인지를 잘 알고 있을 거요."

리외는 잠시 생각에 잠겼다. 그는 사무실의 창문 너머 멀리 만을 감싸듯 오므라진 벼랑의 등성이를 바라보았다. 하늘은 푸른빛에 흐릿한 광채가 어렸으나 한낮이 지나감에 따라 부드러워져 갔다.

"맞아요, 카스텔 씨. 정말 믿을 수 없는 일입니다만, 아무래도 페스트 같습니다." 리외가 말했다.

카스텔은 몸을 일으켜 문 쪽으로 걸어갔다.

"분명히 페스트라 하면 사람들이 우리에게 뭐라고 이야기할지 알고 있겠지요?"

그 늙은 의사가 말했다. "페스트는 이미 오래전에 기후가 온화한 지방에서는 소멸되었다고 말할 거요."

"소멸되다니 어처구니없군요!" 리외가 어깨를 움츠리며 대답했다.

"그렇죠. 파리 같은 대도시에서도 불과 20여 년 전에 페스트가 돌았다는 사실을 잊을 수 없죠."

"정말입니다. 아무튼 이번엔 그때보다 피해가 덜 하기나 바라야겠군요. 그러나 정말이지 믿지 못할 일입니다."

'페스트'라는 말이 비로소 처음으로 입에 오르내리기 시작했다. 이제 이 이야기 진행을 여기서 잠시 멈추고, 여기서 필자가 베르나르 리외의 놀라움에 관한 해명이 필요하리라 생각된다. 왜냐하면 여러 가

지 뉘앙스 차이는 있으나 그의 반응은 대부분의 시민들의 그것과 같았기 때문이다. 사실 재앙이란 누구에게나 흔히 있을 수 있는 일이지만, 그것이 바로 우리 자신에게 닥쳤을 때에는 좀처럼 믿기지가 않는 법이다. 이 세상에는 전쟁만큼이나 흔하게 페스트가 유행했었다. 그럴 때마다 사람들은 언제나 속수무책일 뿐이었다. 의사 리외도 마찬가지였다. 따라서 그의 망설임, 놀라움도 그 때문인 것이다. 또한 그가 불안감과 기대감 사이에서 갈등을 일으킬 수밖에 없었던 것도 마찬가지 이유에서다. 전쟁이 발발하게 되면 으레 사람들은 '오래 계속되진 않을 거야. 그건 너무나 어리석은 짓이니까.'라고 말한다. 전쟁이란 확실히 어리석은 짓일지도 모르지만, 사실 그렇다고 해서 빨리 끝이 나란 법도 없다. 사실 이런 일이란 항상 지겹고 끈질긴 법이 아닌가. 만약 사람들이 자신들 외에 다른 것에도 관심을 기울였다면, 그런 사실을 깨달을 수 있을 것이다.

이런 관점에서 볼 때 우리 시민들 역시 자신들의 문제만을 생각하고 있었다. 다시 말해서 그들은 휴머니스트였다. 그들은 재앙 같은 것은 믿지 않았던 것이다. 재앙이란 인간의 능력 밖의 일로 어찌할 수 있는 것이 아니다. 때문에 사람들은 재앙이 늘 비현실적이고, 곧 지나가는 악몽 같은 것으로 생각한다. 그러나 재앙이란 반드시 닥쳐왔다. 사라져 버리는 것은 아니다. 악몽의 되풀이인 것이며, 오히려 사람들이 사라지는 것이다. 특히 휴머니스트들은 조심성 부족으로 맨 먼저 사라진다. 우리 시민들이 다른 사람들보다 더 많은 잘못을 저지른 것은 아니다. 그들은 단지 겸손함을 잠시 잊었을 뿐이었다.

그래서 그들은 자기들에게 불가능한 일은 없다고 믿었으며, 때문에 재앙의 위험이란 없는 것이라고 단정하게 만들었다. 그들은 사업을 계속했고, 여행을 준비하거나 저마다의 의견을 내놓았다. 미래나 여행이라든지 토론 같은 것을 무의미하게 만들어 버릴 페스트를 그들이 어떻게 상상할 수 있었겠는가? 그들을 속박할 것은 없다고 믿었다. 그러나 재앙이 언제나 존재하는 한 어느 누구도 자유로울 수가 없는 법이다.

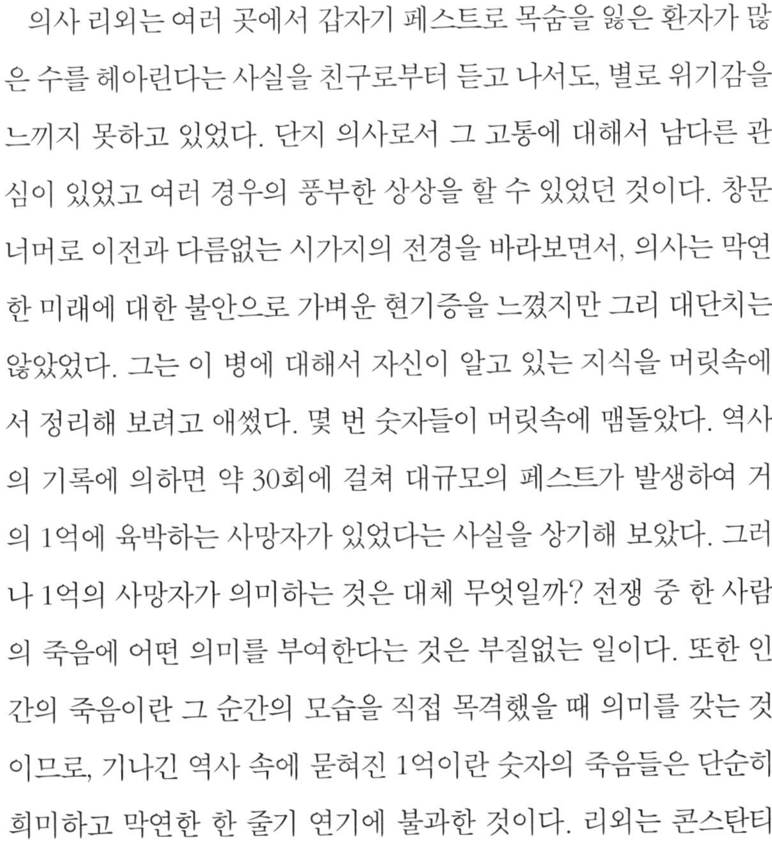

의사 리외는 여러 곳에서 갑자기 페스트로 목숨을 잃은 환자가 많은 수를 헤아린다는 사실을 친구로부터 듣고 나서도, 별로 위기감을 느끼지 못하고 있었다. 단지 의사로서 그 고통에 대해서 남다른 관심이 있었고 여러 경우의 풍부한 상상을 할 수 있었던 것이다. 창문 너머로 이전과 다름없는 시가지의 전경을 바라보면서, 의사는 막연한 미래에 대한 불안으로 가벼운 현기증을 느꼈지만 그리 대단치는 않았다. 그는 이 병에 대해서 자신이 알고 있는 지식을 머릿속에서 정리해 보려고 애썼다. 몇 번 숫자들이 머릿속에 맴돌았다. 역사의 기록에 의하면 약 30회에 걸쳐 대규모의 페스트가 발생하여 거의 1억에 육박하는 사망자가 있었다는 사실을 상기해 보았다. 그러나 1억의 사망자가 의미하는 것은 대체 무엇일까? 전쟁 중 한 사람의 죽음에 어떤 의미를 부여한다는 것은 부질없는 일이다. 또한 인간의 죽음이란 그 순간의 모습을 직접 목격했을 때 의미를 갖는 것이므로, 기나긴 역사 속에 묻혀진 1억이란 숫자의 죽음들은 단순히 희미하고 막연한 한 줄기 연기에 불과한 것이다. 리외는 콘스탄티

노플에서 발생했던 페스트를 생각해 냈다.

이 페스트는 프로코프에 의하면 단 하루에 10,000명의 사망자가 생겼다는 것이다. 10,000명이란 수는 대형 영화관 관객의 5배가 된다. 다섯 군데의 영화관에서 나오는 모든 관중을 모아 도시의 광장으로 데리고 가 무더기로 죽인다면 좀 더 명확히 파악될 것이다. 상상만으로도 이름 모를 시체 더미 위에 낯익은 얼굴을 대체시켜 놓을 수 있을 것이다. 그러나 이와 같은 일은 불가능할 뿐만 아니라, 10,000명이나 되는 남의 얼굴을 알 수 있단 말인가? 더욱이 프로코프 같은 사람들은 수계산 방법을 몰랐음이 분명하다. 70년 전 중국 광동에서는 40,000마리의 쥐가 페스트로 죽은 후에야 비로소 주민들이 재앙에 대해 두려움을 갖기 시작했다. 그러나 1871년에는 쥐의 숫자를 세는 방법이 없었다. 모두들 대충 어림잡아 셈을 했으므로 정확히 알기란 힘들다. 그렇다고 해도 쥐 1마리의 길이를 30센티미터라고 해서 40,000마리의 쥐를 이어 늘어놓고…….

리외는 자꾸 그런 생각으로 기울었으나 그래서는 안 될 것 같았다. 몇몇 경우만으로 전염병이라 단정할 수는 없다. 조심만 하면 별 일 없으리라. 자기가 아는 증세만으로 일단 만족해야 했다. 이를 테면 마비와 탈진, 눈이 충혈되고 구강의 염증, 두통, 가래톳, 타는 듯한 갈증, 정신착란, 온몸의 반점, 내부기능 장애, 그리고 마지막으로…….
그리고 마침내 한 구절이 리외의 뇌리를 스쳐 갔다. 그것은 바로 이러한 증세들이 열거된 의학 서적의 마지막 부분의 구절이었다. '맥박이 희미해지고 미세한 동작으로 꿈틀거리다가 갑자기 죽고 만다.'

그렇다. 이런 여러 증세 후에 결국은 마지막 이들의 몸부림에 매달리게 되고, 그 가운데 4분의3 정도 사람들은, 이것은 정확한 수치였다, 죽음을 재촉하는 이 알 수 없는 몸부림을 하는 것이다.

리외는 계속 창 밖에서 시선을 떼지 않았다. 창 저편에는 밝고 신선한 봄 하늘이 펼쳐져 있었고, 이편에는 페스트란 단어가 아직도 여운을 남기며 떠돌고 있었다. 이 단어는 단지 과학적인 것만 의미하는 것은 아니었다. 이 도시는 활기를 잃지 않아서 소란하기보다는 온화하고 적당히 윙윙거리는, 만약 인간들이 동시에 행복과 불행을 느낄 수 있다면 그 순간 결국 행복이라 할 수 있는, 그 흐릿한 도시와는 걸맞지 않는, 갖가지의 기괴한 영상들까지도 포함되어 있는 것이다. 그리고 그토록 안온하고 무관심한 듯한 평온 상태는 역사 속에 무수히 뿌려진 재앙의 영상들을 너무도 쉽게 묻어 버리고 있었다.

페스트에 의해 새들마저 사라져 버린 아테네, 말없는 고통으로 허덕이는 중국의 도시들, 썩은 물이 흐르는 시체를 구덩이에 채워 넣는 마르세유의 죄수들, 광기로 불어닥치는 페스트를 막기 위한 프로방스 지방의 대규모 벽, 자파와 거리에 널린 초라한 모습의 걸인들, 콘스탄티노플 병원의 바닥에 놓인 채 습기로 썩어 가는 간이침대들, 갈고리로 끌려 나오던 환자들, 그 처참한 페스트가 유행하던 때 마스크를 쓴 의사들의 혼란, 밀라노의 공동묘지에 아직 숨이 남아 있는 듯한 자들끼리의 성 행위, 두려움이 감싸는 런던의 시체 운반 마차들, 그리고 어디서나 항상 끊임없는 고통소리로 메워져 있던 낮과 밤들. 그래도 이런 모든 생각이 그날의 평온함을 완전히 깨어 버릴 정도로 강렬하진 못했다. 갑자기 창문 너머 멀리서 허공으로 퍼지는 보이지 않는 전차의 종소리가 그 잔인성과 처절함까지 가지고 달아나 버렸다. 오로지 바다만이 정연히 맞닿아 있는 건물들에서 불안과 결코 안정할 수 없는 것이 이 세상에 존재한다는 사실을 증명해 보이고 있었다. 그리고 만 쪽을 바라보던 의사 리외는 뤼크레스가 말한, 페스트로 인해 많은 사망자를 낸 아테네 사람들이 바다 앞에 세웠다는 그 화장용 장작더미를 상상하고 있었다. 아테네인들은 시체를 옮겨 놓았는데, 자리가 부족해 운반자들은 그토록 조심스럽게 옮겨 놓았던 시체를 장작더미 위에 서로 올려놓기 위해 횃불을 휘두르며 다투었던 것이다. 시체를 그냥 버려 놓기보다는 차라리 목숨을 건 싸움을 택한 것이다. 암흑에 싸인 바다. 붉게 타오르는 장작더미의 불꽃과 이리저리 난무하는 어둠 속에서의 횃불싸움. 그리고 고요한 하늘로 솟아오르는 독기 찬 회백색 연기들이 영상으로 스쳐지나갔다. 두려운 것은…….

그러나 이런 환영은 이성에 의해 더 이상 고개 들지 못했다. '페스트'라는 단어를 사용한 것도 사실이고, 지금 이 순간에도 재앙은 점점 사망자 수를 늘리고 있다는 것도 사실이다. 하지만 그것은 막을 수도 있다. 지금 해야 할 일은, 인정해야 할 것은 빨리 인정하고 부질없는 환영을 지워 버리고 적절한 조치를 강구하는 것이다. 그러면 페스트가 더 이상 확산되는 것을 방지할 수 있다. 왜냐하면 꼭 페스트가 아닐지도 모르며 혹은 단순한 착각일지도 모르기 때문이다. 만약 페스트가 사라진다면, 가능한 일이지만, 모든 일은 해결돼 갈 것이

다. 그렇지 않을 경우 사람들은 페스트의 정체와 그것의 대처 방안과
박멸의 가능성을 알게 될 것이다.

의사는 창문을 열어젖혔다. 도시의 소음이 한꺼번에 몰려왔다. 가
까운 작업장에서 끊어질 듯 반복되는 기계톱 소리가 들렸다. 리외는
기지개를 켜고 기운을 차렸다. 매일의 일, 바로 거기서 확실성을 찾
는 것이다. 그 밖의 것은 무의미한 충동적 행동에 좌우되고 있으며,
그렇게 어물거릴 수는 없는 것이다. 필요한 것은 자신의 직분을 충실
히 완수하는 일이다.

리외가 이런 생각에 잠겨 있을 때, 조제프 그랑이 방문했다는 전갈
이 왔다. 시청 직원으로서 그의 임무는 여러 가지였지만, 정기 업무
는 호적 통계를 처리하는 일을 맡곤 했다. 따라서 자연히 그는 사망
자의 집계도 직접 하게 된 것이다. 그는 원래 세심하고 친절한 성격
이라 통계 결과의 사본 한 장을 리외에게 직접 갖다 주었다.

리외는 그랑이 이웃에 사는 코타르와 같이 들어오는 것을 보았다.
그랑은 그에게 한 장의 종이를 흔들어 보였다.

"의사 선생님, 숫자가 증가하고 있습니다." 그가 말했다. "48시간
동안에 11명의 사망자가 발생했어요."

리외는 코타르에게 목례를 하고 기분이 어떠냐고 물었다. 그랑은
코타르가 리외에게 감사하고 있으며, 자기로 인해 걱정을 끼친 점에
대해 진심으로 사죄하길 원한다는 이야기를 했다. 그러나 리외는 통
계가 적힌 쪽지를 들여다보고 있었다.

“자.” 리외가 입을 열었다. “아마도 이젠 병명을 붙여야만 할 것 같습니다. 지금까지 우리는 아무 일도 하지 않았습니다. 같이 나갑시다. 연구소에 들러야 하니까요.”

“물론 그래야지요.” 그랑은 리외를 따라 층계를 내려오며 말했다. “적절한 이름이어야 합니다. 그런데 그 병명이 무엇입니까?”

“그건 말할 수 없군요. 설사 말한다 해도 당신네들한테는 별 도움도 되지 않을 겁니다.”

“선생님께서는 확신한 것 같군요.” 그랑이 미소를 지었다. “아무래도 심상찮은 것 같은데요.”

그들은 연병장으로 발길을 옮겼다. 코타르는 그동안에도 계속 잠자코 있었다. 길은 사람들로 붐비기 시작했다. 이 지방의 그 짧은 황혼은 벌써 저물고 샛별들이 아직도 또렷한 지평선 위로 나타나고 있었다. 잠시 후, 하나둘 가로등이 켜지자 하늘이 온통 어둡게 보였고 사람들의 목소리도 한층 높아진 것 같았다.

“먼저 실례하겠습니다.” 연병장 모퉁이에서 그랑이 말했다. “전차를 타야겠군요. 저녁 시간이란 성스러운 것이니까요. 저의 고향 사람들이 말하듯이 ‘내일로 미루어선 안 되니라’이니까요.”

리외는 몽텔리마 태생인 그랑의 이 특이한 버릇을 이미 잘 알고 있는 터였다.

그랑은 자기 고향의 격언을 끄집어내서는 ‘꿈같은 날씨’라든가 ‘신비스런 모습의 불빛’과 같은, 누구도 사용하지 않는 구태의연한 말투를 자주 사용하기도 했다.

“그래요.” 코타르가 말을 꺼냈다. “저녁 식사 이후에는 누구도 이 사람을 집에서 끌어내지 못하거든요.”

리외는 그랑에게 그 시간에 시청을 위한 일을 하냐고 물었다. 그랑은 자신을 위한 일을 한다고 대답했다.

“그래요!” 리외는 무언가 응대가 필요할 것 같아 물었다.

“그래서 잘 진행되어 가나요?”

“벌써 몇 해째 하고 있지만 어떻게 보면, 발전이란 없었던 것 같아요.”

“아니, 무슨 문제가 있었나요?” 의사가 걸음을 멈추고 물었다.

그랑은 그의 큰 귀 위에 둥근 모자를 고쳐 쓰면서 알아듣기 어려운 빠른 어조로 말했다. 그래서 리외는 막연히 생각하길 그가 너무 개성이 강한 탓이라 여겼었다. 그러나 그랑은 이미 저만치 대로의 무화과나무 아래로 총총히 거슬러 올라가고 있었다. 연구소에 이르자 코타르는 의사에게 꼭 찾아뵙고 조언을 들었으면 한다고 말했다. 주머니 속의 통계표를 만지작거리던 리외는 코타르에게 진찰 시간에 와 달라고 말했다가 다시 바꾸어서 자기가 다음 날 그 동네에 볼 일이 있으니 그때 오후 늦게라도 그에게 들르겠다고 말했다.

코타르와 헤어지고 나서 리외는 자신이 여태 그랑을 생각하고 있었다는 것을 깨달았다. 그는 페스트의 휘말림, 그것도 역사에 남을 대규모 페스트의 한가운데 있는 그랑을 상상했다. ‘그런 극한 상황에도 능히 재앙을 모면할 수 있는 사람이지.’ 리외는 페스트가 몸이 약한 사람들보다 특히 건장한 사람들에게 발병한다는 사실을 어디선가 읽은 기억이 있었다. 리외는 이런 생각을 계속하며 그랑에게서 어떤 신비스럽기조차 한 모습을 발견하는 것이었다. 언뜻 보기에 조제프 그랑은 사실 시청의 하급 직원으로밖에 보이지 않았다. 여리고 마른 몸매에다 늘 지나치게 큰 옷을 걸쳐서 마치 옷만 따로 움직이는 것 같았는데, 큰 옷을 입어야 오래 입는다는 착각 때문인 것 같았다. 그리고 아래 잇몸은 이가 대부분 제대로 있었지만, 위쪽에는 하나도 없었다. 그가 웃을 때는 윗입술이 말려서 마치 유령의 입을 연상시켰다. 그는 또한 신학교 학생 같은 태도로 벽에 바싹 붙어 걷고는 문 안으로 살며시 들어가곤 했다. 또 케케묵은 냄새를 풍겼으며, 온갖 보잘것없는 무의미한 표정을 자주 지었기 때문에, 시내의 목욕탕 요금 검토라든가 젊은 상관을 위해 일반 가정의 오물 수거에 관한 새로운 세금용 보고 자료 정리 따위의 일에 알맞은 사람 같았다. 따라서 사무용 책상 앞이 아닌 다른 어떤 곳에서 그의 모습을 발견한다는 것은 거의 상상할 수 없음을 누구나 곧 수긍하게 될 것이다. 그를 처음 보는 사람의 눈에도 그는 하루 62프랑 30상팀을 받는 시청 임시 보조원으로, 보잘것없으나 필요 불가결한 일을 위해서 이 세상에 존재하는 사람같이 보였다.

그에 의하면 자신의 신분은 고용장의 '자격'란에 언급되어 있다는 것이다. 22년 전에 대학을 나와 경제 사정으로 더 이상 학업을 계속할 수 없어 중단했을 때 그 자리를 얻었으며, 곧 정식 발령이 날 것으로 기대했다는 것이다. 단지 시 행정에 필요해 여러 가지 까다로운 문제 처리 능력을 얼마간은 보여 주어야 한다는 조건이 있었다. 그

뒤에는 틀림없이 풍족한 삶을 보장해 주는 기안자의 자리까지 올라
갈 수 있으리라고 이야기했다는 것이다. 그는 씁쓸한 미소를 지으면
서, 물론 조제프 그랑을 움직이게 하는 힘은 아니라고 확신했다. 차
라리 그는 정직한 방법으로 물질적인 생활이 보장된다는 기대 때문
에 자신이 원하는 일에 부담 없이 몰두할 수 있기를 간절히 바랄 뿐인
것이다. 그가 그 자리를 수락한 것은 명예로운 이유에서였으며, 그것
은 그의 이상에 대한 충실성 때문이었다.

　그가 임시 고용직으로 근무하며 오랜 세월이 지나는 동안 물가는
엄청난 비율로 상승했으며, 반면에 그랑의 급료는 몇 번의 전반적인
인상에도 불구하고 보잘것없었다. 그는 리외에게 이 문제를 하소연
하기도 했지만, 아무도 진지하게 여기는 것 같지 않았다. 그랑의 특
이한 점이라고 할 수 있는 그가 지닌 특징 중 하나가 바로 이런 면이
었다. 그는 권리라고 생각하지는 않지만, 적어도 사람들이 자신에게
약속을 이행하라고 주장할 수는 있었다. 그러나 불행히도 그를 채용
한 국장이 오래전에 죽었고, 더욱이 그랑은 자신에게 약속된 근거가
정확한 조항조차 기억해 내지 못했다. 결국, 조제프 그랑은 당당하게
주장하지 못하게 된 셈이었다.

　리외가 지적한 것처럼 이런 성격은 바로 그랑의 됨됨이를 가장 잘
보여 주는 것이었다. 사실 이 같은 성격 때문에 그는 매번 계획해 놓
은 요구서를 적어 보낸다든지, 때에 따라서 요구되는 조치를 취하지
못하곤 했다. 그랑은 확신 없는 '권리'라든지, 자기 몫을 요구함에 있
어서 좀 당돌하게 여겨지는, 자기가 맡은 업무의 보잘것없음에 걸맞

지 않는 '약속'이라는 단어 같은 것을 감히 사용해서는 안 될 것처럼 생각된다는 것이다. 어떤 면으로는 '호의', '청원', '감사' 같은 말들은 자신의 개인적인 위엄이 허락할 수 없다고 생각되어 사용하기를 거부한다는 것이다. 이처럼 적절한 조처와 용어를 찾지 못하고 그랑은 꽤 나이가 들 때까지도 자기의 불확실한 직책에 계속 매여 왔던 것이다. 게다가 그가 늘 리외에게 말하기를 아무튼 자기는 수입에 맞춰 지출을 하는 식으로 모든 걸 계획하며 살다 보니 물질적인 생활만큼은 보장된다는 사실을 깨달았다는 것이다. 때문에 그는 이 도시의 시장이 자주 사용하는 말의 정당성을 인정하게 된 것이다.

시장은 필경―그는 자기 이론의 모든 무게가 담겨 있는 이 말에 힘을 주곤 한다―지금까지 우리 시에서 굶주려 죽어 간 사람은 결코 본 일이 없다고 단언했다. 여하튼 조제프 그랑의 거의 금욕적이라고까지 할 만한 생활은, 결국은 이런 종류의 모든 걱정으로부터 실제로 그가 벗어날 수 있었던 것이다. 그는 계속 적절한 말을 찾고 있었다.

어떻게 보면 그의 생활은 모범적이었다고 말할 수 있다. 그랑은 다른 곳에서도 마찬가지겠지만 이 도시에서도 찾아보기 힘든, 늘 자신의 정의에 대해서 용기를 지니고 있는 사람들 가운데 하나였다. 자신에 관하여 이야기한 일이 많진 않았지만, 그래도 그의 고백은 오늘날 사람들과는 달리 선의와 애정을 솔직하게 담고 있었다. 그랑은 유일한 친척이며, 2년에 한 번 프랑스를 방문해서 보았던 자기 누이와 조카들을 사랑하고 있다는 사실을 부끄럼 없이 털어놓았다. 또한 자기가 젊었을 때 돌아가신 부모를 생각할 때마다 너무 슬퍼진다고 했다.

또 오후 5시만 되면 평온한 동네의 종소리를 무엇보다도 즐겼다는 것도 감추지 않고 말했다. 하지만 그는 그토록 소박한 감정을 표현하기 위해 단순한 말을 생각하는데도 무척이나 고심했다. 이러한 점이 그에게 가장 어려운 점이었던 것이다. "아, 의사 선생님. 정말 자기 느낌을 있는 그대로 표현할 줄 알았으면 좋겠어요." 그는 리외를 만날 때마다 하소연했다.

그날 저녁 리외는 그랑이 떠나는 뒷모습을 보는 순간 문득 그가 하고자 했던 말을 이해하게 되었다. 그는 아마 책이나 그와 유사한 무엇인가를 쓰는 듯 느껴졌다. 연구소에서도 그 생각은 리외의 뇌리를 떠나지 않았다. 리외는 이런 생각이 터무니없는 일이라는 사실을 알면서도, 자신을 자랑스럽게 여기는 괴벽에 몰두하는 겸손한 관리를 찾아볼 수 있는 이런 도시에 페스트가 유행하리라고는 믿어지지 않았던 것이다. 정확히 표현하면 리외는 페스트의 와중이라면 이러한 여유로운 일에 열중하는 일이란 상상할 수 없으며, 따라서 그는 실제로 페스트가 우리 시민들 사이에서는 오래 가지 못하리라고 생각했던 것이다.

이튿날, 리외는 말도 안 되는 주장이라는 소릴 들으면서까지 시청 보건위원회를 소집하게 되었다.

"시민들이 불안해하는 것은 사실입니다." 리샤르도 솔직히 인정했다. "그리고 있지도 않은 말들이 나돌아 모든 게 과장된 점도 많다는 것도 인정해야 합니다. 시장이 나보고 '조속히 처리하도록 합시다. 그러나 조용하게 마무리를 해야 하지요.'라고 하더군요. 사실 시장도 시민들이 공연히 법석을 부린다는 생각을 갖고 있어요."

베르나르 리외는 시청으로 가면서 카스텔을 자기 차에 동승시켰다.

"시청에 혈청이 하나도 남지 않았다는 사실을 들었습니까?"

"네, 들었습니다. 약품 저장소에 전화를 걸어 봤었는데 소장이 무척 놀라더군요. 파리에서 혈청을 가져 오도록 조치해야겠어요."

"늦지 말아야 할 텐데요."

"이미 전보를 쳤습니다." 리외가 대답했다.

시장은 예의를 갖추었지만, 불안한 기색이 엿보였다.

"시작합시다, 여러분." 그가 말했다. "사태의 요점을 말씀드리겠습니다."

리샤르는 그건 이미 소용없는 일이라고 생각했다. 의사들은 사태를 이미 파악하고 있었다. 문제는 어떻게 조치를 취하는 게 현명한지를 의논만 하면 되었다.

"우선 페스트냐 아니냐를 밝혀내는 일입니다." 카스텔 노인이 불만스러운 듯 말했다.

두어 명의 의사들이 놀라움의 소리를 내질렀다. 다른 의사들은 머뭇거리는 것처럼 보였다. 시장은 마치 이 엄청난 사실이 복도로 새나가지 않도록 문단속이라도 하려는 듯, 반사적으로 몸을 일으키더니 입구 쪽으로 몸을 돌렸다. 리샤르가 차분한 어조로 지나친 흥분은 자제하라고 말했다. 사타구니에 발생하는 염증 때문일 뿐이며, 가설이라는 것은 과학에 있어서나 일상생활에 있어서나 언제나 맞아들어가지는 않다는 점을 배제할 수 없다고 했다. 카스텔 노인은 노르스름한 콧수염을 태연하게 씹다가 리외 쪽으로 맑은 시선을 던졌다. 그리고 사람들에게 부드러운 눈길로 시선을 주고, 자기는 그것이 페스트라는 걸 이미 확신하고 있었으며, 이를 공식적으로 인정한다면 하는 수 없이 무자비한 조치를 취해야만 할 것이라고 지적했다. 카스텔 노인은 동료들이 주저할 수밖에 없는 것도 사실은 그러한 것 때문이라는 걸 잘 알고 있으며, 따라서 그들의 평온을 위해 이 질환은 페스트가 아니라고 부인할 용의도 있다는 것이었다. 시장은 흥분해서 그런 식으로 생각하는 것은 최선의 방법이 아니라고 자기 의견을 말했다. "중요한 점은 이런 의논 방법이 좋으냐 아니냐가 아니라, 그것을 듣고 무엇을 생각해야 하는가 하는 데 있습니다." 카스텔이 말했다.

리외가 침묵을 지키고 있자, 사람들이 그의 생각을 물었다.

"장티푸스와 증세가 비슷한 열병이지만 임파선 염증과 구토증이 수반됩니다. 저는 임파선 종을 수술했었습니다. 아무래도 심상치 않아서 병리 검사를 의뢰했더니, 분석 결과 강한 페스트균을 확인할 수 있다는 회보가 있었습니다. 그러나 부연해 말씀드리자면, 이 균의 몇몇 특수한 변화들이 여태까지의 기록들과 반드시 일치하는 것은 아닙니다."

리샤르는 바로 그렇기 때문에 쉽게 속단하는 건 금물이라 말하고, 며칠 전부터 시작한 일련의 분석 결과를 기다려야만 정확한 결과를 알 수 있으리라고 말했다. 잠시 무거운 침묵이 흐른 뒤에 리외가 말했다.

"어떤 세균이 3일 동안에 비장을 4배로 붓게 하고 장간막의 임파선을 주먹만 한 크기와 끈끈한 액체로 만들었다면 더 이상 보고 있을 수 만은 없는 것입니다. 지금 이런 환자가 발생되는 지역은 점차 확대되고 있습니다. 그 속도로 보아, 만약 방지하지 못한다면 불과 2개월 내에 시민의 절반이 생명을 잃을지도 모르는 위험성이 있습니다. 따라서 여러분들이 그것을 페스트라 인정하든 단순한 전염성 열병이라 생각하든 그것이 문제가 아닙니다. 다만 중요한 건 이 세균으로 시민의 절반이 희생당하지 않도록 시급히 조치를 취하는 일입니다."

리샤르는 아직 어떤 것도 어둡게만 바라보아서는 안 되며, 환자들의 가족이 아직 전염되지 않은 이상, 전염성인지 아닌지는 확실히 증명된 것이 아니라고 했다.

"그러나 이미 죽은 사람들도 있습니다." 리외가 다시 말을 이었다. "그리고, 물론, 전염성이란 것이 결코 절대적인 것은 아닙니다. 전염성이 없이도 환자가 무한정으로 증가하여 인구가 급격히 감소되는 경우가 있을 수 있습니다. 어둡게 생각하느냐 아니냐를 문제 삼을 게 아니라, 빨리 예방 조치를 취해야 한다는 것입니다."

리샤르는 그럼에도 불구하고 질병이 저절로 사라지지 않는 한 병을 예방하기 위해서는 법이 규정하는 중대한 예방 조치를 취해야만 한다고 주장하면서, 그러려면 먼저 페스트임을 공식적으로 인정해야 하지만 그것에 대한 확신이 불가능하기 때문에 좀 더 신중히 검토해야 한다고 말한 다음 이 사태의 결론을 지으려고 했다.

"문제는." 리외는 계속 대응했다. "법이 규정한 조치의 중대성 여부가 아니라 시민 중 절반의 사망자를 초래하지 않기 위한 조치가 필요하다는 논의에 있다는 것입니다. 그 밖의 것은 행정적인 뒷받침인데 다행스럽게도 현재로는 이러한 문제를 처리하기 위해서 시장이라는 직위가 있습니다.”

“물론 그렇긴 하지만, 페스트라는 전염병이 발생했다는 여러분들의 공식적인 인정이 필요합니다.” 시장이 말했다.

“설사 우리가 그것을 인정하지 않더라도, 어쨌든 그 질병은 시민의 절반을 죽음으로 몰 위험성을 내재하는 것입니다.” 리외가 말했다. 리샤르가 언성을 높여 이야기를 중단시켰다.

“사실, 이 친구는 페스트라고 확신하고 있습니다. 발병의 증세를 자세히 알고 있는 것을 보면 알 수 있어요.”

리외는 자신이 발병 증세를 설명한 게 아니고 단순히 목격한 그대로 전한 것에 불과하다고 대답했다. 그리고 그는 임파선염증과 반점, 헛소리를 지른 후 48시간 내에 죽어 버리는 것을 본 것이라 말했다. 그리고 리외는 리샤르에게 이 열병이 어떠한 조치 없이도 자연히 사라지게 되리라고 자신 있게 말할 수 있냐고 물었다.

리샤르는 머뭇거리면서 리외를 쳐다보았다.

“당신의 생각을 솔직하게 말해 주시죠. 페스트라고 확신합니까?”

“당신은 문제 핵심을 잘 모르고 있군요. 심각한 것은 병명 따위가 아니라 시간입니다.”

“요컨대 당신 생각의 요점은 이 질병이 비록 페스트가 아니라도, 페스트가 발생했을 때 필요한 예방 조치를 취해야만 한다는 것이군요.” 시장이 말했다.

"꼭 제 생각을 들어야만 한다면, 사실 바로 그게 제 생각입니다."

의사들은 서로 의논했다. 그러더니 끝으로 리샤르가 말했다.

"결국 우리들이 이 병을 마치 페스트로 인정한 것처럼 행동해야 하는 책임을 져야 한다는 것입니다."

이 말은 모두의 동의를 받았다.

"당신의 의견 역시 이것이겠지요, 리외 씨." 리샤르가 물었다.

"표현은 아무래도 상관없습니다. 다만 시민의 생명을 위협할지도 모른다는 위험성을 일부러 감출 필요는 없다고 생각합니다. 왜냐하면 결국 나타나고 말 테니까요."

어수선한 분위기 가운데 리외는 그곳을 빠져나왔다. 잠시 후에, 기름 냄새와 오줌 냄새가 코를 찌르는 변두리에서 사타구니에 피를 흘린 채 고통스런 비명을 질러 대는 여인이 그를 향해 몸을 돌렸다.

회의가 있었던 다음 날 열병은 여전히 확대되기 시작했다. 그 사실은 신문에도 기사화되었으나, 그 질병에 대한 약간의 시사 정도로 그쳤으므로 그다지 심각히 생각되지는 않았다. 아무튼 이틀이 지난 후, 리외는 시청 당국이 시내의 가장 후미진 변두리 구석마다 조급히 붙여 놓은 자그마한 흰 벽보를 볼 수 있었다. 그 벽보 내용은 당국이 사태를 정확히 파악하지 못했음을 보여 주었다. 조치는 미비한 것들이었고, 그로 인해 불안을 조성하지 않으려는 노력이 역력하게 드러나 보였다. 벽보의 서두에, 아직은 전염성을 확인할 수 없는 악성 열병이 오랑 시에서 몇 건 발생했다고 적혀 있었다. 그러나 증상들이 실제로 불안을 줄 만큼 심한 것은 아니므로 시민들은 틀림없이 질서를 유지하리라 믿으며, 따라서 모든 시민의 이해가 필요하며, 그러나 신중을 기하기 위해 몇 가지 예방 조치를 취한다. 시민들이 정확히 이해해서 그대로 협조하기만 한다면 모든 유행병의 위협을 단호히 막을 수 있다. 따라서 시장의 헌신적인 노력에 대해 협조를 아끼지 않으리라는 사실을 확신한다는 것이었다.

계속해서 벽보에는 전반적인 조치들이 나열되어 있었는데, 하수구에 독가스를 투입시켜 과학적으로 쥐를 잡는 방법이나, 음료수를 먹을 때 세심한 주의를 한다는 것 등도 있었다. 시민들에게 철저한 청결을 유지하도록 권고했으며, 벼룩이 있는 사람들은 시립 병원에서 적절한 처방을 받으라고 했다. 또한 열병으로 진단이 내려진 환자가 있는 경우 가족들은 이를 의무적으로 신고해야 하며, 환자를 격리 수용하는 데 동의해야 한다. 더욱이 병실에는 환자가 신속하게, 가장 효과적인 치료를 받을 수 있도록 최고의 시설이 되어 있다는 것이었다. 몇 가지 첨가조항은 환자의 병실과 운반 차량을 의무적으로 소독하도록 규정해 놓았다. 그러나 환자 주변 사람들에게는 위생에 있어서의 주의를 권고하는 선에 그치고 있었다.

리외는 벽보를 외면하며 몸을 돌리고, 자신의 진료실 쪽으로 되돌아 걸어갔다. 조제프 그랑이 그를 기다리고 있다가 손을 들어 올렸다.

"네." 리외가 말했다. "알고 있습니다. 수가 증가하고 있지요." 그 전날 밤에 10여 명의 환자가 거리에서 쓰러져 죽었던 것이다. 리외는 그랑에게, 오늘 코타르에게 방문할 생각이므로 아마 오후에 다시 만

나게 될 것이라고 말했다.

"고마운 생각입니다. 코타르가 기뻐할 겁니다. 그 사람 좀 달라진 것 같으니까요." 그랑이 말했다.

"변하다니요?"

"부드러워졌어요."

"여태까지는 안 그랬나요?"

그랑은 어물어물거렸다. 사실 코타르가 부드럽지 않았다고 말할 수는 없었다. 그런 표현은 틀릴지도 모른다. 코타르는 산돼지의 모습 같은 느낌이 있었고, 말이 없었고, 자신을 드러내지 않았다. 그의 거실과 허름한 레스토랑, 그리고 수수께끼 같은 외출, 이런 것들이 코타르 생활의 전부였다. 코타르의 정식 직업은 포도주와 리쾨르 주류의 대리 판매인이었다. 간혹 고객인 듯 보이는 두서너 명이 찾아오기도 했다. 또 저녁에는 때때로 그의 집 맞은편의 영화관에도 갔다. 그랑은 코타르가 갱 영화를 즐겨 보는 것 같다고 말할 정도였다. 이처럼 코타르는 늘 외롭고 다른 사람을 경계하는 편이었다.

그랑의 말에 의하면, 이 같은 모든 면이 눈에 띄게 달라졌다는 것이다.

"적절한 표현일지 모르겠지만, 제 생각에는 사람들과 어울리려고 애쓴다고 할까, 모든 사람을 자기편으로 만들고 싶은 것 같았습니다. 그는 저에게 말도 자주 걸고, 같이 외출하자는 제의도 해서 매번 거절할 수도 없었죠. 게다가 저 역시 코타르에게 흥미가 있었습니다. 따지고 들자면 제가 그의 목숨을 구해 주었으니까요."

코타르가 자살을 기도한 이후로 그 누구도 찾아오지 않았다. 거리에서나 직장에서나, 그는 호감을 얻으려 애썼다. 감히 누구도 따라하지 못할 정도로 식료품 주인들과 정겹게 이야길 건넸으며 담뱃가게 아낙네의 수다스러운 이야기조차도 흥미 있는 듯 귀를 기울였다.

"그 담뱃가게 여자는 그야말로 간교한 사람이지요. 코타르에게 그 점을 일러주었더니, 코타르는 내 생각이 잘못됐다며 그녀에게도 장점은 있다고 대답하더군요." 그랑이 말했다.

그리고 코타르는 두서너 번 시내의 호화 레스토랑이나 카페에 그랑을 데리고 갔다는 것이다. 실제 그는 그런 장소에 자주 드나들기 시작했던 것이다.

"그런 곳에 있으니 기분이 좋더군요." 그랑이 말했다. "주위 손님들도 모두 멋있어 보이고."

그랑은 종업원들이 대리 판매인에게 각별히 친절하게 대해 주는 것을 느꼈는데, 알고 보니 그가 내놓은 많은 액수의 팁 때문이었다는 것이다. 코타르는 돈의 위력으로 종업원들이 베푸는 호의에 퍽 민감하게 반응했던 것이다. 호텔 지배인이 입구까지 나와 코타르가 외투 입는 것을 도와주었을 때 코타르는 그랑에게 "참 친절한 사람이지요. 증언까지 해 줄 수 있을 만한."

"증언이라니요?"

코타르는 우물거렸다.

"말하자면, 내가 결코 나쁜 사람이 아니라는……."

그렇지만 어떤 때 기분이 변덕을 부리는 경우도 있었다. 어느 날 식료품 가게 주인이 좀 불친절하게 대하자 코타르는 굉장히 화를 내며 집으로 돌아왔다는 것이다.

"그 자는 다른 사람에게 치근댄단 말이야, 더러운 놈 같으니라고."

"다른 사람이라니, 어떤……."

"누구나 모두 말입니다."

그랑은 담뱃가게에서 묘한 장면을 목격한 적도 있었다. 코타르와 가게 여주인은 알제리 시에서 파문을 일으켰던 최근의 어떤 체포 사건에 대해서 한참 소리 높여 이야기했다. 그것은 어떤 젊은 사무원이 해안에서 아랍인 1명을 살해한 사건이었다.

"그런 나쁜 놈들을 모두 형무소로 보내면, 정직한 사람들이 안심하며 살 수 있을 거예요." 여주인이 말했다.

그러나 별안간 밖으로 뛰쳐나가 버리는 코타르의 태도에 그녀는 말을 중단해야만 했다. 그랑과 여주인은 너무도 갑작스러워 멍하니 서 있기만 했다는 것이다. 이외에도 그랑은 계속해서 리외에게 코타르의 성격 변화를 말해 주었다. 코타르는 늘 상당히 자유주의적이었다. 그가 즐겨 사용하는 '강자는 항상 약자 위에 군림한다.'라는 구절이 그의 이런 성격을 여실히 담고 있었다. 그러나 얼마 전부터는 오랑 시의 온건적 신문만을 사 보게 되었고, 더군다나 그것을 많은 사람이 보는 앞에서 우쭐대듯이 읽는 것이었다. 또 이런 일도 있었다. 병석에서 일어난 지 며칠도 안 되어서, 코타르는 우체국에 가려던 그랑을 부르더니 멀리 사는 자기 여동생에게 다달이 송금하는 백 프랑짜리 우편환을 부쳐 달라고 부탁했다. 그러나 그랑이 정작 우체국으로 떠나려할 때 이렇게 말했다는 것이다.

"2백 프랑을 보내 주시오. 그러면 그 애가 기뻐할 겁니다. 그 애는 내가 제게 무관심한 줄 알고 있지만 사실은 말할 수 없이 사랑하거든요."

언젠가 그랑은 코타르와 묘한 이야기를 나누었다. 그랑은 자기가 밤마다 매달려 있는 보잘것없는 일에 대해 코타르의 호기심 어린 물음에 대답하게 되었다.

"그렇군요. 책을 쓰는군요." 코타르가 말했다.

"그렇다고 할 수도 있지만, 좀 더 복잡해요."

"아!" 코타르가 외쳤다. "나도 당신처럼 정말 글을 쓰고 싶군요."

그랑이 놀란 표정을 짓자 코타르는 중얼거리듯이 예술가가 되면 모든 일이 순조로울 것 같다고 말했다.

"왜 그렇게 생각을 합니까?" 그랑이 물었다.

"왜냐하면 예술가란 평범한 사람들보다 더 많은 권리를 가질 수 있기 때문이지요. 나만이 그렇게 생각하는 건 아니에요. 예술가에게는 많은 것이 허용되어 있습니다."

"별것 아닙니다." 벽보를 본 그날 아침 리외는 그랑에게 말했다. "다른 사람들처럼 코타르도 쥐 사건 때문에 머리가 어떻게 된 모양이군요. 아니면 아마 열병이 두려워 그러는 것인지도 모르죠."

그랑이 대답했다.

"아닐 겁니다, 의사 선생님. 제 생……각은……."

쥐 수거차의 엔진 소리가 요란스럽게 창문을 때리고 지나갔다. 리외는 그 소리가 멀어질 때까지 기다리고 있다가 별 뜻 없이 그랑의 생각을 물었다. 그는 심각한 표정으로 리외를 쳐다보았다.

"코타르는 무엇인가에 스스로 가책을 느끼고 있습니다." 그가 말했다.

리외는 어깨를 으쓱해 보였다. 경감이 말한 대로, 이런 사소한 일 말고도 시급히 처리해야 할 일들이 산재해 있었다.

오후에 리외는 카스텔과 의논을 했다. 혈청은 아직도 도착하지 않았다.

"그런데 그 혈청이 소용이 있을까요? 이번 경우는 좀 특별하니까 말입니다." 리외가 물었다.

"아니지." 카스텔이 대답했다. "내 생각은 달라요. 균이란 늘 별다르게 보이기 마련이나 본질적으로는 같아요."

"그것은 추정일 뿐이지요. 사실 우리들은 아무도 그것에 관해 잘 모르고 있는 겁니다."

"물론, 그건 내 추측일 뿐이지요. 그러나 다른 사람들도 그 정도밖엔 모르니까요."

온종일 리외는 페스트를 생각할 때마다 가벼운 현기증이 더 심해지는 것을 느꼈다. 문득 그는 자기가 두려워하고 있다는 것을 인정하게 되었다. 리외는 사람들이 가득 찬 카페에 두 번이나 갔었다. 그 역시 코타르처럼 인간적인 따스함을 필요로 했던 것이다. 리외는 그것을 어리석다고 생각했다. 그러나 그 때문에 코타르를 방문하겠다고 했던 약속이 떠올랐다.

저녁에 리외가 찾아갔을 때 코타르는 식당 탁자 앞에 앉아 있었다. 식탁 위에는 탐정 소설이 펼쳐져 있었다. 그러나 이미 저물어 점점 어두워지는 방 안에서 책을 읽는 건 어렵다. 어쩌면 코타르는 지금까지 어둠 속에 앉아서 생각에 골몰했을지 모른다. 리외는 그의 건강을 물었다. 코타르는 의자에 앉으면서 이제 괜찮아졌으며, 자기를 내버려만 둔다면 오히려 건강이 더 좋아질 것 같다고 중얼거렸다. 리외는 사람이란 같이 살아야만 한다는 점을 설명했다. "그게 아니라, 제 이야긴 귀찮게 하는 못된 녀석들을 말하는 겁니다." 리외는 잠자코 있었다.

"제 이야기는 아닙니다만, 들어 보시죠. 제가 이 소설을 읽고 있었는데 한 불행한 남자가 어느 날 갑자기 체포당했어요. 누가 그의 일에 관여하고 있었는데, 그는 그것에 대해 전혀 몰랐던 겁니다. 관청에서는 그 사내에 대한 이야기가 돌게 되고 그의 이름은 카드에 올려졌지요. 그게 정당한 일이라고 생각하십니까? 한 인간에게 이와 같은 일을 할 무슨 권리라도 있다고 생각하십니까?"

"경우에 따라서 다르겠지요." 리외가 대답했다. "어떤 의미에서는 사실 아무에게도 그렇게 할 권리는 없습니다. 그러나 그런 것은 부차적 문제일 뿐이에요. 너무 오래 집 안에 틀어박혀 있으면 건강에도 해롭습니다. 가끔 바람도 쐬곤 해야죠."

코타르는 상기된 표정으로 자기는 원래 이렇게 살고 있으며 증명을 필요로 한다면 이 동네 사람들이 자신을 위해 증언해 줄 수도 있을 거라면서, 다른 곳에도 친하게 지내는 사람들이 얼마든지 있다고 말했다.

“리고 씨를 아시죠? 건축가 말입니다. 그도 제 친구 가운데 한 사람이지요.”

방 안에 짙은 어둠이 깔리고 변두리 거리에는 활기가 넘쳤으며, 하나둘씩 가로등이 켜지자 은은하고 가벼운 탄성의 소리가 터져 나왔다. 리외와 코타르는 발코니로 갔다. 주위의 온 마을로 불어오는 엷은 미풍이 수런거리는 소리, 고기 굽는 냄새와 청년들이 차지한 떠들썩한 거리에 흘러넘치는 즐겁고도 풍요한 자유의 숨결을 실어 오고 있었다. 실제로 오랑 시는 매일 저녁 이런 분위기에 휩싸이곤 했다. 어둠, 보이지 않는 배의 요란한 고동 소리, 바다처럼 흐르는 군중의 소리, 리외가 잘 알고 있고 한때는 기다려졌던 이 시각이 오늘은 그가 알아 버린 사실 때문에 그의 가슴을 무겁게 하는 것이었다.

“불 좀 켤까요?” 그가 코타르에게 말했다.

방 안이 밝아지자, 그 자그마한 사나이는 눈을 껌벅거리면서 리외를 쳐다보았다.

“의사 선생님, 제가 만약 병에 걸린다면 선생님 병원에서 치료받게 해 주시겠습니까?”

“그럼 물론이죠.”

그러자 코타르는 진료소나 병원에 입원한 환자가 체포된 적이 있었느냐고 물었다. 리외는 본 적은 있으나, 문제는 병자의 상태 여부에 달렸다고 대답했다.

“저는 선생님을 믿습니다.” 코타르가 말했다.

그러고 나서 그는 리외에게 차로 시내까지 태워 달라고 부탁했다.

도심에는 이미 인적도 뜸했고, 불빛도 드문드문 보일 뿐이었다. 아이
들은 아직도 문 앞에서 놀고 있었다. 코타르의 요청으로 리외는 아이
들이 몰려 있는 곳에 차를 세웠다. 아이들은 크게 떠들며 돌차기 놀
이를 하고 있었다. 그런데 빗질로 정돈된 검은 머리에 때 묻은 얼굴
의 어떤 아이가 또렷하고 주눅 든 눈으로 리외를 빤히 쳐다보고 있었
다. 리외는 시선을 돌렸다. 코타르는 인도로 내려서서 리외의 손을
잡았다. 대리 판매인은 두서너 번 주위를 둘러보더니 거칠어 듣기에
거북한 목소리로 말했다.

"사람들이 전염병에 대해 수군거리던데 그게 정말인가요?"

"사람들은 항상 소문 퍼뜨리길 좋아하는 법이지요." 리외가 대답
했다.

"하긴 그래요. 아마 10여 명의 사망자가 생겼다면, 이 세상이 당장
끝나 버릴 듯이 야단법석을 떨겠죠. 정작 필요한 것은 그런 것이 아
닌데 말입니다."

엔진이 윙윙 소리를 내고 있었다. 리외는 기어 위에 손을 얹어 놓고
다시 조심스럽고 조용한 표정으로 자기를 계속 주시하는 어린아이
쪽으로 시선을 돌렸다. 그러자 그 아이가 갑자가 이를 드러내고 활짝
그에게 미소를 던졌다.

"그러면 도대체 우리에게 필요한 것은 어떤 것이라고 생각하십
니까?"

리외는 아이에게 미소를 보내면서 코타르에게 물었다. 코타르는
갑자기 차 문을 밀치고, 슬픔과 분노가 뒤엉킨 소리를 지르더니 미친

듯 달아나 버렸다.

"지진이에요. 진짜 지진 말입니다!"

그러나 지진은 일어나지 않았고, 이튿날 종일 리외는 시내를 여기 저기 돌아다니면서 환자와 그 가족들을 만나 이야기를 나누면서 보냈다. 지금까지 리외는 의사라는 직업을 그처럼 힘겹게 느껴 본 적은 결코 없었다. 이제까지만 해도 환자들은 그가 편히 일할 수 있게 도와주었고, 그들의 몸을 내맡겼다. 하지만 이제 환자들은 솔직하게 증세를 말해 주지 않았고, 의사에 대한 불신감으로 경계하며 질병 속에 깊숙이 몸을 도사리는 듯이 보였다. 그런 현상은 아직 그가 적응하지 못한 일종의 투쟁이었다. 그리고 밤 10시쯤, 마지막으로 찾아갔던 늙은 천식 환자의 집 앞에 차를 멈췄을 때, 리외는 자리에서 일어나기조차 힘겨웠다. 그는 한동안 어둠에 싸인 거리와 반짝이는 밤하늘의 별들을 바라보았다. 늙은 천식 환자는 침대에서 반쯤 일어나 앉아 있었다. 호흡이 많이 쉬워진 듯, 냄비에 담긴 이집트 콩을 골라내어 다른 냄비로 옮겨 놓고 있었다. 그는 반갑게 리외를 맞았다.

"그런데 의사 선생님, 콜레라인 게 사실입니까?"

"그런 이야길 어디서 들었나요?"

"신문에서요. 그리고 라디오에서도 같은 말을 하던데요."

"아닙니다. 그 병은 콜레라가 아니에요."

"아무튼, 건강한 사람까지도 걸린다면서요!" 늙은이는 흥분한 어투로 말했다.

"그런 이야긴 믿지 마세요." 리외가 대답했다.

　리외는 진찰을 끝내고 그 초라한 식당 한가운데 앉아 있었다. 그렇다. 그는 두려웠던 것이다. 바로 이 변두리에서도 이튿날 아침이면 10여 명의 환자들이 임파선 염증 때문에 몸을 구부리고 자기를 기다릴 거라는 사실을 알고 있었다. 그러나 겨우 두서너 경우만 절개 수술이 다소의 효과를 나타냈을 뿐이다. 반면, 대부분 환자는 입원이 필요했으며 그것이 가난한 사람들에게는 무엇을 뜻하는지 잘 알고 있었다. 어떤 환자의 아내는 "의사들의 실험용으로 그이가 이용되는 건 절대로 원치 않아요."라고 말한 적이 있었다. 그러나 그 환자는 의학적인 실험 대상이 아니라, 단지 죽어 가고 있었던 것이다: 그리고 그게 전부였다. 공포되었던 조치들은 미비했으며, 그것은 보지 않아도 뻔한 일이었다. '특별한 시설을 갖춘' 병실에 대해서도 그 실상이 어떻다는 것은 리외 자신이 더 잘 알고 있었다. 조급하게 환자들을 옮겨 놓은 뒤 창문을 밀폐시키고 위생 차단선을 둘러쳐 놓은 두 개의 별실을 말하는 것이었다. 전염병이 자연히 사라진다면 몰라도 당국이 계획한 이런 조치로는 퇴치될 수가 없었다.

　그럼에도 그날 밤, 당국의 공식 발표는 여전히 낙관적이었다. 그 다음 날 랑스도크 통신사는 당국의 조치가 조용한 가운데 실시되었으며 벌써 30여 명의 환자가 신고되었다고 전했다. 카스텔이 리외에게 전화를 했다.

　"별실의 환자 수용 능력은 어느 정도인가요?"

　"80명 정도입니다."

　"확실히 시내의 환자 수가 30명은 웃돌겠지요?"

"겁을 먹고 신고하지 않는 환자들도 있고, 나머지 대부분은 신고할 여유조차 없는 사람들이죠."

"매장하는 일은 조사를 하지 않나요?"

"안 합니다. 리샤르에게 전화로 철저한 조치가 필요하며, 전염병에 대해 완전한 방벽을 치지 않으면 아무 소용없다고 말했습니다."

"그랬더니요?"

"자기에겐 그럴 만한 권한이 없다고 대답하더군요. 제 생각에 환자 수는 자꾸 증가할 것 같습니다."

사흘 동안 두 별실은 꽉 차고 말았다. 리샤르는 당국이 학교 하나를 빌려서 보조 병실로 사용할 것으로 생각했다. 리외는 백신을 기다리면서 임파선 전개 수술을 계속하고 있었다. 카스텔은 처박아 두었던 책들을 다시 꺼내 보느라고 오래 도서관에서 머물곤 했다.

"쥐들은 페스트 아니면 그것과 대단히 유사한 균으로 죽었습니다." 그는 단정적으로 결론을 내렸다. "그 쥐들이 엄청난 수의 벼룩을 퍼뜨려 놓았기 때문에 한시 바삐 그것을 막지 못한다면 기하급수적으로 병균에 노출될 것입니다." 리외는 침묵을 지켰다.

이 무렵의 날씨는 마치 짜놓은 듯이 일정했다. 태양은 최근에 내린 소나기로 생긴 웅덩이의 물을 빨아들이듯 비추고 있었다. 노란빛을 띤 맑고 청명한 하늘, 점점 밀려오는 더위와 윙윙거리는 비행기 소리, 이 계절의 모든 것은 평온하게만 느껴졌다. 그럼에도 불구하고 나흘 동안에 열병은 4배의 놀랄 만한 증가 추세를 보였다. 사망자가 16에서 24, 28, 32명으로 늘어났던 것이다. 나흘째 되던 날, 당국은 유치

원 하나를 보조 병원으로 사용하기로 했다고 발표했다. 지금까지는 태연한 척하며 불안감을 겉으로 표내지 않던 시민들은, 더욱 주눅든 것 같은 표정으로 힘없이 거리를 다니는 것이었다.

리외는 지사에게 전화를 하기로 결심했다.

"이런 정도 조치로는 불충분합니다."

"나도 환자 수에 관해 들었는데, 정말 심각한 것이더군요." 지사가 말했다.

"걱정할 단계는 이미 넘어섰습니다. 이젠 명백해졌습니다."

"총독부에 보고하고 지시를 요청하겠습니다."

리외는 카스텔이 보는 앞에서 전화를 끊었다.

"지시를 기다리다니! 빨리 어떻게라도 해 볼 생각을 해야지."

"그런데 혈청은 어떻게 됐습니까?"

"이번 주 안으로 도착할 겁니다."

시 당국은 리샤르를 통해 리외에게 보고서 작성을 의뢰했는데, 그것은 지시를 요청하는 내용의 식민지의 총독부로 보내질 예정이었다. 리외는 거기에다 임상적인 설명과 환자 수를 기록했다. 같은 날, 약 40여 명의 사망자가 발생했다. 시장은 자신의 책임하에 이튿날부터 당장 공포된 조치를 강화 실시하도록 시달했다. 의무적으로 신고와 격리는 계속 실시하고, 환자의 집은 폐쇄시킨 뒤 소독했으며, 그 가족은 40일 정도의 예방 격리에 처해지고, 매장은 당국이 주관하도록 했다. 혈청은 하루 지연되어 비행기 편으로 공수되었다. 치료 중인 환자들에게 쓸 양으로는 충분했다. 그러나 만약 그 숫자가 증가한다면 부족할 것은 확실했다. 리외가 보낸 전보의 답신으로, 구급용 저장량은 동이 났으므로 제품 제조가 새로 시작되었다는 내용이었다.

이 상황에도 어김없이, 봄은 부근의 변두리에서부터 시장으로 찾아들고 있었다. 무수한 송이의 장미가 길가에 늘어져 있는 상인들의 바구니 속에서 시들어 가고 있었으며, 그 매혹적인 향이 온 시내를 휘감고 있었다. 외형적으로 달라진 것은 아무것도 없는 듯이 보였다. 전차는 러시아워엔 여전히 만원이었고 낮 동안에는 불결한 채 비어 있었다.

타루는 그 자그마한 노인을 주시하고 있었는데, 여전히 그 노인은 고양이들을 겨냥해 가래침을 내뱉고 있었다.

그랑은 괴상한 작업을 위해 매일 저녁 자기 집으로 돌아갔다. 코타르는 거리를 배회했으며, 예심 판사 오통 씨도 변함없이 자신의 애완 동물을 데리고 다닌다. 늙은 천식 환자 역시 콩을 골라 냄비에 옮겨 담았고 냉정하고 호기심 가득 찬 모습의 신문 기자 랑베르도 때때로 눈에 띄었다. 저녁때만 되면 언제나 똑같은 군중들로 거리는 가득 메워졌고 영화관 앞에는 줄을 지어 늘어선 사람들로 혼잡스러웠다. 그리고 전염병도 한풀 꺾인 듯하다. 며칠 동안 사망자가 10여 명 밖에 머물렀던 것이다. 그러다 느닷없이 전염병은 다시 기승을 부렸다. 사망자 수가 또다시 30여 명에 이르던 날, 베르나르 리외에게 시장은 "그들은 겁을 먹은 것 같소."라고 말하면서 관용 전보를 내밀었다. 전보 내용은 이랬다. '페스트가 발생했음을 공포하고, 시를 폐쇄할 것.'

제2부

그 순간부터 페스트는 우리들 모두의 문제가 되었다고 할 수 있다. 실제로 그때까지만 해도, 그 특이한 사건들이 몰고 온 공포와 불안에도 불구하고, 시민들은 각기 직장에서 업무를 계속했었다. 그리고 아마 그 후로도 이런 현상은 유지되었을 것이다. 그러나 일단 시가 폐쇄되자 그들은 모두, 필자 자신도 포함해서 꼼짝할 수 없이 갇힌 신세가 되었으며, 그것에 적응해야만 된다는 사실을 깨닫게 되었다. 그리하여, 예컨대, 가까운 사람과의 이별 같은 사적인 감정이 초기 몇 주째부터 갑자기 모든 시민의 감정이 되었고, 그 오랜 격리 기간 동안 공포와 같이 가장 힘든 고통 거리가 되었던 것이다.

사실, 시가 폐쇄됨으로써 표면적으로 드러난 결과 중 하나는 아무런 마음의 준비조차 없이 맞이하게 된 갑작스런 이별이었다. 부모와 자식, 부부, 연인들은 불과 얼마 전만 하더라도 그저 일시적인 이별이라고 믿었기에 역의 플랫폼에서 짧은 당부의 말과 함께 서로 포옹했었다. 그때만 하더라도 이들은 얼마 후에는 재회하게 되리라고 생각했었으며, 인간적인 어리석은 믿음에 빠져 일시적 작별이 오히려 일상적인 근심들을 어느 정도 해방시킨다고 느끼기도 했었다. 그런데 이제 페스트 기습으로 호소할 길 없이 서로 헤어져서 서로 만나지도, 편지 왕래도 할 수 없게 된 것이다. 왜냐하면 시의 폐쇄는 시장의 명령이 공포되기 몇 시간 전이었으며, 이 같은 경우에 늘 그렇듯이 특례를 고려해 주는 것이 불가능했기 때문이었다. 이 질병의 무자비한 침입이 낳은 첫 번째 결과는 우리 시민들을 개인감정이라고는 전혀 지니지 못한 사람처럼 만들었던 것이다. 명령이 시달된 날 처음 몇 시간 동안 시청은 수많은 진정들로부터 질책을 받았다. 그들은 전화로 또는 관리에게 직접 찾아와서, 진실하지만 또한 불가능한 진정들을 늘어놓은 것이었다. 실제로 우리가 타협이란 불가능한 상황에 처해 있으며, '타협', '특전', '예외' 등의 말들이 더 이상 무의미하게 되어 버렸다는 사실을 이해하는 데 며칠이 걸렸다.

편지를 쓰는 소박한 즐거움마저 당국으로부터 금지 당했다. 이 도시는 사실상 일반적인 통신 방법을 이용해서 타 지역과 교신할 수 없게 되었을 뿐만 아니라, 한편으로는 편지가 전염의 매개체가 되는 것을 방지하기 위해 새 법령의 포고로 모든 서신의 교환을 금지시켰던 것이다. 초기에는 소수 특권층들이 시의 경계 지역에서 보초병들을 매수하여 외부로 우편물을 통과시킬 수 있도록 조치하기도 했었다.

그러나 이런 경우도 전염병의 초기에 아직 보초병들이 어느 정도 동
정심이 발발할 때 가능했던 일이다. 그러나 얼마 후, 그 보초병들조
차 사태의 심각성을 충분히 인식하게 되자, 그들은 자신의 행동의 결
과 파급에 책임질 수 없어 더 이상 동조하지 않으려고 했다. 초기에
는 시외로의 통화도 허용되었는데, 공중전화 박스와 회선이 너무 혼
잡하여 며칠 동안은 전 회선이 중지되었다가 사망이나 출산, 결혼 같
은 중대한 일에만 사용하도록 엄격히 통제했다. 때문에 전보가 계속
유일한 우리의 통신 수단이 되었다.

사랑과 혈육으로 이어졌던 사람들이 몇 개의 단어로 된 전보 속에
서나 겨우 그들을 이어주는 끈을 찾아보는 데 그치게 되었다. 그리고
사실 한 면의 전보 속에 쓸 수 있는 문구들이란 너무 한정적인 법이어
서, 오랫동안의 공동생활이나 견딜 수 없을 정도의 애정 표현도 고작
'잘 지내고 있소. 당신을 생각하오. 사랑하오.' 같은 상투적 문구를
정기적으로 왕래하는 것으로 한정되고 말았다. 그래도 몇 사람은 기
어코 편지로 외부에 소식을 전하기 위해 끊임없이 온갖 방법을 강구
해 냈지만, 나중에 가선 부질없는 짓이었음이 드러나고 말았다. 비록
어떤 방법 가운데 성공한 경우가 있다 할지라도 답신을 받을 수 없으
니 결국 외부와는 소식이 단절 상태에 있는 것이었다. 그런 애절함
속에서도 우리는 한동안 계속 같은 편지를 반복해 쓰고, 동일한 정보
와 호소를 복사하는 기계처럼 변해 버렸으며, 이런 상태가 지속된 얼
마 후에는 우리들 가슴속 깊은 곳의 처절한 말들조차 무의미하고도
공허한 것이 되었다. 그래서 우리는 기계적으로 그것들을 되풀이해

울림 같은 말들로 어떻게 해서라도 우리들의 비참한 생활에 관해 설명해 보려고 시도했다. 그리고 결국 아무 대답도 없는 긴긴 독백이나, 벽을 향해 내뱉는 그 삭막한 대화보다는 전보문으로 띄우는 상투적인 감정 호소가 우리에겐 그래도 더 절실하게 여겨지는 것이었다. 그런데 며칠 후, 아무도 이 도시로부터 외부로 나가지 못하게 되었다는 사실이 확실해지자, 시민들은 전염병 발생 전에 나갔던 사람들이 다시 들어오는 것은 어떤지를 알아 볼 생각을 갖게 되었다. 얼마 동안 심사숙고한 끝에, 시청 당국은 긍정적인 견해를 밝혔다. 다만 일단 들어온 사람은 절대 도시 밖으로 나갈 수 없으며, 오는 것은 허용하지만 다시 나가는 일은 그렇지 않다는 것을 명확히 했다. 이로 인해, 비록 소수였지만 그 사람들은 사태를 대단치 않은 것으로 생각하고, 가족을 곁으로 부르고 싶다는 욕망에 어리석게도 밖의 가족에게 이 기회를 이용하도록 권했다. 반면에, 너무 빨리 페스트에 피해를 입었던 사람들은 가족이 처하게 될 위험을 알아 하는 수 없이 이별의 고통을 참기로 했다. 그 병이 가장 기승을 부렸을 때, 인간의 감정으로 가장 견디기 힘든 죽음의 공포보다 더 강하게 느꼈던 유일한 경우를 보았다. 그것은 흔한 예로 고통을 넘어서서 서로의 희생을 요하는 사랑하는 연인들의 경우가 아니었다. 오히려 결혼한 지 오래된 한 늙은 의사 카스텔과 그의 부인의 경우였다. 카스텔 부인은 전염병이 발생하기 얼마 전에 다른 도시에 갔었다. 그들은 행복의 모범을 세상 사람들에게 보여 주던 부부 가운데 하나는 아니었지만 필자가 생각해 보건대, 지금까지 그 부부는 자신들의 결혼이 행복한 것이라는 확신조차 없이 지내 오다가, 이 예기치 못한 오랜 별거가 그들로 하여금 서로 떨어져서는 도저히 살 수 없다는 명백한 진실 앞에서 페스트쯤은 충분히 극복할 수 있는 것으로 확신하게 되었다.

그것은 정말로 특별한 예외였다. 대부분 경우 별거 상태는 완전히 전염병이 사라져야만 끝을 낼 것 같았다. 때문에 우리들 모두에게 있어, 우리의 생활을 지배하던 감정, 그리고 우리가 익숙해져 있다고 생각했던 감정(오랑 사람들 특유의 단순한 정열)은 변화를 지니게 되었다. 배우자를 그 누구보다도 믿었던 남편과 연인들이 심한 질투를 드러내기도 했다. 사랑을 무의미하다고 스스로 믿고 있던 남자들이 진실성을 갖게 되었다. 한집에 살면서도 거의 어머니의 존재를 잊고 있던 자식들이 스스로의 기억 속에 떠오르는, 어머니 얼굴에 깊이 팬 주름살에도 자신들의 모든 불안과 그리움을 담았다. 무방비 상태로 다가온, 그리고 미래조차 예견할 길이 없는 이별은 우리들을 당혹스럽게 했다. 또 이별은 일상이 돼 버린 채, 여전히 그토록 가까이 있는 듯 느껴지면서 이미 만날 수 없는 대상에 관한 추억에 젖게 만들었다. 사실 우리는 이중고를 겪어야만 했다. 우리들 자신의 고통과 헤어진 사람들, 즉 자식과 아내, 그리고 애인을 생각할 때마다 그리움에 몸부림쳐야만 하는 것이다.

그리고 아마 다른 경우였다면 우리 시민은 좀 더 색다르고 활력적인 생활 속에서 다른 돌파구를 찾았을지도 모른다. 그러나 페스트는 일시에 시민들을 맥 놓게 만들었고, 그 암울한 거리를 무의미하게 배회했으며, 하루하루 부질없는 추억에 잠기게 만든 것이다. 왜냐하면

그들은 산책할 때 생각 없이 그저 같은 길을 늘 걷게 마련이었고 대부분의 경우는, 바로 얼마 전에 지금은 곁에 없는 사람과 함께 걸었던 기억이 있었기 때문이다.

이처럼 페스트가 우리 시민들에게 던진 최초의 것은 유배 생활이었다. 그리고 필자인 나 자신이 당시 경험했던 일들을 대부분 시민의 공감과 함께 기록할 수 있으리라고 생각한다. 필자도 시민들과 동일한 경험을 했기 때문이다. 그 유배된 심정이야 말로 누구나 속으로 항상 지니고 있었던 공허감이었고, 과거로 되돌리거나 시간의 흐름을 바꿔 놓고 싶어 하는 구체적인 감정 표현이며, 부질없는 기대였고, 추억에 대한 불타는 듯한 그리움이었다. 만약 때때로 우리가 상상하길, 귀가한 사람이 누르는 초인종 소리나 계단을 뛰어오르는 낯익은 발소리에 귀 기울인다 해도, 또 그 순간만큼은 기차가 움직이지 않는다는 사실을 잊어버린다 해도, 만약 우리가 별다른 일이 없는 한 저녁 급행열차에 몸을 실은 한 여행객이 이 도시에 도착했음직한 시간에 우리 가정에 머물 수 있도록 준비해 놓고 있다 해도, 결국은 이 같은 상상은 오래 계속되지 못할 것이다. 우리는 기차가 영원히 도착하지 못할 것이라는 사실을 명백히 깨닫는 순간이 반드시 온다는 것을 알고 있었다. 때문에 그때 우리의 이별은 계속될 운명에 있으며, 시간이 해결하도록 내버려 두어야만 된다는 것을 알게 되었다. 그때부터 우리는 마침내 현재의 감금 상태를 다시 확인했고 과거 속에 안주하고 만 것이다. 그래서 우리들 중 몇 사람이 미래에 살기 원한다고 하더라도, 다른 사람들은 부질없는 상상에 사로잡힌 그들이 후에 받게 될 고통이 어떤 것인지를 깨닫고, 가능한 한 빨리 그와 같은 상태에서 벗어났다.

더욱이 우리 시민들은 외부로부터 격리된 날짜를 헤아리는 것조차도 공공연하게 서둘러 떨쳐 버리고 말았다. 왜냐하면 비관적인 사람들이 이별 기간을 6개월로 예상하고, 앞으로의 6개월 동안의 고통을 미리 단번에 겪고 났을 때, 그리고 모든 힘을 기울여 이러한 고통을 견뎌 내도록 간신히 용기를 냈을 때, 포기하지 않고 그토록 오랜 동안 지속된 고통을 참아 내고 있을 때, 우연히 만난 친구라든가 신문의 기사라든가 근거 없는 의혹, 혹은 빗나간 통찰력이 어쩌면 이 전염병이 6개월 아니면 1년, 또는 그 이상이 지속되리라는 염려를 품게 하는 것이기 때문이다.

그렇게 되면 그들의 용기, 의지 등의 인내에 대한 와해는 너무도 급속히 진행되어, 자신들은 영원히 그 수렁에서 다시 빠져나올 수 없을 것처럼 보였다. 따라서 그들은 자신들이 다시 고통에서 벗어날 때를 결코 상상하지도 않고, 이제는 더 이상 미래에 대한 희망도 없고, 말하자면 늘 시선을 내리깔려고 무진 노력했다. 그러나 당연한 결과지만, 이 같은 인내, 고통을 피해 보려는, 그리고 투쟁을 거부하기 위하여 긴장감을 포기하는 이러한 방법은 별로 영향을 미치지 못했다. 그들은 어떠한 희생을 각오하고라도 거부했던 그러한 포기를 면하긴 했지만, 동시에 어차피 오고야 말 재회를 상상하며 페스트를 잊을 수 있었던 그런 순간마저도 빼앗기고 말았다. 때문에 그들은 밑바닥과 절정의 어중간한 곳에 버려져, 삶을 영위한다기보다는 차라리 표류하는 신세가 되어 기약 없는 시간과 메마른 추억 속에 모든 것을 맡긴 채 마치 망령처럼 살아갔는데, 진정으로 이들이야말로 고통의 대지에 깊이 뿌리를 박으려고 할 때만이 다시금 생명을 얻을 수 있는 망령이었던 것이다.

그들은 이처럼 아무 소용도 없는 추억과 함께 살아가는 유형자나 죄수 같은 처절한 고통을 느끼고 있었다. 그들이 끊임없이 기억에서 놓지 않던 그 과거조차도 괴로울 뿐이었다. 사실 그들은 애절하게 기다리는 사람들, 과거에 할 수 있을 때 하지 못해서 애석했던 모든 것을 그 과거에 덧붙여 보려고 했으며, 또한 비교적 행복한 순간조차 자신들의 불행한 환경에 지금은 곁에 없는 사람을 겹쳐 생각하려고 했지만, 현재 환경은 그들을 만족시킬 수가 없었다. 이처럼 우리는 지금을 견뎌 내지 못하고 과거로 돌아갈 수도 없을 뿐만 아니라, 미래마저 불투명하여 인간의 정의와 증오로 인해 감금돼 버린 죄수들을 닮아 가고 말았다. 결국 그 견딜 수 없는 기다림에서 벗어나는 유일한 길은 상상에 의해 기차를 달리게 하고, 계속 침묵만 지키는 초인종의 반복되는 울림소리를 들으며 시간을 채워 가는 것이었다.

그러나 비록 유배라고는 해도 대부분 그것은 자기 집 안에서의 유배였다. 그리고 필자 역시 모든 사람들과 같은 유배지만, 신문 기자인 랑베르나 그 밖의 몇몇 사람들을 기억해야만 된다. 이들은 보통 사람들과는 다르게 페스트의 엄습 후 이 도시에 역류된 여행자들로서, 사람들을 만나 볼 수 없게 거리가 떨어져 있다는 점과, 더군다나 자기들 고향과도 떨어져 있다는 점에서 격리의 고통은 더 심각했다.

공통적인 유배 속에서도 이들은 실제로 가장 철저히 유배된 사람들
이었다. 왜냐하면 그들은 다른 모든 사람처럼 시간 그 자체의 초조함
에 의해 고통을 당했을 뿐 아니라, 공간에도 묶여서 페스트에 점령된
객지와 갈 수 없는 그들의 고향을 막아 놓은 벽에 끊임없이 부딪쳤던
것이다. 먼지 쌓여 있는 거리에서 침묵으로 자기들만이 경험했던 저
녁과 고향의 아침을 되뇌며 온종일 방황하던 사람들이 아마도 바로
그들이었을 것이다. 그들은 제비들이 비상하는 모습과 해질 무렵의
이슬방울, 또는 태양이 이따금 한적한 거리에 쏟아 놓는 그 야릇한 광
선들처럼 예측할 길 없는 여러 가지 현상과 막연한 소식으로 고난은
더 깊어가고 있었다. 그들은 늘 이런 처지로부터 구원의 가능성인 외
부 세계를 외면한 채 그 어떤 광선과 구름들, 좋아하는 나무와 여인들
의 얼굴이 그들에게 어떤 것으로도 대신 될 수 없는 상황을 만들어 주
는 고장에 대해서 너무도 생생한 이미지 상상을 계속하는 것이었다.

　가장 흥미 있고, 또 필자가 말하기에 가장 좋은 위치에 있는 연인들
에 관해서 좀 더 분명히 이야기한다면, 그들은 다른 종류의 고민거리
때문에 고통을 겪고 있었는데, 그중에서도 특별히 후회라는 것을 말
하지 않을 수 없다. 사실, 이 같은 상황이 그들로 하여금 자기들의 감
정을 열정을 가지고 객관적으로 고찰할 수 있도록 만들었다. 또한 그
들 자신의 실수를 명백히 알지 못한 경우는 좀처럼 없었던 것이다.
그들은 무엇보다도 이제 그들 곁을 떠나 있는 사람의 모습을 정확히
머릿속에 그리기가 힘들어졌다는 사실을 알게 되었다. 때문에 그들
은 사랑하는 이가 하루를 어찌 보내고 있는지 알 수 없음에 슬픔을 느

졌다. 그들은 과거에 사랑하는 사이면서도 그들 하루 일과가 모든 기쁨을 가져다주지 않는 것처럼 생각했던 자신들의 소홀함을 자책하는 것이었다. 그 순간부터 그들은 자신들의 사랑의 과정을 거슬러 올라가서 과거에 불완전했던 점을 쉽사리 발견하게 되었다. 이전 같으면, 우리들은 의식적이든 무의식적이든 간에 완전한 사랑이란 불가능하며, 또 우리들의 사랑은 초라하다는 것도 다소 냉정히 인정했던 것이다. 그러나 추억이란 그렇게 간단하지가 않다. 그리고 아주 뻔한 결과지만, 밖으로부터 흘러와 이 도시를 맹타한 그 재난은 단순히 분개할 수도 있었던 외형적인 상식적 고통만 몰고 온 것은 아니었다. 그것은 또한 우리가 스스로 자학하고 그 고통에 수동적이게 만들었다. 그 점이 바로 우리의 관심을 선회시켜 불화의 씨를 던지는, 이 질병의 여러 성격 중 하나였다.

이렇듯, 저마다 매일 매일을 하늘만 올려다보며 홀로 살아가는 일을 배워야만 했다. 결국에 가서는 성격마저 변화시킬 수 있었던 그 전반적인 포기 상태는, 한편으로는 사람들을 가볍게 만들기 시작했다. 예를 들면, 다소의 시민들은 태양과 비에 지배되는 일종의 노예 상태에 빠져들기도 했다. 그들의 표정은 직접적으로 날씨에 대해 반응을 나타내는 것처럼 여겨졌다. 그들은 단지 햇빛이 비치기만 해도 기쁜 표정을 지었으며, 반면 비가 오는 날이면 그들의 얼굴과 생각에는 어두운 베일이 드리워지는 것이었다. 몇 주 전만 해도 그들은 그런 허약함이나 이성을 잃는 노예근성에 빠지지 않았었는데, 그것은 그들이 세계 앞에 각기 혼자 있는 것이 아니었고, 어떤 의미에서는 함게 살고 있는 사람이 자신들의 세계 앞에 자리하고 있었기 때문이다. 하지만 어느 순간부터 거꾸로, 그들은 어쩔 수 없이 하늘의 변화에 매달리고 말았다. 별 이유도 없이 고통스러워하기도 하고 희망에 들뜨기도 했다.

이처럼 극도의 고독 속에서는 결국, 어느 누구도 주위의 도움을 기대할 수가 없고 오로지 홀로 근심을 이겨내야만 했다. 만약 우리들 가운데 누군가가 우연히 자신의 감정 상태를 털어놓거나 이야기한다 할지라도, 그가 얻을 수 있는 대답이란 어떤 경우든지 간에 거의 상처를 받는 것이었다. 그래서 결국 상대방과 자기는 서로 공감하지 못한다는 사실을 알게 되는 것이다. 사실 그는 오랜 고뇌 후에 자신의 솔직한 감정을 털어놓은 것이었고, 그가 표현하고자 한 마음의 영상은 기대와 정열로 오랫동안 키워 왔던 것이다. 그러나 상대방은 겨우 흔해 빠진 감동이나 시장에서 파는 싸구려 상품 같은 괴로움이나, 대단찮은 감상 정도로 생각했다. 호의적이든 악의적이든 그 대답은 늘 빗나가기 마련이었으므로 체념하는 수밖에 달리 어쩔 방도가 없었다. 그렇지 않으면 적어도, 침묵을 견디지 못하는 사람들에게 있어서는 남들이 진심에서 우러나오는 진실된 말을 이해하지 못하기 때문에, 그들도 아예 시장 바닥의 말을 쓰고, 상투적이며 단순한 이야기책이나 신문 사회면에서나 나올 법한 말투로, 어떤 때는 일간지 기사 같은 말투로 지껄이고 마는 것이었다. 더더욱, 가장 진실하다는 고통조차도 구태의연한 회화의 속된 방식으로 표현되는 습관을 띠게 되었다. 이와 마찬가지로 페스트의 포로가 된 사람들은 주위의 동정이나 듣는 사람들의 관심을 얻을 수 있었다.

그렇지만 이것은 가장 중요한 일인데, 고뇌가 아무리 힘겨운 것이었다 해도, 공허하면서도 무거운 그 마음이 아무리 견디기에 어려운 것이었다 해도, 이들은 페스트의 초기 단계에 있어서 그래도 혜택을 받고 있던 셈이었다. 실제 주민들이 이성을 잃기 시작한 바로 그 순간부터, 그들의 관심은 모두 자신들이 기다리는 사람을 향해 있었던 것이다. 전반적인 슬픔 속에서도, 이기적인 사랑이 그들을 지켜 주었으며, 페스트에 대한 생각은 잊은 것은 아니었으나 그것도 단지 페스트가 자신들의 이별을 영원하게 만들지도 모른다고 여겨질 때뿐이었다. 때문에 그들은 전염병이 절정에 이르렀을 때조차도, 냉정하다고 생각되리만큼 일종의 건전한 오락을 즐겨 왔다. 절망감이 그들을 공포로부터 꺼내 주었고, 그들의 불행은 나쁘지만도 않았다. 예를 들어, 그들 중의 어느 누가 병으로 쓰러지는 일이 생긴다 해도, 거의 그러한 죽음에 대해 경계할 겨를조차 없었다. 어떤 망령과의 기나긴 내면의 대화로부터 풀려 나오면서 단숨에 대지의 무거운 침묵 속으로 내팽개쳐지는 것이었다. 그들은 일순의 여유마저 가지지 못했다.

우리 시민들이 그 돌연한 유배 생활에 적응하려고 시도하는 동안, 페스트는 도시의 입구마다 보초병을 세우게 만들었고, 오랑 시로 향해 중이던 선박들의 방향을 돌리게 했다. 시가 폐쇄된 후로는 단 한 대의 차량도 시내에 들어오지 못했다. 그때부터 자동차들이 시내 안에서 맴도는 듯한 인상을 받게 되었다. 큰길의 높은 곳에서 내려다보이는 항구의 모습도 기이하게 보였다. 연안에서 가장 번화했던 활기는 갑자기 사라져 버리고 검역 중인 몇몇 선박들만이 아직도 정박해 있을 뿐이었다. 그러나 부두에는 망가진 대형 기중기들, 옆으로 쓰러져 있는 운반차, 산더미처럼 쌓여 있는 술통과 자루들 역시 페스트 때문에 죽어 버린 듯 보였다.

그런 생소한 변화에도 불구하고 우리 시민들은 자신들에게 어떤 일이 일어나고 있는지를 파악하지 못하는 것이 분명했다. 이별이나 공포 등의 감정은 공통적인 것이었지만, 사람들은 여전히 개인적인 관심사를 더 중요하게 생각했다. 그 때문인지 아직은 아무도 그 질병을 현실로 받아들이지 않았다. 대다수 사람들은 단지 그들의 관습 밖의 것이라든가, 또는 이해관계에 방해를 끼치는 점에 대해선 특히 민감했다. 그래서 그들은 감정의 기복이 심했는데, 그런 점이 페스트에 저항할 수 있는 감정은 아니었다. 실례로, 그들 최초의 반응은 당국의 조치에 대한 불평이었다. 신문에 반영된 '책정된 조치를 완화할 생각은 없는가?'라는 비판에 대한 시장의 답변은 정말 예상 밖이었다. 그해까지 신문이나 랑스도크 통신사는 전염병의 통계에 관한 공식적인 통보는 얻지 못했다. 시장은 통계를 그때그때 통신사에 알려 주면서 매주 그것을 보도하도록 했다.

그러나 역시, 시민의 반응은 민감하지 않았다. 실제로 페스트가 발생한 3주일 동안에 302명의 사망자가 발생했다는 통계는 그들의 생각과 오차가 큰 숫자는 아니었다. 어떻게 생각하면, 사망자 모두가 페스트 때문이라고도 할 수 없었다. 또한 평상시 이 도시에서 1주일 동안 몇 명의 사망자가 생기는지를 아는 사람은 없었다. 이 도시에는 20만의 시민들이 있었다. 사람들은 그 사망률이 부정확하다는 점도 몰랐다. 사망률이라는 건, 비록 그 수가 상식 밖의 것이라 할지라도, 원래 사람들이 거의 무관심할 수밖에 없는 그런 종류의 것이기도 했다. 이를테면 대중들이란 비교의 기준치를 알고 있지 않았다. 오랜 시간이 흐른 뒤에야 겨우 그동안 사망자 수가 확실히 증가하는 추세였음을 알아차리게 되고 여론도 진실을 인식하게 되는 것이다. 사실 다섯째 주에는 321명, 여섯째 주에는 345명의 사망자가 생겨났다. 적어도 그 증가율은 사태의 심각성을 나타냈다. 그러나 이 증가율이 경각심을 불러일으킬 만한 것은 아니어서 우리 시민들은 상당히 불안하면서도, 우려되는 일이긴 하나 결국은 일시적 현상일 거라는 느낌을 가졌을 따름이다.

그리하여 그들은 여전히 거리를 활보하거나 카페테라스에 앉아 있곤 했다. 객관적으로 볼 때 그들은 비굴한 편은 아니었고, 한탄보다는 농담을 더 많이 주고받았으며, 일시적인 것이 확실하다고 생각되는 그 불편함을 너그럽게 받아들이자는 기색이었다. 표면상으로도 별다른 이상이 없었다. 그러나 그달 말쯤, 그리고 나중에 언급하겠지만 기도 주간이 가까워지자, 더 심각한 징후가 우리 시의 외형을 변화시켰다. 시장은 우선 차량 운행과 식량 보급에 관한 조치를 취했다. 식량의 보급은 제한되고, 휘발유는 배급제로 바뀌었다. 절전까지도 실행되었다. 생활필수품만은 육로와 공로로 오랑 시에 수송되었다. 이제 시민들은 차량 운행이 점차 뜸해지는 것과 사치품 상점들이 계속 폐업하는 모습을 보게 되었다. 그리고 다른 상점들마저도 물건이 품절됐다고 진열장에 게시판을 내거는 광경을 볼 수 있었다. 그러는 동안 상점 앞에는 구매자들로 장사진을 이루었다. 오랑 시는 이제 이상한 모습으로 변하게 되었다. 거리에는 걸어 다니는 사람들이 더 많아졌으며, 더구나 한산한 시간에도 상점의 폐업이나 몇몇 사무실의 휴무로 일을 잃어 버린 사람들이 거리와 카페를 가득 메우고 있었다. 그들은 실직자가 아니라 휴가 중인 상태였다. 그래서 오랑 시는 예컨대, 오후 3시경 맑은 날, 차의 운행을 중단시키고 상점의 문을 닫은 후 군중들의 행렬로 거리가 메워져 시민들이 공적인 행사에 참가하기 위해 거리로 몰려드는 모습과도 같은 어느 축제가 벌어진 도시처럼 느껴졌다.

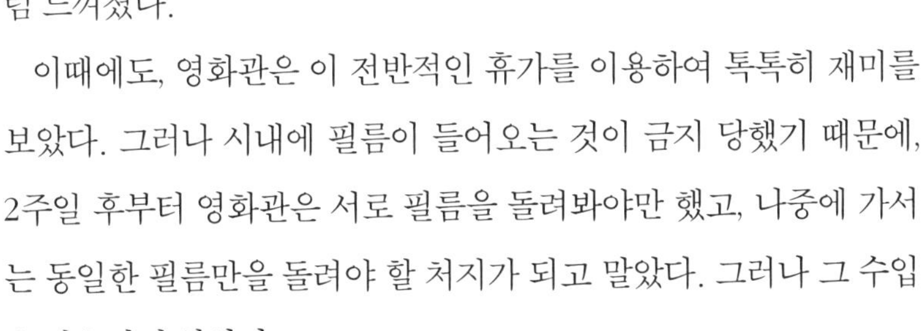

이때에도, 영화관은 이 전반적인 휴가를 이용하여 톡톡히 재미를 보았다. 그러나 시내에 필름이 들어오는 것이 금지 당했기 때문에, 2주일 후부터 영화관은 서로 필름을 돌려봐야만 했고, 나중에 가서는 동일한 필름만을 돌려야 할 처지가 되고 말았다. 그러나 그 수입은 감소하지 않았다.

그리고 이 도시에선 포도주와 알코올음료의 판매가 단연 수위를 차지하던 터라 카페들은 이전부터 쌓여 있던 많은 양으로 전과 같이 고객들을 만족시킬 수 있었다. 실제로도 사람들은 질릴 만큼 마셔 댔다. 어떤 카페에서 '순수한 알코올은 세균을 죽인다'라는 벽보를 내걸자, 전부터 있었던 이야기로써 술이 전염병에 저항력을 키워 준다는 생각을 더욱 확고하게 만들고 말았다. 매일 새벽 2시경에는, 카페에서 몰려나온 꽤 많은 수의 취객들이 거리를 가득 메웠는데, 그들은 서로 희망적인 이야기만 늘 주고받았다.

그러나 이 모든 변화가 어떤 의미에서는 특별하고 또 너무나 급속히 진전됐기 때문에, 그런 분위기가 정상적으로 지속되리라고는 생각하지 않았다. 그 결과 여전히 사람들은 저마다 개인적인 관심사를 가장 중요하게 여겼다. 시가 폐쇄된 지 이틀 후, 의사 리외는 병원에서 나오는 길에 코타르를 만났는데, 그는 아주 만족한 듯한 표정을 지어 보였다. 리외는 그의 안색이 밝아졌다고 축하해 주었다.

"그래요. 건강이 아주 좋습니다. 의사 선생님, 하지만 그 망할 놈의 페스트를 어떻게 하죠? 점점 심해지기 시작하는데요." 그 자그마한 사나이가 말했다.

의사는 그 말을 인정했다. 그러자 코타르는 다소 들뜬 표정으로 확언하는 것이었다.

"페스트가 사라질 리가 없어요. 이제 곧 무서운 일이 벌어질 겁니다." 그들은 잠시 함께 걸었다. 코타르는 자기 동네의 어떤 큰 식료품 가게 주인이 비싸게 팔아먹을 작정으로 식료품을 저장해 놓고 있었는데, 병에 걸린 그를 병원에 데려가려고 찾아간 사람들이 침대 밑에 숨겨져 있는 통조림을 발견하게 되었다는 이야기를 했다. "그 사람은 결국 병원에서 죽었지요. 페스트가 어디 물건 값을 대신 내 주나요." 코타르는 전염병에 대해 많은 이야길 했는데, 그중에는 사실인 것도 있고 꾸며 댄 것도 있었다. 예를 들면, 어느 날 도심가에 페스트 증세를 보이던 한 남자가 정신 착란으로 밖으로 뛰쳐나가더니, 처음

부딪친 여자에게 덤벼들어 껴안으면서 자기는 페스트에 걸렸다고 고함쳤다는 것이었다.

"마침내 그런 때가 온 것 같군요." 코타르는 단호한 말투에 어울리지 않는 부드러운 목소리로 덧붙였다. "우리는 모두 미치고 말 겁니다. 틀림없어요."

바로 그날 오후, 조제프 그랑은 드디어 자신의 사적인 비밀 이야기를 리외에게 고백했다. 그는 책상 위에 놓인 리외 부인의 사진을 보고 리외를 빤히 쳐다보았다. 리외는 아내가 시외의 요양소에서 요양 중이라고 말했다. "어떤 의미에서는 다행스런 일이군요." 그랑이 말했다. 리외는 운이 좋았던 것은 인정하나 자기는 단지 아내가 완쾌하기만을 바랄 뿐이라고 대답했다.

"물론 그러시겠죠." 그랑이 말했다.

그리고 리외가 알기로는 처음으로 그랑은 거리낌 없이 말했다. 아직도 말을 선별하려는 듯이 보이긴 했지만, 자신이 말하는 내용을 이전부터 미리 준비해 두기나 했던 것처럼, 거의 적절한 표현을 하는 데 성공했다. 그랑은 아주 젊은 시절에 가난한 이웃 처녀인 쟌느와 결혼했다. 학업을 중단하고 취직을 한 것도 바로 결혼 때문이었다. 그와 쟌느는 동네 밖으로 한 걸음도 나가 본 적이 없었다. 그는 쟌느를 만나러 그녀의 집에 자주 찾아가곤 했는데, 쟌느의 부모는 이 무뚝뚝하고 재미없는 구혼자를 다소 무시하곤 했다. 그녀의 아버지는 철도직원이었는데, 휴일에는 방 안 창가 구석진 자리에 앉아 그 거친 두 손을 무릎 위에 올려놓고는 생각에 잠긴 듯 거리를 물끄러미 내려다보곤 했다. 어머니는 늘 집안일을 했으며, 쟌느는 일을 도왔다. 쟌느는 너무나 가냘파서 그랑은 그녀가 길을 걸을 때마다 불안감 없이는 바라볼 수가 없을 정도였다. 그에게는 차들이 비정상적으로 거칠게 달리는 것처럼 보였다. 어느 날, 크리스마스 선물을 파는 상점 앞에서 진열장을 들여다보던 쟌느는 감탄을 한 나머지 '예쁘기도 해라!' 하면서 그에게 몸을 기대었는데, 그때 그는 그녀의 손목을 꼭 쥐어 주었다. 이렇게 해서 그들의 결혼이 성사됐던 것이다. 그랑의 말에 의하면, 그 이후의 이야기는 매우 단순했다. 그건 모든 사람이 그렇듯이 결혼하고, 아직도 조금은 서로 사랑하며, 일을 하는 것이다. 사랑한다는 사실을 잊을 정도로 열심히 일을 한다. 쟌느 역시 일하고 있었는데 국장이 그랑에게 한 약속이 이행되지 않았기 때문이다. 이 대목에서 그랑이 말하고자 하는 것을 이해하기 위해서는 약간의 상상력이 필요했다. 피로까지 겹쳐서, 그는 자신의 생활을 될 대로 되라는 식으로 아무렇게나 내버려 두었으며, 더욱 말수가 적어졌고, 젊은 아내가 여전히 남편에게 사랑받는다고 느끼게끔 이끌지 못했다. 일만 하는 남자, 가난, 불투명한 장래, 저녁때 식탁 주위에 맴도는 침묵, 이러한 생활에 정열이 끼어들 여지란 없는 법이다. 아마도 쟌느는 괴로웠을 것이다. 그렇지만 그녀는 떠나지 않았다. 사람은 오랫동안 스스로 인식하지 못한 채 괴로워하는 법이다. 수년이 지난 후 그녀는 떠나 버렸다. 물론 그녀가 이유 없이 떠나가 버린 것은 아니었다. '저는 정말 당신을 사랑했어요. 그러나 이제는 지쳐 버렸어요……. 이렇게 떠나간다는 것이 더 나을 리는 없지요. 그러나 다시 시작하기 위해서는 할 수 없는 일이지요.' 그녀는 대강 이러한 내용의 편지를 그에게 남기고 떠났던 것이다.

이번에는 조제프 그랑이 고통스러워했다. 리외가 그에게 지적해 주었듯이 그 역시 새로 시작할 수 있었으리라. 그러나 그는 자신이 없었던 것이다. 오로지, 그는 여전히 아내만을 생각하고 있었다. 그가 단지 바라는 일은 그녀에게 자신을 이해시키는 글을 쓰는 것이었다. "그러나 쉬운 일이 아니더군요." 그가 말했다. "오랫동안 나는 그 생각을 하고 있었지요. 서로 사랑하는 한, 말이 필요 없어도 이해하리라 믿었지요. 그러나 사람이란 한결같이 사랑할 수는 없는 법이지요. 어떤 시기가 왔을 때 그녀를 붙들 수 있는 말들을 찾아 두었어야 했는데 그렇게 하지 못한 겁니다." 그랑은 체크무늬의 손수건 같은 헝겊에다 코를 풀었다. 그런 다음 콧수염을 닦았다. 리외는 계속 물끄러미 바라보고 있었다.

"미안합니다, 선생님." 그랑은 말했다. "그러나, 뭐라고 해야 할지…… 저는 선생님을 믿습니다. 선생님에게는 이야기를 할 수가 있거든요. 그러면 그만 정이 폭발해 버려서요."

정말로, 그랑은 페스트에 대해서는 다른 세상일인 것처럼 무관심했다. 그날 오후, 리외는 아내에게 시가 폐쇄되었으나 자기는 잘 지내고 있다고, 빨리 건강해지길 바라며 늘 그녀를 사랑한다는 전보를 쳤다.

도시가 폐쇄된 지 3주일 후, 리외는 병원 입구에서 자기를 기다리던 한 젊은 남자를 만났다.

페 스 트

"저를 기억하시리라 생각하는데요." 그는 리외에게 말했다.

리외는 잠시 기억을 더듬고 있었다.

"저는 이런 일이 생기기 전에 왔었습니다." 그가 말했다. "선생님께 아랍인들의 생활 상태에 관해 여쭤 보려고 왔었죠. 레몽 랑베르라고 합니다."

"아! 기억납니다." 리외가 말했다. "당신은 이제 특종을 잡게 된 셈이군요." 그 남자는 불쾌한 표정으로 기사거리 때문이 아니라 리외에게 협조를 요청하러 왔다고 말했다.

"실례인 줄 압니다만." 그는 덧붙였다. "저는 이 도시에 아는 사람이 아무도 없고, 게다가 저의 신문사 주재원은 불행히도 멍청해서요." 리외는 그에게 시내 중심가에 있는 진료소까지 함께 걸어가자고 제의했다. 몇 가지 지시 사항을 전해야 했기 때문이다. 그들은 흑인들이 사는 좁은 골목길을 걸어 내려갔다. 어둠이 짙어오고 있었으나 얼마까지만 해도 그토록 활기찼던 분위기가 사라진 거리는 이상하리만큼 스산해 보였다. 몇 번인가에 걸친 나팔 소리만이 아직도 황금빛이 감도는 하늘에 울려 군인들이 직무를 수행하고 있음을 나타냈다. 그러는 동안 가파른 비탈길을 따라 집들의 다양한 색깔의 벽들을 끼고 걸으면서 랑베르는 몹시 흥분해서 떠들었다. 그의 아내는 파리에 있으며 실은 정식 부인은 아니었으나 그건 큰 문제가 안 되었다. 이 도시가 폐쇄되자 그는 곧바로 아내에게 전보를 쳤다. 초기에 그도 일시적인 것으로 생각했다. 때문에 그녀와 빈번한 서신 교환을 생각했다. 그런데 오랑의 동료들은 그들로서도 불가능한 일이라고

말했고, 우체국에서는 따돌림을 받았고, 시청의 한 서기는 그의 면전
에서 비웃었다. 마지막으로 그는 2시간이나 줄을 서서 기다린 끝에
'모든 일이 잘되고 있음. 곧 돌아가겠음.'이라는 내용의 전보 한 통을
겨우 접수시킬 수 있었다.

그러나 아침에 눈을 뜨면서, 도대체 얼마 동안이나 이런 상태가 지
속될 것인가 하는 생각이 문득 들었다. 그래서 이 도시를 떠나기로
결심했다. 그는 소개장이 있었기 때문에(그의 직업상 편의는 많다) 시청
의 관계자와 만날 수 있었는데, 자신은 오랑과는 아무 관계도 없고,
이곳에 머문다는 것은 이제 필요치 않은 일이며, 단지 우연히 오게 된
것이므로 도시 밖으로 나가서 격리 수용을 당하게 될지라도 자신은
떠나는 것이 정당한 일이라고 말했다. 그 직원은 그에게 충분히 이해
하겠으나 예외를 인정할 수는 없고, 고려해 보겠지만 아무튼 사태가
중대하니만큼 당장은 아무런 결정도 내릴 수 없다고 대답했다는 것
이다.

"그러나 어쨌든." 랑베르가 말했다. "저는 이 도시에선 이방인인
셈이지요."

"그야 그렇지요. 그러나 어쨌든 전염병이 오래 가지 않기를 바랍
시다."

리외는 그에게 오랑에서 흥미 있는 기사거리를 얻을 수 있을 것이
며, 무슨 일이든 잘 살펴보면 좋은 점을 발견하기 마련이라는 이야기
로 랑베르를 위로하려 했다. 랑베르는 어깨를 으쓱해 보였다. 그들은
이미 시가지 중심부에 와 있었다.

"다 부질없는 일이에요. 의사 선생님, 저는 기사를 쓰기 위해서 태어난 것은 아닙니다. 아마도 한 여자하고 살기 위해 세상에 태어났는지도 모르겠어요. 이것이 오히려 이치에 맞는 이야기일 듯싶군요."

리외는 그 말이 어쨌든 당연한 이야기로 들린다고 대답했다. 시내 중심지의 큰길도 전처럼 사람들로 북적거리지 않았다. 몇몇 행인들이 멀리 떨어진 집으로 발걸음을 재촉하고 있었다. 얼굴에 웃음기라곤 하나도 없었다. 리외는 그런 모습이 그날 있은 랑스도크 통신사의 보도 결과 때문이라고 생각했다. 하루가 지나면 우리 시민들은 또다시 희망적인 기대를 가지게 된다. 그러나 그 당일에는 지울 수 없는 너무나 생생한 숫자 때문이었던 것이다.

"왜냐하면." 느닷없이 랑베르가 말했다. "그녀와 난 만나지 않았어도 서로 이해하기 때문입니다."

리외는 아무 말도 하지 않았다.

"선생님께 실례가 될지 모르겠습니다만." 랑베르는 말을 이었다. "제가 단지 선생님께 부탁하고 싶은 것은 이 망할 놈의 병에 걸리지 않았음을 확인하는 증명서를 씨 주실 수 있으신지 말입니다. 그것이 도움이 될 것 같아서요." 리외는 고개를 끄덕여 보였다. 리외는 자기 무릎 사이로 갑자기 뛰어든 어린아이를 안아 일으켰다. 두 사람은 다시 걸음을 옮겨 연병장에 다다랐다. 무화과와 종려나무들이 때 묻은 공화국의 여신상 주변에서 먼지에 쌓인 채 미동도 하지 않고 축 늘어져 있었다. 그들은 그 기념상 앞에서 발길을 멈추었다. 리외는 희뿌연 잿빛 도료 같은 먼지로 뒤덮인 신발을 땅에 탁탁 털어 냈다. 그는 랑베르를 돌아보았다. 중절모자를 약간 뒤로 젖혀 쓰고, 넥타이 뒤로 단추가 떨어진 와이셔츠를 입은 채, 수염도 그대로인 모습으로 그 신문 기자는 딱딱하고 시무룩한 표정을 짓고 있었다.

"당신 마음은 잘 알아요." 리외가 마침내 말했다. "그러나 당신의 생각이 옳지만도 않습니다. 나는 그런 증명서를 써 드릴 수가 없습니다. 왜냐하면 솔직히 나는 당신이 병에 전염되었는지 아닌지를 알지도 못하며, 또 비록 안다고 해도 내 진료실을 나가서 시청까지 가는 사이에 전염되지 않았다고 증명할 길이 없기 때문입니다. 그리고 또……."

"그리고라니요?" 랑베르가 반문했다.

"그리고 설혹 내가 그 증명서를 써 드린다고 하더라도, 그건 아무 도움도 되지 않을 겁니다."

"왜요?"

"왜냐하면 이 도시에는 당신과 같은 처지의 사람들이 수천 명이나 있지만 당국은 그들이 나가도록 허락해 주지 않기 때문입니다."

"그들에게 페스트균이 없는데도 말입니까?"

"그건 충분한 이유가 될 수 없다는 거지요. 정말 어처구니없는 조처란 걸 나도 잘 압니다. 그러나 그건 우리 모두에게 관계되는 일입니다. 사실을 있는 그대로 인정할 수밖에 없지요."

"그렇지만 전 이곳 사람이 아닌데도요!"

"이 순간부터는 유감스럽습니다만, 당신도 모든 사람들과 마찬가지로 이곳 사람이 되는 깃입니다."

랑베르는 흥분했다.

"그야말로 이것은 인도적인 문제입니다. 서로 사랑하며 살고 있는 두 남녀에게 이런 어처구니없는 이별이 무엇을 의미하는지 선생님께서는 이해하시지 못하시는군요."

리외는 바로 대답하진 않았다. 그러다가 잠시 후 리외는 잘 이해하고 있다고 이야기했다. 랑베르가 다시 아내와 재회하고, 사랑하는 사람들이 모두 다시 만나기를 간절히 희망하는 바이지만, 포고와 법률이란 문제가 있고 페스트가 있으므로, 자신은 단지 해야 할 일을 하는 것뿐이라고 말했다.

"그렇지 않습니다." 랑베르는 쓸쓸한 표정으로 말했다. "선생님은 이해하시지 못합니다. 선생님은 이성적인 말씀만 하고 있습니다. 선생님은 관념 속에 빠져 있는 거지요."

리외는 공화국의 여신상을 올려다보았다. 그리고 자기가 추상적인 말을 하는 것인지는 모르지만, 명백한 사실을 이야기하는 것이며, 그것이 반드시 같다고는 할 수 없다고 말했다. 랑베르는 넥타이를 바로 잡았다.

"그러면 다른 방법으로 해결해야 한단 말씀인가요?" 신문 기자는 도전적인 말투로 말했다. "아무튼 저는 이 도시를 벗어나야겠습니다."

리외는 그를 충분히 이해했지만 그런 일은 자기와는 상관없는 일이라고 말했다.

"그렇지 않아요. 상관있습니다." 랑베르는 격한 기색으로 대꾸했다. "내가 당신을 찾아온 것은 당신이 이번 당국이 취한 조치에 결정적으로 관여했다는 말을 들었기 때문입니다. 그래서 적어도 어떤 조치에 대해서는, 아무리 자신이 협조해서 만든 조치라도, 예외도 가능하리라 생각했지요. 그러나 당신은 그걸 아무렇게나 생각하시는군요. 당신은 그 누구도 상관없다는 이야기겠죠. 헤어져 있는 사람들에 대해서는 이해조차 해 주지 않는단 말입니다." 리외는 어떤 의미에서는 솔직히 사실이었고, 그런 일들을 생각하지 않으려 했다는 것을 인정했다.

"무슨 뜻인지 알겠습니다." 랑베르가 말했다. "말하자면 공익을 위한 것이라는 거겠지요. 그러나 공익이라는 것도 개개인의 행복 위에 성립됩니다."

"그런데 말이요." 멍한 상태에서 깨어난 듯이 리외가 말했다. "그럴 수도 아닐 수도 있지요. 섣불리 판단하려고 해서는 안 됩니다. 그러나 그렇게 화를 내는 것은 부당한 일입니다. 나도 당신이 이 문제에서 벗어날 수 있기를 바랍니다. 단지, 내 직무상 어쩔 도리 없는 일들이 있는 겁니다."

랑베르는 조바심이 난 듯 머리를 흔들어 댔다.

"그렇군요. 화를 내서 죄송합니다. 더욱이 이렇게 당신의 시간을 너무 뺏고 있었군요."

리외는 랑베르에게 그의 일의 경과를 계속 알려 달라고 부탁했으며, 자기를 원망하지 말라고 덧붙였다. 분명 서로의 의견이 일치할 부분이 있을 거라는 이야기였다. 랑베르는 갑자기 난처해진 듯했다.

"제 생각도 그렇습니다." 잠시 조용히 있다가 그가 말했다. "저와 선생님이 이야기한 모든 것을 접어 두고라도 그런 생각이 듭니다." 그는 머뭇거리다가 다시 말을 이었다.

"그러나 선생님 생각에 동의할 수는 없습니다."

그는 중절모자를 이마까지 내려 쓰곤 총총히 사라져 버렸다. 리외는 장 타루가 묵고 있는 호텔로 랑베르가 들어가는 것을 보았다.

잠시 후 리외는 랑베르가 자신의 미래에 대해 불안해하는 것에 수긍이 갔다. 그러나 그가 의사를 비난한 것은 온당한 일이었던가? "당신은 추상적인 관념에 빠져 있단 말입니다." 페스트의 기승으로 1주일에도 평균 500명에 달하는 사망자를 치료해야 하는 병원에서 보낸 시간이 정말 추상적이란 말인가? 어떤 면으로 보면 불행이란 추상적이고 비현실적인 부분을 지녔긴 하다. 그러나 추상이 우리를 죽음으로 이끌기 시작할 때, 그 추상에 대해 단단히 경계해야만 한다. 그리고 리외는 결코 그것이 쉬운 일이 아니라는 사실을 알 뿐이었다. 예컨대 그가 책임지고 있는 그 보조 진료소(지금은 셋으로 늘었다)를 관리하기란 쉬운 일이 아니었다. 그는 진찰실이 보이는 방에 접수실을 마련해 놓도록 했다. 바닥을 파서 크레졸 산수(酸水)의 웅덩이를 만들고, 그 중앙에는 벽돌로 작은 섬을 만들었다. 환자를 그곳에 옮겨서, 재빨리 옷을 벗기면 그 옷이 불 속에 저절로 떨어지도록 해 놓았다. 환자는 몸을 씻고 물기가 마른 후, 거친 병원용 가운을 걸쳐 입고 리외에게 보여진 다음 병실로 옮겨지는 것이었다. 학교의 실내 체육관까지 사용해야만 했는데, 모두 오백 개나 되는 병상은 거의 환자로 메

워져 있었다. 리외가 관리하는 오전 동안의 접수가 끝나면 환자에게
백신 주사를 놓기도 하고 임파선 절개 수술을 하고, 그는 다시 통계를
검토한 후, 오후 진찰을 위해서 다시 자기 병원에 돌아오는 것이었
다. 마지막으로 저녁에는 왕진을 했고 밤이 깊어서야 겨우 집으로 돌
아왔다. 그 전날 밤, 리외의 어머니는 며느리의 전보를 아들에게 건
네주다가 리외의 손끝이 떨리는 모습을 보았다.

"이거요?" 그는 말했다. "좀 있으면 신경이 안정되겠지요."

그는 튼튼하고 강했다. 그리고 사실 아직은 지쳐 있지 않았다. 그
러나 가끔씩 왕진에서의 일은 견디기 힘들 정도로 괴로웠다. 전염성
열병이라고 진단을 내리는 것은 결국 환자를 지체 없이 격리시키는
의미가 되어 버렸다. 바로 이 순간부터 이별과 고통이 시작되는 것이
다. 왜냐하면 환자의 가족들은 완치되거나 죽었을 때만 환자를 다시
볼 수 있다는 것을 알고 있었기 때문이다. "제발, 부탁이에요. 의사
선생님!" 타루가 묵고 있는 호텔의 객실 담당 종업원의 어머니인 로
레 부인이 말했다. 도대체 그게 무슨 의미가 있단 말인가? 물론 리외
는 측은한 마음이 들었다. 그렇지만 그 누구에게도 도움을 줄 수는
없었다. 전화는 걸어야 했다. 그러면 곧 구급차의 사이렌이 들리는
것이다. 처음 한동안 동네 사람들은 문을 열고 구경하기도 했다. 그
러다 얼마 지나지 않아서 그들은 서둘러 문을 닫아 버리는 것이었다.
그래서 결국 싸움과 눈물과 설득, 요컨대 추상이 시작되는 것이다.
열병과 불안으로 꽉 찬 집 안에서 광란의 장면들이 벌어지는 것이다.
그러나 결국 환자는 옮겨지고 만다. 그러면 리외도 거기에서 벗어날

수가 있게 되는 것이었다.

처음에는 구급차가 도착하기 전에 전화를 건 후 다른 환자에게로 진찰 가곤 했다. 그러나 이제는 가족들이 너무나도 뻔한 이별보다는, 차라리 페스트와 맞대는 편을 택하여 아예 문을 잠가 버리는 것이었다. 아우성과 명령, 경찰의 개입, 급기야는 군까지 투입되어 환자는 힘으로 탈취되는 셈이었다. 초기 몇 주일 동안, 리외는 구급차가 올 때까지 기다릴 수밖에 없었다. 그 후 의사가 회진할 시에 반드시 자원한 감독관 한 사람을 동행하도록 되어 있어서, 리외는 서둘러 다른 환자에게 갈 수가 있게 되었다. 그러나 처음에는 매일 저녁 리외가 로레 부인의 집에 들어갔던 날과 비슷했는데, 부채와 조화로 장식된 작은 아파트 방에 들어갔을 때 로레 부인은 일그러진 표정으로 그에게 말했던 것이다.

"저는 간절히 이것이 다른 사람들이 말하는 열병이 아니길 바랍니다."

그래서 리외는 침대 시트와 속옷을 걷고 복부와 넓적다리 위에 생긴 붉은 반점들과 임파선이 부은 모양을 조심스럽게 들여다보았다. 로레 부인은 딸의 넓적다리를 보고 있다가 감정에 못 이겨서 소리를 지르고 말았다. 매일 밤마다 어머니들은 죽음의 징후가 완연한 복부의 증세 앞에서 멍한 모습으로 그렇게 소리쳤고, 매일 밤 사람들의 팔은 리외의 팔에 매달려 부질없는 말, 기약, 그리고 눈물을 쏟아 흘렸으며, 또 매일 저녁 구급차의 사이렌 소리는 모든 고통만큼이나 공허한 발작을 일으켰다. 그리고 늘 같은 날들이 그렇게 오래 연속되자,

리외는 끝없이 반복되는 비슷한 장면의 기나긴 연속 이외는 아무것
도 기대할 수 없게 되었다. 그렇다. 페스트는 마치 추상과 같이 단조
로웠다. 오로지 달라진 것이 있다면 바로 리외 자신이었다. 리외는
그날 저녁, 공화국의 여신상 앞에서 랑베르가 들어가던 호텔의 입구
를 바라보며, 그의 내부에 차오르기 시작하는 무관심을 줄곧 느끼고
있었다.

온통 지쳐 버린 몇 주일이 지난 어느 날, 시민들이 거리로 쏟아져
나와 배회하는 현상이 사라질 무렵 리외는 문득 이제는 더 이상 동정
심을 억제할 필요가 없다는 사실을 깨닫게 되었다. 동정이 소용없을
때는 동정 자체에 지쳐 버리는 법이다. 그리고 마음이 서서히 폐쇄되
어 간다는 의식 속에서, 리외는 폭발해 버릴 듯한 나날 속에서 유일한
위안을 찾았다. 그는 자신의 일이 그 때문에 쉬워지리라는 사실을 알
고 있었다. 그래서 그런 나날을 기대했다. 그를 새벽 2시에 맞으면서,
그의 어머니는 자신을 바라보는 아들의 공허한 눈빛을 슬퍼했는데,
그때 그녀는 바로 리외가 얻을 수 있는 유일한 위안을 원망하는 것이
었다.

추상에 저항하기 위해서는 어떤 면에선 추상과 닮을 필요가 있다.
그러나 어떻게 그것을 랑베르는 감지할 수 있었을까? 랑베르에게 있
어서 추상이란 자신의 행복을 방해하는 모든 것이었다. 그리고 사실,
리외는 그런 생각이 어떤 의미에서는 옳다는 것도 알고 있었다. 그러
나 그는 또한 추상이 행복보다도 더 강하게 나타날 수도 있는데, 그때
만큼은 추상을 고려해야만 한다는 것도 알고 있었다. 그것은 랑베르

자신에게 일어나고야 말았고, 리외는 나중에야 랑베르가 털어놓은 이야기에 의해 내막을 알 수 있었다. 리외는 이렇게, 그것도 새로운 각도로, 개인의 행복과 페스트라는 추상 사이에서 오랫동안 우리 도시의 전반을 지배했던 그 암울한 투쟁을 지속시킬 수 있었던 것이다.

그러나 동일한 사실에도 어떤 사람들은 추상을 보는 이면에 다른 어떤 사람들은 진실을 보고 있었다. 페스트가 발생한 첫 달 말경엔 전염병이 눈에 띄게 다시 기승을 부렸고 발병 초기에 미셸 노인을 도와주었던 예수회 파늘루 신부의 열띤 설교로 암울하게 지나갔다. 파늘루 신부는 오랑 지리학회 회보에 자주 기고를 해서 명성을 얻고 있었는데, 그는 금석문사(金石文史)의 고증으로 권위를 인정받았다. 더구나 그는 현대 개인주의에 대한 일련의 강연을 함으로써, 어떤 전문가보다 더 광범위한 청중을 확보했었다. 그는 강연에서 근대의 방종이나 과거의 몽매주의와는 거리가 먼 일종의 엄격한 기독교의 열렬한 옹호자가 되었다. 매번, 그는 청중들에게 준엄한 진실을 토로하길 주저하지 않았다. 때문에 그의 명성은 더욱 높아만 갔다.

이런 즈음에 시의 성당 수뇌부에서는 집단 기도 주간을 설정함으로써 독자적인 방법으로 페스트에 저항하기로 결정했다. 대중에 의한 신앙 시위는 페스트로 쓰러진 성(聖) 루가에게 바쳐지는 장엄한 미사를 마지막으로 일요일에 마칠 예정이었다. 이때 파늘루 신부에게 설교를 부탁했던 것이다. 약 2주 전부터 파늘루 신부는 성(聖) 아우구스티누스와 이 성자에게 서열상 각별한 자리를 내주었던 아프리카의 교회에 대한 연구를 중단했다. 매사에 급하고 다혈적인 신부는 그에게 주어진 사명을 굳은 결의로 받아들였던 것이다. 그 설교가 있기 훨씬 전부터 시민들은 그 설교를 화제에 올렸으며 그것은, 그 당시 역사에 하나의 중요한 날짜로 기록되었던 것이다.

그 기도 주간에는 수많은 군중이 참가했다. 그것은 평상시에 오랑의 시민들이 특별히 신앙심이 깊었기 때문이 아니었다. 예컨대, 일요일 아침에는 수영이 미사와 갈등 대상이 되곤 했었다. 갑작스런 회심이 그들을 바꾸어 놓은 때문은 더더욱 아니었다. 그것은 한편으로는 시가 폐쇄되어 항구는 차단되고 더 이상 해수욕을 즐길 수 없게 되었기 때문이기도 했고, 다른 한편으로는 그들을 엄습해 온 사건들을 속으로는 여전히 인정하지 않으면서도 분명 무언가 변했다는 것을 절실히 느끼고 있는 기묘한 정신 상태에 있었던 때문이기도 했다. 그럼에도 불구하고 대부분의 사람들은 여전히, 전염병이 오래 가지 않을 것이며 가족과 함께 이를 모면하리라는 기대를 갖고 있었다. 그래서 그들은 심각한 불안도 느끼지 않고 있었다. 그들에게 있어서 페스트는 단순히 언젠가 사라져 버릴 불쾌한 방문객일 뿐이었다. 엄습해 온 이상 어쩔 순 없었지만, 두려움도 가졌으나 절망은 하지 않았으며, 페스트가 그들 생활을 지배하게 되고, 그때까지 영위할 수 있었던 존재 그 자체를 잊어버리게까지 되는 시기는 아직 아니었다. 결국, 그들은 희망을 지니고 있었던 것이다. 신앙에 있어서도, 다른 여러 문제들과 마찬가지로 페스트는 그들에게 기묘한 정신 상태를 야기시켰다. 이것은 열성이나 무관심도 아닌 '객관성'이라는 말이 적절할 것이다. 기도 주간에 참가한 사람들의 대부분은 의사인 리외 앞에서

"아무튼 그게 해가 될 건 없으니까요."라고 말한 한 신도의 말을 구실로 삼을 것이었다. 타루조차도 그의 수첩에 이런 경우에 중국인들은 페스트 귀신 앞에 가서 북을 칠 거라고 기록하고, 실제로 북이 과학적 예방 조치보다 더 효과를 나타낼지는 확실히 알 수 없는 일이라고 지적했다. 덧붙여, 그 문제에 대한 해답을 얻기 위해선 페스트 귀신에 대해 알아야 할 텐데, 그 점에 대한 우리들의 무지는 우리가 생각하는 모든 의견들을 말살시켜 버린다고 했다. 어쨌든 성당은 기도 주간 내내 신자들로 가득 찼다. 처음 얼마 동안은 많은 시민이 성당 정문 앞의 종려나무와 석류나무 숲 사이에 늘어서서 길까지 흘러나오는 기원의 기도 소리에 귀를 기울였다. 서서히 청중들은 앞에 이어 들어간 사람들을 따라 성당으로 들어가서 남들이 하는 답창(答唱)에 어눌한 목소리로 끼어들었다. 그래서 그 일요일에는 성당 안이 넘쳐흘러 많은 사람이 마당과 층계에 나와 있어야 했다. 전날부터 하늘이 흐리더니 비가 퍼붓듯 쏟아졌다. 밖에 있던 사람들은 가지고 온 우산을 폈다. 향 내음과 눅눅한 옷 냄새가 성당 안에 감돌았는데, 그때 파늘루 신부가 단 위로 올라섰다.

신부는 중키에 다부진 체격이었다. 그가 커다란 두 손으로 단을 짚고 설교단의 가장자리에 섰을 때, 사람들은 강철테 안경 아래 상기된 두 볼이 올라앉은 두텁고 검은 형체만을 보게 될 뿐이었다. 그는 멀리까지 들리는 힘차고 열정적인 목소리로 말을 시작했다. 그가 "형제들이여, 여러분은 불행 속에 있습니다. 형제들이여, 그것은 당연한 결과입니다."라고 격렬하면서도 또박또박 말로 청중에게 이야기했

을 때, 일종의 술렁거림이 청중들 사이를 지나 성당 마당까지 파문을
일으켰다.

　논리적으로 볼 때, 이어진 말은 그 비장한 첫말과 모순된 것 같았
다. 연설이 계속 이어지고 나서야 비로소 시민들은 신부가 능란한
웅변술에 의해 그 설교 내용의 주제를, 마치 일격을 가하려는 듯이
토해놓은 것임을 알 수 있었다. 파늘루 신부는 계속 이어서 이집트
에서 발생했던 페스트에 관한 출애굽기의 한 구절을 인용했다. "이
재난이 최초로 역사상에 나타난 것은 신에게 저항한 자들을 가려내
기 위해서였습니다. 이집트 왕은 영원의 뜻을 어기고 있었는데 페스
트가 그를 무릎 꿇게 했던 것입니다. 태초부터 신의 재앙은 오만한
자들과 눈먼 자들을 신의 발아래 속죄하게 만들었습니다. 이를 잘
생각해 보시고 무릎을 꿇으시오." 밖에는 빗줄기가 더욱 거세어졌
으며, 숨 막힐 듯한 침묵 속에 던져진 그 마지막 구절은 유리창에 부
딪치는 비 소리 때문인지 더욱 심오하고 강한 어조로 울려 퍼졌고,
이때 몇몇 청중들은 자리에서 조용히 내려와서 기도대로 올라가는
것이었다. 다른 사람들도 그들에 이끌리듯 차례차례로, 의자가 삐걱
거리는 소리 외에 정적 속에 무릎을 꿇었다. 그러자 파늘루는 다시
일어서더니 깊게 숨을 들이쉬고 나서 더욱 강한 어조로 다시 말을 계
속했다. "오늘날 다시 페스트가 찾아온 것은 반성할 때가 왔다는 것
입니다. 마음이 올바른 사람들은 그것을 두려워할 필요가 없습니다.
그러나 사악한 사람들이 공포에 떠는 것은 당연한 일입니다. 우주라
는 어마한 광 속에서, 가혹한 재난이 인류라는 밀에서 낟알이 떨어질

때까지 타작할 것입니다. 밀알보다는 짚이 더 많이 남을 것이며, 선택된 아들보다는 부름을 받은 이들이 더 많을 것입니다. 그리고 이 재앙은 신께서 원하신 것이 아니었습니다. 너무나 오랫동안 이 세상은 악으로 가득 차 있었고, 너무나 오랫동안 이 세상은 성스러운 사랑 속에 안주하고 있었습니다. 회개만으로 충분했고, 모든 것이 허용되어 왔습니다. 그리고 우리들은 회개하는 일은 걱정 없다고 생각했습니다. 어느 때가 오면 사람들은 언제나 회개의 필요성을 느낄 것이기 때문입니다. 그러기까지 가장 쉬운 일은 내키는 대로 살아가는 것이었으며, 성스런 사랑이 그 뒤처리를 해 줄 것으로 생각했습니다. 그런데 이런 상태가 지속될 수는 없었습니다. 참으로 오랜 시간 이 도시의 사람들에게 연민의 모습을 보여 주시던 신이, 이제 기다림에 지치고 그 영원의 기대가 무너지자, 마침내 눈길을 거두시고 만 것입니다. 신의 빛을 빼앗기고, 우리는 이제 오랫동안 페스트의 암흑 속에 빠지게 된 것입니다!”

성당 안 어디에선가 누군가 마치 성급한 말처럼 재채기를 해 댔다. 잠시 멈췄다가, 신부는 더 낮은 어조로 연설을 계속했다. “황금 전설이라는 성인전(聖人博)을 보면 이런 이야기가 나옵니다. 롬바르디아의 훕베르트 왕 시대에 이탈리아는 페스트에 의해 황폐화되었는데, 어찌나 페스트가 극렬했던지 생존자의 수가 겨우 사망자를 매장할 수 있을 정도였으며 특히 로마와 파비에서 더욱 심했습니다. 그런데 한 선(善)의 천사가 나타나서 멧돼지 사냥에 사용하는 창을 가진 악(惡)의 천사에게 모든 집의 문을 두드리도록 지시하는 것이었습니다. 그리고 대문을 두드린 수만큼, 그 집에서 사망자가 생겼다고 합니다.”

신부는 이 대목에서 짤막한 양 팔을 마치 비에 의해 흔들리는 휘장 뒤의 그 무언가를 가리키듯 성당 앞마당을 향해 뻗었다. “그래 형제들이여,” 그는 힘주어 말했다. “그와 같은 죽음의 사냥이 지금 우리들의 도시에서 벌어지고 있습니다. 보십시오. 악마처럼 당당하고 악 그 자체인 양 빛나는 페스트의 천사를 보십시오. 그는 여러분의 집 지붕 위에 버티고 서서, 오른손으로는 창을 잡아 쳐들고, 왼손으로는 여러분의 집 가운데 하나를 가리키고 있습니다. 아마 지금 이 순간에도 그는 여러분의 집을 향해 손을 뻗쳐, 창으로 나무 대문을 두드리고 있는지도 모릅니다. 어쩌면은 페스트가 방에 이미 들어가 앉아 여러분이 돌아오기를 기다리고 있는지도 모릅니다. 페스트는 인내하며 조용히, 마치 이 세상의 질서 자체인 것처럼 침착하게 그곳에 있습니다. 여러분에게 내밀어질 그 손은 지상의 어떤 힘도, 어리석기만 한 인간의 지혜로도 그걸 피하게 할 수 없다는 사실을 명백히 깨달아야 합니다. 그리고 여러분은 피비린내 가득한 고통의 타작마당에서 얻어맞고 집과 함께 버려지는 것입니다.”

이 대목에서 신부는 보다 풍부한 표현을 구사하면서 재앙의 비참한 모습을 묘사해 주었다. 그것은 거대한 나무토막이 이 도시 위에서 회오리치다가 모든 것을 닿는 대로 부수고 나서 피투성이가 된 채 다시 올라가 ‘진리의 수확을 위한 파종을 위해’ 인류의 고통과 피를 뿌리는 장면을 연상시켰다.

파늘루 신부는 한 구절을 끝마치자 머리를 이마에 드리우고 설교단 위까지 느껴질 정도로 온몸을 경련으로 떨면서 말을 중단하고는, 더 나직한 음성으로, 그러나 힐책하는 말투로 다시 말을 이었다. "그렇습니다. 반성의 때가 왔습니다. 여러분은 일요일에 하나님을 찾아뵙는 것으로 충분하며, 그 이외의 날들은 자유라고 믿었습니다. 몇 번 무릎 꿇는 행동이 죄로 가득 찬 여러분의 무관심을 충분히 보상해 주리라 생각했던 것입니다. 그러나 하나님은 그렇게 무기력한 존재가 아닙니다. 그런 소원한 관계로는 그분의 무한한 사랑에 충분히 보답할 수 없습니다. 하나님은 여러분을 더 오래 가까이 하고 싶으셨던 것입니다. 그것이 그분의 사랑하는 방식이며, 그리고 사실 그것이야말로 유일한 사랑의 방법입니다. 그러나 여러분이 오기를 기다리다가 지치셔서, 그분께서는 인류의 역사 시작 이래 최악으로 사라진 여러 도시들처럼, 재앙을 방치하여 이렇게 찾아오게 한 것입니다. 여러분은 이제 카인과 그의 후예들이, 노아의 대홍수 이전의 사람들이, 소돔과 고모라의 사람들이, 애굽과 욥, 그리고 저주받은 모든 사람들이 알았던 바와 같이 죄악의 무서움을 알게 된 겁니다. 또한 그들 모두가 그랬듯이 이 도시가 재앙의 울타리로 싸여 버린 순간 이후로부터 여러분 역시 일종의 새로운 시각을 가지고 존재와 사물을 대하고 있는 것입니다. 여러분은 결국 알게 된 것입니다. 결국 본질적인 것에 복귀해야 한다는 사실을."

습기 찬 바람이 이제 본당 아래까지 불어와, 초의 불꽃을 흔들고 있었다. 짙은 초향과 기침 소리, 누군가의 재채기 소리가 파늘루 신부에게까지 들렸다. 신부는 대단하다는 평가를 받은 적 있는 능란한 말솜씨로 자신의 논리를 펼쳐가며 침착한 목소리로 다시 말을 계속했다. "여러분 중 많은 사람은 제가 어떠한 결론에 도달하려는 것인지를 매우 궁금히 여길 줄로 압니다. 저는 여러분이 진리에 이르도록 도와주고 싶으며, 많은 이야기를 했지만, 여러분이 기쁜 마음을 가지도록 가르쳐 주고 싶습니다. 충고나 우정의 손길이 여러분을 선(善)하게 만들던 시기는 이제 지났습니다. 오늘날 진리는 하나의 명령과도 같습니다. 그리고 구원의 길이란 그 길을 여러분에게 알려주고 그곳으로 밀어 내는 재앙의 붉은 창입니다. 형제들이여, 만물 속에 선과 악, 분노와 연민, 페스트와 구원을 놓은 신성한 자비가 드디어 바로 이곳에서 나타나는 것입니다. 여러분을 고통으로 모는 이 재앙 자체가 여러분을 향상시키고 구원의 길로 인도해 주고 있는 것입니다.

옛적에, 아비시니아의 기독교도들은 페스트로 인해 영원에 이를 수 있는 특별한 방법을 알게 되었는데, 그것이 바로 신에 근원을 둔 재앙으로 인한 것입니다. 감염되지 않은 사람들은 확실히 죽기 위해서 스스로 페스트 환자의 담요를 몸에 뒤집어쓰곤 했었습니다. 물론 구원에 대한 이 같은 광적 행위는 바람직한 게 못될 것입니다. 이 광기는 오만에 가까운, 유감스러운 성급함의 발로입니다. 하나님보다 더 앞질러서는 안 되며 그분이 세우신 불변의 질서의 변화를 가속화시키려는 행위는 모두 이단으로 통하는 것입니다. 그러나 적어도, 이 경우는 그 나름대로 교훈을 주고 있습니다. 더욱 통찰력 있게 볼 때, 그것은 모든 고뇌의 밑바닥에 깃든 영생의 그윽한 빛만을 드러나게

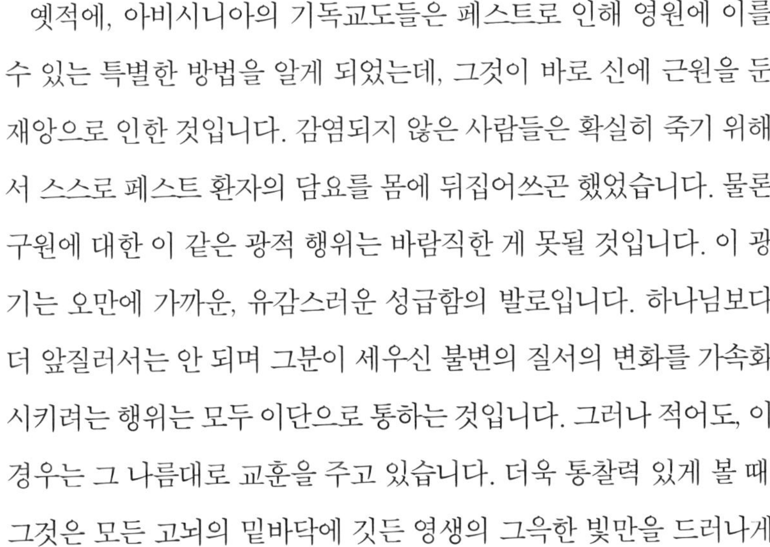

합니다. 그 빛은 해방으로 통하는 황혼의 길을 비추고 있습니다. 그
것은 악을 선으로 변화시키는 성스러운 의지를 보여 주는 것입니다.
오늘날도, 고뇌와 죽음과 아우성의 길을 통해, 우리를 본질적인 침묵
과 모든 삶의 근원적인 모습으로 인도하고 있습니다. 형제들이여, 바
로 그것이 영원한 위안입니다. 저는 이 위안을 여러분께 안겨 드리고
싶습니다. 여러분들이 저의 설교에서 단지 응징의 말뿐 아니라 마음
을 평온하게 하는 '말씀'도 담아 가기를 간절히 바라는 것입니다.”

　신부는 말을 다 마친 것 같았다. 밖에는 비가 멎었다. 하늘은 물기
와 햇빛이 뒤섞여, 한결 더 신선한 빛을 거리에 쏟아 놓고 있었다. 거
리로부터 떠들썩한 이야기 소리와 자동차 소리, 다시 깨어난 도시의
모든 음성이 들려오고 있었다. 청중들은 귀를 울리는 소란스런 움직
임 속에서 조심스럽게 돌아갈 준비를 했다. 그런 순간에도 신부는 계
속 말을 했는데, 페스트는 신에게 근원을 둔 것이며, 그 재앙의 응징
적인 성격을 설명한 이상 해야 할 말은 다했으며, 그렇게 비극적인 사
실을 언급하면서 장소에 어울리지도 않는 웅변술로 결론을 맺고 싶
지는 않다고 말했다. 신부에게는 이제 모든 것이 청중 모두에게 명백
해진 것처럼 보였다. 그는 단지, 마르세유에서 페스트가 크게 유행했
을 때, 그 기록자 마터외 마레가 희망도 구원도 없는 삶은 지옥과 같
다고 비탄했던 사실만을 상기했다. 그것은 마터외 마레가 눈이 멀었
다는 의미인 것이다. 반면에, 파늘루 신부는 지금까지 단 한 번도 오
늘날처럼 모든 사람에게 베풀어진 신의 구원과 희망을 느껴 본 적이
없었다. 신부는 우리 시민들이, 그 당시의 공포와 죽어 가는 사람들

의 처절한 절규에도 불구하고 신의 뜻이요, 또한 사랑의 유일한 말인 하늘을 향한 구원의 소리를 무엇보다도 더 원했고 그 나머지 일은 신이 하시리라는 것이었다.

그 설교가 우리 시민들에게 영향을 끼쳤다 하더라도, 그것을 설명하기란 쉽지 않다. 예심 판사 오통 씨는 리외에게, 자기는 파늘루 신부의 논지를 전혀 반박할 여지가 없다고 생각한다고 말했다. 그러나 모든 사람이 그 같은 확실한 생각을 가진 것은 아니었다. 단지 그 설교는 우리들에게 그때까지 막연했던 생각, 즉 자신들마저도 알지 못하는 죄의 대가로 무서운 감금 선고를 받았다는 사실을 더욱 뚜렷이 느끼게 했던 것이다. 그리고 어떤 사람들은 여전히 그들의 소박한 생활을 계속하며, 유배 상태에 적응하는 반면에 다른 사람들은 오직 그때부터 이미 이 감금 상태를 벗어나려 하고 있었다.

사람들은 처음에 외부와 차단당하는 일을 단순히 자신들의 습관이 일시적으로 방해받은 정도의 다소 불쾌한 일을 받아들이는 것 같은 심정으로 받아들였던 것이다. 그러나 찌는 여름 하늘에 뒤덮여 있는 듯한 일종의 감금 상태를 불현듯 의식하며, 그들은 이 감금 상태가 그들의 모든 생활을 위협하고 있음을 어렴풋이나마 느끼며, 또 밤이 되면 서늘한 바람과 함께 되살아나는 정력이 때때로 그들을 자포자기의 행위 속으로 떨어뜨리는 것이었다.

무엇보다도 우선 우연으로 빚어진 결과든 아니든 간에, 이 날을 기점으로 하여 우리들의 도시에는 상당히 전반석이고도 심각한 일종의 공포가 감돌았는데, 그것은 자신들이 처해 있는 상황에 대해 진실로 자각하기 시작했음을 의미하는 것이었다. 이런 면에서 보면 이 도시의 분위기는 확실히 달라졌다. 그러나 사실상의 변화는 분위기였는지, 아니면 사람들의 마음에 있었는지 그것이 문제였다.

설교가 있은 지 며칠 후 리외는 그랑과 함께 이번 일에 대해 이야기를 주고받으면서 변두리 쪽으로 가고 있을 때 어둠 저쪽에서 한 사내가 멈춰 서서는 몸을 비틀거리는 것을 보았다. 마침 그 순간 켜지는 시간이 점점 늦어지던 시의 가로등이 갑자기 환해졌다. 길을 걷던 두 사람이 등지고 선 가로등이 돌연 그 사내를 비추자, 그는 눈을 감은 채 소리 없이 웃고 있었다. 소리도 없는 미소에 일그러진 그 창백한 얼굴에는 굵은 눈물 줄기가 흐르고 있었다. 두 사람은 그냥 스쳐지나갔다.

"미친 사람이군요." 그랑이 말했다.

리외는 그랑을 빨리 데리고 가려고 그의 팔을 잡아끌었는데, 그 순간 그랑이 불안으로 떨고 있는 것을 느꼈다.

"이 시에는 머지않아 곧 미친 사람만이 남게 될 테지." 리외는 중얼거렸다.

피곤까지 겹쳐 그는 심한 갈증을 느꼈다.

"무엇이든 마십시다."

그들은 카운터 위쪽의 단지 하나의 등으로 비춰져 있는 작은 카페에 들어갔다. 사람들이 탁하고 무거운 분위기 속에서 뚜렷한 이유도 없이 나지막한 소리로 이야기하고 있었다. 카운터에서 그랑은 술을 주문하고 그것을 단숨에 들이키며, 자기는 술을 잘 마신다고 말했다. 리외는 놀라웠다. 그리고는 그랑은 밖으로 나가고 싶다고 말했다. 카페를 나오자 리외에게는 밤이 온통 신음 소리로 뒤덮인 듯 느껴졌다. 가로등 주위를 맴도는 어둠의 하늘 어디선가 들려오는 무딘 소리가 더운 공기를 끈질기게 휘젓는 듯한 보이지 않는 재앙을 연상하게 했다.

"다행히도, 다행히도." 그랑이 말했다.

리외는 그가 무엇을 말하려는지 궁금했다.

"제게 할 일이 있거든요. 다행히도." 그랑은 말했다.

"그렇다면 마음 든든한 일이군요." 리외는 말했다.

그리고 허공에 감도는 소리를 떨쳐 버리려고 마음먹고, 그랑에게 일이 생각대로 잘 진행돼 가고 있느냐고 물었다.

"그럭저럭 잘되어 가는 것 같습니다."

"시간은 오래 걸리나요?"

그랑은 활기가 생기는지, 알코올의 열이 목소리와 뒤섞여 느껴졌다.

"글쎄 아직은……. 하지만 문제는 그게 아닙니다. 선생님, 그것은 전혀 문제가 안 됩니다."

어둠 속에서 리외는 그가 양팔을 흔들고 있는 것을 보았다. 그는 무슨 말인가 꺼내려는 듯 보였는데 갑자기 거침없이 이야기를 늘어놓았다.

"제가 원하는 것은요. 선생님, 원고가 출판사에 넘겨지고 난 후 그 출판업자가 원고를 읽고 일어서서, 직원들에게 '모두 모자를 벗어요!'라고 말해 주기를 바라는 것입니다."

이 갑작스런 이야기는 리외를 놀라게 했다. 그랑은 한 손을 머리에 대었다가 팔을 수평으로 뻗으며 모자 벗는 시늉을 했다. 허공에서 그 기묘한 소리가 다시 더 크게 들려오는 듯 생각되었다.

"그렇고말고요." 그랑은 말했다. "그건 완벽해야 합니다."

문학계의 관습에 관해서는 거의 아는 바가 없었지만, 리외는 그런 일이 그렇게 간단하게는 되지 않을 것이며, 또 출판사의 직원들도 사무실 안에서는 모자를 쓰지 않을 것 같았다. 그러나 그것도 확실한 것은 아니니, 리외는 아무 말 않는 것이 좋다고 생각했다. 어느새 리외는 페스트의 은밀한 소음에 귀를 기울이고 있었다. 이미 그랑이 살고 있는 동네에 다다르고 있었다. 그 동네는 다소 높은 지대라서 부드러운 미풍이 상쾌하게 불어와 마치 그것이 거리의 모든 소음을 날려 버리고 있는 듯했다. 그랑은 여전히 계속 중얼대고 있었으나, 리외는 그가 하는 말을 제대로 파악하지는 못했다. 다만 알 수 있는 것은 문제의 그 작품이 엄청난 매수에 이르고 있으며, 그것을 완전하게 마무리하기 위해 저자가 겪은 노고야말로 매우 괴로운 것이었다는 점이다. "단어 하나 때문에 몇 날 몇 주일을 허비하곤 하거든요……. 어떤 때는 그것이 단지 접속사 하나일 때도 있지요." 여기까지 말하고 그랑은 잠시 멈추며 리외의 외투 단추를 쥐어 잡았다. 엉망으로 빠진 이 사이로 더듬거리며 말이 기어 나왔다.

"아시겠습니까, 선생님. '그러나'와 '그리고' 중 하나를 선택하는 문제는 아주 쉽습니다. 하지만 '그리고'와 '그러고 나서' 중 선택해야 하는 경우에는 무척 어려워집니다. ‘그리고 나서’와 ‘이어서’는 더욱 힘들게 됩니다. 그러나 아무래도 제일 어려운 건 ‘그리고’를 사용해야 할지를 판단하는 일입니다.”

“그럴 테지요. 이해할 수 있어요.”

이렇게 말하고 리외는 다시 걸음을 옮겼다. 그랑은 당황한 것 같았고 다시 평소의 자기로 되돌아갔다.

“죄송합니다.” 그는 빠르게 중얼거렸다. “정말 오늘 밤은 내가 왜 이러는지 모르겠군요.”

리외는 살며시 그의 어깨를 잡으면서, 자기는 그랑을 돕고 싶으며, 그의 이야기는 퍽 흥미 있다고 말했다. 그랑은 다소 기분이 가라앉은 기색이어서, 집 앞까지 와서 우물쭈물하며 좀 들어오지 않겠느냐며 리외에게 권했다. 리외는 흔쾌히 따라 들어갔다.

부엌에서 그랑은, 리외에게 온통 지운 자국들로 얼룩진 종잇조각이 널려져 있는 탁자 앞에 앉도록 권했다.

“바로 이것이에요.” 하고 의아해하는 리외에게 그랑은 말했다. “뭘 좀 마시겠습니까? 포도주가 조금 있는데요.”

리외는 사양했다. 그는 그 종잇조각들을 바라보고 있었다.

“보지 마세요.” 그랑이 말했다. “그건 내가 쓴 첫 구절입니다. 그것 때문에 힘들었지요, 무척 어려웠답니다.”

그랑 역시 자주 그 종잇조각들을 바라보았는데, 그랑은 어쩔 수 없는 힘에 이끌리듯 그중 한 장을 집어 들고는, 갓도 없는 전구에 비추어 보았다. 종잇조각을 쥔 그의 손은 떨고 있었다. 리외는 그랑의 이

마가 땀에 젖어 있는 것을 보았다.

"앉으세요." 리외는 말했다. "그걸 좀 읽어 봐 주시지요." 그랑은 리외의 얼굴을 바라보며 고마운 듯한 미소를 지었다.

"그러지요." 그는 말했다. "저도 그러고 싶었습니다." 그는 여전히 그 종잇조각을 보며 잠시 망설이다가 앉았다. 리외는 그 순간 희미하게 날개 소리 같은 것을 들었는데, 마치 이 도시가 재앙에 답하는 소리처럼 느껴졌다. 그리고 바로 그때 발아래 펼쳐져 있는 이 도시와, 그 도시 안의 폐쇄된 세계와, 그 도시가 어둠 속에서 내지르고 있는 처절한 절규를 깊고 민감하게 느끼고 있었다. 그랑이 조용한 소리로 읽기 시작했다. "아름답게 밝은 5월의 어느 아침. 우아하고 단정한 여인이 날렵한 밤색 암말을 타고 꽃이 만발한 불로뉴 숲속의 오솔길을 달리고 있었다." 다시 침묵에 싸인 동시에 고통에 신음하는 도시의 그 소리가 들려왔다. 그랑은 종잇조각을 내려놓고 계속 그것을 들여다보고 있었다. 잠시 후 그는 눈을 치켜떴다.

"어떻습니까?"

리외는 그 서두 부분을 듣고, 이어지는 부분이 궁금해졌다고 대답했다. 그러나 그랑은 활기찬 어조로 그런 생각은 옳지 않다고 말했다. 그랑은 손바닥으로 종이를 쳤다.

"이건 아직 대충 적어둔 것에 불과합니다. 제가 상상하고 있는 것을 완전히 그려 내고, 저의 문장이 구보의 '하나 둘 셋, 하나 둘 셋' 하는 가락과 같은 보조를 띠었을 때, 그 뒤부터는 더 쉽고 선명한 정경이 첫머리부터 떠오르곤 해서, 정말로 '모자를 벗으라.'는 말이 나올 가능성도 있을 것입니다."

그러나 그렇게 되기까지는 아직 해야 할 일이 많다는 것이었다. 그 랑은 이 문장을 그 상태 그대로 인쇄소에 넘기는 일은 절대로 용납하 지 않을 것이다. 왜냐하면 이 문장에 때때로 만족감을 느낀다 해도 그것이 아직 현실과 완전히 들어맞지 않음을 알고 있으며, 또 어느 정 도 표현이 안이한 느낌이 있어 비록 두드러지지는 않을지라도 그것 이 문장을 상투적으로 만들고 있는 것임은 간과할 수 없기 때문이다. 어쨌든 이것이 그가 말하고자 한 의미였다. 그때 창문 밑으로 사람들 이 뛰어가는 소리가 들렸다. 리외는 몸을 일으켰다.

"아무튼 앞으로의 일은 두고만 보십시오." 그랑은 말했다. 그러고 는 창문을 향해 몸을 돌리며 덧붙였다. "사건들이 완전히 마무리된 후에 말입니다."

그때 황급한 발소리가 또 들리기 시작했다. 리외는 이미 계단을 내 려가고 있었는데, 길로 나서자 두 사내가 그의 앞을 지나쳐 갔다. 분 명히 그들은 시의 출입문 쪽으로 향하고 있었다. 시민들 가운데 어떤 사람들은 더위와 페스트 때문에 분별력을 잃고 이미 불법적 방법을 동원하여, 보초들의 감시를 벗어나 시외로 달아나려 하고 있었던 것 이다.

한편 랑베르를 비롯해 사람들은 뚜렷해지기 시작한 이 공포의 분 위기에서 벗어나려고 애쓰며, 효과적이라고는 할 수 없는 탈출 시도 에 더욱 집요하게 애쓰고 있었다. 처음에 랑베르는 공식적 수속을 밟 기 위해 노력을 계속했다. 그에 의하면 그는 끈기란 항상 궁극에는

모든 것을 이겨 낸다고 확신하고 있으며, 또 어떻게 보면 난관을 교묘하게 벗어나는 것이 바로 그의 직업상의 성격이랄 수도 있었다. 그래서 그는 많은 수의 관리들과 관계 인사들을 만났는데, 그들은 다른 때라면 그 권한과 능력에 관해서는 의심할 여지도 없던 사람들이었다. 그러나 이 문제에 관한 한, 그런 능력도 아무 소용이 없었다. 그들은 대개 은행이나 수출, 감귤 등 과일 같은 혹은 포도주 거래 같은 분야에 대해서는 대체로 정확하고 명백한 생각을 가지고 있는 사람들이었다. 소송이나 보험 같은 문제에 관해서도 확실한 자격증과 뚜렷한 선의를 가지고 있었으며, 이의를 제기할 여지가 없는 해박한 지식의 소유자들이었다. 그러나 페스트에 관해서는 거의 무지에 가까웠다. 그럼에도 불구하고 그들 한 사람 한 사람 앞에서, 기회가 있을 때마다 랑베르는 자신의 상황을 설명했다. 그의 주장은 여전히 자기는 이 도시와는 무관한 인간이고, 따라서 자기 경우는 특별히 고려되어야 한다는 것이었다. 랑베르가 만났던 사람들은 대부분 이의 없이 그 점은 인정했으나 그들은 같은 경우의 사람들이 상당수 있으니, 랑베르의 문제는 그가 주장하는 만큼 특수한 것이 못 된다는 점을 설명케 하려는 것이었다. 이에 대해 랑베르는 그것으로 자신의 주장의 요지가 달라지는 것은 아니라고 반박했고 그들은 그에 대한 답으로 그것은 현 행정상의 규정에 혼란을 가져오게 하는 것이며, 심히 우려되는 '전례'를 남겨야 하는 위험성을 내포한 일체의 특혜 조치는 허용할 수 없다고 말했다. 랑베르가 리외에게 보여 준 분류에 따르면, 이런 유형의 이론을 펴는 사람들은 형식주의자의 범주에 속한다는 것이었다.

그들보다 구변 좋은 사람들도 있어, 이런 상태가 그리 오래 가지는 않을 것이라며 안심시키고, 확실한 대답을 요청하면 이런 상황은 일시적인 불쾌한 일일뿐이라고 단정하며 랑베르를 위로하려 들었다. 또 신망 있는 사람들도 있어, 랑베르에게 자세한 사정에 관해 요점을 적은 메모를 남기라고 말하고는, 그런 경우에 해당되는 규정을 만들 것이라고 알려 주기도 했다. 어떤 이들은 숙박권을 주겠다거나 싸구려 하숙의 번지를 가르쳐 주려고 했다. 형식주의자들은 카드에 기입하고 그것들을 분류했으며 일에 쫓기는 자들은 양팔을 들고, 귀찮아하며 아예 눈길을 돌렸다. 마지막으로 다수의 보수적인 사람들은 랑베르에게 다른 관청에 가 보라거나 혹은 달리 새 수속을 밟을 것을 제시했다. 랑베르는 이런 식으로 사람들을 찾아다니는 데 지쳐 버렸다. 그는 면세의 국채 신청이나 식민지 군대의 지원 입대를 권유하는 게시판 앞에 앉아 종종 기다리기도 하고, 혹은 사무원들이 문서 사물함이나 서류철만큼이나 건성으로 취급해 주는 사무실에 자주 출입하다 보니, 그는 시청이나 도청이란 곳에 대해 하나의 정확한 관념을 가지게 되었다. 랑베르가 씁쓰레한 표정으로 리외에게 말했듯이, 그렇게 해서 얻은 것이 있다면, 그 때문에 진실한 사태의 진전을 모르게 되었다는 점이다. 정말로 그는 페스트의 진행은 미처 깨닫지 못하고 있었다. 또한 그렇게 시간의 흐름이 빠르고, 전체가 처해 있는 그런 상황 속에서는 하루하루가 지날 때마다 만일 그때까지 죽지만 않는다면 저마다 바로 시련의 종말에 그만큼 가까이 간 셈이었다. 리외도 이 점이 사실인 것은 인정하지 않을 수 없었지만, 그렇다 하디라도 그것

은 다소 지나치게 일반적인 사실이라고 여길 수밖에 없었다. 언제인가 랑베르는 한때 희망을 품은 적이 있었다. 도청에서 기입되지 않은 조사표가 날아왔는데, 그곳에 정확하게 기입해 달라는 것이었다. 거기에는 그의 신분, 가족사항, 과거와 현재의 수입, 그리고 그의 경력에 대한 항목들이 있었다. 랑베르는 그것이 원래의 거주지에 송환될 가능성이 있는 사람들을 대상으로 조사하는 것이라고 생각했다. 그리고 어떤 관청에서 두세 가지의 막연한 정보로 추측을 뒷받침하고 있었다. 그러나 끈질긴 탐문 끝에 겨우 그 조사표를 보내 온 기관을 찾을 수 있었는데, 그곳에서는 만일의 경우를 대비해 그런 조사를 실시했었다고 말했다.

"어떤 경우라니요?" 랑베르가 물었다.

그 대답으로 그곳 사람들은 명확하게 밝혔는데, 그 이유는 랑베르가 페스트에 걸려서 사망할 경우 한편으로는 가족에게 알리고, 또 한편으로는 병원 비용을 시의 예산으로 충당할 것인지, 아니면 가족들에게 부담시킬 수 있을지를 알기 위해서라고 말하는 것이었다. 확실히 이점은 랑베르 자신을 기다리고 있는 사람들로부터 완전히 격리되어 있지는 않다는 사실을 증명하고 있으며, 사회는 결코 그들을 내버려 두지는 않았던 것이다. 그러나 그것이 위안이 되지는 않았다. 보다 주목해야 할 점은, 랑베르도 결국 관심을 기울이게 됐던 것이지만, 이같은 비극적 재앙의 가운데서도 어떤 기관이 여전히 그 업무를 계속하고, 단지 그것이 그 업무를 위해 설치된 기관이라는 하나의 이유만으로, 흔히 최고 당국자도 모르게 또 다른 사태에 대비한 자발적인 대책을 모색한다는 그런 자세였다.

그 후 한동안 랑베르로서는 가장 편하기도 하고, 또 그만큼 고통스러웠던 시기였다. 그것은 말하자면 마비된 기관과 같았다. 그는 모든 기관을 찾아다니며 있는 힘을 다하고 있었지만, 당장 그 방면의 해결책이 차단돼 있었다. 하는 수 없이 랑베르는 카페에서 카페로 거리를 헤매어 다녔다. 아침나절에 한 카페테라스에 앉아 미지근한 한잔의 맥주를 앞에 놓고 전염병이 가까운 시일 안에 끝나리라는 어떤 징조도 보이지 않을까 하는 기대로 신문을 보고, 거리를 오가는 사람들의 얼굴을 빤히 쳐다보기도 했고, 그 어두운 표정에 진저리가 나서 이내 눈길을 돌리기도 했다. 또한 맞은편에 있는 많은 상점 간판과 이젠 팔리지도 않는 유명한 아페리티프 광고를 읽고는 몸을 일으켜 도시의 누르스름한 거리를 발길이 닿는 대로 돌아다닌다. 고독히 홀로 산책하다 다시 카페로, 레스토랑으로 그렇게 하다 보면 저녁때가 되는 것이었다. 리외는 어느 날 저녁, 마침 랑베르가 어느 카페 입구에서 망설이고 있는 것을 보았다. 이윽고 결심을 한 듯 카페 안쪽 구석에 가서 앉았다. 당시 행정 당국의 명령으로 카페에서는 점등 시간을 가능한 한 늦추고 있었는데, 마침 그 무렵 시각이었다. 황혼의 어둠이 마치 회색의 물결처럼 카페 안으로 스며들고 있었다. 저녁 무렵의 장밋빛 노을이 유리창에 반사되어, 대리석 식탁에 밀려들기 시작한 어둠 속에서 희미하게 빛을 발하고 있었다. 쓸쓸한 카페 한가운데서 랑베르는 혼자 내버려진 망령처럼 보여서, 리외는 랑베르가 체념 중인 시간처럼 생각됐다. 그러나 그 시간은 또한 이 도시에 갇혀 있는 모

든 사람이 허탈감에 빠지는 순간이었으며, 또한 그런 상태에서 벗어
나기 위해서는 어떤 일이라도 하지 않으면 안 되었던 것이다. 리외는
걸음을 옮겼다. 랑베르는 또 때때로 역에서 오랜 시간을 보내곤 했
다. 플랫폼에 가까이 하는 것은 금지되어 있었다. 그러나 밖으로 나
있는 대합실 입구는 열린 채로 있어, 이따금 비렁뱅이들이 무더운 날
엔 그곳에서 선선한 그늘을 즐기곤 했다. 랑베르는 그곳에 와서는 이
미 쓸모없는 기차에 침을 뱉지 못하게 금하는 표지판, 또는 열차 내의
공안 규칙 게시판 등을 읽어 보곤 했다. 그리고는 한쪽 구석에 앉는
것이었다. 대합실 안은 어두웠다. 낡은 무쇠 난로가 구식의 팔각 울
타리 안에 둘러싸여, 벌써 여러 달 동안 싸늘하게 버려져 있었다.

벽에 붙은 몇 개의 광고가 방돌이나 또는 칸느에서의 즐겁고 자유
로운 생활을 선전하고 있었다. 랑베르는 이곳에서 빈곤의 구렁텅이
에 있는 그 참혹한 자유라고도 할 수 있는 것에 접하고 있었던 것이
다. 그때 랑베르의 생각에서 떠나지 않는 것 중 가장 견디기 어려웠
던 영상은 적어도 그가 리외에게 말한 바에 의하면 파리에 대한 것이
었다. 낡은 석조물들과 강의 풍경, 궁 안의 비둘기들, 북부 역, 팡테옹
의 황량한 지역 등, 그 외에 자기가 이토록 사랑하고 있는 줄은 미처
몰랐던 그 파리의 몇몇 장소가 랑베르의 마음에 자리 잡고서, 어떻게
해야 할지 모를 만큼 만들어 버리는 것이었다. 리외는 랑베르가 그런
영상들을 그가 사랑하는 것들과 동일시하고 있는 것이라고 생각했
다. 또한 랑베르가 새벽 4시만 되면 잠에서 깨어 자신의 도시를 생각
하기를 좋아한다고 말한 날에도, 리외는 스스로의 경험에 비추어, 랑

베르는 그가 두고 온 여인을 마음속에 상상하기를 좋아하는 것이라고 추측할 수가 있었다. 그 시각에는 사실 그가 그녀 생각에 잠길 수밖에 없는 때였다. 일반적으로 사람들은 새벽 4시까지는 일을 하지는 않으며, 비록 그 밤이 유익하지 못했던 밤이었다 할지라도 잠을 자는 것이 보통이다. 실제로도 그 시각엔 사람들은 자고 있으며 그리고 잠을 잔다는 것은 마음편한 일인 것이다. 왜냐하면 안정된 자의 간절한 소망은 자기가 사랑하는 사람을 끊임없이 소유하는 것이며, 만일 자기 곁에서 떠나 헤어질 경우에는 그 사랑하는 사람과 다시 함께할 날까지 절대로 깨어나지 않을, 꿈조차 꿀 수 없는 잠속에 빠뜨릴 수 있었으면 하는 것이기 때문이다.

설교가 있고 얼마 지나지 않아 더위가 시작되었다. 이미 6월 말에 와 있었다. 설교가 있었던 일요일을 더욱 기억에 남게 한, 철늦은 비가 내린 그 다음 날엔, 어느새 여름이 다가와 하늘과 집들 위에 뜨거운 햇살을 쏟아 놓았다. 타는 듯한 열풍이 일더니 하루 종일 불어닥쳐 벽들을 건조시켰다. 태양은 꼼짝 않고 제자리에 박힌 듯했다. 무더운 열기와 햇빛의 끊임없는 물결이 온종일 이 도시를 덮었다. 아케이드가 있는 거리와 아파트를 제외하곤 그야말로 햇빛의 반사 속에 놓이지 않는 곳은 도시에서 한 군데도 없었다. 태양은 시민들을 구석으로 몰아넣고, 혹시 멈추기라도 하면 이내 그 빛으로 덤벼들었던 것이다. 이 초기의 더위가 매주 700명에 이르는 숫자로 늘어난 희생자의 급속한 증가와 일치했으므로, 일종의 절망적인 공기가 도시에 감돌았다. 도시 주변의 평탄한 거리와 테라스가 딸린 집들 사이에서는 활기가 없어지고, 또한 주민들이 늘 문어귀에 나와 살았던 이곳도 모든 문은 굳게 닫히고 덧문들도 잠겼다. 그렇게 페스트로부터 몸을 지킬 작정인지, 아니면 햇빛을 막으려는 것인지 알 수 없었다. 그럼에도 몇몇 집에서는 신음 소리가 새어 나왔다. 전엔 그런 일이 생기면 호기심 많은 사람들이 거리로 나와 가만히 엿듣고 있는 모습을 흔히 볼 수 있었다. 그러나 이젠 그 누구도 지치고 거칠어진 것같이 모두들 그 비탄의 신음이 인간의 본연의 언어이기라도 한 것처럼, 무심히 지나치거나 아예 함께 생활을 하고 있기도 했다.

헌병이 어쩔 수 없이 무기를 들게 되었던, 출입구에서의 소동은 일종의 불안한 공기를 빚어냈다. 확실하게 부상자는 발생했겠으나 항간에서는 사망자가 생겼다는 소문까지 무성해지는 등, 더위와 공포 탓으로 모든 것이 과장되었다. 아무튼 불만은 계속 고조됐고 당국에서는 최악의 사태를 염려하여, 이러한 재앙 속에 갇혀 있는 주민들이 폭발할 경우에 대비한 조치를 진지하게 검토했던 것은 사실이다. 신문지상에서는 시외로 빠져나가는 것을 거듭 금지하고 위반 시에는 투옥한다는 내용의 포고문이 발표되었다. 순찰대가 도시를 순회하고 있었다. 인적 없는 타는 듯한 거리에서 요란한 말발굽 소리를 내며 지나가는 기마 경비대를 닫힌 창문들 사이로 종종 볼 수 있었다. 순찰대의 모습이 사라지면, 불신이 감도는 무거운 침묵이 이 거리를 다시 감싸는 것이었다. 이따금 멀리서, 최근에 내려진 명령으로 벼룩을 퍼뜨릴 위험이 있는 개나 고양이를 사살하는 임무를 맡은 특별부대의 발포 소리가 울리곤 했다. 이 날카로운 폭발음은 도시에 심상치 않은 분위기를 자아내게 했다.

더위와 침묵 속에서, 게다가 공포에 떨리는 시민들에겐 모든 것이 더욱 심각하고 민감하게 느껴졌다. 하늘의 빛깔과 흙내음 등, 처음으로 계절의 변화를 모든 사람이 느끼게 되었다. 모두들 무더운 날씨는 전염병이 더 기승을 부릴 것임을 알고 있었고 그와 동시에 여름이 드디어 본격적으로 시작된 것을 깨달았다. 저녁 무렵의 제비 울음소리도 도시 위에선 훨씬 가냘프게 들려왔다. 그것은 지평선이 점점 멀어지는 6월의 황혼녘에 어울리지 않는 것이었다. 시장의 꽃들도 이미 봉오리가 아니라, 활짝 다 피어 있었다. 아침나절에 다 팔리고 난 뒤 먼지가 낀 보도에는 온통 꽃잎이 흩어져 있었다. 봄은 다 지나가서 어디서나 볼 수 있는 활짝 핀 숱한 꽃들에 힘을 쏟아 붓고는 지금은 페스트와 무더운 열기의 이중의 힘 아래 서서히 지쳐 버려서 깊은 잠으로 빨려들고 있는 것을 확실히 알 수 있었다. 시민들에게 이 여름하늘, 먼지와 권태의 빛깔로 퇴색해 가는 거리들은 날마다 이 도시의 분위기를 무겁게 만들고 있는 백여 구의 시체와 같은 정도로 불길한 의미를 내포하고 있었다. 끊임없이 내리쬐는 햇볕, 휴식과 바캉스를 생각하게 하는 그 시간도 이젠 전처럼 물과 육체의 축제를 전하는 일은 없었다. 반대로 그 시간은 밀폐되어 쥐죽은 듯 조용한 도시에 공허함만이 감돌게 했다. 행복한 계절의 그 구릿빛 광채는 없어진 지 오래였다. 페스트가 물들인 태양은 모든 색채를 지워 버리고 모든 기쁨도 달아나게 만든 것이다.

이것은 전염병에 의한 커다란 변화 가운데 하나였다. 여태까지 시

민들은 즐겁고 행복한 기분으로 여름을 맞고 있었다. 도시는 그 무렵엔 바다를 향해 열리고, 젊은이들을 바닷가로 쏟아 놓는 것이었다. 그러나 이번 여름에는 근처 바다도 출입이 금지되어, 육체는 그 즐거움을 누릴 권리를 잃어버렸다. 이같은 상황 속에서 대체 무엇을 할 수 있단 말인가? 이에 관해서도 타루의 기록은 당시의 우리 생활의 가장 사실적 상황을 전해 주고 있다. 물론 그는 전반적인 페스트의 진행과정을 더듬고 있었지만, 전염병의 어느 단계에서 선이 그어진 것은, 라디오 방송이 한 주간에 몇백 명의 사망자라는 식으로 보도하지 않고 매일 92명, 107명, 120명이나 되는 사망자를 보도할 때였다고 지적하고 있다. '신문들과 당국은 페스트에 대해 아주 교묘하게 대처하고 있다. 그들은 130은 910에 비해 결코 큰 숫자는 아니라고 여기며 페스트의 위협을 다소 늦출 수 있는 것으로 생각한다.' 타루는 또 전염병의 처절한 혹은 극적인 모습도 묘사했다. 덧문이 닫힌 인적 없는 길 한 모퉁이에서 타루의 머리 위쪽의 창문이 열어 젖혀지며 큰 소리를 두 번 지르고 나서 어두운 방에 다시 덧문을 내려 버린, 한 여인의 일 등을 기록하고 있다. 어떤 기록에는 박하 정제가 약방에서 자취를 감춰 버렸는데, 이유는 많은 사람이 갑작스런 페스트의 감염을 예방하기 위해 그것을 먹기 시작했기 때문이라고 적혀 있다.

타루는 또 자신이 좋아하는 인물들의 관찰도 멈추지 않았다. 그것에 따르면 고양이와 놀이 상대를 하던 그 자그마한 노인 역시 비극 속에서 살고 있다는 사실을 알게 된다. 어느 날 아침 몇 번의 총소리가 들렸는데, 타루의 기록에 의하면, 가래침 같은 납덩어리 총알들에 의해 대부분의 고양이들은 죽었고 나머지 고양이들은 겁을 먹고 그 거리를 떠나 버렸던 것이다. 바로 그날 노인은 습관대로 같은 시간에 발코니에 나왔으나 깜짝 놀라며 허리를 굽히고 길 끝까지 살펴보고는 단념한 듯 우두커니 서 있었다. 노인은 손으로 발코니 난간을 톡톡 치며 여전히 기다렸으며 종잇조각을 뿌리기도 하고 안절부절못하다가 얼마쯤 지나자 화가 난 듯 창문을 쾅 닫고는 안으로 사라졌다. 그 후 얼마 동안 같은 장면이 되풀이되었지만, 그 자그마한 노인의 얼굴에는 슬픔과 당황의 기색이 점점 뚜렷이 드러나는 것을 읽을 수 있었다. 1주일이 지나 타루는 그 노인의 출현을 매일 기다렸으나, 창문은 슬픔을 간직한 채로 굳게 닫혀져 있었다. '페스트가 유행할 때에는 고양이에게 침을 뱉는 행위는 금함'이라고 그는 수첩에 결론을 적어 놓았다.

한편 타루가 저녁때 돌아올 때면, 늘 홀에서 이리저리 안절부절못하는 방범대원의 침울한 얼굴과 마주치곤 했다. 그 방범대원은 다른 사람과 마주치면 자기가 이번 일을 미리 예견했었다는 말을 상기시키곤 하는 것이었다. 타루는, 그가 재앙을 예견한 것은 확실히 들었음을 인정해 주긴 했으나 그것은 지진에 관해서였음을 지적하자, 늙은 방범대원은 이렇게 대답했다. "정말 차라리 지진이었다면 한 번 크게 흔들리고는 길게 말할 필요가 없을 텐데……. 죽은 사람과 살아남은 사람의 숫자를 헤아리면 그걸로 일은 끝나 버리지요. 그런데 이 망할 놈의 질병은 전염되지 않은 사람까지도 마음속에 그걸 지녀야 한단 말이에요." 지배인의 모습도 이젠 지쳐 있었다. 처음엔 여행자들도 이 도시가 폐쇄되자 떠나지 못하고 호텔에 발이 묶여 있었다. 그러나 점점 전염병이 심하고 오래가게 되자, 많은 사람이 친구 집에 머무는 편이 좋다고 생각하게 되었다. 때문에 호텔의 모든 방마다 사람들로 가득 차게 했던 바로 그 이유로 그때부터 방들이 비기 시작하게 된 것이다. 왜냐하면 이 도시에는 더 이상의 새로운 여행자가 들어오지 못했기 때문이다. 타루는 몇 안 되는 투숙객 중 한 사람이었는데, 지배인은 기회가 있을 때마다 타루를 붙잡고, 마지막 손님들에게 잘해 드리고 싶은 생각만 없었더라면, 자기는 벌써 이 호텔 문을 닫아 버렸을 것이라고 이야기하곤 했다.

지배인은 자주 타루에게 이 전염병이 얼마 동안이나 지속될는지 그 기간을 어림짐작해 달라고 부탁했다. "들은 이야기로는." 타루는 의견을 말했다. "이런 종류의 병은 추위가 오면 사라진다는군요." 지배인은 희망을 잃은 기색으로 "하지만 여기서는 실제로 추위란 없습니다. 어쨌든 어느 정도 추워지려면 아직 여러 달이 남았어요." 그리고 지배인은 여행자들이 그 후에도 오랫동안 이 도시를 외면할 것임을 확신하고 있었다. 이 페스트란 재앙은 관광 여행을 망쳐 놓기 때문이었다.

잠시 모습을 볼 수 없었던 그 올빼미 신사 오통 씨가 레스토랑에 다시 나타나기 시작했지만 이번엔 그 유식한 강아지 같은 두 꼬마만이 동행했을 뿐이었다. 소문에 의하면 부인은 친정어머니를 간호하다가 장례를 끝내고, 지금은 격리 중에 있다는 것이었다.

"저 사람은 아무래도 싫군요." 지배인은 타루에게 말했다. "격리

중이건 아니건 그 여자는 의심스러웠고, 저 사람들 역시 의심이 간단 말이지요."

타루는 그에게 그렇게 보기 시작하면 누구든지 의심스러운 법이라고 말하려고 했다. 그러나 상대방은 그 문제에 관해서는 확고한 견해를 가지고 있었다.

"그렇지만도 않습니다. 선생님이나 저나 수상한 구석이란 없지요. 그렇지만 저 사람들은 의심스러운 거예요."

그러나 오통 씨는 그렇다고 해서 달라지지는 않았고, 이번 페스트도 그에게는 영향을 주지 않았다. 그는 여전히 똑같은 태도로 식당에 들어가 아이들보다 먼저 앉았다. 그리고 무뚝뚝하고 점잖은 말투로 이야기하고 있었다. 다만 어린 아들만은 외모가 변해 있었다. 누이처럼 몸에 꼭 끼는 검은 옷을 입었는데, 마치 자기 아버지의 작은 그림자 같았다. 오통 씨를 싫어하는 방범대원은 타루한데 이렇게 말한 적이 있었다.

"저 양반은 죽을 때에도 정장을 입을 것 같아요. 그러면 몸치장을 할 필요도 없을 테고 곧장 묘지로 갈 수 있겠지요."

파늘루의 설교도 역시 기록되어 있었는데 다만 다음과 같은 주가 붙어 있었다. '호감 가는 그 열정적인 언동은 이해할 수 있다. 재앙의 시작과 그것이 끝났을 때 으레 사람들은 다소 수식을 하게 마련이다. 첫째 경우에는 습관이 아직 남아 있으며, 둘째 경우에는 습관이 이미 회복되어 있는 것이다. 불행한 시간이야말로 사람들은 진실에, 침묵 앞에 숙연해지는 법이다. 앞날을 기다리자.'

마지막으로 타루는 의사 리외와 장시간 대화를 나누었음을 기록하고, 그 대화에서 좋은 결과를 얻은 점을 밝히고 있을 뿐이지만, 이에 덧붙여 리외 어머니의 밝은 갈색 눈동자에 대해 언급하면서 그토록 선량함이 깃들여 있는 눈동자는 기필코 페스트를 이겨 낼 것이라고 그녀에 관해 묘한 확신을 적어 놓았다. 그리고 마지막으로 리외가 치료해 주고 있는 천식 환자인 노인에 대하여 상당히 긴 구절을 남기고 있다.

타루는 리외와 이야기를 나눈 뒤 함께 그 노인을 만나러 갔었다. 노인은 억지투의 말을 늘어놓으며 손을 연신 비비적대며 타루를 맞았다. 노인은 침대 위에서 베개에 등을 기댄 채, 완두콩이 담겨 있는 두 개의 냄비 위에 몸을 굽히고 있었다. "한 분이 더 왔구려." 타루를 보더니 노인은 말했다. "정말 거꾸로 된 세상이구먼, 환자보다 의사가 더 많다니. 말하자면 죽는 사람이 많다는 셈인가요? 신부님이 말씀하신 대로 정말 벌을 받고 있는가 보군." 이튿날 타루는 예고도 없이 다시 찾아갔다.

그의 수첩에 적힌 내용이 사실이라면, 천식이 있는 이 노인은 자그마한 잡화점을 하고 있었는데, 나이 50이 되었을 때 이젠 장사도 신물이 난다고 생각했다는 것이다. 그리고는 병들어 눕게 되었는데 그후론 다시 일어나지 못했다. 그래도 그의 천식은 그럭저럭 견뎌 나갈 수 있었던 것이다. 얼마 안 되지만 연금 덕택으로 75살이 되도록 살아 왔고, 그 나이에도 명랑했다. 그는 시계를 보면 견딜 수 없었고, 또 실제로 그의 집 어디에도 시계는 없었다.

"시계라는 건." 그는 말했다. "비싸기만 하고 쓸모없는 것이지." 그는 시간을, 그것도 특히 그로서는 유일하게 중요시하는 식사 시간을, 잠이 깼을 때 한쪽의 완두콩이 가득 담겨 있는 두 개의 냄비로 어림잡고 있었다. 그는 언제나 똑같이 숙달된 규칙적인 동작으로 콩을 한 알 한 알 한쪽 냄비에 옮겨 담는다. 그는 이렇게 해서 냄비로 재는 하루 속에 자신의 눈금을 찾는 것이다. "냄비가 열다섯 번 채워질 때마다 식사를 하거든요. 아주 간단한 일이지요."

노인의 부인 말을 빌린다면, 그는 아주 젊었을 때부터 그와 같은 짓에 적당한 소질을 보이고 있었다. 사실 그가 하는 일도, 친구도, 카페도, 음악도, 여자도, 산책도 모두가 그의 흥미를 끌진 못했다. 그는 한 번도 이 도시 밖으로 나가 본 적이 없다. 어느 날 하루 가족의 일로 알제리에 가야 하게 된 것만 빼고, 그것도 오랑에서 제일 가까운 역에서 도저히 그 이상 모험을 원치 않아 거기서 내려 버린 적이 있었다. 그래서 그는 첫 기차로 집에 돌아왔다는 것이다. 이 같은 그 노인의 탈속한 듯싶은 생활에 의아해하는 타루에게, 그는 설명조로 늘어놓았다. 종교의 가르침에 따르면 한 인간의 전반생은 상승이고 후반생은 하강이며, 하강기엔 그 인간의 하루하루가 이미 자신의 것은 아니어서 불시에 빼앗겨 버릴지 아무도 모르는 것이며, 따라서 그는 아무것도 할 수 없는 것이다. 때문에 가장 좋은 방법은 전혀 행동을 하지 않는 것이다. 또한 모순도 전혀 그는 두려워하지 않았던 셈이어서, 잠시 후 타루에게 신은 확실히 존재하지 않는다면서, 왜냐하면 신이 있다면 신부 같은 것은 필요 없을 것이라고 말하기도 했다. 그러나 그 다음 말에 이어 몇 가지 이야기를 듣고는 타루는 그 노인의 철학이 그가 속한 교구의 잦은 기부금 요청으로 품게 된 그의 생각과 밀접한 연관이 있음을 알게 됐다. 그러나 노인에 대한 마지막 마무리로 기록되어 있는 것은 하나의 소망이었는데, 그것은 진심에서 우러난 소망인 듯, 타루 앞에서 몇 번이고 되뇌었다. 그 소원이란 자기는 나이가 아주 많아서 죽고 싶다는 것이었다.

'그 노인은 성자일까?' 타루는 자문해 보았다. 그리고 나서 '그렇지, 성자의 미덕이 습관의 총체라면 말이야.'라고 대답했다.

그러나 이와 동시에 타루는 페스트에 침범된 도시의 하루를 상당히 세밀하게 묘사하려 했는데, 그것은 여름 동안 시민들의 관심사와 생활에 관해 꽤 정확한 자료를 제공하고 있다. '술 취한 사람 이외엔 누구도 웃는 사람은 없다.', '그러나 술 취한 사람들은 너무 지나치게 웃는다.'고 타루는 말하고 있다. 그리고 나선 다음과 같이 묘사했다.

새벽이 올 무렵, 가벼운 미풍이 아직 인기척이 드문 거리를 스쳐 지나간다. 밤의 죽음과 낮의 고통 사이에 있는 이 시간에는 페스트도 잠시 그 기세를 꺾고 숨죽이는 것같이 여겨진다. 모든 상점의 문은 닫혀 있다. 그러나 그중의 몇몇 상점에는 '페스트로 인해 폐점함'이라는 푯말이 붙어 있어, 시간이 지나도 다른 상점처럼 문을 열지 않을 것임을 분명히 하고 있다. 아직 일러서 신문팔이들이 새로운 소식을 외쳐 대지는 않지만, 그 대신 길가 가로등에 몸을 기댄 채, 몽유병자처럼 그들의 신문을 발 앞쪽으로 늘어놓고 있다. 잠시 후면 그들은 첫 전차 소리에 잠이 깨어 온 도시의 이리저리로 흩어져, '페스트'라는 활자가 크게 눈에 띄는 신문 뭉치를 팔 끝에 한껏 펴서 내밀고 다닐 것이다. '페스트는 가을까지 기승을 부릴 것인가?', 'B교수는 부정적으로 대답함', '사망자124명, 페스트 발생 94일째의 상황' 이러한 제목이 담긴 신문들을 말이다. 용지의 부족난은 더욱 심화되어 몇몇 정기 간행물 등은 어쩔 수 없이 면수를 줄였음에도 불구하고, 전염병 신문이라는 또 하나의 신문이 창간되었다. 이 신문은 '전염병의 진행 상황에 관해 엄격히 객관성을 유지하면서 그것을 시민에게 보고하곤 전염병의 진도에 관해 가장 신뢰 있는 증언을 제공하며, 유명하든 아니든 간에 재앙과 싸우려는 의지가 있는 모든 사람을 지면을 통해 지원하고, 시민의 사기를 진작시키고, 당국의 지시를 전달하는 등, 한마디로 말하면 우리들에게 닥쳐온 불행에 효과적으로 대처하기 위해 모든 사람의 선의를 결집하는 것'을 그 목표로 했다. 그러나 실제로는 얼마 안 가 이 신문이 페스트를 예방하는 데 확실한 효력이 있는 온갖 새로운 의약 제품의 광고지에 불과하게 되어 버렸다.

아침 6시면 모든 신문들은 개점하기 1시간 훨씬 전부터 상점 앞에 진을 치고 있는 사람들에게 먼저 팔리기 시작하여, 계속해서 변두리부터 만원이 되어 도착하는 전차 승객들에게 팔린다. 전차는 유일한 교통수단이 되어 버려, 승강대도 난간도 터질듯이 잔뜩 사람들을 태우고 간신히 달리고 있다. 이렇게 만원인데도 묘하게도 모든 승객들은 될 수 있는 대로 서로 등을 돌려, 전염을 피하려 하고 있는 것이다. 정류장에서 전차가 실어 온 한 무리의 승객을 뱉어 내면, 그들은 서둘러 떨어져 혼자가 되려고 총총히 걸어간다. 단지 기분이 나쁘다는 이유만으로 자주 싸움이 벌어지고, 그런 불쾌감은 이젠 만성적인 게 되어 버렸다. 첫 전차가 지나가고 나면 도시는 차츰 깨어나 제일 일찍 문을 여는 맥주집이 '커피 품절', '설탕 각자 지참' 등의 쪽지가 붙어 있는 계산대가 보이도록 문을 연다. 이어서 상점이 열리면서 거리는 활기를 되찾는다. 이 무렵 밝은 햇살의 더위가 7월의 하늘을 점점 남빛으로 물들여 간다. 이때가 아무 할 일도 없는 사람들이 전염병의 위험을 무릅쓰고 대로에 나가 보는 시각이다. 그 대부분은 자신들의 호사함을 드러내 보임으로써 페스트를 모면할 수 있다는 양, 자신의 할 일로 여기고 있는 것같이 보인다. 매일 11시 무렵에는 중심가에 젊은이들의 현란한 행렬이 몰려들고, 거기서 커다란 재앙 속에서도 끊임없이 솟아나는 그 삶의 정열을 감지할 수 있다. 전염병이 기승을 부리면 도덕 또한 무너지게 된다. 무덤가의 광적인 밀라노의 축제를 다시 볼 수 있게 될 것이다. 정오가 되면 레스토랑은 순식간에 만원이 된다. 자리를 잡지 못한 사람들이 작은 무리를 지어 이내 그 문어귀에 모이게 된다. 하늘은 지나친 더위에 그 빛을 잃기 시작한다. 길가의 커다란 차양 그늘에서 식사를 하려는 사람들은 햇빛으로 타는 듯한 길에서 차례를 기다리고 있다. 레스토랑에 몰려드는 것은 많은 이들의 양식 문제가 한결 간단해지기 때문이다. 그러나 레스토랑에서도 전염에 대한 불안은 사라지지 않는다. 함께 식사를 하는 사람들은 자신들의 식기를 깨끗이 닦는데 많은 시간을 소비하고 있다. 얼마 전까지만 해도 '여기서는 식기를 소독해 놓았습니다.'라는 푯말을 내붙이고 있는 레스토랑도 있었다. 그러나 차츰 모든 광고를 그만두게 되었다. 왜냐하면 그렇게 하더라도 손님들은 오지 않을 수 없게 되었기 때문이다. 그리고 사람들은 물 쓰듯 돈을 낭비하려 했다. 최고급이거나 혹은 최고급으로 여겨지는 포도주와 값비싼 안주를 찾는 등 이런 것에서부터 알 수 없는 경쟁이 시작되었다. 또 어떤 레스토랑에서는 몸에 이상이 생긴 손님 1명이 창백해져서 비틀거리며 급히 출구 쪽으로 가는 모습을 보고 공포에 휩싸인 일도 있었다고 한다.

　2시경이 되면 거리는 점차 한산하게 되는데, 이때야말로 침묵과 먼지, 태양과 페스트가 거리에서 서로 뒤엉키는 순간이다. 회색의 커다란 집들을 따라 열기가 끊임없이 흐른다. 이 긴 감금의 시간은 인구가 많아 북적거리는 이 도시의 저녁이 불꽃에 타듯 무너져 내려야만 끝난다. 더위가 몰려온 처음의 며칠은 이따금, 그리고 뚜렷한 이유 없이 저녁 무렵이면 인기척이 뜸해지는 것이다. 그러나 이제는 서늘한 바람이 불기 시작하면, 희망까지는 아니더라도 일종의 해방감을 가져다준다. 때문에 모든 사람이 거리에 쏟아져 나와 소란스레 떠들거나 싸우거나 여유로운 몸짓들을 한다. 7월의 붉은 하늘 아래, 거리는 연인들과 소음으로 채워져서 숨 가쁜 밤을 향해 표류하기 시작한다. 영험이 있다는 한 노인이 대로에서 중절모를 쓰고 나비넥타이를 맨 모습으로, 군중을 헤치며 "하느님은 위대하시니 그 품으로 오시오." 하고 계속 되풀이해도 헛수고일 뿐이었다. 사람들은 모두 반대로 뭔가 자신들도 확실히 알지 못한 그 무엇, 혹은 신보다 더 중요하다고 여겨지는 것을 향해 모여든다. 초기에 사람들이 이번도 다른 병과 비슷한 것이라 생각했을 적엔 종교도 한 역할을 하고 있었다. 그러나 질병이 심상치 않음을 알게 되자 사람들은 쾌락으로 치우친 것이다. 낮 동안 사람들의 얼굴에 어려 있는 모든 고뇌의 기색은 이때쯤이면 녹아 버려, 무덥고 먼지 낀 황혼 속에서 일종의 거친 흥분, 모든 사람이 열기에 들뜬 것 같은 부자연스런 방종으로 떨어져 버리는 것이다.

그리고 나 역시 마찬가지이다. 이상할 것은 아무것도 없다. 나와 같은 사람들에게 있어 죽음이란 무의미하다. 그것은 그들 태도의 정당성을 증명하는 하나의 사건일 뿐이다.

타루의 수첩에 기록하고 있는 그 대화는 타루 쪽에서 리외에게 요청했던 것이다. 리외가 타루를 기다리고 있었던 날 저녁에, 리외는 마침 어머니가 부엌 한구석 의자에 조용히 앉아 있는 모습을 지켜보고 있었다. 집안일을 끝마쳤을 때엔 그녀는 나머지 시간을 언제나 그곳에서 앉아 있는 것이었다. 두 손을 무릎 위에 가지런히 놓고 누군가를 기다리는 자세였다. 리외는 그녀가 자기를 기다리고 있는지 어떤지조차 확실히 알지 못했다. 그러나 어쨌든 리외가 나타나면 어머니의 얼굴에는 표정의 변화가 일어나는 것이었다. 노고의 일생이 그녀의 얼굴에 만들어 놓은 과묵한 표정이 그 시간만 되면 생기가 도는 것같이 여겨졌다. 그리고는 다시 침묵 속에 잠기는 것이었다. 그날 저녁 그녀는 창문 너머로 이미 인적이 드문 거리를 바라보고 있었다. 가로등의 불빛은 대부분이 소등되어 있었다. 그리고 아주 희미한 전등 불빛이 도시의 어둠 속에 몇 가닥 빛을 던지고 있었다. "페스트가

극성을 부리는 동안 계속 전력 공급을 줄인다는 거냐?" 하고 리외의
어머니는 말했다.

"아마 그러겠지요."

"겨울까지 계속되지 말아야 할 텐데, 만일 계속되면 무척 음산해질
거야."

"정말 그래요." 리외가 말했다.

리외는 어머니의 눈길이 그의 이마에 와 닿는 것을 느꼈다. 그는 지
난 며칠 동안의 불안과 과로로 얼굴이 수척해진 것을 알고 있었다.

"오늘은 일이 잘 안 되었니?" 어머니는 말했다.

"항상 그렇죠, 뭐."

실제로도 파리에서 보내 온 새 혈청이 처음의 것보다 효력이 떨어
진 듯싶었고 통계 숫자는 상승하고 있었다. 이미 전염된 가정을 제외
한 다른 사람에게조차 혈청 예방 접종을 하기란 불가능했다. 혈청의
사용을 일반화하기 위해서는 공장에서 대량으로 생산하지 않으면 안
되었다. 임파선종은 마치 굳어지는 계절이기라도 한 듯 절제하여 제
거하기가 어려웠고, 그 때문에 환자들은 몹시 고통스러워했다. 지난
밤에는 전염병의 새로운 상태를 지닌 환자가 시내에서 2명이나 생겼
다. 이제 페스트는 폐장성까지 확대되어 있었다. 바로 그날 회의석상
에서 과로로 지칠 대로 지친 의사들은 안절부절못하는 시장에게, 폐
장성 페스트의 전염을 막기 위해 새로운 조치를 요구하여 승락을 얻
었다. 항상 그랬던 것처럼 여전히 아무것도 알고 있지 못했다.

리외는 어머니를 바라보았다. 아름다운 갈색 눈동자가 그의 마음

속에 지난날의 애정이 충만했던 세월을 되살아나게 했다.

"어머니, 두려우세요?"

"이 나이쯤 되면 두려운 것이란 별로 없단다."

"하루는 길고, 또 저는 거의 집에 없으니 말이에요."

"네가 틀림없이 돌아온다는 걸 알고 있다면, 기다리는 것쯤은 아무렇지도 않다. 그리고 네가 곁에 없는 동안 나는 네가 지금 무엇을 하고 있을까 생각하며 보낸다. 네 처한테서는 무슨 소식이 있더냐?"

"예, 마지막 전보에 몸이 좋아진 것 같다고 했어요. 하지만 저를 안심시키려고 그렇게 알려 왔겠죠."

현관 벨이 울렸다. 리외는 어머니에게 미소를 짓고는 문을 열러 갔다. 층계 어귀의 희미한 불빛 속에서 타루가 마치 회색의 큰 곰처럼 서 있었다. 리외는 그를 책상 앞에 앉게 했다. 리외는 팔걸이의자 뒤에 그냥 서 있었다. 그들은 방 안의 하나밖에 없는 책상 위의 전등을 사이에 두고 마주 보았다. "선생님 하고는 솔직한 이야기를 할 수 있다고 생각하고 왔습니다." 타루는 불쑥 이렇게 말을 꺼냈다.

리외는 말없이 끄덕였다.

"앞으로 보름이나 한 달쯤 지나면 의사들은 이 도시에서 아무 필요 없는 존재가 되어 버릴 겁니다. 의사들은 이 사태의 진행 속도에 끌려가고 있습니다."

"그건 사실입니다." 리외는 말했다.

"보건과의 체계가 엉망이더군요. 의사들에겐 일손도 시간도 부족한 겁니다."

리외는 그것도 사실임을 시인했다.

"듣기로는 당국에서는 일반 구조 작업에 건강한 남자를 강제로 참가시키기 위해, 일종의 민간 봉사대 같은 걸 구상하고 있다더군요."

"정확히 알고 계시군요. 하지만 반발의 여론이 강해서 시장은 망설이고 있습니다."

"왜 지원자를 모집하지 않습니까?"

"했지요. 하지만 그 결과는 신통치 않았지요."

"그저 형식적이고 사무적인 방법으로 해 봤겠지요. 확신도 없이 말이에요. 관리들에게 부족한 점은 상상력입니다. 그들은 결코 재앙의 크기에 척도를 맞추지 못합니다. 그러니 그들이 마련하는 구제책이란 기껏해야 두통이나 감기약 수준의 것입니다. 만약 그대로 맡겨 두면 모두 죽음을 면치 못할 겁니다. 우리들도 역시 말입니다."

"그럴지도 모르는 일이지요." 리외는 말했다. "그러나 말씀을 드려야겠는데, 그들은 그래도 죄수들까지 써 볼까 하는 생각도 했던 겁니다. 험한 작업을 위해서 말입니다마는."

"제 생각으로는 일반인이 더 나으리라 생각하는데요."

"제 생각도 역시 그렇습니다. 그런데 어떻게 그런 생각을 하셨는지요?"

"저는 죽음 따윈 질색입니다."

리외는 타루의 얼굴을 쳐다보았다.

"그래서요?"

"그래서 저는 자원 봉사대를 조직하기 위한 한 가지 방안을 가지고 있지요. 저한테 그걸 실시할 수 있는 기회를 준다면, 당국을 제쳐 놓고 같이 해 보시지 않으렵니까? 더구나 당국은 어차피 다른 업무도 많을 테니까요. 저는 여기저기에 친구가 많아, 그들이 우선은 중심이 되어 줄 겁니다. 그리고 물론 저도 참가합니다."

"잘 아실 테지만 물론 저는 기꺼이 승낙합니다." 하고 리외는 말했다.

"특히 이런 일을 시작하려면, 여러 사람의 도움이 필요합니다. 이 의견을 도청에서 수락받는 건 제가 책임지겠습니다. 더욱이 그들 관리들은 이것저것 가릴 선택의 여지가 없습니다."

그러나 리외는 잠시 생각했다.

"그러나 각오가 되어 있을 테지만 이런 일은 생명의 위협을 염두에 두어야 합니다. 그러니 어쨌든 저로서는 일단 주의는 해 드려야 할 것 같아서요. 잘 생각해 보셨는지요?"

타루는 그 잿빛 눈으로 리외의 얼굴을 조용히 응시했다.

"파늘루 신부의 설교에 대해 선생님은 어떻게 생각하십니까?"

자연스런 분위기에서 질문과 대답이 오갔다.

"저는 병원 안에서만 너무 오래 생활했기 때문에, 집단적인 응징 등과 같은 관념은 별로 탐탁지 않게 생각합니다. 그러나 기독교인들은 이따금 그런 말을 하는 법이지요. 실제로는 결코 그렇게 생각지 않으면서도 말이에요. 생각보다는 좋은 사람들이지만요."

"그렇지만 선생님 역시 파늘루 신부 말에 동의하시겠지요? 페스트가 어떤 면에선 좋은 일을 하며, 사람들의 눈을 뜨게 하고 무언가를 생각하게 해 준다고 믿고 계시겠죠!"

리외는 머리를 흔들었다.

"그건 이 세상의 모든 병이 마찬가지 아닐까요. 그리고 이 세상의 여러 악에 대해 진실인 것은 페스트에게도 진실입니다. 그건 어떤 사람들을 위대하게 만드는 데 기여할 수도 있습니다. 그렇지만 페스트가 빚어 내는 비참과 고통을 본다면 미치광이나 장님이나 비겁자가 아닌 한, 그것으로부터 물러난다는 건 있을 수 없는 일입니다."

리외는 거의 어조를 높이지 않았다. 그러나 타루는 마치 그를 진정시키려는 듯 손짓을 했다. 타루는 미소를 짓고 있었다. "예." 하며 리외는 어깨를 으쓱해 보였다.

"그런데 아까의 질문에 대답을 하지 않으셨군요. 잘 생각해 보셨는지요?"

타루는 안락의자에서 편안한 자세로 머리를 불빛 가까이 숙였다.

"선생님은 신을 믿고 계십니까?"

질문은 자연스럽게 던져졌다. 그러나 잠시 리외는 주춤했다.

"믿고 있지 않아요. 그러나 그건 중요한 것이 아닙니다. 나는 어둠 속에 있고 그 속에서 밝은 곳을 찾아내려고 애쓰는 겁니다. 벌써 오래전부터 나는 그것을 별난 일이라고는 생각지 않게 되었지요."

"선생님과 파늘루 신부의 다른 점이 바로 그런 데 있지 않을까요?"

"그렇다고 생각하진 않아요. 파늘루는 학자입니다. 그는 사람이 죽는 걸 많이 본 경험이 적지요. 때문에 진리의 이름으로 내세워 말하는 겁니다. 그러나 어떤 하찮은 시골 신부라도 자기 교구의 신자들과 자주 만나고 죽는 순간 인간의 숨소리를 들어 본 사람이라면 나와 마찬가지 생각일 겁니다. 그 처절한 모습이 우리에게 주는 의미를 증명하려고 하기 전에, 먼저 치료를 할 테지요."

리외가 일어났다. 이제 그의 얼굴은 어두워졌다.

"그만합시다." 그는 말했다. "당신이 답변을 하시지 않으니." 타루는 의자에서 꼼짝도 하지 않은 채 미소만 지었다.

"대답 대신 질문을 하나 해도 괜찮을까요?"

이번엔 리외가 미소를 지었다.

"수수께끼를 좋아하시는군요." 그는 말했다. "해 보세요."

"좋습니다." 타루가 말했다. "왜 선생님 자신은 그렇게 헌신적으로 일하십니까? 신도 믿지 않는다고 말씀하시면서? 선생님 답변에 따라 저도 어쩌면 답변할 수 있게 될지도 모르지요."

어둠 속에 얼굴을 가린 채 리외는 자신은 이미 대답했다면서, 만일 전능의 신을 믿었다면, 사람들을 치료하는 일은 중단했을 것이며 그 모든 것은 신에게 맡겨 버렸을 것이라고 말했다. 그러나 이 세상 어느 누구도, 설령 신을 섬기고 있는 파늘루 신부조차도, 그런 방식으로 신을 믿지는 않는데 그 이유로는 누구도 전적으로 자기를 신에게 맡겨 버리지 않기 때문이다. 그리고 적어도 이 점에 있어서는 리외 자신도 있는 그대로의 세상과 투쟁으로써 진리의 길을 가고 있다고 믿는다고 했다.

"아, 그것을 바로 선생님 자신의 직업 철학으로 생각하고 계시는 셈이군요?"

타루는 말했다.

"대체로 그렇지요." 다시 밝은 쪽으로 몸을 돌리며 리외는 대답했다.

타루가 가만히 휘파람을 불자 리외는 그 얼굴을 쳐다보았다.

"그렇지요." 그는 말했다. "그러려면 상당한 자존심이 필요하다고 생각하겠지요. 그러나 나는 필요한 만큼의 자존심만 가지고 있을 뿐이에요. 앞날에 대해, 이런 모든 일 다음에 무슨 일이 올 것인지 모릅니다. 다만 지금으로선 많은 환자가 발생하면 그걸 치료해 줘야 하는 거예요. 그런 다음에 그들도 깊이 생각할 테고 나도 역시 마찬가지일 겁니다. 그러나 무엇보다도 시급한 건 그들을 치료해 주는 일입니다. 나로서는 능력이 닿는 한 그들을 지켜 주자는 것뿐이지요."

"무엇에 대해 보호한다는 겁니까?"

리외는 창문을 향해 돌아섰다. 멀리 지평선의 진한 어둠 속에 바다가 있으리라 짐작케 했다. 그는 단지 피로함을 느끼면서도 동시에 이 남다른, 그러나 우애마저 느껴지는 사내에게 좀 더 마음을 열어 보이고 싶다는, 갑작스런 불합리한 욕구가 일었다.

"저도 그건 모르겠어요. 너무나 막연해서 알 수 없어요. 내가 이 직업을 선택했을 때엔, 어떤 의미로는 그저 추상적으로 그렇게 했었지요. 다시 말하면 직업이 필요했고, 이것도 젊은이들이 갖고 싶어 하는 사회적인 하나의 직업이기 때문이었지요. 아마도 나와 같은 노동자의 자식에겐 더구나 어려운 직업이었을지도 모릅니다. 때문에 직업상 죽음의 모습을 봐야 했지요. 당신은 죽음을 거부하는 사람들이 있다는 사실을 알고 있습니까? 들은 적이 있습니까? 한 여자가 죽는 순간에 '안 돼! 안 돼!' 하는 처절한 목소리를 나는 들어 본 적이 있어요. 그리고 나는 그런 일에 적응하지 못할 것이라고 그때 깨달았지요. 당시 나는 젊었고, 자기혐오는 세제의 질서 그 자체에 향하여 있다고 믿고 있었습니다. 그때부터 나는 더 겸손해졌습니다. 하지만 나는 여전히 죽는 모습을 보는 것에 익숙해지지 못했습니다. 나는 그 이상은 잘 모르겠습니다. 그러나 결국……."

리외는 입을 다물고 자세를 고쳐 앉았다. 그는 심한 갈증을 느꼈다.

"결국 뭐 말입니까?" 타루가 나직이 말했다.

"결국……." 리외는 말을 꺼내다 이내 망설이며 타루의 얼굴을 빤히 바라보았다. "당신이라면 이해할 수 있으리라 믿지만, 아무튼 이 세상의 질서가 죽음의 율법에 의해 지배되는 이상은, 어쩌면 신으로서도 사람들이 자기에게 의지하지 않는 편이 나을지도 모릅니다. 그리고 최선을 다해 죽음과 투쟁하는 편이 좋은 겁니다. 침묵을 지키고 있는 신의 하늘을 향해 기원하거나 하지 말고 말입니다."

"맞습니다." 타루는 그 말에 동의했다. "말씀하시는 뜻은 알겠습니다. 그러나 선생님이 말씀하시는 승리는 항상 일시적인 것이지요. 그것이 전부입니다."

리외는 어두운 표정을 지었다.

"늘 그렇죠. 저도 알고 있습니다. 하지만 그렇다고 해서 투쟁을 멈출 이유는 되지 않습니다."

"확실히 이유는 되지 않겠지요. 그렇다면 선생님께서는 이 페스트가 어떤 의미가 되는지."

"글쎄요." 리외는 말했다. "끝없는 패배지요."

타루는 잠시 리외의 얼굴을 물끄러미 바라보더니 일어서며, 문 쪽으로 무거운 걸음을 옮기기 시작했다. 리외도 그 뒤를 따랐다. 리외가 곁에 섰을 때 타루는 물끄러미 발밑을 내려 보다가 리외에게 이렇게 말했다.

"무엇이 그런 모든 것을 가르쳐 주던가요?"

대답은 즉시 되돌아왔다.

"가난이지요."

리외는 사무실 문을 열고 복도로 나와서, 변두리 쪽에 환자 한 사람을 보러 가야 하니 타루에게 동행하겠느냐고 말하자 타루는 승낙했다. 복도 끝에서 그는 리외 어머니를 만났는데, 리외는 타루에게 그녀를 소개했다.

"친구입니다." 그는 말했다.

"처음 뵙는군요." 리외 부인은 말했다. "이렇게 오셔서 반가워요."

그녀가 갈 때 타루는 다시 한 번 그쪽을 돌아다보았다. 층계 어귀에서 리외는 조명 스위치를 켜 보았으나 불이 들어오지 않았다. 층계는 어둠 속에 쌓인 채였다. 리외는 이것이 새로운 절약 조치 때문인지 생각해 보았다. 그러나 자세히 알 수는 없었다. 벌써 얼마 전부터 집 안팎 어디서나 모든 것이 뒤죽박죽되기 시작했다. 그것은 아마 수위들이, 더 넓게는 일반 시민들이 이젠 아무 일에도 관심을 기울이지 않게 되었기 때문인지도 몰랐다. 그러나 리외는 더 이상 깊이 생각해 볼 여유가 없었다. 타루의 목소리가 등 뒤에서 들려왔기 때문이었다.

"어리석다고 생각하실지도 모르지만 한마디 더 한다면, 선생님 생각은 전적으로 옳습니다."

리외는 어둠 속에서 어깨를 으쓱해 보였다.

"나는 정말 아무것도 모릅니다. 그런데 당신은 무얼 알고 있지요?"

"아닙니다." 타루는 무감각하게 말했다. "나로서는 이 이상 더 알아야 될 것은 없을 것 같군요."

리외가 멈춰 서자 타루는 층계에서 발이 미끄러졌다. 타루는 리외의 어깨를 붙잡아 몸을 지탱했다.

"인생에 대해 모든 것을 다 알고 있다고 생각하십니까?"

하고 리외는 물었다.

대답은 여전히 나직하고 조용한 어조로 어둠 속에서 되돌아왔다.

"그렇습니다."

길에 나섰을 땐 꽤 늦은 시각이었는데, 11시경임을 짐작할 수 있었다. 시내는 조용했고, 단지 바스락대는 소리만이 들렸다. 멀리서 구급차의 소리가 들렸다. 두 사람은 차에 탔고 리외는 시동을 걸었다.

"내일 예방주사를 맞으러 병원에 와 주셔야겠어요." 리외는 말했다.

"하지만 마지막으로 그 일을 시작하기 전에, 다시 한 번 심사숙고해 보세요. 당신은 거의 벗어날 기회가 없는 걸 명심하세요."

"그런 계산 따윈 의미가 없는 일이에요. 그것은 선생님께서도 나와 같은 생각인 줄로 알고 있습니다. 100여 년 전에 페스트가 유행하는 바람에 페르시아의 한 도시의 모든 시민이 죽었을 때, 시체를 씻는 임무를 맡은 사람만 살아남았거든요, 잠시도 멈추지 않고 그 일을 하고 있었는데."

"그 사람은 말하자면 거의 희박했던 기회를 지켰을 뿐입니다." 리외는 나직이 숙연한 목소리로 말했다. "그러고 보니 거기에서도 아직은 배울 점이 더 많군요."

그들은 변두리로 들어서고 있었다. 차 불빛이 인적이 끊긴 거리 위를 밝히고 있었다. 발길을 멈추고 자동차 앞에서 리외가 타루에게 집 안에 들어가겠느냐고 묻자 타루는 그러겠다고 말했다. 하늘에 반사되는 빛이 두 사람의 얼굴을 비추었다. 리외는 갑자기 정답게 웃음을 보냈다. "이봐요. 타루." 리외는 말했다. "대체 무엇이 당신을 이렇게 만듭니까, 이런 일에 깊이 참여하다니."

"글쎄요. 아마도 스스로의 도의심 때문일 겁니다."

"이를테면 어떤 것 말입니까?"

"이해라는 것이지요."

타루는 집 쪽으로 돌아섰고, 리외는 자신들의 늙은 천식 환자 집에 들어선 순간까지 타루의 얼굴을 보지 않았다.

그 이튿날부터 타루는 일에 착수해서 제1봉사대를 모집했으며 계속해서 여러 봉사대를 편성할 모양이었다.

필자는 이 보건봉사대들을 사실 이상으로 과장하려는 의도는 없다. 하지만 우리의 많은 시민은 오늘날 그들의 역할을 과장하고 싶은 유혹에 빠져 있는 것은 사실이다. 그러나 필자는 진정 선한 행위에 지나친 의미를 부여한다는 것은 결국 간접적으로 악에게 강한 찬사

를 바치게 되는 것이라고 믿고 싶은 것이다. 왜냐하면 이처럼 선한 행위가 그렇게도 많은 가치를 갖게 되는 것은 그 행위들이 희귀하고 인간의 악의와 무관심이 행위의 보다 빈번한 원동력이기 때문이라는 생각이 들기 때문이다. 때문에 필자는 그런 생각에는 공감할 수 없는 것이다. 세상의 악은 거의가 무지에서 오며, 선의 또한 그것이 잘 조명되지 않는다면 악의와 마찬가지로 많은 피해를 끼치게 할 수 있는 법이다. 인간은 사악하기보다는 차라리 착한 존재이며, 사실 그것은 문제시되지 않는다. 하지만 인간들이란 다소간 무지한 편이며, 그것이 바로 미덕이나 악덕이라고 불리는 것으로, 가장 극단적인 악덕이란 모든 것을 알고 있는 것으로 믿고, 그래서 사람을 죽이는 권리를 스스로 인정하는 무지의 악덕인 것이다. 살인자의 영혼은 맹목적인 것이며, 될 수 있는 한 최고의 통찰력이 없고 참된 선도 아름다운 사랑도 존재할 수 없는 법이다. 따라서 타루의 노력으로 가능했던 우리의 보건봉사대는 객관적인 만족감을 가지고 판단되어야 한다. 필자가 그 의지와 영웅주의에 대하여 지나치게 열렬한 칭송자가 되지 않고, 거기에 합당한 중요성만을 주시하는 것은 바로 이런 이유 때문인 것이다. 반면에 페스트가 당시 우리 모든 시민의 마음을 얼마나 찢어질듯 아프게 만들고 간절하게 해 놓았나에 대해서는 이야기꾼의 역할을 계속할 것이다.

봉사대에 몸 바쳐 일한 사람들 역시 그 일을 하는 데 그토록 대단한 가치를 부여했던 것은 아니다. 왜냐하면 그것이 그들이 해야 할 유일한 일이라는 것을 알고 있었고, 그러한 결심을 하지 않는 것이 당시로서는 믿을 수 없는 일이었기 때문이다. 이 보건봉사대들은 시민들이 페스트 속으로 점점 깊이 들어가는 것을 도와주고 시민들에게 병이 거기에 있으니 그것과 싸우기 위해 필요한 일을 해야만 하는 것을 부분적이나마 납득시키는 데 성공했다. 이리하여 페스트는 몇몇 사람들의 의무로 되었기 때문에, 그것은 실제로 있는 본연의 모습, 즉 모든 사람과 관련된 일로서 나타나게 되었다.

이것은 잘된 일이다. 그러나 어떤 교사가 둘 더하기 둘은 넷이 된다는 것을 가르쳤다고 해서 그가 축복받는 것은 아니다. 아마도 그는 그 훌륭한 직분을 선택했다는 점에서 축복받을 것이다. 그러므로 타루와 그 밖의 사람들이 둘 더하기 둘은 다름 아닌 넷이라는 사실을 증명하는 것을 택했다는 것은 축복받을 만한 일이라고 말해 두자. 그리고 그들의 이 같은 선의는 교사나 교사와 같은 마음을 가진 모든 사람에게 공통되는 것이라고도 해 두자. 세상에는 명예스럽게도 이러한 사람들이 생각보다 훨씬 많으며, 적어도 그것이 필자의 신념이다. 그런 필자에게 사람들이 반박을 해 올 수도 있다는 것을 잘 알고 있다. 생명을 걸고 내는 반박 말이다. 그러나 역사적으로 볼 때 둘 더하기 둘은 넷이라고 흔연히 주장하는 사람이 사형을 받는 시간이 반드시 오는 법이다. 교사는 그것을 잘 알고 있다. 그리고 문제는, 이 논리를 기다리고 있는 것이 어떤 보상이냐 또는 벌이냐가 아니다. 중요한 것은 둘 더하기 둘이 실제로 넷이 되느냐 안 되느냐에 있다. 그 당시에 생명을 내걸고 있었던 시민 가운데 몇 사람만 하더라도 자신들이 페스트 속에 있느냐 없느냐, 그것과 투쟁해야 하느냐 아니냐를 결정해야만 했던 것이다.

그 당시, 도시의 수많은 새 도덕가들은 아무것도 소용이 없고 그저 무릎을 꿇어야만 한다고 떠들어 대면서 돌아다닌다. 그리고 타루도 리외도 그의 친구들도 이런저런 대답을 할 수는 있었으나 결론은 늘 그들이 이미 알고 있었던 바, 결국 어떤 방법으로든지 투쟁을 해야 되며, 결코 무릎을 꿇어서는 안 된다는 것이었다. 문제는 가능한 한 많은 사람이 죽는다거나 고통스러운 별거를 겪게 되는 것을 막는 데 있었다. 그러기 위한 유일한 방법은 페스트와 싸우는 일이었다. 이 사실은 놀랄 일이 아니다. 단지 필연적인 귀결인 것이었다.

따라서 카스텔 영감이 손쉽게 구할 수 있는 재료로써 현장에서 혈청을 만드는 일에 그의 모든 신념과 정열을 쏟는 것은 자연스런 일이었다. 리외와 그는 이 도시를 휩쓸고 있는 바로 균 자체를 배양해서 만든 혈청이 다른 곳의 것보다 더 직접적인 효력을 나타내기를 기대했다. 왜냐하면 그 균들은 지금까지의 분류에서 나타난 페스트균과는 좀 달랐기 때문이다. 카스텔은 자기가 만든 혈청을 빨리 손에 넣길 바랐다.

또 바로 이런 이유로, 영웅다운 데라고는 찾아볼 수 없는 그랑이 보건봉사대에서 일종의 서기직의 업무를 맡기로 한 것은 자연스런 일이었다. 타루가 만든 보건봉사대 가운데 일부는 인구 밀집 지역의 예방작업에 헌신한 적이 있었다. 사람들은 그 지역을 보전하는 데 필요한 위생 여건을 유지하기에 노력했으며, 소독이 안 된 헛간이나 지하실의 수를 파악했다. 또 다른 보건봉사대는 의사의 왕진을 돕고, 환

자의 운반을 책임지었으며, 나중에는 전문 요원이 없는 경우 환자나
사망자를 옮기는 차량을 운전하기까지 했다. 이 모든 일은 등록이나
통계 작업을 필요로 했는데, 그랑이 그 일을 맡아 하기로 했다. 이러
한 관점에서 필자는 리외나 타루 이상으로 그랑이야말로 보건봉사대
원들에게 힘이 되어 주었던 조용한 미덕의 사실상의 대표자였다고
평가한다. 그는 바로 자기 스스로의 선의를 갖고, 서슴없이 자신이
맡겠다고 응했던 것이다. 그는 다만 사소한 일에 도움이 되기를 바랐
을 뿐이다. 다른 일을 하기에는 너무 노쇠했던 것이다. 오후 6시부터
8시까지 그는 자기 시간을 낼 수 있었다. 그래서 리외가 진심으로 그
에게 감사하다고 했을 때 그는 의아하게 말했다. "이건 제일 어려운
일이 아닌 걸요. 페스트가 있으니, 자기 방어를 해야지요. 이것은 당
연한 이야기입니다. 아, 모든 일이 이토록 간단하다면!" 그러더니 자
기의 글에 대해 다시 말을 꺼내는 것이었다. 이따금, 저녁때 그 카드
의 일이 끝나면, 리외는 그랑과 이야기를 나누었다. 타루도 그 대화
에 끼어드는 일이 있었는데, 그랑은 날이 갈수록 눈에 띄게 기쁨을 갖
고 두 사람들에게 마음을 터놓고 이야기했다. 리외와 타루도 페스트
의 한복판에서 그랑이 계속하는 그 일을 관심 있게 지켜보고 있었다.
그들도 역시 거기에서 일종의 휴식을 찾게 되었다.

"그 말을 탄 여인은 어떻게 되었나요?" 하고 타루는 종종 물어보았
다. 그러면 그랑은 변함없이 "계속 달리고 있습니다. 달리고 있어
요." 하고 뜻 모를 미소를 지으면서 대답하는 것이었다. 어느 날 저
녁, 그랑은 자기가 그 말을 탄 여인을 표현한 '우아하고 아름다운'이

라는 형용사를 단호히 버리고 이제부터는 '날씬한'이라는 단어로 대신하기로 했다고 말했다. "그것이 더 구체적이라서요." 하고 그는 덧붙였다. 언젠가는 또 그 두 청중에게 다음과 같이 고친 첫 문장을 읽어 주었다. "오월의 화창한 아침, 날씬한 한 여인이 훌륭한 밤색 암말을 타고 불로뉴 숲의 꽃이 핀 오솔길을 달리고 있었다."

"어때요." 그랑이 말했다. "그 여인이 좀 더 구체적으로 우리 눈에 잘 들어오죠. 그리고 나는 '오월의 어느 화창한 아침'이 더 나은 것 같습니다. 왜냐하면 '오월'이라고 하면 문장이 좀 평이하니까요."

그리고 그는 '훌륭한'이라는 형용사에 대단히 고심하는 듯했다. 그에 의하면, 그 말로는 제대로 표현이 되지 않아 자기가 상상하는 근사한 암말이 선명하게 떠오르고 느껴질 단어를 찾고 있다는 것이었다. '기름진'이란 말도 어울리지 않는데, 구체적이긴 하지만 좀 천박한 어감이 든다는 것이었다. '윤기 있는'이라는 표현이 한때 그의 마음에 들었으나 리듬이 걸맞지 않았다는 것이다. 어느 날 저녁 그는 의기양양해서 '한 검은 밤색 털의 암말'이라는 표현을 찾아냈노라고 말했다. 검다라는 것은, 늘 그가 하는 말이지만, 은근하게 우아한 것을 가리킨다는 이야기였다.

"그것은 안 돼요." 리외가 말했다.

"왜요?"

"아니, 왜죠?"

"밤색 털이라는 표현은 말의 종류가 아니라 색깔을 가리키는 것이니까요."

“어떤 색깔입니까?”

“글쎄, 아무튼 검은색이 아닌 다른 색깔을 가리키죠!”

그랑은 매우 풀이 죽는 것처럼 보였다.

“그렇군요.” 그가 말했다. “당신이 여기 계셔서 다행입니다. 그러나 당신도 보다시피 어려운 일이군요.”

“화사하다는 표현은 어떻습니까?” 타루가 물었다. 그랑은 타루를 쳐다보았다. 그는 생각에 잠겨 있었다.

“그렇군요.” 그가 말했다. “그렇고말고요!”

그리고 그의 얼굴에 차츰 미소가 떠오르기 시작했다.

그리고 얼마 후, 그는 ‘꽃이 핀’이라는 표현 때문에 고심 중이라고 고백했다. 그가 아는 곳이라곤 오랑과 몽텔리마르뿐이었으므로, 이따금 그는 두 사람에게 불로뉴 숲속의 오솔길에는 어떻게 꽃이 피어 있는지 물어보곤 했었다. 정확히 말해서, 불로뉴 숲이 리외도 타루에게도 그랑이 표현한 것 같은 인상을 준 적은 없지만, 그랑의 확신은 그들의 마음을 동요시켜 놓았던 것이다. 그랑은 그들이 확실히 알지 못하고 있는 데 대해 의아하게 생각했다. ‘관찰할 줄 아는 것은 오로지 예술가들뿐이다.’ 그러나 리외는 그가 언젠가 한번 몹시 흥분해 있는 것을 보았다. 그는 ‘꽃이 핀’을, ‘꽃이 만발한’으로 바꾸어 놓았던 것이다. 그는 자기의 손을 비벼 댔다. “드디어 그들이 나타났어요. 냄새가 납니다. 여러분, 모두 모자를 벗어 주십시오!” 그는 보란 듯이 자신만만하게 자기의 글을 읽었다. “오월의 어느 화창한 아침, 어떤 날씬한 여인이 화사한 밤색 털의 암말을 타고 꽃이 만발한 불로뉴 숲의 오솔길을 달리고 있었다.” 그러나 소리 내어 큰 소리로 읽다 보니, 문장 끝머리의 겹쳐지는 부분들이 어색하게 들려서 그랑은 약간 말을 더듬었다. 그는 실망하여서 자리에 털썩 앉아 버렸다. 그리고 의사에게 양해를 구했다. 그는 좀 더 깊이 생각해 볼 필요가 있었던 것이다.

나중에 안 일이지만, 그는 그때 직장에서 멍하니 생각에 잠겨 있는 증세를 보였는데, 사람이 1명 빠지면 그만큼 일이 많아졌으므로 다른 직원들은 이를 매우 유감스럽게 여기게 되었다. 그가 속한 과에서는 그 때문에 일에 지장이 생기자 국장은 그에게 일정한 봉급을 준다는 사실을 상기시키면서, 그가 해 놓아야 할 업무를 수행하지 못하고 있다고 주의를 주었다. “아마.” 국장이 말했다. “당신은 당신 일 외에 보건봉사대에서 자원 봉사를 하는 모양인데, 그건 나와 아무 상관도 없는 일이오. 나와 관계가 있는 것은 바로 당신이 맡은 업무요. 그리고 이렇게 끔찍한 상황 속에서 당신이 쓸모 있는 인간이 될 수 있는 방법은 당신의 직무를 잘 수행하는 일뿐이요. 그렇지 않으면, 나머지 일도 아무 소용이 없게 된단 말이오.”

“그의 말에 일리가 있습니다.” 그랑이 리외에게 말했다. “그래요. 그의 말도 옳아요.” 의사가 동의했다.

“나는 어느새 멍해져 내 글을 어떻게 끝맺어야 할지 몰라 그 생각만 하게 돼요.”

그는 누구나 다 알 수 있으리라는 생각이 들어서 ‘불로뉴’라는 단어를 떼버릴 생각을 했다. 그러나 그렇게 하면, 그 구절은 ‘꽃’에 걸리는 것처럼 보이지만 사실 '오솔길'에 관계되는 것이다. 그는 또한 '꽃으로 만발한 숲의 오솔길'이라고 쓸 수 있는 가능성도 검토해 보았다. 그러나 '숲'의 위치가 수식어와 명사 사이를 멋대로 분리해 놓는 듯해서, 몸속에 박힌 가시처럼 생각되었다. 어느 날 저녁은 그가 리외보다 더 지쳐 보이기도 했다.

정말로 그는 자기의 마음을 온통 빼앗아 버리는 이 문제로 해서 지쳐 있었다지만 그는 변함없이 보건봉사대가 필요로 하는 집계와 통계 작업을 해냈다. 매일 저녁 그는 끈기 있게 카드를 정리하고 거기에 곡선 도표까지 그려 가능한 한 정확한 상황표를 제시하려고 모든 노력을 기울였다. 꽤 여러 번이나 병원으로 리외를 찾아가, 사무실이든 진료실이든 아무 책상 하나를 빌려 달라고 요청했다. 그는 마치 시청의 자기 책상에 앉듯이 서류를 가지고 자리를 잡은 후 소독약과 병 자체에서 풍겨 나온 냄새로 탁해진 공기 속에서, 잉크를 말리려고 종잇장을 흔들어 댔다. 그런 때의 그는 말을 탄 여인은 생각하지 않고 필요한 일만을 하려고 진지하게 노력하던 것이다.

만일 사람들이 소위 영웅이라는 모범과 전형을 세워 놓길 원하는 게 사실이라면, 또 이 이야기 속에도 그런 존재가 한 사람 꼭 필요하다면, 필자는 바로 이 대수롭지 않고 눈에도 띄지 않는 영웅—마음속에 약간의 선의와 언뜻 보기에 우스꽝스러운 이상밖에 없는—을 밝히는 바다. 결국 진리에는 그 진리 본연의 것을, 둘 더하기 둘의 합은 넷이라는 것을, 그리고 영웅주의에게는 제2위라는 본래의 자기 위치를, 즉 행복에 대한 강한 욕구의 바로 뒤에 이미 절대로 앞에는 놓일 수 없는 그의 위치를 갖게 해 줄 것이다. 또 그렇게 하면 이 기록도 기록다운 성격, 즉 좋은 감정, 지독하게 악하지도 않고 또 홍행물 식으로 야비하게 선정적이지도 않은 감정을 가지고 이루어진 이야기로서의 성격을 갖게 될 것이다.

이것은 어쨌든 외부 세계가 이 페스트에 감염된 도시로 보내오는 후원과 격려를 신문에서 읽거나 라디오로 들었을 때, 의사 리외가 지녔던 의견이었다. 공로 또는 육로로 수송되어 오는 구호물자와 함께, 매일 저녁 전파를 타고, 또는 신문을 통해, 연민에 찬 또는 격려의 논평들이 그 후로 홀로 떨어져 고립된 이 도시에 밀려들었다. 그리고 그 서사시 또는 수상식의 연설조를 접하게 될 때마다 리외는 화가 났다. 물론 그는 이러한 친절한 마음씨가 거짓이 아님을 알고 있었다. 그러나 그것은 사람들이 스스로를 인류에 연관시키는 것을 표현하고자 할 때 이용되는 상투적인 언어에서나 찾아올 성질의 것이었다. 그리고 그와 같은 언어는 예컨대, 그랑이 날마다 기울이는 사소한 노력을 표현하는 데 적합하지 않았다. 페스트의 소용돌이 가운데서 그랑이라는 존재의 의미를 이해할 수 없기 때문이다.

간혹, 자정에 이미 한적해진 도시의 깊은 정적에 싸여 아주 짧은 동안이나마 잠을 자 보려고 침대에 들 때, 리외는 라디오의 다이얼을 돌려보곤 했다. 그러면 수천 킬로미터 저 너머에 있는, 이 세제의 여러 곳으로부터 우애에 찬 목소리들이, 연대 책임을 말하려는 어색한 노력을 했고, 실제로 그런 말까지 하는 것이었다. 그러나 동시에 이 목소리들은 눈에 보이지 않는 고통을 진실로 서로 나눈다는 것은 지독

할 정도로 무의미하다는 사실을 증명함에 지나지 않다 '오랑! 오
랑!' 바다를 건너오는 외침도 헛된 것이고, 리외가 정신을 차리고 긴
장해 보아도 웅변조의 말이 나오지만 그랑과 연설자를 서로 이방인
으로 만드는 그 본질적인 차이점만을 더욱 명확하게 나타냈다. '오
랑! 그렇다. 오랑!' 리외는 생각했다. '아니다. 사랑하든지 아니면 함
께 죽든지 그 외에 다른 방법은 없다. 그들은 너무 멀리 있다.'

　그런데 페스트가 절정에 이르러 전력을 집결하여 이 도시를 온 힘
을 다해 점거하고 결정적으로 휩쓸어 버렸던 기간 동안의 일에 관해
이야기를 하기 전에 지금 여기에 적어야 할 것이 남아 있는데, 그것은
랑베르처럼 마지막으로 남은 사람들이 행복을 되찾고, 또 그들이 모
든 침해와 대결해서 지키고 있는 그들 자신의 몫을 페스트에서 되찾
기 위해 쏟은, 절망적이고도 단조로운 오랜 노력들이다. 그것은 바로
그들을 위협하는 굴종을 거부하려는 그들 나름의 방식이었으며, 그
거부가 또 하나의 다른 거부만큼 효과적인 것은 아니었다고는 하나,
필자의 생각으로는 그것도 그 나름대로의 의미를 지녔고, 또 그 자만
심과 모순 자체 속에서도 당시 우리들 각자의 마음속에 깃들어 있었
던 자랑스러운 그 무엇을 증명해 주기도 했다고 생각한다.

　랑베르는 페스트가 그를 덮쳐 버리는 것을 막기 위해 싸우고 있었
다. 그는 합법적인 수단으로는 이 도시를 빠져나가기가 어렵다는 확
증을 얻었으므로 다른 수단을 쓰기로 결심했다고 리외에게 말한 적
이 있었다. 이 신문 기자는 우선 카페의 웨이터부터 하기 시작했다.
카페의 웨이터란 으레 모든 소식에 능통한 법이니까. 그러나 그가 물

어본 처음의 몇몇 웨이터들은 그러한 종류의 계획에는 아주 엄중한 형벌들로 제재된다는 것을 특히 잘 알고 있었다. 한 번은 그가 선동자로 오해받은 일까지 있었다. 그는 결국 리외의 집에 가서 코타르를 만나 어느 정도 일을 진척시킬 수 있었다. 그날, 리외와 코타르는 랑베르가 관청에 가서 행한 헛수고에 대해 또다시 이야기를 하고 있었던 것이다. 며칠이 지나서 코타르는 거리에서 랑베르를 만났는데, 스스럼없이 그를 대했다.

"여전히 아무 진척도 못 보셨나요?" 코타르가 물었다.

"네, 전혀 없습니다."

"관청은 믿을 수가 없지요. 그들은 남을 이해해 주는 자들이 아니니까요."

"그건 그래요. 그러나 전 딴 방법을 찾고 있는데 좀 어렵군요."

"아! 알겠습니다." 코타르가 대답했다.

코타르는 하나의 방도를 알고 있었다. 그래서 어리둥절한 랑베르에게, 자기는 오래전부터 오랑의 모든 카페에 단골로 드나들고 있으므로, 그곳에 친구들이 많이 있었고, 그래서 그런 종류의 일을 직업으로 하는 어떤 조직이 있는 것도 안다고 말했다. 코타르는 지출이 수입을 초과하여, 배급 물자에 대한 밀매업에 관계하고 있었던 것이다. 그래서 그는 계속 값이 치솟는 담배와 저질 술을 되팔곤 한 덕분에, 이제는 얼마간의 재산을 모으는 중이었다.

"그게 사실입니까?" 랑베르가 물었다.

"네, 나에게 그런 제안을 해 온 사람도 있었는걸요."

"그런데도 당신은 그 제안을 받아들이지 않았단 말입니까?"

"의심하지 않아도 됩니다. 사실, 나는 떠날 생각이 없었기 때문에 그걸 이용하지 않은 것이니까요. 내겐 그럴 만한 이유가 있어요." 코타르는 서글서글한 태도로 대답했다.

한동안 조용히 있다가 그는 다시 덧붙였다.

"당신은 그 이유가 무엇인지 알고 싶지 않은가요?"

"나하고는 관계가 없는 일 같아서요." 랑베르가 말했다.

"사실, 어떤 의미에서는 당신과 관계가 없지요. 그러나 다른 의미로……, 아무튼 단 한 가지 분명한 것은 페스트와 접하게 된 날부터 나는 훨씬 살기가 더 좋아졌다는 것입니다."

랑베르는 그의 말을 주의 깊게 듣고 나서 말했다.

"어떻게 그 조직과 연락을 할 수 있지요?"

"그건 쉽지는 않아요. 같이 갑시다." 코타르가 대답했다.

오후 4시였다. 무더운 하늘 아래 거리는 열기로 익어 가고 있었다. 모든 가게들이 차양을 내리고 있었다. 차도는 한적했다. 코타르와 랑베르는 상점들이 늘어선 길로 들어서서 아무 말도 나누지 않고 오랫동안 걸어갔다. 이 시간은 페스트가 눈에 보이지 않는 때이기도 했다. 이 침묵, 이 색채와 움직임의 정지는 재앙의 침묵과 죽음인 동시에, 여름의 침묵과 죽음이기도 했다. 주위의 공기가 잠잠했는데, 전염병의 위협 때문인지, 또는 먼지와 열기 때문인지 알 수가 없었다. 페스트를 찾아내기 위해서는 관찰하고 잘 생각해 보지 않으면 안 되었다. 왜냐하면 페스트의 징후라는 게 음성적인 것으로 밖으로는 드러나지 않고 있었기 때문이다. 페스트와 관계를 맺고 있었던 코타르는 랑베르에게, 평소 같으면 복도 입구 앞쪽에서 배를 땅에 붙이고 늘어진 채 전혀 일지도 않는 바람기를 찾으며 헐떡거리던 개들이 전혀 눈에 띄지 않는 사실 따위를 상기시키곤 했다.

그들은 팔미에 대로를 지나 연병장을 가로질러 마린느 구역으로 걸어 내려갔다. 왼쪽에는 초록색으로 페인트칠을 한 카페가 노란 천으로 된 두터운 차양을 비스듬히 쳐 놓고 있었다. 그곳에 들어가면서 코타르와 랑베르는 이마의 땀을 닦았다. 그들은 초록색 함석으로 만든 탁자 앞의 접었다 폈다 할 수 있는 정원용 의자에 앉았다. 홀은 비어 있었다. 파리들이 공중에서 날아다니고 있었다. 건들거리는 카운터 위의 새장 안에서는 털이 다 빠진 앵무새 1마리가 횃대 위에 힘없이 앉아 있었다. 전투하는 장면을 그린 낡은 그림들이 그을음과 두터운 실처럼 엉킨 거미줄에 덮인 채로 벽에 걸려 있었다. 모든 식탁 위에, 그리고 랑베르가 앉은 식탁 위까지도 닭똥이 말라붙어 있었다. 그들은 어두컴컴한 구석에서 잠시 바스락거리는 소리가 난 뒤 아주 의젓한 수탉 1마리가 나타날 때까지는 왜 그렇게 되었는지 잘 이해가 가지 않았다.

더위가 다시 기승을 부리는 것 같았다. 코타르는 웃옷을 벗어 들고 식탁을 두드렸다. 푸른색의 긴 앞치마를 두른 키가 작달막한 사내가 안쪽에서 나오다가 멀리서 코타르를 보자마자 인사를 하고픈 발길로 수탉을 걸어차 몰아 버리고 나서 다가오더니, 수탉의 소란스러운 소음에는 전혀 신경 쓰지 않으며 무엇을 들겠느냐고 물었다. 코타르는 백포도주를 주문하고 나서 가르시아라는 사람에 대해 물었다. 그 키 작은 사람의 이야기로는, 벌써 며칠 전부터 이 카페에는 나타나지 않는다는 것이었다.

"그 사람, 오늘 저녁에는 올까요?"

"글쎄요!" 상대방이 대답했다. "그런 자세한 것까진 알 수가 없죠. 그렇지만 당신은 그 사람의 형편을 잘 알고 있지 않나요?"

"알지요. 하지만 그게 중요한 볼 일은 아니에요. 단지 소개시킬 친구가 있어서 그럽니다."

웨이터는 앞치마 자락에 땀에 젖은 손을 닦았다.

"선생님께서도 그 일을 하시고 계신가요?"

"그래요." 코타르가 대답했다.

그 작은 사내는 코를 훌쩍거렸다.

"그러면 오늘 저녁에 다시 오십시오. 그 사람에게 심부름꾼을 보내겠습니다."

밖으로 나와서, 랑베르는 코타르에게 그 일이라는 게 어떤 거냐고 물었다.

"물론, 밀수입니다. 물건을 시의 문으로 통과시킵니다. 그리고는 아주 비싼 값으로 팔아넘기는 거지요."

"그렇군요." 랑베르가 말을 받았다. "서로 짜고 하는 일이죠?"

"그렇습니다."

저녁때가 되니, 차양이 올려지고, 앵무새는 새장 속에서 재잘거리고, 함석 식탁마다 와이셔츠 바람의 남자들이 자릴 잡았다. 그들 가운데 한 남자가 맥고모자를 뒤로 젖혀 쓰고 햇볕에 탄 가슴이 드러날 만큼 흰 와이셔츠를 열어젖히고 있었는데, 코타르가 들어서자 몸을 일으켰다. 단정하고 햇볕에 그을린 얼굴, 검고 작은 눈, 하얀 이빨과 두세 개의 반지를 손가락에 끼고, 나이는 대략 30살 정도 되어 보였다.

"오래간만이오." 그가 말했다. "카운터에서 한잔할까요?"

그들은 말없이 한잔씩 마셨다.

"나갑시다." 가르시아가 말했다.

항구 쪽으로 내려가는 길에 가르시아가 용무를 물었다. 코타르는 그에게 랑베르를 소개하는 것은 밀수 일 때문이 아니고, 단지 밖으로 나가는 것 때문이라고 말했다. 가르시아는 담배를 피우면서 앞만 보고 걷고 있었다. 그는 랑베르에 대해 '그'라고 부르면서 질문을 했지만 마치 랑베르의 존재는 안중에 없다는 듯이 보였다.

"무엇 때문에 그렇게 하려는 거죠?" 가르시아가 물었다.

"아내가 프랑스에 있소."

"아, 그래요!"

그리고 잠시 말이 없었다.

"그 사람 뭘 하는 사람이죠?"

"신문 기자."

"말 많은 직업이군요."

랑베르는 침묵을 지키고 있었다.

"내 친구요." 코타르가 말했다.

그들은 그대로 말없이 걸어가고 있었다. 부둣가에 도착했는데, 커다란 철조망이 처져 있고 통행이 금지되어 있었다. 그들은 거기까지 냄새를 풍기는 정어리 튀김을 팔고 있는 작은 간이식당을 향해 발걸음을 옮겼다.

"어쨌든." 가르시아가 결론을 내렸다. "그 일이라면 내가 아니라 라울이 있어야 돼요. 그러니 그를 찾아야만 해요. 쉽지는 않을 거요."

"아, 그가 숨어 있나요?" 코타르가 힘을 주어 물었다. 가르시아는 대답하지 않았다. 그는 식당 옆에서 멈춰서더니 처음으로 랑베르 쪽으로 몸을 돌렸다.

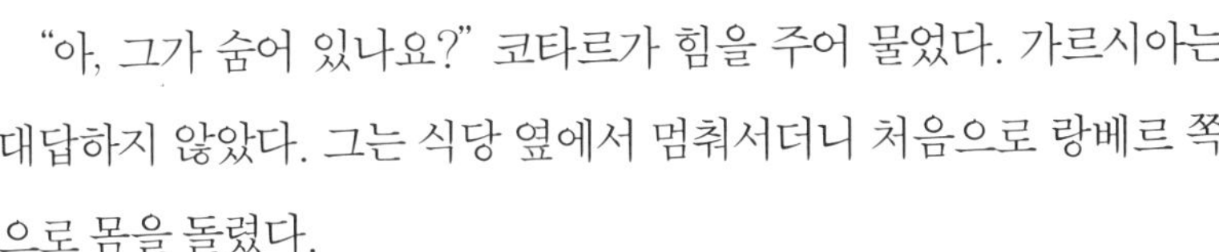

"모레 11시에, 거리 꼭대기에 있는 세관 건물 모퉁이에서 만납시다."

그가 가 버리려다가, 다시 두 사람에게 몸을 돌렸다.

"비용이 들 겁니다." 그가 말했다.

그것은 다짐이었다.

"물론이죠." 랑베르가 동의했다.

잠시 후, 랑베르는 코타르에게 감사의 뜻을 전했다.

"아! 아닙니다." 그는 기분 좋게 대답했다. "도와드리게 되어 기쁩니다. 더구나 선생께서는 신문 기자이니 틀림없이 제게도 도움을 주실 거예요."

그로부터 이틀 후, 랑베르와 코타르는 그 도시의 꼭대기로 향하는 그 그늘도 없는 큰길을 오르고 있었다. 세관 건물의 일부는 병원으로 개조되어 있었다. 그런데 그 커다란 문 앞에는 그들은 허락되지 않는 면회를 혹시나 하는 생각에서, 또는 한두 시간 후면 쓸모가 없어질 정보라도 얻을까 해서 찾아온 사람들로 서성이고 있었다. 아무튼 이처럼 사람들이 모여듦으로서 왕래하는 사람들이 많았고, 이러한 점이 가르시아와 랑베르가 만나는 장소로 선택되는 데 관계가 있었으리라는 추측은 어렵지 않았다.

"이상하군요." 코타르가 말했다. "기필코 떠나시려고 하다니 말입니다. 아무튼 이곳에서 일어나는 일들이 재미있는데요."

"나는 그렇지 않아요." 랑베르가 대답했다.

"그야 물론 위험한 일도 겪게 되지요. 그러나 페스트가 퍼지기 전에도 위험한 일은 항상 겪었답니다. 차의 왕래가 많은 사거리를 건너가는 것 같은 위험한 일을 말이에요."

그때, 리외의 자동차가 그들 앞에 와서 멈췄다. 타루가 운전을 하고 리외는 졸고 있는 것 같았다. 리외는 잠에서 깨어나 인사를 시켰다.

"우리는 벌써 아는 처지입니다." 타루가 말했다. "같은 호텔에서 묵고 있으니까요." 그는 랑베르에게 시내까지 태워다 주겠다고 말했다.

"아닙니다. 우리는 여기서 누굴 만나기로 했습니다." 리외는 랑베르를 쳐다보았다.

"그렇습니다." 랑베르가 말했다.

"그럼 의사 선생님께서는 알고 계셨나요?" 코타르가 놀라서 말했다.

"저기 예심 판사가 오네요." 타루가 코타르를 보며 주의를 주었다.

코타르는 안색이 변했다. 정말 오통 씨가 길을 내려오고 있었는데,

힘차면서도 절도 있는 걸음걸이로 그들을 향해 다가오고 있었다. 그는 이들 앞을 지나치며 모자를 벗어 인사를 했다.

"안녕하세요, 예심 판사님!" 타루가 말했다.

판사는 차에 타고 있는 두 사람에게 먼저 인사를 하고, 뒤에 물러나 있는 코타르와 랑베르를 보더니 정중하게 고개를 숙여 인사를 했다. 타루는 연금 생활자와 신문 기자를 소개했다. 판사는 잠깐 하늘을 쳐다보더니 정말 슬픈 시대라고 말하며 한숨을 쉬었다.

"타루 씨, 사람들이 말하길 당신은 예방 조치를 하시느라 무척 바쁘게 보내신다구요. 저로서는 뭐라고 찬사의 말씀을 드려야 할지 모르겠군요. 의사 선생님, 선생님께선 병이 더 확대될 것이라고 보십니까?" 리외는 그렇지 않길 바랄 뿐이라고 대답했다. 그러자 판사는 신의 의도는 인간으로서는 헤아릴 수 없으니 희망을 버려서는 안 된다고 되풀이 말하는 것이었다. 타루는 이번 사건 때문에 일이 크게 늘어났느냐고 물었다.

"그 반대입니다. 우리들이 보통 생각하는 법에 관계된 사건은 줄어들었습니다. 요즘 제가 심리하게 된 것이라고는, 이번의 새로운 조치 때문에 생긴 중대 범법들뿐입니다. 전에 이토록 법이 잘 지켜졌던 경우는 없었습니다."

"그것은 과거의 법보다도 좋은 법이라고 생각하기에 그런 모양이지요?" 타루가 말했다.

판사는 지금까지 자신이 보였던 몽롱한 태도에서 벗어났다. 허공에 던진 듯한 시선도 바꾸었다. 그리고는 차가운 시선으로 타루를 쳐

다보았다.

"새로운 조치가 무얼 했나요?" 판사가 말했다. "중요한 것은 법이 아니라 처벌입니다. 우리로서는 어쩔 수가 없습니다."

"저 사람이 원수 제1호야." 판사가 가 버리자 코타르가 말했다.

자동차가 움직이기 시작했다.

잠시 후 랑베르와 코타르는 가르시아가 오는 것을 보았다. 가르시아는 그들에게 아는 체하지 않고 다가오더니 갑자기 인사 대신 "기다려야겠어." 하고 말했다.

그들 주위에선 많은 사람이—그들의 대부분은 여자였는데—모두들 침묵 속에 기다리고 있었다. 거의 모두 바구니를 들고 있었는데, 혹시나 바구니 안의 음식물을 가족들에게 전할 수 있을까 하는 헛된 희망을 지니고 있었다. 그런데 더욱 어리석은 것은 그 음식물이 환자들에게 도움이 될 수 있다는 생각 바로 그것이었다. 정문에는 총을 든 경비병이 지키고 있었고, 이따금 괴상한 절규가 정문과 병동 사이의 앞뜰 너머로 들려왔다. 그러면 기다리던 사람들 중 몇몇은 불안한 얼굴로 병실 쪽을 돌아보는 것이었다. 세 남자는 이 장면을 바라보다가, "안녕하십니까." 하는 명확하고 위엄 있는 목소리가 등 뒤에서 들려오자 고개를 돌려 뒤돌아보았다. 더위에도 불구하고, 라울은 단정한 옷차림을 하고 있었다. 큰 키에 다부진 몸집인 그는 짙은 색깔의 양복을 입고, 챙이 위로 말린 모자를 쓰고 있었다. 얼굴은 비교적 흰 편이었다. 눈은 갈색이고 야무진 입을 가진 라울은 빠르게 요점을 꺼냈다.

"시내로 가도록 하지요." 그가 말했다. "가르시아, 당신은 가 보시오."

랑베르는 좋다고 대답했다.

"내일 나하고 점심이나 같이 듭시다. 마린트 가의 스페인 식당에서 만납시다."

랑베르가 그러자고 대답하자, 라울은 처음으로 미소를 짓고 악수했다. 그가 떠난 후 코타르는 말을 했다. 자기는 다음 날 시간이 없으며, 또 이제는 랑베르 혼자서 충분히 해 나갈 수 있으리라는 것이었다.

이튿날, 신문 기자가 스페인 식당에 들어섰을 때, 모든 사람의 시선이 그를 향해 쳐다보았다. 지저분하고 햇볕에 바짝 마른 좁은 길 아래 위치한 그 어두운, 지하 식당은 남자들만 드나들었으며, 그것은 대부분이 스페인 사람들이었다. 그러나 안쪽 식탁에 앉았던 라울이 신문 기자에게 손짓을 하고, 랑베르가 그쪽으로 향하자 사람들은 아무 일도 아니라는 듯 다시 접시 쪽으로 고개를 돌렸다. 라울은 수염을 기른 깡마른 친구와 함께 앉아 있었는데, 그는 어깨가 굉장히 넓고 말상인데다가 머리숱이 적었다. 검은 털로 뒤덮인 가늘고 긴 팔이 걸어 올린 와이셔츠 소매 밑으로 나와 있었다. 라울이 랑베르를 소개하자 그는 고개를 세 번 끄덕였다. 그의 이름을 말하지 않았는데, 라울은 그저 '이 친구'라고만 말했다.

"이 친구가 당신을 도울 수 있을 것 같다고 하더군요. 그는 당신을……."

식당 하녀가 랑베르의 주문을 받으러 오자 라울은 말을 중단했다.

"이 친구가 당신을 우리 동료 중 두 사람과 연락이 닿도록 해 줄 텐데, 그들은 우리가 매수한 경비병들에게 당신을 소개시켜 줄 것입니다. 그러나 그것으로 다되는 게 아닙니다. 경비병들이 유리하다고 생각되는 시간을 결정합니다. 가장 쉬운 방법은 시의 문 가까이에 사는 경비병 집에 가서 며칠 동안 숙박을 하는 겁니다. 하지만 그전에 이 친구가 필요한 접촉을 시켜 줄 것입니다. 모든 일이 끝나면 바로 이 친구에게 수고비를 전해 주시죠."

또다시 말상의 그 친구가 얼굴을 끄덕였다. 그러면서도 손은 계속 토마토와 피망 샐러드를 쉬지 않고 다지면서 먹어 댔다. 그리고 나서 스페인어 억양이 섞인 말투로 말했다. 그 친구는 모레 아침 8시에 성당 정문 앞에서 만나자고 제의했다.

"또 이틀이나 더 기다려야 하는군요." 랑베르가 말했다.

"쉬운 일이 아니라서 그럽니다." 라울이 말했다.

"그 친구들을 찾아야 되니까요."

그 말상의 사나이가 또 한 번 고개를 끄덕였고, 랑베르는 기운 없이 그러마고 했다. 남은 식사 시간은 화젯거리를 찾는 데 다 흘러갔다. 그러나 그 말상의 친구가 축구 선수라는 것을 랑베르가 알고 나서부터는 모든 것이 매우 쉬워졌다. 랑베르도 이 운동을 꽤 오래 했던 것이다. 그래서 프랑스의 선수권, 영국의 프로팀의 실력, W형 작전에 대한 이야기를 하게 되었다. 식사가 끝날 무렵엔 그 말상 친구는 매우 흥이 나서 랑베르에게 말까지 놓으며, 팀에서 센터 하프만큼 멋진 위치는 없다는 것을 납득시키려 했다. "센터 하프는 당신도 알다시 피 플레이를 배당하는 역할이란 말이야, 역할을 배당하는 것, 이것이 바로 축구라는 것이지."라고 말했다. 랑베르는 사실 자신이 늘 센터 포드를 맡았었지만, 그의 의견에 동조해 주었다. 그 이야기는 라디오 소리 때문에 중단되었는데, 라디오는 먼저 감상적인 멜로디를 은은 하게 반복하더니, 전날에 페스트로 먼저 137명이 희생되었다고 알려 주었다. 아무도 반응을 나타내는 사람이 없었다. 그 말상의 사내는 어깨를 으쓱 올리며 자리에서 일어났다. 라울과 랑베르도 따라 일어 났다. 헤어질 때 그 센터 하프는 랑베르의 손을 힘껏 쥐었다.

페
스
트

"내 이름은 곤잘레스야." 그가 말했다.

그 후 이틀 동안이 랑베르에겐 한없이 길게만 느껴졌다. 그는 리외 의 집을 찾아가서 자초지종을 자세히 늘어놓았다. 그리고 의사가 어 떤 집에 왕진을 가는데 따라 나섰다. 그는 페스트가 걸린 것 같은 환 자가 기다리는 집의 문 앞에서 의사와 작별 인사를 했다. 복도에서 사람들이 뛰는 소리와 목소리가 들려왔다. 누군가 가족들에게 의사 가 왔음을 알리는 소리였다.

"타루가 늦지 않았으면 좋겠어." 리외는 중얼거렸다.

그는 지쳐 보였다.

"전염병이 너무 빨리 번지고 있나요?" 랑베르가 물었다.

리외는 그런 것은 아니고, 오히려 통계 곡선이 좀 완만해졌다고 말 했다. 다만, 페스트를 이겨내기 위한 수단이 충분하지 못한 게 문제 라고 했다.

“우리에겐 자재가 부족하답니다.” 그는 말했다. “세계의 어느 나라 군대에서 건자재의 부족은 보통 인력으로 보충하고 있지요. 그러나 우리는 인력마저도 부족하답니다.”

“외부에서 온 의사들과 보건봉사대원들까지 합해도요?”

“그렇습니다.” 리외가 말했다. “10명의 의사를 포함해서 100여 명의 인원이 왔지요. 물론 많은 인원이에요. 그런데 이 인원으로는 현재의 병세를 겨우 막을 정도지요. 전염병이 더 퍼지기라도 한다면 부족한 인원이죠.”

리외는 집 안의 소리에 귀를 기울이고는 랑베르에게 미소를 지었다.

“그래요. 당신도 어서 성공하셔야지요.”

랑베르의 얼굴에 어두운 그림자가 스쳐 갔다.

“당신도 알다시피.” 그가 낮은 목소리로 말했다. “그것 때문에 나 가려는 것은 아닙니다.”

리외는 알고 있다고 대답했다. 그러나 랑베르는 계속 말했다.

“나는 내 자신이 비겁하다고는 생각지 않습니다. 적어도 대부분의 경우에는 말입니다. 그것을 시험해 볼 수 있는 기회도 있었습니다. 그러나 정말 견딜 수 없는 생각이 몇 가지 있습니다.”

의사는 그를 똑바로 쳐다보았다.

“부인을 다시 만날 수 있을 거예요.” 그가 말했다.

“아마 그렇겠지요. 그런데 이런 상태가 계속되고, 그동안 그녀가 늙어 갈 것이라는 생각만 하면 참을 수가 없어요. 나이가 30이 되면 사람은 늙기 시작하니까, 무슨 수라도 써야지요. 당신이 그를 이해할지 모르겠군."

리외가 자기도 이해할 수 있을 것 같다고 중얼거리고 있는 참에 타루가 활기에 차서 나타났다.

"방금 파늘루 신부에게 우리의 일에 협조를 부탁했습니다."

"뭐라고 하던가요?" 의사가 물었다.

"잠시 생각하고 나서 승낙했습니다."

"기쁜 일이군요." 의사가 말했다. "그 사람이 설교보다도 더 훌륭한 사람이라는 사실을 알게 되어 기쁩니다."

"누구든지 다 그런 법이지요." 타루가 말했다. "다만 기회가 없을 뿐이죠."

그는 미소를 지으며 리외에게 눈을 찡긋했다.

"그것이 인생에서 내가 맡아야 할 일입니다. 기회를 제공하는 일말입니다."

"실례하겠습니다. 가 봐야겠습니다." 랑베르가 말했다. 약속한 목요일, 랑베르는 8시 5분 전에 성당 정문 아래로 갔다. 공기는 아직 서늘했다. 하늘엔 잔 구름들이 떠다니고 있으나, 이제 곧 더워지면 단번에 흡수될 것이다. 약간의 습기 냄새가 아직 잔디밭에서 올라오고 있었지만 잔디는 메말라 있었다. 태양은 동쪽에 있는 집들 그늘에서 광장을 장식하고 있는, 온몸에 금도금을 한, 잔 다르크의 투구 부분만을 비추고 있었다. 어디선가 8시를 알리는 종소리가 들렸다. 랑베르는 인기척 없는 정문 밑으로 두세 걸음 내딛었다. 성가의 멜로디가 지하실의 눅눅한 냄새와 향내를 품고 흘러나오고 있었다. 갑자기 노래가 멎었다. 10여 명 남짓의 조그만 그림자들이 성당에서 나오더니 시내 쪽으로 총총히 층계를 사라졌다. 랑베르는 불안해지기 시작했다. 또 다른 그림자들이 층계를 올라 정문 쪽으로 오고 있었다. 그는 담뱃불을 붙였다. 그러나 이곳에서는 흡연이 허가되지 않을 거라는 생각이 들었다. 8시 15분이 되자 성당의 파이프 오르간은 은은한 연주를 시작했다. 랑베르는 어두운 둥근 지붕 밑으로 들어섰다. 조금 후에야 그는 자기보다 먼저 성당 안에 들어와 있는 조그만 그림자들을 분간할 수 있었다. 그 그림자들은 모두 한구석의, 도시의 어느 아틀리에에서 급히 제작된 성(聖) 루가상을 놓아 둔 일종의 임시 제단 앞에 모여 있었다. 무릎을 꿇고 있는 그들은 더욱 작게 보였으며, 회색의 벽화 속에 사라져서 마치 엉겨 붙은 그림자 조각들처럼 사방의 안개보다도 더욱 짙게, 그 안개 속에 여기저기에 떠 있는 것 같았다. 그 머리들 위로 오르간은 끝없는 변주곡을 울리고 있었다.

랑베르가 밖으로 나왔을 때, 마침 곤잘레스는 이미 층계를 내려가 시내로 들어가려던 참이었다.

"벌써 가 버린 줄로 생각했지." 곤잘레스는 신문 기자에게 말했다. "대개 있는 일이니까."

그는 다른 친구들을 여기서 멀지 않은 곳에서 8시 10분 전에 약속이 되어 있어서 그들을 기다리느라 늦었다고 변명을 늘어놓았다. 그러나 20분을 기다렸는데도 나타나지 않았다는 것이다.

"무슨 사고가 생긴 게 틀림없어. 우리가 하는 이런 일은 항상 쉽게 되는 것이 아니거든."

그는 다음 날 같은 시간에 전몰 용사 기념비 앞에서 다시 한 번 만나자고 말했다. 랑베르는 한숨을 쉬고 모자를 뒤로 젖혔다.

"이쯤은 아무것도 아니니 걱정 마." 곤잘레스는 웃으면서 제멋대로 말했다. "생각 좀 해 봐. 한 골을 얻자면 팀을 짜고, 밀려가고, 패스도 해야지."

"물론이지." 랑베르도 말했다. "그러나 시합은 1시간 반밖에 걸리지 않잖아."

오랑의 전몰 용사 기념비는 바다를 굽어볼 수 있는 유일한 장소에 있었는데, 그것은 항구로 향한 낭떠러지를 가까이 끼고 도는 일종의 산책로였다. 다음 날, 랑베르는 약속 시간보다 일찍 와서 전사자들의 명단을 천천히 읽고 있었다. 몇 분 후 두 남자가 가까이 오더니, 무관심하게 그를 쳐다보고 난 다음에, 산책로의 난간에 팔꿈치를 괴고 텅 빈 쓸쓸한 항구를 내려다보는 데 정신이 없는 듯했다. 그들 둘은 서로 비슷한 키였고 푸른 바지에 소매가 짧은 뱃사람 옷을 입고 있었다. 랑베르는 좀 멀리 떨어져 벤치에 걸터앉아서 여유 있게 그들을 바라볼 수 있었다. 그는 이들이 20살 이상은 넘지 않았다는 것을 알 수 있었다. 그때 마침 곤잘레스가 변명을 하면서 랑베르에게로 걸어왔다.

"저기 우리 친구들이 와 있군." 그는 이렇게 말하고 난 다음 그 두 젊은이들에게 그를 데리고 가더니, 그들을 마르셀과 루이라고 소개했다. 정면에서 보니까 그들은 서로 많이 닮아서 랑베르는 그들이 형제간일 거라고 생각했다.

"자," 곤잘레스가 말했다. "이제 인사도 끝났으니, 일을 처리해야지."

그러자 마르셀인지 루이인지 자기들한테 경비 차례가 돌아오는 게 이틀 후부터 1주일 동안이므로 가장 형편이 좋은 날을 택해야 한다고 말했다. 네 사람이 서쪽 문을 지키는데, 다른 두 사람은 직업 군인이라는 것이었다. 그들을 이번 일에 넣을 수는 없다면서, 믿을 만한 존재도 못 되려니와 비용도 더 든다는 것이었다.

그런데 그들은 이따금 단골 술집 별실에서 밤을 지새우는 일도 있다고 했다. 마르셀인지 루이인지는 이와 같은 이야기를 하면서, 랑베르에게 문 근처에 있는 그들 집에 묵으면서 자신들이 부르기를 기다리는 게 어떠냐고 그렇게만 하면 아무 일 없이 쉽게 통과하리라는 것이었다. 그리고 얼마 전부터 시의 외곽에 제2초소를 세운다는 이야기도 떠돌고 있으니까 급히 서둘러야 한다고 했다. 랑베르는 그 말에 동의하며 마지막 남은 담배를 그들에게 꺼내어 권했다. 그때까지 말이 없던 다른 청년이 곤잘레스에게 비용 문제는 해결되었는지, 미리 선금을 받을 수 있는지를 물어보았다.

"아니야, 그럴 필요. 없어. 이 사람은 친구니까. 비용은 떠날 때 계산하도록 하지." 곤잘레스가 말했다.

그들은 또 한 번 만나기로 약속했다. 곤잘레스는 모레 스페인 식당에서 저녁 식사를 같이 들면 어떻겠느냐고 말했다. 그곳에서 바로 경비병들의 집에 갈 수 있다는 것이었다.

"첫날밤은." 그는 랑베르에게 물었다. "내가 자네와 같이 있어 주지."

다음 날, 랑베르는 자기 방으로 올라가다 호텔 층계에서 타루를 만났다.

"난, 리외한테 가는 길이오." 타루가 말했다. "같이 가시겠어요?"

"방해가 되지 않을까 모르겠군요." 랑베르는 망설이다가 대답했다.

"그렇지 않을 겁니다. 당신에 대해 여러 번 이야기하는 걸 들었어요." 신문 기자는 생각해 보았다.

"그러면," 그는 말했다. "저녁 식사 후 바쁘지 않으시면, 밤늦더라도 호텔 바로 두 분 모두 오십시오."

"의사 선생의 형편에 달렸지요. 페스트도 그렇고요." 타루가 말했다.

밤 11시나 되어서 리외와 타루는 비좁은 바에 들어갔다. 약 30여 명의 손님들이 팔꿈치를 고이고 큰 목소리로 이야기를 하고 있었다. 페스트에 전염된 도시의 정적 속에서 갓 나온 두 사람은 귀가 멍멍하고 어리둥절해져서 발길을 멈추었다. 그들은 알코올음료가 아직도 남아 있는 것을 보고, 이같이 법석을 떠는 이유를 납득할 수 있었다. 랑베르는 카운터 한쪽 끝에 앉아 있다가 그들에게 손짓을 했다. 그들은 랑베르를 가운데 두고 서서, 타루는 요란하게 떠들어 대는 옆 좌석의 사람을 태연하게 밀어 붙이는 것이었다.

"술을 마셔도 괜찮을지요?"

"그럼요, 괜찮고말고요." 타루는 말했다.

리외는 자기 잔에서 씁쓰레한 풀 냄새를 맡아 보았다. 이토록 소란한 분위기에서는 이야기를 나누기가 어려웠다. 그리고 랑베르는 무엇보다도 마시는 일에 빠져 있는 것 같았다. 의사는 아직 그가 취했는지 아닌지 판단할 수가 없었다. 그들이 남아 있던 그 비좁은 구석의 남은 두 개의 테이블 가운데 하나에는 어떤 해군 장교가 양팔에 여자를 하나씩 끼고, 얼굴이 벌게진 뚱뚱보를 상대로 카이로 시에서 장티푸스가 유행했던 당시에 관한 이야기를 늘어놓고 있었다.

"수용소가 있었지." 그는 말했다. "원주민용 수용소를 설치하고, 천막을 치고, 환자를 옮겨 오구 온통 주위에 보초선을 치고 했어. 가족들이 민간 전래의 약을 가지고 들어오면 총을 쏘는 거야. 물론 가혹한 일이었지만, 그러나 정당한 조치였지." 다른 테이블에서는 멋쟁이 청년들이 앉아 있었는데, 그들이 하는 이야기는 알 수 없었고, 그 소리는 요란하게 울려 대는 측음기에서 나오는 (세인트 제임스 인퍼머리)곡 속으로 사라져 버리고 있었다.

"잘되어 갑니까?" 리외가 목소리를 높이어 물었다.

"진행 중입니다. 아마 1주일 안으로 될 겁니다." 랑베르가 대답했다.

"유감스럽군요." 타루가 외쳤다.

"왜죠?"

타루는 리외를 쳐다보았다.

"아! 타루의 말은 당신이 여기에 계시면 우리가 하는 일에 도움이 될 거라는 이야기입니다. 그러나 나는 떠나고 싶어 하는 당신의 심정을 너무나 잘 이해합니다."

타루는 한잔씩 더 하자고 제의했다. 랑베르는 앉아 있던 의자에서 내려서서 처음으로 타루를 똑바로 쳐다보았다.

"제가 당신한테 어떤 도움이 될 수 있습니까?"

"글쎄요, 우리 보건봉사대에게 도움이 되지요." 타루는 자기 술잔으로 천천히 손을 가져가며 말했다.

랑베르는 다시 평소 때의 무뚝뚝한 표정이 되어 자기 의자에 올라앉았다.

"그러한 단체들이 필요하다고 생각하지 않으십니까?" 타루는 술잔을 비우고 랑베르를 주의 깊게 쳐다보며 물었다.

"매우 필요합니다." 신문 기자는 이렇게 대답하고 술을 마셨다.

리외는 그의 손이 떨리는 것을 보았다. 그는 신문 기자가 끝내, 정말, 완전히 취했다고 생각했다.

이튿날 랑베르가 두 번째로 스페인 식당에 들어갔을 때, 몇몇 무리를 지은 사람들의 가운데를 지나갔는데, 그들은 겨우 더위가 약해지기 시작하는 초록과 황금빛의 저녁 정취를 즐기고 있었다. 그들은 지독한 냄새가 나는 담배를 피우고 있었다. 식당 안은 거의 비어 있었다. 랑베르는 처음으로 곤잘레스와 만났을 때의 안쪽 식탁으로 가 앉았다. 그는 여자 종업원에게 사람을 기다린다고 말했다. 7시 30분이었다. 차차 사람들이 식당 안에 들어와 자리에 앉았다. 음식이 나오기 시작했다. 그래서 식당의 낮은 둥근 천장은 식기 부딪치는 소리와 귀가 멍멍할 정도의 소란스런 울림들로 가득 찼다. 8시가 되었는데도 랑베르는 여전히 기다리고 있었다. 불이 켜졌다. 새로운 손님들이 식탁에 앉았다. 그는 저녁 식사를 주문했다. 8시 30분에, 곤잘레스도 그 두 청년도 나타나지 않은 채 식사를 마쳤다. 그는 담배를 여러 대 피웠다. 식당 안은 서서히 비어 갔다. 밖은 급속도로 어둠이 지기 시작했다. 미지근한 바람이 바다로부터 불어 와서 창문의 커튼을 가볍게 흔들었다. 9시가 되었을 때, 랑베르는 실내가 텅 비어 있고 여자 종업원이 의아하게 생각하며 자기를 보고 있다는 사실을 깨달았다. 그는 계산을 치르고 밖으로 나갔다. 식당 맞은편 카페의 문이 열려 있었다. 랑베르는 카운터에 앉아서 식당 입구를 주의 깊게 보고 있었다. 9시 30분에 그는 주소도 모르는 곤잘레스를 어떻게 하면 다시 만날 수 있을까 하는 부질없는 생각을 하면서 호텔로 향했다. 이제까지의 모든 절차를 다시 시작해야 할 것을 생각하니 실로 난감했다.

그가 후에 리외에게 말한 바에 의하면 바로 그때, 구급차가 질주하는 어둠속에서, 그는 자기와 아내를 가로막는 장벽으로부터 어떤 탈출구를 찾아내려 열중한 나머지 그동안 내내 아내를 잊고 있었다는 사실을 깨달았다. 동시에, 모든 길이 다시 막히고 보니 다시금 욕망의 한가운데 아내의 모습이 떠올랐고, 더구나 그것은 너무나도 갑작스러운 고통의 폭발이었으므로 그는 갑자기 호텔을 향해서 뛰기 시작했다. 그 혹독한 고통에서 도망가려는 것이었지만, 그래도 그 아픔은 그를 계속 따라 다니면서 관자놀이를 죄는 것이었다.

이튿날 그는 아주 일찌감치 리외를 찾아와, 코타르를 어떻게 하면 만날 수 있겠느냐고 물었다.

"내가 할 수 있는 방법은 또다시 그 절차를 따라가는 것뿐입니다."

그가 말했다.

"내일 저녁에 오세요." 리외가 말했다. "타루가 코타르를 불러 달라고 내게 부탁했습니다. 이윤 모르겠어요. 그는 10시에 올 겁니다. 그러니 10시 30분쯤에 오시면 됩니다."

코타르가 이튿날 의사의 집에 들렀을 때, 타루와 리외는 리외의 관할 구역 안에서 예상 밖으로 완치된 경우에 관해서 이야기를 나누고 있었다.

"10명에 하나 있을까 말까 하는 경우입니다. 운이 좋은 사람이죠." 타루가 말했다.

"아! 그래요. 그것은 페스트가 아니었나 보군요." 코타르가 말했다. 그러나 두 사람은 코타르에게 그 병은 확실히 페스트였다고 힘주어 말했다.

"그럴 리가 없어요. 나은 것을 보니까 말이죠. 저보다 더 잘 알고 계시겠지만 페스트라면 살아나기 어렵지요."

"일반적으로는 그렇지요. 그러나 좀 더 끈질기게 대항하면, 예상 밖의 일도 생기는 것입니다." 리외가 말했다.

코타르는 웃었다.

"그렇게 보이지는 않는데요. 오늘 저녁 숫자 발표를 들으셨습니까?"

호의에 찬 눈길로 코타르를 쳐다보던 타루가 자신은 숫자를 잘 알고 있고, 사태는 중대하지만 거기에 의미가 있다면 그것은 더욱더 특별한 조치가 필요하다는 것을 증명하는 것뿐이라고 대답했다.

"하지만 당신네들은 그런 조취를 이미 취하셨잖아요."

"그렇습니다. 하지만 각자 나름대로도 조치를 취할 필요가 있습니다."

코타르는 이해하지 못해서 타루를 쳐다보았다. 타루는 많은 사람이 아무 일도 하지 않고 있으며, 페스트는 개개인의 문제이며, 각자가 자신의 의무를 다해야 한다고 말했다. 보건봉사대의 문은 모두에게 개방되어 있다는 것이었다.

"그것도 좋은 생각입니다." 코타르가 말했다. "그러나 소용이 없을 것입니다. 페스트란 놈은 너무 강하니까 말입니다."

"그러나 그것은 우리가 최선을 다한 후에나 알 수 있는 일입니다." 타루가 참을성 있는 어조로 말했다.

그동안 리외는 책상 앞에서 카드를 다시 고쳐 쓰고 있었다. 타루는 의자에 앉아 마음이 흔들리고 있는 코타르를 물끄러미 바라보고 있었다.

"코타르 씨는 우리와 함께 일하지 않으시죠?"

코타르는 불쾌해진 태도로 의자에서 일어나더니 자기의 둥근 모자를 집어 들었다.

"그것은 제가 할 일이 아닙니다."

그리고 나서 도전적인 어조로 말을 이었다.

"게다가 나는 페스트 속에 있는 게 좋으니까요. 그리고 난 그것을 저지하는 데 관여해야 할 이유가 없거든요."

타루는 갑자기 뭔가 알아냈다는 듯이 자기 이마를 치며 말했다. "아! 그렇군요. 난 그걸 잊었습니다. 이번 일이 없었더라면 당신은 체포되었을 테지요."

코타르는 깜짝 놀라 넘어질 듯이 의자를 확 붙잡았다. 리외는 쓰는 일을 멈추고 진지하고 흥미 있는 표정으로 그를 바라보았다.

"누가 그런 이야길 해요?" 연금 생활자가 외쳤다.

타루는 뜻밖이라는 듯이 말했다.

"당신이 그렇게 말하셨잖아요. 여하튼, 의사 선생님과 저는 그렇게 알고 있는데요."

그러자 코타르는 걷잡을 수 없을 만큼 대단한 분노에 휩싸여 알 수 없는 말들을 지껄여 대기 시작했다

"흥분하지 마세요." 타루가 말했다. "의사 선생님이나 나나 당신을 밀고할 사람이 아닙니다. 당신 사건은 우리와 관계없는 일입니다. 그리고 우리는 경찰을 결코 좋아하는 사람들이 아니에요. 자, 이제 좀 앉으세요."

코타르는 한동안 망설이며 자기 의자를 내려다보고 나서 앉았다. 한참이 지난 후에 그는 한숨을 내쉬었다.

"그것은 오래전 이야기입니다." 그는 타루의 말을 인정했다. "그들이 오래 묵은 일을 다시 문제 삼아 끄집어냈어요. 나는 다 잊었거니 생각했었지요. 그런데 어떤 녀석이 고자질을 했던 거예요. 그들은 나를 소환하여, 조사가 끝날 때까지 항상 대기 상태로 있으라고 그래서 결국 난 그들에게 체포될 거라고 생각했죠."

"중죄인가요?" 타루가 물었다.

"그건 말하기 나름이겠지요. 어쨌든 살인은 아니에요."

"금고형인가요? 아니면 징역형인가요?"

코타르는 몹시 풀이 죽어 있는 것처럼 보였다.

"운이 좋으면, 금고형이겠지요."

잠시 후, 그는 다시 격분하여 말했다.

"그것은 실수였습니다. 누구나 실수는 하는 법이지요. 생각만 해도 끔찍해요. 그 때문에 체포되어 집과 지금까지의 생활과 모든 친지들과 떨어져 살아야 되니 말입니다."

"아!" 타루가 말했다. "그래서 목매달아 죽으려 했었군요?"

"그것은 확실히 어리석은 짓이었지요."

리외는 처음으로 입을 열어 코타르에게 자기는 그의 불만을 잘 이해하며, 만사는 잘될 것이라고 말했다.

리외도 당분간은 걱정 없다는 사실을 알고 있습니다."

"제 생각엔." 타루가 말했다. "우리 보건봉사대에는 들어오지 못하겠군요."

두 손으로 모자를 돌리고 있던 코타르는 자신 없는 눈길로 타루를 쳐다보았다. "나를 나쁘게 생각하진 마세요."

"그렇고말고요. 그렇지만 적어도 일부러 병균을 퍼뜨리고 다니지는 마시기 바랍니다." 타루가 웃으면서 말했다.

코타르는 자기가 페스트를 불러들인 것이 아니라, 페스트 스스로가 저절로 생겨난 것이며, 현재는 그 덕분에 자기의 일이 잘되어 나가고 있지만, 그것이 자기 탓은 아니라고 항변하여 말했다. 그리고 랑베르가 문 앞에 도착했을 때, 그는 목소리에 온 힘을 쏟아 이렇게 덧붙였다.

"그리고 당신네들은 그 어떤 성과도 못 올리실 거라는 게 내 생각입니다."

랑베르는 코타르로부터 곤잘레스의 주소를 알지 못하지만 그 조그마한 카페에 다시 가 볼 수도 있다는 말을 들었다. 그들은 이튿날 만나기로 약속했다. 그리고 리외가 소식을 알려 달라는 뜻을 비치자, 랑베르는 이번 주말 저녁 아무 때나 자기 방에 타루와 함께 와 달라고 말했다.

아침에 코타르와 랑베르는 그 조그마한 카페로 가서 가르시아에게 오늘 저녁때나 혹은 그게 곤란하면 내일 만나자고 연락을 남겨 두었다. 그날 저녁, 두 사람은 가르시아를 기다렸으나 헛수고였다. 그 다음 날, 가르시아를 만날 수 있었다. 그는 잠자코 랑베르의 이야기에 귀를 기울였다. 그는, 자기는 잘 알지 못하지만, 자기가 아는 바에 의하면 각 가구별 검사를 실행하기 위해 구역마다 24시간 동안 통행이 금지되었다는 것이다. 곤잘레스와 두 젊은이가 차단 지역을 통과하지 못했을지도 몰랐다. 지금 자기가 할 수 있는 일이란, 고작 다시 한 번 그들을 라울과 연결시켜 주는 일뿐이나 그것마저도 그 다음 다음 날 안으로는 불가능하다는 것이었다.

"아예 처음부터 다시 시작해야겠군요."

그 다음 다음 날, 어느 길모퉁이에서 라울은 가르시아의 추측을 확인하게 되었는데, 동네의 교통이 차단되었다는 것이다. 그는 다시 곤잘레스와 만나야했다. 이틀 뒤, 랑베르는 그 축구 선수와 점심을 들고 있었다.

"어리석었다. 서로 다시 만날 수 있는 방법을 강구해 놓았어야 했는데." 곤잘레스가 말했다.

랑베르의 생각 역시 그랬던 것이다.

"내일 아침, 녀석들에게나 가 보세. 모든 걸 조정해 보지."

다음 날, 녀석들은 집에 없었다. 그래서 그들에게 이튿날 정오에 리세 광장에서 만나자는 전갈을 남겨 두었다. 그러고 나서 오후에 타루가 랑베르를 만났을 때, 그는 놀랄 정도의 표정이 되어서 돌아왔던 것이다.

"일이 잘 안 됩니까?" 타루가 그에게 물었다.

"처음부터 다시 시작해야 하기 때문이지요." 랑베르가 말했다.

그리고 그는 거듭해서 다시 초청을 했다.

"오늘 저녁에 와 주세요."

그날 저녁, 두 사람이 랑베르의 방에 들어섰을 때, 기자는 누워 있었다. 그는 일어나서 준비해 놓은 술잔을 채웠다. 리외는 자기 잔을 받으며 그에게 잘되어 가냐고 물었다. 신문 기자는 자신이 다시 한 바퀴 돌아보고 난 다음에 제자리로 돌아왔으며, 조금 있으면 마지막 약속을 하게 될 거라고 대답했다. 그는 술을 마신 후 다시 덧붙였다.

"물론, 그들은 오지 않을 것입니다."

"그렇게 확실하게 결론지을 필요는 없습니다." 타루가 말했다.

"아직 이해를 못하셔서 그래요." 어깨를 으쓱해 보이며 랑베르는 대답했다. "무얼 말입니까?"

192

"페스트 말입니다."

"아!" 리외가 중얼거렸다.

"그래요. 아직 제대로 이해를 못하고 있지만 그것은 다시 발생할 것입니다."

랑베르는 구석에 있는 소형 축음기의 뚜껑을 열었다.

"이건 무슨 판인가요?" 타루가 물었다. "알 만한 곡인데."

랑베르는 세인트 제임스 인퍼머리 판이라고 알려줬다. 판이 돌아가고 있을 때 멀리서 총소리가 두 번 들려왔다.

"어느 집 개거나 탈주자겠군." 타루가 말했다.

잠시 후, 판이 다 돌아가자 구급차 소리가 뚜렷하게 들리고 소리가 커지더니, 호텔 방의 창 밑을 지나 점점 작아지면서 마침내는 조용해졌다.

"이 판은 재미가 없습니다. 더욱이 오늘은 벌써 열 번이나 들었으니까요." 랑베르가 말했다.

"그 판을 그렇게 좋아하시나 보죠?"

"아뇨. 다만 제가 가진 것은 이것밖에 없어서요."

그리고 잠시 후에 말했다.

"당신한테 이야기지만 그것은 다시 발생하게 될 것입니다."

그는 리외에게 보건대의 상황에 대해서 물었다. 다섯 개 반이 활동 중이었으며 몇 개의 반이 더 조직되길 바라고 있었다. 신문 기자는 자기 침대 위에 앉아 손톱 만지는 일에 열중한 듯이 보였다. 리외는 그 자그마하고 기운찬 그의 윤곽을 물끄러미 보고 있었다.

갑자기 그는 랑베르의 시선을 느꼈다.

"의사 선생님, 당신도 알겠지만 난 당신의 조직에 대해 많이 생각해 보았습니다. 비록 나는 가입하지는 않았지만 그것은 이유가 있기 때문입니다. 그것 이외의 일이라면, 아직도 내 몸을 바칠 수 있을 것 같습니다. 나는 스페인 전쟁에도 참가했습니다."

"어느 편이었죠?" 타루가 물었다.

"우리 편이 졌습니다. 그 이후로 나는 좀 생각한 바가 있어요."

"무얼 생각하게 되었지요?" 타루가 다시 물었다.

"용기에 대해서지요. 이제 나는 인간이 위대한 행위를 할 수 있음을 알고 있어요. 그러나 만약 그 인간이 위대한 감정을 가질 수 없다고 한다면 나는 그 사람에게 흥미를 느낄 수 없습니다."

"인간에게 불가능한 것은 없다는 느낌이 드는군요." 타루가 말했다.

"아닙니다. 절대 그렇지 않아요. 인간은 고통을 참아 내거나 오랫동안 행복한 상태로 머물 수는 없어요. 따라서 인간이란 가치 있는 일을 아무것도 할 수가 없습니다."

그는 두 사람을 쳐다보고 나서 이야길 계속했다.

"보세요, 타루 씨. 당신은 사랑을 위해 죽을 수 있습니까?"

"모르겠습니다. 그러나 아마도 그렇게 할 수는 없을 것 같군요. 지금은 말입니다."

"그렇습니다. 그런데 당신은 하나의 관념을 위해서는 죽을 수 있습니다. 그건 불을 보듯 뻔한 사실이에요. 그런데 나는 어떤 관념을 위해서 죽는 사람들을 좋아하지 않습니다. 나는 영웅주의라는 것은 믿을 수 없어요. 나는 그것을 쉬운 일이라고 생각하고, 또한 파괴적이라고 배웠습니다. 내가 흥미를 갖는 것은 사랑하는 사람을 위해 살고 사랑하는 사람을 위해 죽는 것입니다."

리외는 주의 깊게 신문 기자의 이야기를 들었다. 계속해서 그를 쳐다보며, 리외는 나직이 말했다.

"인간은 관념이 아닙니다, 랑베르 씨."

랑베르는 얼굴이 상기된 채 침대에서 펄쩍 뛰어 일어났다.

"관념입니다. 하나의 어설픈 관념입니다. 인간이 사랑에서 등을 돌리는 순간부터 하나의 어설픈 관념인 것입니다. 그런데 바로 우리들은 사랑이 불가능해졌습니다. 단념합시다. 의사 선생님, 사랑할 수 있게 되기를 기다립시다. 그리고 정말 그것이 불가능하다면, 영웅적인 연극은 걷어치우고 전반적인 해방이나 기다립시다. 나로서는, 나는 더 이상 나가지 않겠습니다."

리외는 갑자기 피로한 듯 자리에서 일어났다.

"당신이 옳습니다, 랑베르 씨. 너무나 옳아요. 나는 어떤 일이 있어도 당신이 지금 하고 있는 일에서 마음을 돌리도록 하고 싶지는 않군요. 나에게는 그것이 정당하며 또한 좋은 일로 보입니다. 그러나 꼭 말씀드리고 싶은 것은 영웅주의와는 무관하다는 것입니다. 단지 그것은 성실성의 문제일 뿐입니다. 설령 웃어 버리고 말 하나의 관념이라 하더라도 그것만이 페스트와 투쟁하는 유일한 방법입니다. 바로 성실성 말입니다."

"성실성이란 도대체 무엇입니까?" 랑베르는 갑자기 조심스럽게 물어왔다.

"일반적으로 그것이 무엇인지는 나도 모릅니다. 그러나 내 경우에 있어서 그것은 직책의 완수라고 알고 있습니다."

"아!" 랑베르가 화를 내며 말했다. "나는 내 직책이 무엇인지 알지 못합니다. 아마도 내가 사랑을 택함으로써 잘못을 저지르고 있는지도 모르겠군요."

리외는 그를 마주보았다.

"아닙니다." 리외가 힘 있게 말했다. "당신은 조금도 잘못을 저지르지 않았습니다."

생각에 잠긴 눈으로 랑베르는 그들을 쳐다보았다.

"당신들은 이 모든 일에서 아무것도 손해 보실 게 없을 것입니다. 유리한 편에 선다는 것은 좀 더 쉬운 일일 테니까요."

리외는 자기 잔을 비웠다.

"자." 리외가 말했다. "우리에겐 남은 일이 있어서요."

리외는 나갔다.

타루가 그의 뒤를 따르다가 순간 생각난 듯이 신문 기자에게로 다시 돌아왔다. 그리고 말했다.

"당신은 이곳에서 수백 킬로미터 떨어진 요양소에 리외의 부인이 있다는 것을 아시는지요?"

랑베르는 놀란 듯한 몸짓을 했다. 그러나 타루는 이미 나가 버린 뒤였다. 그 다음 날 아주 일찍이 랑베르는 의사에게 전화를 걸었다.

"내가 이 도시를 떠날 방법을 찾아낼 때까지 당신과 함께 일할 수 있도록 해 주시겠습니까?”

수화기에 잠시 침묵이 흐르더니, 이어 말이 들려왔다.

“그러도록 하죠, 랑베르 씨. 고맙습니다.”

페
스
트

제3부

이렇게 해서 주일마다 그들은 할 수 있는 데까지 힘껏 페스트와 싸워 나갔다. 그리고 이들 가운데 랑베르 같은 몇몇 사람들은 아직도 자신들이 자유인인 것처럼 행동하고 있었으며 심지어는 아직도 선택할 수 있는 기회가 남아 있다고 생각하고 있었다. 그러나 실제로는 8월 중순 무렵에 이르러서는 페스트가 모든 것에 그림자를 드리우고 있었다고 이야기할 만했다. 그때는 이미 개인적 운명이란 있을 수가 없었고 다만 페스트라는 집단적인 역사적 사건에 대한 모든 사람이 공통으로 느끼게 되는 여러 가지 감정밖에는 없었다. 가장 두드러지게 나타난 것은 별거와 유배의 감정이었는데, 거기에는 두려움과 반항이 섞여 있었다. 그러므로 필자는 그 더위와 병마의 절정에서, 폭행, 사망자의 매장, 헤어져 있는 애인들의 외로움 같은 걸 떠올려 보는 것이 좋으리라고 믿는다.

그해도 어느덧 절반을 넘길 때, 페스트에 점령당한 그 도시에 여러 날 동안 바람이 불었다. 오랑 시민들은 특히 바람을 두려워했는데 그 이유는, 이 시가 세워진 언덕 위에서 어떤 장애도 받지 않고 바람은, 온갖 맹위를 떨치며 거리로 불어닥치기 때문이다. 여러 달 동안 한 방울의 비도 내리지 않았으므로 도시는 회색의 먼지로 덮여 있었고, 바람은 그것들을 비늘처럼 벗겨 냈다. 그리고는 파도치듯 먼지와 종잇조각을 불어 올려, 이제 점차 드물어지고 있는 산책객들의 발을 때리는 것이었다. 산책객들은 몸을 앞으로 구부리고 손으로 입을 가린 채 서둘러 길을 지나갔다. 저녁에는, 사람들은 마지막일 수도 있는 하루하루를 가능하면 더 연장해 보고자, 함께 모이는 대신 몇몇씩 무리를 지어 자기들의 집이나 카페로 걸음을 옮겼는데, 단지 며칠 동안의 일이었지만, 이 시기에는 좀 더 일찍 찾아드는 황혼 무렵이면 거리는 인적이 뜸해지고 바람만이 계속적인 비탄의 소리를 곳곳에서 질러 대는 것이었다. 물결이 높아지고 전과 다름없이 눈에 보이지 않는 바다에서 해초와 염분 냄새가 풍겨왔다. 먼지 때문에 하얗게 되고 바다 내음에 잠긴 이 황량한 도시는 윙윙거리는 바람의 외침 속에서 마치 하나의 불행한 섬처럼 신음했다.

지금까지 페스트는 도심지보다는 사람이 많이 밀집해 있고 생활이 불편한 교외 지역에서 더 많은 희생자를 냈었으나 갑자기 관공서 지역 가까이에도 자리를 잡는 듯했다. 시민들은 바람이 페스트의 씨앗을 옮겨 왔다고 못마땅해했다. “바람이 카드 패를 바꿔 놓았어.” 하고 호텔 지배인은 말했다. 그러나 어쨌든, 중심가에 사는 주민들은 한밤중에, 그것도 점점 더 빈번히, 페스트에 대한 암울하고 무기력한 호소를 창 밑에서 올리고 지나가는 구급차의 윙윙거리는 소리를 바로 가까이서 들어야 할 차례가 왔다는 사실을 알게 되었다.

사람들은 도심 안에서도 특히 피해가 심한 지역을 격리를 시켜, 직무상 불가피하다고 생각되는 사람들에게만 출입을 허용하도록 할 생각을 했다. 그때까지 그 지역에 살던 사람들은, 이와 같은 조치가 유별나게 자신들에게만 취해진 일종의 약자에 대한 학대처럼 생각하지 않을 수가 없었다. 그래서 모든 경우에 있어 그들은 그렇지 않은 다른 지역 사람들을 자유민인 것처럼 생각했다. 그 반면, 다른 지역 사람들은 곤란한 순간에도, 다른 사람들은 자신들보다 덜 자유롭다는 생각을 함으로써 하나의 위안을 삼는 것이었다. '나보다 더 매인 사람이 있다'는 생각은 그 당시에 가질 수 있는 유일한 희망을 단적으로 나타내는 것이었다. 거의 같은 시기에, 특히 서쪽 문 부근 별장 지대에서 화재가 자주 일어나곤 했다. 조사 결과, 예방 격리에서 돌아온 사람들이 초상을 치르고 불행을 겪은데 따른 발광으로, 페스트를 불태워 없앤다는 환상에 사로잡혀 자신들의 집에 불을 지르는 것으로 밝혀졌다. 이와 같은 일이 자주 벌어지고 그것이 강한 바람으로 인해 그 지역 일대를 끊임없는 위험 속에 몰아넣었으므로 그러한 사태를 저지하느라고 많은 애를 먹었다. 당국에서 실시하는 가옥 소독만으로도 모든 전염의 위험성을 몰아내는 데 충분하다는 것을 제아무리 증명해 보아도 소용이 없어, 결국은 죄 없는 방화자들에게 극히 엄한 형벌을 내리겠다는 법령을 공포하지 않으면 안 되었다. 그런데 아마도 방화자들을 겁나게 한 것은 투옥될 거라는 생각보다는 모든 시민들에게 공통된 확신, 즉 시의 감옥에서 나타나는 극도의 사망률로 볼 때 투옥은 결국 사형과 같다는 확신이었다. 물론 이와 같이 믿는 데는 전혀 근거가 없는 것도 아니었다. 분명한 이유로 페스트는 군인이라든가, 죄수들처럼 단체로 생활하는 사람들에게 특히 전염이 잘되었다. 왜냐하면 일부는 격리시켰지만, 감옥이라는 게 하나의 집안 사회이고, 또 그것을 잘 증명이라도 하듯, 이 시의 교도소에서는 죄수들 못지않게 간수들이 그 병으로 희생을 치렀기 때문이다. 페스트가 처한 우월한 입장에서 보면 교도소장에서부터 그 죄가 가벼운 죄수에 이르기까지 모든 사람이 유죄였으며, 아마도 처음으로 교도소에는 하나의 절대적인 정의가 지배하던 것이다.

당국은 이같은 평등한 상태에 위계질서를 부여하려고 직무를 수행하다 죽은 간수들에게 훈장을 주려고 생각했으나 허사로 끝났다. 계엄령이 선포되어 있었고 또 어떤 면에서 보면 그 간수들은 동원된 상태와 같았기 때문에, 사후 추증의 명목으로 전공 훈장을 수여했다. 죄수들은 별다른 항의를 하지 않았으나 군부에서는 그것을 못마땅하게 생각했다. 또 대중이 혼동을 일으킬 수도 있다는 점을 지적했다. 당국은 그들의 요구를 정당하다고 인정하고, 가장 간단한 방법은 순직한 간수들에게 방역 훈장을 주는 거라고 생각했다. 그러나 먼저 받은 사람들에게, 훈장이 잘못 전달된 것이긴 하나, 훈장을 반환하라는 조치도 생각할 수 없는 일이었는데도, 군부에서는 계속 그들의 견해를 주장했다. 한편 방역 훈장으로 말하면, 전염병이 창궐기에 그 따위 기장을 받는다는 것은 대단한 일이 아니었기 때문에, 전공 훈장을 줌으로써 얻을 수 있었던 사기 진작의 효과마저 일으키지 못하는 불편함이 있었다. 요컨대 모든 사람이 다 불만족스럽게 여겼던 것이다.

더욱이 교도소 당국은 종교 기관이나 또는 그 차이가 그리 심한 건 아니지만, 군 당국에서처럼 조치를 취할 수가 없었다. 시내의 단지 두 군데밖에 없는 수도원의 수도승들은 독실한 가정에 잠시 분산되어 숙박을 하도록 조치가 내려졌다.

마찬가지로 가능한 한 소규모의 부대들이 병영에서 파견되어 학교나 공공건물에 주둔하고 있었다. 이와 같이 겉으로는 시민들에게 포위된 상태로서의 연대 책임을 강요하고 있던 전염병은 전통적인 결합을 파괴함과 동시에 저마다 그들을 고독 속에 빠지게 했다. 그것은 혼란을 야기시켰다.

이런 모든 상황이 불난 집에 부채질하듯 모든 사람의 정신에 불을 붙여 놓았다고도 생각할 수 있다. 도시의 문들은 다시금 밤에 여러 차례 그것도 이번에는 완벽하게 무장한 한 작은 무리들에 의해 습격을 받았다. 총격전이 벌어졌으며 부상자와 도망자가 발생했다. 감시 초소의 경계가 강화되자 이와 같은 시도는 바로 중단되었다. 하지만 이런 시도는 일종의 혁명과 유사한 분위기를 조성했으며 약간의 폭력 사태를 유발시켰다. 보건상의 이유로 폐쇄되었거나 화재가 난 집들이 약탈당했다. 사실 그 같은 행위가 계획적이었다고 예측하기는 쉽지 않다. 대개의 경우, 여태껏 점잖았던 사람들이 갑작스런 기회에 비난을 받을 만한 짓을 범했으며, 그런 행위는 바로 다른 사람들에 의하여 모방되었던 것이다. 그래서 슬픔이 극에 달해 얼이 빠져 있는 집 주인의 눈앞에서 아직도 불타는 집으로 뛰어든 미치광이들도 있었다. 집 주인이 가만히 있는 것을 보자 구경꾼들도 그들의 행동을 좇았고, 컴컴한 거리에는 죽어 가는 불길과 어깨에 멘 물건이나 가구들에 의해 일어난 일그러진 그림자들이 여기저기서 도망치는 광경이 눈에 띄었다. 이 같은 사건들 때문에 당국은 어쩔 수가 없이 페스트령(令)을 계엄령과 동등하게 여겼고, 거기에 입각한 법률을 적용하게 되었던 것이다. 2명의 도둑이 총살되었다. 그러나 이 일이 다른 사람들에게 충격을 주었는지는 의심스럽다. 왜냐하면 그토록 사망자가 많은 상황에서 그들의 사형 집행은 거의 눈에 띄지 않은 채 지나쳐 버렸기 때문이다. 그것은 마치 바다 위에 떨어진 한 방울의 물과 같았다. 또 사실 이와 흡사한 광경이 너무나 자주 당국의 단속을 어기고 거듭되었던 것이다. 모든 주민들에게 충격을 준 유일한 조치는 등화관제 제도였다. 밤 11시부터 도시는 전부 어둠 속에 갇혀 돌처럼 굳어지고 마는 것이었다. 달이 떠 있는 하늘 아래서, 도시는 집들의 하얀 한 그루 나무의 곁은 그림자도, 한 사람의 발자취도, 1마리의 개가 짖어 대는 소리도 없는 곧게 뻗은 거리들을 줄지어 놓고 있었다. 그 침묵의 대도시는 이미 활기를 잃어버린 그야말로 커다란 입방체의 덩어리일 뿐, 단지 그 사이로 잊어버려진 자선가들의 말없는 초상이나 영원히 청동 속에 묻혀 버린 위인들의 초상만이 돌이나 쇠로 만든 그 가공의 얼굴을 가진 채, 예전에는 인간이었던 것들의 영락된 모

습을 환기시켜 주고 있었다.

이런 볼품없는 우상들은 컴컴한 하늘 밑에서 군림하고 있었고, 그 둔탁하고 감정이 없는 모습들은 우리가 발을 들여 놓은 부동 상태의 시대, 또는 적어도 그 마지막 질서, 페스트와 돌덩어리와 밤 때문에 모든 음성이 침묵으로 돌아갔을 무렵의 지하 묘지의 질서를 꽤나 잘 상징하고 있었다.

하지만 밤은 또한 모든 사람의 가슴속에도 있었으며 매장에 관하여 떠도는 전설과도 같은 진실은 우리 시민들을 안심시킬 만한 것이 못 되었다. 필자는 매장에 관해서도 있는 그대로 이야기해야 하는데, 이를 용서해 주기 바란다. 이 점에 대해 필자를 문책할 수도 있겠지만, 그럼에도 필자가 가지고 있는 한 가지 변명은 그 기간 동안 계속 매장이 끝나지 않았고, 또 모든 시민과 동일하게 어떤 의미에서는 필자 또한 그 일에 몰두할 수밖에 없었다는 점이다. 아무튼 이것은 필자가 이러한 종류의 의식에 취미가 있었기 때문도 아니고, 오히려 그 반대로 필자는 생존자들과 함께 지내는 일, 말하자면 해수욕 같은 것을 더욱 좋아한다. 하지만 마침내 해수욕은 금지되어 있었으며, 살아 있는 사람들은 온종일 죽은 사람들에게 뒷덜미를 잡히지 않을까 떨고 있는 형편이었다. 그것은 확연한 일이었다. 물론 그 죽음을, 사회를 보지 않으려고 애써 눈을 가림으로써 그것을 거부할 수도 있었으나, 자명한 일이란 엄청난 힘을 지니고 있는 법이어서 온갖 것을 빼앗아 가고 마는 것이었다. 예컨대 여러분이 좋아하는 사람을 매장해야만 할 경우, 여러분은 어떠한 방법으로 그 매장을 거부할 수 있겠는가? 그런데 최초로 우리의 장례식의 특성을 구성하고 있던 것은 바로 그 신속성이라는 것이었다. 모든 형식은 간단하게 행해졌으며 일반적으로 화사한 장례식은 금지되었다. 환자들은 자기 가족들과 헤어진 채로 죽었고, 밤샘이 폐지되어 있었으므로 마침내 저녁 무렵에 죽은 사람은 시체 혼자만이 밤을 새우고, 낮에 죽은 사람은 시간을 지체하지 않고 즉각 땅에 묻히고 말았다. 물론 가족들에게 알려는 주지만, 대부분의 경우 가족도 만약 환자 곁에서 있었다면 예방 격리에 처해져 있었기 때문에 자리를 뜰 수가 없었다. 고인과 같이 살지 않았던 가족에 있어서는 예약된 시간, 시체의 염이 끝나고 입관이 되어 묘지로 떠나려는 시간에나 나타나도록 되어 있었다.

의사 리외가 돌보고 있는 보조 병원에서 이런 절차가 행해졌다고 가장해 보자. 그 학교는 본관 뒤쪽에 출입구가 하나 있었다. 복도를 향해 있는 커다란 창고에는 관들이 있었다. 바로 그 복도에서, 가족들은 벌써 뚜껑이 닫혀져 있는 관 하나를 보게 된다. 사람들은 가장 중요한 일, 즉 여러 가지 서류에 호주의 서명을 받는 일로 들어가는 것이다. 일을 마치면 시체는 차량에 실리는데, 그 차는 일반적인 트럭일 수도 있고, 대형 구급차를 개조한 것일 수도 있다. 친척들은 아직까지도 운행이 허락되는 택시를 타고 속력을 다하여 변두리의 길을 달려 묘지에 이른다. 묘지 입구에서는 헌병이 장례 행렬을 세우고 정부가 발행한 통행증에 고무도장을 한 번 찍어 준 뒤 물러 서는데, 이 통행증이 없으면 우리 시민들은 소위 말하는 '마지막 주거지' 조차도 마련할 수 없게 되는 것이다. 그러고 난 후, 차는 수많은 구덩이들이 채워지

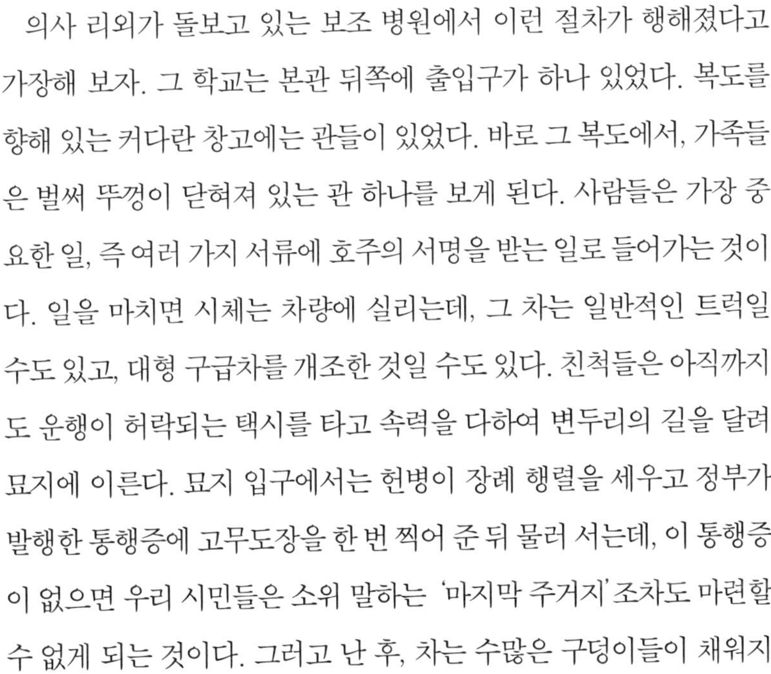

기를 기다리고 있는 어떤 정방형의 땅 옆에 이른다. 신부 1명이 시체를 인도한다. 성당 안에서의 장례식은 폐지되어 있기 때문이다. 기도를 하는 동안 관이 밧줄에 묶인 채 끌려 내려가 구덩이의 밑바닥에 덜컹 놓여지면 신부가 성수편(聖水獲)을 흔들어 대는데, 어느새 첫 번째 흙이 관 뚜껑 위에 튄다. 구급차는 소독약을 살포하기 위해 조금 전에 떠나고, 삽질하는 소리가 차를 나직하게 울려 퍼지는 동안, 가족들은 택시 안으로 돌아가 버린다. 15분이 넘으면 가족들은 벌써 그들의 집에 가 있는 것이다. 이렇게 해서 모든 일이 사실 최대한의 신속성과 최소한의 위험성을 지니고 진행되었다. 그리고 아마 적어도 초기에는, 가족들은 자연스러운 감정이겠지만, 이것을 섭섭하게 생각했던 것은 자명하다. 하지만 페스트가 유행하는 기간 동안에 이와 같은 감정을 생각해 준다는 것은 가능하지 않는 일이었다. 말하자면 사람들은 효과적인 면을 위해 모든 것의 희생을 감수해야만 했던 것이다. 더욱이 비록 초기에는 시민들의 정신 상태도, 격식에 따라 매장하고 싶다는 욕망이 우리들이 생각하는 이상으로 넓게 퍼져 있었기에 이와 같은 행사를 힘들게 생각했지만, 얼마쯤 지난 후에는 다행스럽게도 식량 배급 문제가 심각하게 되어 주민들의 관심은 좀 더 현실적인 관심사로 방향이 돌려졌다. 먹고살기 위해 줄을 서야 하고 수속을 밟아야 하고 서류를 작성하는데 열중해서, 사람들은 자기네들의 주변에서 어떠한 모습으로 죽어 가고 있는지, 또는 자신들이 후에 어떻게 죽어 갈 것인지를 고민할 틈조차 없었다. 그리하여, 한때는 심각했던 물질적인 곤란이 후에는 일종의 혜택으로 드러났다. 그리고 우리들이 예전에 본 바와 같이 전염병이 넓게 퍼지지만 않았다면, 모든 것이 좋은 방향으로 흘러갔을 것이다.

왜냐하면 관이 한층 귀하게 되고 수의를 만들 천과 묘지 자리가 부족해졌으니 말이다. 궁리를 해야만 했다. 가장 단순한 방법을, 또한 효율성의 이유가 가장 중요하지만, 합동 장례식을 치르고, 필요할 때는 묘지와 병원 사이의 왕래를 여러 번으로 늘리는 것이라고 생각되었다. 따라서 리외의 경우에는, 병원에서 그 당시 다섯 개의 관을 배당해 주었다. 그것들이 차면 구급차가 실어 가 버린다. 묘지에 가면 관이 비어지고 무쇠빛 시체들은 들것 위에 실리어 이런 용도에 쓰게끔 개조된 헛간에서 순서를 기다리는 것이었다. 관들은 소독액이 뿌려진 후 또 병원으로 옮겨진다. 그리고 이와 같은 작업들이 필요한 만큼 여러 번 되풀이되는 것이었다. 이를 위한 조직이 썩 좋아서 시장은 만족했다. 그는 리외를 보고 옛날의 페스트 기록에서나 볼 수 있는 것과 같은, 흑인들이 끌고 가는 시체 운반차보다도 아무튼 더 낫다고까지 말했다.

"네, 그렇습니다." 리외가 말했다. "결국 비슷한 방식이라 해도, 우리들은 카드를 작성하고 있어요. 그러니 역시 발전된 것이 틀림없습니다."

이와 같은 처리면에서의 성공에도 불구하고, 이 격식이 가지고 있는 기분 나쁜 성격 때문에 도청 당국은 어쩔 수 없이 장례식에 친척들을 떼어 놓아야만 했다. 다만 묘지 입구까지 오는 것은 허락했지만, 그나마 공식적인 것은 아니었다. 왜냐하면 마지막 의식에 관한 한 사

정이 좀 틀렸기 때문이었다. 묘지 맨 끝에, 유향나무로 싸인 빈 터에는 매우 커다란 구덩이가 두 개 파여져 있었다. 남자용과 여자용의 묘혈이었다. 이러한 점에서 볼 때 행정 당국은 예법을 존중했던 것이며, 그것이 이후로 여러 가지 사태에 못 이겨 나중엔 그 최후의 수치심까지 잃고 체면 따위를 생각하지 않게 되어, 아무렇게나 뒤섞어 남녀를 포개어 매장하게 되었던 것이다. 다행히도 이와 같은 극도의 난장판은 그 전염병의 마지막 시기에만 있었던 현상이었다. 우리와 관계된 이 시기에는 구덩이가 서로 구별되어 있었고, 도청도 이점에 관해서 특별히 고려하고 있었다. 그 각각의 구덩이 밑바닥에는 각각 두터운 층을 이룬 생석회가 김을 내뿜으면서 부글부글 끓고 있었다. 그 구덩이 둘레에는 똑같은 생석회가 쌓여 있었는데 공기에 닿자 거품을 뿜고 있었다. 구급차의 왕래가 끝나면 줄을 지어 들것들이 옮겨지고, 벌거벗은 약간 비틀린 것 같은 벌거숭이들이 거의 나란하게 밑바닥으로 미끌어져 내려가고 나면 사람들은 그것들을 생석회로 덮어버렸다. 또 다시 흙으로 덮었다. 하지만 단지 어떤 일정한 높이까지만 덮는데, 이는 다음에 올 손님들의 자리를 확보해 주기 위한 배려였던 것이다. 그 다음 날 친척들은 어떤 기록부에다 서명을 하도록 호출되는데, 그것은 다만 사람과 개와의 사이에 있을 수 있는 차별을 나타내는 것이었다. 즉 확인이라는 게 항상 가능했다.

이 같은 모든 작업을 위해서는 인력이 필요했으며 항상 이것이 모자라기 일보 직전의 상황에 있었다. 수많은 간호사들과 묘 파는 인부들이 처음에는 정식으로, 나중에는 임시로 충당되었는데, 마침내 페스트로 많이 사망했다. 매우 조심하더라도 어느 날인가는 전염이 되고 말았다. 하지만 좀 더 신중하게 생각해 보면, 가장 놀라운 일은 전염병이 퍼져 있는 모든 기간 내내 그와 같은 일을 하는 데 필요한 인력이 결코 부족하지 않았다는 것이다. 위기는 페스트가 그 절정에 오른 바로 전에 있었다. 그때 의사 리외가 불안해한 것은 근거가 있었다. 간부도, 이른바 힘든 일을 하는 막노동꾼도, 인력이 충분하지 못했다. 그러나 사실 페스트가 온 시가지를 점령했을 무렵부터는 그 격렬함 자체가 너무나 편리한 결과를 가져왔다. 왜냐하면 페스트는 모든 경제생활을 마비시켰고, 그 결과 많은 수의 실업자가 생겨났기 때문이었다. 대부분의 경우 그들은 간부들을 위한 충원 대상은 되지 않았지만, 막일에 관한 한 그들 때문에 훨씬 쉽게 되었다. 그 시기부터는 사실, 곤궁이 공포보다도 더 세게 작용됐고, 위험과 비례하여 일의 보수가 지출되었으므로 한층 그러했다. 보건과는 취직 희망자들의 명단을 비치해 놓을 수가 있었으며, 또 결원이 하나 생기기만 하면 그 명단의 첫 번째 올라 있는 사람에게 통지되곤 했는데, 그들은 그동안 자신들이 결원되었을 때를 제외하고는 틀림없어 출두했다. 이리하여 유기 또는 무기 죄수들을 이용하려는 계획을 주저해 왔던 시장은 이제 극단적인 데까지 도달한 사태를 피할 수 있게 되었다. 실업자들이 있는 동안은 견딜 수 있다는 생각이었다.

그럭저럭 8월 말까지는 우리 시민들은 마지막 거처로 예의바르지는 않더라도 적어도 행정 당국이 자기네들의 의무에 최선을 다하고 있다는 의식을 간직할 수 있기에 충분한 질서 속에서 이끌려 갈 수 있

었다. 하지만 그들이 마침내 의존하지 않을 수 없었던 최후의 방법을 이야기하기 위해서는, 이 사건들 이후의 것에 관하여 미리 좀 이야기해 둘 필요가 있다. 8월부터 사실상 페스트가 유지되고 있던 단계에서 볼 때 희생자의 증가는 날로 늘어나 이 시의 조그마한 묘지가 제공할 수 있는 한계점을 훨씬 넘고 있었다. 시계를 안치하기 위해 벽을 무너뜨려 그 옆 터를 넓게 해놓았다 해도 소용이 없었고, 얼마 안 가 다른 방도를 모색해야만 했다. 먼저 밤에 매장을 하기로 결정했는데, 그것은 분명히 어떤 생각을 배제하게 만들었다. 구급차에는 훨씬 많은 시체를 쌓아 놓을 수가 있게 되었다. 또 변두리 지대에서는 등화 관제 시간 이후에도 보이는, 규칙을 어기면서 밤늦게 돌아다니는 산책객들(또는 그들의 직업상 그렇게 되는 사람들)은 이따금 윙윙거리는 소리를 울리며 전속력으로 속력을 내는 구급차들과 마주치곤 했다. 시체들은 황급히 구덩이 속으로 던져졌다. 시체들이 웬만큼 채워진 다음에는 석회를 뜨는 삽날들이 시체들의 얼굴을 짓이겼고, 그 위에는 역시 흙이 덮였으며, 더욱더 깊게 파진 구덩이 속으로 아무도 알지 못하게 흙에 묻혀 버리는 것이었다.

그 후 얼마가 지난 뒤엔 어쩔 수 없이 다른 곳을 찾아 좀 더 넓히지 않으면 안 되었다. 도지사령으로 영대 차지권이 무효로 되어 발굴된 유골은 모두 소각장으로 보내졌다. 얼마 후 페스트에 의한 사망자들까지도 화장터로 보내져야만 했다. 하지만 그때는 도시의 밖, 시의 동쪽에 있는 옛 소각장을 이용해야 했다. 경비 초소를 한층 멀리 옮기고, 한 시청 직원이 예전에는 해안선을 따라 달리게 되어 있었으나

이제는 폐선이 되어 있는 전동차를 이용하도록 진언함으로써 당국의
일을 훨씬 쉽게 해 주었다. 그 결과 유람차와 전기기관차의 좌석을
없애 버리고 내부를 개조하여, 또 선로가 소각장까지 돌아가도록 해
서, 하나의 시발점이 되었다.

그래서 여름철 막바지 동안, 마치 가을비가 내리는 것처럼 사람들
은 승객이 없는 괴상한 전동차의 행렬이 매일 한밤중에 해안을 따라
덜컹거리면서 지나다니는 모습을 볼 수 있었다. 주민들은 결국 이것
이 무엇인지를 알게 되었다. 또 순찰대가 임해 도로에 가는 것을 막
고 있는데도 몇몇 무리의 사람들이 물결 위로 뾰족하게 나온 바위 틈
에 교묘하게 숨어 들어가 전동차가 지나갈 때면 유람차 안으로 꽃을
던지게 되었다. 사람들은 그 여름밤에 전동차가 꽃과 시체를 싣고 더
욱 흔들거리며 달리는 소리를 들었다.

아침 무렵이면, 아무튼, 처음 며칠간은 시의 동쪽에 역겨운 짙은 연
기가 떠돌았다. 의사들은 모두가 그 연기는 불쾌감은 주지만 인체에
는 전혀 해로운 것이 아니라는 의견이었다. 그래서 이 구역에 사는
주민들은 이러한 페스트가 하늘로부터 자신들에게로 덮이는 것이라
고 믿고 이곳에서 떠나야겠다고 위협했고, 할 수 없이 복잡한 도관 장
치를 해 연기를 딴 곳으로 돌리고 나서야 주민들은 안심을 할 수 있었
다. 바람이 몹시 부는 날에만 동쪽 지역에서 불어오는 냄새가 그들로
하여금 자신들이 이 질서 속에 자리를 잡고 있으며, 페스트의 불길이
항상 저녁때 그들의 공물을 깡그리 먹고 있다는 것을 상기시켜 주었
다. 이러한 것들이 바로 전염병이 가져 온 마지막 결과였다. 그 후 전

염병이 계속 증대하지 않은 것은 다행이었다. 왜냐하면 우리 관청의 처리 능력이나 도청의 조치, 또 소각장의 소화 능력이 부족하게 될지 모른다고 생각할 수도 있기 때문이다. 리외는 그렇게 될 경우에는 시체를 바다에 던져 버린다는 식의 절망적인 해결 방법이 고려되었다는 사실도 알고 있었다. 그래서 그는 푸른 물 위에 생기는 처참한 물보라를 쉽게 상상하기도 했다. 그는 또 만약 통계가 급속도로 상승한다면 그 어느 조직도, 제아무리 훌륭한 조직이라 할지라도, 그것을 이겨 내지 못할 테고, 도청이 있음에도 불구하고 사람들은 죽어 첩첩이 쌓인 채 거리에서 썩어 갈 거라는 사실을 알고 있었다. 또 공공의 장소에서는 죽어 가는 사람들이 마땅한 증오심과 어리석은 희망이 뒤섞인 심정으로 산 사람들에게 매달리는 모습을 보게 되고야 말리라는 사실도 알고 있었다.

아무튼 이러한 종류의 명확한 일이나 두려움은 우리 시민들에게 자신들이 유형에 처해 있으며 격리되어 있다는 감정을 알게끔 했었다. 이와 관련하여, 필자는 예컨대 옛날이야기에서나 찾아볼 수 있는 것들과 흡사한, 어떤 용기를 일깨워주는 영웅이라든가 영광스러운 행동과 같은 정말로 구경거리에 속할 만한 것을 여기서 결코 이야기할 수 없다는 게 얼마나 유감스러운지를 너무나 잘 알고 있다. 그것은 재앙보다 더 하잘것없는 구경거리는 없으며, 그 오랜 기간 자체로 인한 큰 불행들이란 단조로워지기 때문이다. 이 같은 나날을 살아 본 사람들의 기억 속에서는, 페스트로 인하여 발생한 무서운 나날이란 거창하고 잔인하며 멈추지 못하는 불꽃같은 게 아니라, 차라리 지나는 곳마다 모든 것을 앗아가 버리는 쉼 없는 발자취 같은 것으로 보인다.

아니다. 페스트는 이 병이 유행하던 초기에 의사 리외를 귀찮게 따라 다녔던, 그토록 사람을 흔들어 놓는 대단한 모습과는 아무런 관계도 없었다. 그것은 일단 엄중하고도 완벽한, 기능을 성실하게 발휘하는 하나의 행정 조직이었다. 따라서 한마디 첨가해 말하자면, 조금도 배신하지 않기 위해서, 무엇보다도 자기 자신을 배신하지 않기 위해서, 필자는 객관성이라는 것을 고수하도록 했다. 필자는 여기서 아무것도 예술적 효과에 의해 수식하고 싶지 않았다. 거의 일관성 있는 이야기가 되기 위해 일반적으로 필요하다는 사항에 관계되는 것을 제외하고는 말이다. 그리고 그 객관성이라는 것조차 필자로 하여금 이렇게 말하도록 명령을 한다. 즉 그 당시의 크나큰 고통, 가장 심각한 동시에 가장 알려져 있는 고통이 별거였다 할지라도, 그리고 그 페스트의 단계에서 새로운 기록을 한다는 일이 양심적으로 반드시 필요한 것이었다 할지라도, 그와 같은 고통은 그 자체가 당시에는 비장감을 잃고 있었다는 것이 사실과 머나먼 이야기가 아니다. 우리 시민들, 적어도 그 별거로 인하여 가장 심각한 고통을 받았던 사람들은 그런 상황에 습관이 되어 버린 것일까? 그것을 인정한다는 것은 결코 옳지 못하리라. 육체와 마찬가지로 정신에 있어서도, 그들은 위축되어 가는 것 때문에 괴로워했다고 말하는 편이 더 정확한 표현이 될 것이다. 페스트의 초기 단계에는, 그들은 그들이 잃고 만 사람들을 아주 뚜렷하게 머리에 떠올리면서 그들이 없음을 애석해했다. 그러나

사랑하는 그 얼굴, 그 웃음, 한편 나중에서야 행복했었다고 알게 되는 어떤 날들이 아주 또렷하게 기억된다 하더라도, 그런 것을 또 그려 보는 바로 그때, 이제는 진정으로 멀게 된 장소에서, 저쪽 사람이 어떤 일을 하고 있는지를 예상하기란 어려웠다. 요컨대, 그때 그들은 기억력은 있었지만 상상력은 불충분했던 것이다. 페스트의 두 번째 단계에서 그들의 기억력 또한 희미해지고 말았다. 그들이 그 얼굴을 잊은 게 아니라, 결국 같은 이야기이지만, 그 얼굴의 살집을 잃어버려, 그들은 그것을 자기들의 마음속에서 느끼지 못하게 된 것이다. 또 그들이 처음 몇 주일 동안 그들의 사랑에 있어서 이제는 유령들하고나 상대할 수밖에 없다는 사실에 마음 아파하는 경향을 보이고 난 후, 그들은 이어서 추억을 통하여 간직하여 온 최소의 얼굴빛조차 잃게 됨으로써, 그 유령들의 살이 한층 마르게 될지도 모르리라는 사실을 알게 되었다. 그 긴 별거가 계속되던 끝에, 드디어 그들은 자신들만의 것이었던 애정도, 또 항상 손을 얹어 놓을 수 있었던 상대가 어떻게 그들 옆에서 살고 있었던가도 이제는 상상할 수가 없었다.

이러한 관점에서 볼 때 그들은 보잘것없으면 없을수록 한층 위력을 발휘하는 페스트의 지배 속에 점령되고야 말았다. 우리 도시에서는 그 누구도 더 이상 굉장한 감정을 갖지 않게 되었다. 모두가 단순한 감정을 지니게 되었던 것이다. 우리 시민들은 "이제는 끝날 때도 되었는데." 하고 말하곤 했다. 왜냐하면 재앙이 있는 동안 단체적으로 고통을 받는 일을 마치길 바라는 것은 자연스러운 일이고, 또 사실 그들은 그것이 끝나기를 바라고 있었기 때문이다. 하지만 이 모든 말

들은 처음의 열정이나 안타까운 심정도 없이, 다만 우리들에게 아직
까지도 확실하게 남아 있는, 그리고 보잘것없는 일종의 이성에서 나
온 것이었다. 처음 몇 주일 동안의 그 강하고도 강렬한 발버둥에 뒤
를 이어서 낙담이 생겼는데, 이를 체념으로 보는 것은 잘못일지 모르
지만, 역시 일종의 즉흥적인 동의가 아니라고 할 수는 없다.

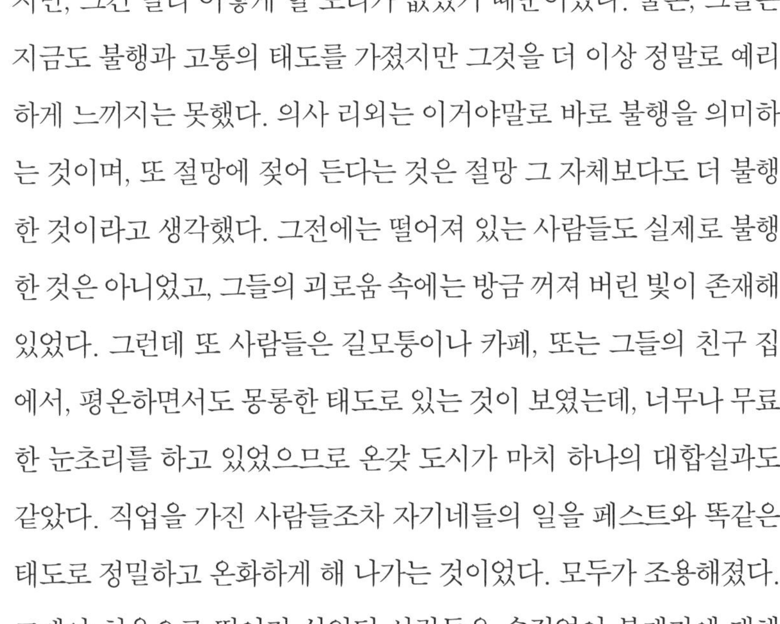

우리 시민들은 굴복했으며 사람들이 말하듯이 적응되어 가고 있었
지만, 그건 달리 어떻게 할 도리가 없었기 때문이었다. 물론, 그들은
지금도 불행과 고통의 태도를 가졌지만 그것을 더 이상 정말로 예리
하게 느끼지는 못했다. 의사 리외는 이거야말로 바로 불행을 의미하
는 것이며, 또 절망에 젖어 든다는 것은 절망 그 자체보다도 더 불행
한 것이라고 생각했다. 그전에는 떨어져 있는 사람들도 실제로 불행
한 것은 아니었고, 그들의 괴로움 속에는 방금 꺼져 버린 빛이 존재해
있었다. 그런데 또 사람들은 길모퉁이나 카페, 또는 그들의 친구 집
에서, 평온하면서도 몽롱한 태도로 있는 것이 보였는데, 너무나 무료
한 눈초리를 하고 있었으므로 온갖 도시가 마치 하나의 대합실과도
같았다. 직업을 가진 사람들조차 자기네들의 일을 페스트와 똑같은
태도로 정밀하고 온화하게 해 나가는 것이었다. 모두가 조용해졌다.
그제야 처음으로 떨어져 살았던 사람들은 숨김없이 부재자에 대해
이야기했고, 제삼자와 같은 말투를 사용하기도 했으며, 자신들의 별
거 상태를 전염병의 통계 숫자와 같은 각도에서 살펴보게 되었다. 그
때까지만 해도 자신들의 고통을 억지로 집단적인 불행과 별도로 알
고 있었는데, 이제는 두 문제를 같이 나누게 되었다. 기억도 희망도

없이, 그들은 현재 속에 머물고 있었다. 사실, 모든 것이 그들에겐 현실로 되었다. 페스트가 모든 사람으로부터 연애를 할 힘과 우정을 나눌 힘조차도 없애 버렸다는 사실도 말해야겠다. 왜냐하면 연애를 하려면 어느 정도의 미래가 필요한 법인데, 우리에게는 이미 순간순간 이외에는 더 이상 아무것도 없었기 때문이다. 물론, 이 모든 것이 절대적은 결코 아니었다. 왜냐하면 별거 중인 사람들이 이런 상태에 도달했던 것은 사실이나, 모두가 갑자기 그렇게 되었던 것은 아니며, 일단 이 새로운 태도 속에 머물렀다가도 갑작스럽게 번개처럼 제정신으로 돌아오곤 해서, 그 인내성에 익숙해 있던 사람들로 하여금 다시 더 젊고, 더 괴로운 감수성을 지니게 했다는 사실도 첨가하면 정확한 이야기가 될 것이기 때문이다. 페스트가 끝난 다음을 설정해 놓고 그에 따르는 계획 같은 것을 설정해 보는 방심의 순간들도 있어야만 했다. 그리고 뜻밖에, 어떠한 은총의 결과로서, 목적 없는 질투에 가슴을 뜯게 하는 고통을 느끼는 것도 피할 수 없었다. 또 다른 사람들은 또 기억이 되살아나서 어떤 요일이면 그 마비 상태에서 도망쳐 나오곤 했는데, 그것은 역시 일요일이나 토요일 오후였다. 왜냐하면 그런 날들은 부재자와 함께 지냈던 시절엔 어떠한 의식 같은 일을 하며 지냈기 때문이다. 또 항상 해가 질 무렵이면 그들을 사로잡는 어떠한 우울증이, 매일 분명한 것은 아니지만, 그들에게 반성의 기회가 되는 이 저녁나절의 시간이 반성할 것이라곤 공허밖에 없는 죄수나 유배자에게는 고통이었다. 이 시간이 나오면 그들은 잠깐 공중에 매여 있는 기분이 되어 다시 무기력한 상태로 되돌아가 페스트 속에 갇혀 버리고 마는 것이었다.

　사람들은 벌써 그것이 마침내 그들이 소유하고 있는 극히 개인적인 것을 포기하는 데 있다는 걸 판단할 수 있게 되었다. 페스트의 초기에, 그들은 남들에게는 뚜렷한 존재 가치가 없지만 자신들에게는 가장 중요하고도 자질구레한 일들이 너무나 많은 데 놀랐고 그곳에서 개인 생활을 경험했었다. 하지만 이제는 그와 반대로 남들이 관심을 표명하는 것 이외에는 관심을 가지지 않고 일상적인 관념만을 지니게 되었으며, 그들의 사랑조차도 그들 자신들에게는 가장 추상적인 모습을 가지게 되었다. 그들은 이제 잠을 잘 때에나 가끔씩 희망을 가지게 되었고, '가래톳아, 지긋지긋하구나!' 하고 문득 생각할 정도로 페스트에 몸을 맡겨놓은 처지가 되었다. 하지만 사실 그들은 이미 잠이 들은 상태이고, 이 기간 전체가 일종의 오랜 잠에 지나지 않았다. 도시는 눈을 뜨고 자는 사람들로 붐볐으며, 그들은 아주 드물게만 그들의 운명으로부터 탈출할 수 있었는데, 그것은 분명 아물어진 것으로만 알고 있던 자신들의 상처가 한밤에 생생하게 되살아나는 때였다. 그래서 벌떡 일어나 일종의 방심 상태로 근질거리는 상처의 언저리를 어루만지면서, 다시 생생해진 그들의 고뇌와 그것과 함께 그들의 사랑이 아연실색하는 모습을 한 줄기 섬광 속에서 다시 발견하게 되는 것이었다. 아침이면 그들은 재앙, 다시 말해서 일상적 삶 속으로 되돌아가곤 했다. 그러나 따로 떨어져 있게 된 사람들이 어떻게 보였던가를 묻는 사람도 있으리라. 그렇다면 그것은 간단하다. 그들은 특이한 모습도 보이고 있지 않다. 말하자면, 그들은 보통 사람들과 같은 태도, 즉 아주 평범한 태도를 취하고 있었다. 그들은 이 도시의 평정한 성격과 대수롭지 않은 흥분을 함께 지니고 있었다. 냉정한 외모를 지니고 있으면서도 비판적 감각의 외모는 잃고 있었다. 예컨대, 그들 가운데 가장 총명한 사람들조차도, 모든 사람들과 동일하게 신문 지상이나 혹은 라디오 방송에서 페스트의 급속한 종식에 관해 믿을 만한 이유를 찾거나, 헛된 희망을 드러내 보이거나 품고 있거나 또 어떤 신문 기자가 권태증이 나서 하품을 하며 그냥 갈겨 쓴 해설 기사를 읽고 근거 없는 두려움을 느끼는 것을 볼 수 있었다. 이 밖에도 그들은 저마다 맥주를 마시거나 환자를 간병하거나 게으름을 피우거나 지칠 때까지 일을 하기도 했으며, 카드를 정리하거나 축음기판을 틀기도 했다. 그리하여 달리 서로를 구분할 길이 없었다. 다시 말해서, 그들은 아무것도 선정하지 않고 있었다. 페스트가 가치 판단을 없애 버린 것이다. 그리고 이런 것은 어느 누구도 자신이 사는 옷이나 식료품의 질에 대해 더 이상 관심을 두지 않는 태도에서 알 수 있었다. 사람들은 모든 것을 대충대충 큰 더미로 받아들였다. 결국 떨어져 있게 된 사람들은 처음에 자신들을 지켜주었던 기이한 특권을 더 이상 지니지 못했다고 말할 수 있다. 그들은 사랑의 에고이즘과 그로부터 나오고 있는 혜택을 잃어버렸다. 적어도 이제는 사태가 확실해졌고 재앙은 모든 사람과 연관이 있는 일이었다. 우리들 모두가 시의 문에서 들리는 총소리, 우리들의 삶 또는 죽음을 확실하게 나누어 주는 고무도장 소리의 날인에 둘러싸여 한가운데에서, 화재와 카드, 공포와 절차 속에서, 수치스럽게도 등록된 죽음을 예약 받

218

고 무서운 연기와 구급차와 조용한 소리 속에서, 모두 같은 유배의 빵
으로 연명하며 놀라 나자빠질 똑같은 재회와 평화를 고대하고 있었
던 것이다. 확실하게 우리들의 사랑은 항상 거기에 있었으나, 다만
그것은 쓸모없는 것이며 우리들의 내부에 가라앉아 생기를 잃어버려
흡사 죄악이나 처벌처럼 불모의 것이 되고 사용이 불가능해졌다. 그
사랑은 이미 미래가 없는 인내에 불과했고 좌절된 기대 이상의 아무
것도 아니었다. 그리고 이 같은 관점에서 볼 때, 사람들 가운데 어떤
태도는 도시 네 귀퉁이의 식료품 가게 앞에 늘어선 그 긴 행렬을 연상
하게 하는 것이었다. 그것은 끝없는 동시에 환상이 없는, 똑같은 체
념과 똑같은 인내력이었다. 다만 별거에 관한 면에서, 그 감정을 천
배 이상의 단위로 높일 필요가 있을 것이다. 왜냐하면 이 경우 또 하
나의 굶주림이 문제였으며 그것은 모든 것을 먹어 치울 수 있는 것이
었기 때문이다.

아무튼 이 시에서 떨어져 있는 사람들의 정신 상태에 관해서 정확
한 개념을 갖고자 하기 위해서는, 저 영원한, 그리고 황금색의 먼지
낀 저녁이 나무조차 없는 도시 위에 내리덮이고, 다른 한편에서는 남
녀들이 먼지 낀 거리로 쏟아져 나가는 석양 무렵을 또다시 음미해 보
아야만 할 것이다. 왜냐하면 이상하게도 그때 아직 햇빛을 받고 있는
테라스를 향하여 올라오고 있는 것은, 여느 때는 도시의 술렁거림을
이루고 있는 차들과 기계의 소음들이 없어진 결과, 다만 발자국 소리
와 목소리로 답답하게 생긴 거대한 소음이었기 때문이다. 또 그것은
무겁고 답답한 하늘로부터 목적이 없는 재앙의 아우성 소리에 리듬

을 맞추어진 수천의 구두창들이 미끄러져 가는 소리였으며, 천천히 온 시내를 가득 채운 끝없이 발을 구르는 소리, 그리고 그 당시 우리의 신음 속에서 사랑을 대신하고 있던 목적이 없는 집념에 저녁마다 가장 충실하고 가장 음울한 자신의 목소리를 전해 주고 있던 숨 막히게 발을 구르는 소리였기 때문이다.

제4부

　9월과 10월, 두 달 동안 페스트는 도시 전체를 자기 발밑에 끓어앉게 하고 있었다. 아무튼 그 정체는 제자리걸음이었으므로, 수십만의 인간이 그치지 않고 계속되는 1주일과 또 그 다음 주 주일 사이에 계속해서 제자리걸음을 하고 있었다. 아지랑이와 무더운 열기와 비가 잇달아 하늘을 채웠다. 남쪽에서 온 찌르레기와 지빠귀의 고요한 대열은 높은 상공을 지나갔다. 하지만 마치 파늘루 신부가 말했던 재앙, 휘파람을 불면서 집들 위로 날아다니는 괴상한 나무 조각이 그 새들을 격리시키기라도 한 듯, 새들은 도시 외곽만을 돌고 있었다. 10월 초엔 억수 같은 비가 거리를 깨끗하게 쓸어 주었다. 그리고 여전히 이 기간 동안 그 거대한 제자리걸음 소리 말고는 어떤 중요한 일은 아무것도 일어나지 않았다.

리외와 그의 친구들은 그때 자기들이 어느 정도까지 지쳐 있는가를 발견했다. 사실 보건대의 사람들은 이제는 어떻게 해서든지 이 벅찬 일을 감내해 낼 수 없었다. 의사 리외는 친구들과 자기 자신의 태도에 미묘한 무관심이 계속 커 가고 있는 것을 보고 그것을 알아차렸다. 예를 들면 이제까지 페스트에 관해서라면 모든 뉴스에 대해 그렇게도 깊은 관심을 보여 주었던 이런 사람들이, 이젠 아무도 그런 일에 마음을 쓰지 않게 되어 버렸다. 랑베르는 얼마 전부터 그의 호텔에 마련된 예방격리소의 하나를 관리하는 임무를 임시로 맡고 있었는데, 격리되어 있는 사람들의 숫자를 아주 소상하게 알게 되었다. 돌연히 병의 징조를 보이는 사람들을 위해 그가 제안해 낸 즉각적인 퇴거 수속에 관해서도, 아주 정밀한 항목에 이르기까지 통달하고 있었다. 예방 격리자들에 대한 혈청의 효과에 관한 통계는 그가 아주 잘 기억해 내고 있는 것이다. 그러나 그는 페스트의 희생자들의 주간 통계 수치를 말하지는 못했고, 사실 페스트가 기승을 부리는 중인지, 물러나는지에 대해서는 알지 못하고 있었다. 더욱이 그로서는 이 같은 일이 있더라도, 가까운 시일 안에 탈출할 수 있을 것이라는 희망을 품고 있었다.

밤낮으로 제각기 맡은 일에 골몰하고 있는 그 밖의 사람들은 신문도 읽지 않고 라디오도 듣지 않았다. 그리고 만약 누군가 어떤 결과를 알려 주기라도 하면, 그들은 그것에 관심을 갖는 체하지만, 사실은 그것을 맞는 태도는 무관심하게 받아들였다. 그것은 노역에 지칠 대로 지쳐서 일상적인 자신의 일에 과오가 없기를 바라며 충실하려

고 노력하면서, 중요한 작전 행동도 휴전의 날도 이제는 더 이상 기대
하지 않게 되는 대규모 전쟁의 전투원에게서나 나타나는 그런 태도
였다.

　그랑은 계속해서 페스트 때문에 필요해진 통계 업무를 진행하고
있었으나, 그로서는 아마 틀림없이 전반적인 결과를 지적하지 못했
을 게 분명하다. 두드러지게 피로에 대해 저항력이 강했던 타루나 랑
베르와 리외와는 대조적으로, 그의 건강은 좋지 못했다. 그러므로 그
는 시청에서의 보조원의 임무와 리외 밑에서의 서기 노릇과, 또 그 자
신의 밤의 일을 함께 해내고 있었다. 그래서 그는 매일 지쳐 버린 상
황에 있고, 페스트가 끝나면 적어도 1주일 내내 완전한 휴가를 얻고
나서, 그야말로 지금 시작하는 자기 일을 적극적으로 일하려고 하는
것 같은 두세 가지의 고정관념에 의해 견뎌 내고 있음을 알아 볼 수
있는 것이었다. 그는 또 갑자기 감상적인 기분이 되는 수가 가끔 있
어, 그럴 때면 그는 자청해서 리외에게 쟌느 이야기를 하면서, 지금
바로 이 순간 그녀는 어디에 있을까, 신문을 읽으며 자기를 생각해 주
고 있지나 않는가 하는 것을 문제로 삼는 것이었다. 그런 그를 상대
로 한 리외 자신도 가장 평범한 말투로 이제까지 말하지 않았던 자기
아내에 관한 이야기를 하고 있었다. 항상 안심시키기만 하려는 내용
의 아내의 전보를 어느 정도로 믿어야 할지 몰라, 그는 용기를 내어
아내가 요양하고 있는 요양소의 주임 의사에게 전보를 쳐 보기로 작
정했다. 이어서 당신의 병이 악화되었다는 통지와, 병의 진행을 막기
위해 최선을 다하겠다는 다짐을 받았다. 그는 그 통지를 자기만이 알

고 가슴속에 묻어 두었고, 피로 탓인지 어쩌다가 그런 이야기를 그랑에게 털어놓았는지 알다가도 모를 일이다. 그랑은 쟌느에 관한 이야기를 하고 나서 그의 부인에 관해 물어보았고, 리외는 그렇게 대답했던 것이다. "그래도." 하고 그랑은 말했다. "요사이는 그 병도." 그래서 리외도 이 말에 동의하면서, 단지 별거가 너무 오래 지속되어 자기로서는 아내가 병을 이겨내는 걸 협조해 줄 수 있었을 텐데, 현재로서의 그녀는 정말로 외톨이가 된 상태가 되어 있을 게 틀림없다고만 말했다. 또 그는 침묵을 지켰고, 그랑의 질문에 대해서도 마지못해 대답했다.

다른 사람들도 똑같은 상태였다. 타루가 좀 더 잘 참는 편이었지만 그의 수첩에 써 있는 바에 따르면, 그 자신의 호기심이 깊이에 있어서는 줄어들지 않았지만 폭이 좁아진 것을 나타내 주고 있었다. 이 기간 중 내내 그는 겉으로 보기에 코타르에 관한 것 말고는 흥미를 표현하지 않았다. 호텔이 예방 격리소로 변조된 후부터 어쩔 수 없이 같이 살게 된 리외의 집에서, 저녁 무렵에 그랑과 리외가 여러 가지로 결과를 발표해도 그는 거의 듣는 둥 마는 둥 할 정도였다. 그는 이야기를 누구나가 관심의 표적인 오랑의 시정 생활의 조그만 일에 돌리는 것이었다.

카스텔에 대해 말하자면, 그가 리외에게 혈청이 준비가 되었다고 알리러 왔던 날, 그와 리외는 마침 병원에서 새로 데려온, 리외가 보기에는 그 증세가 거의 희망이 보이지 않던 오통 씨의 어린 아들에게 첫 시험을 해 보기로 확정하고 나서, 리외가 그 노인에게 현재의 통계를 가르쳐 주었는데, 그때 그는 의자 속에 깊게 파묻혀 잠들었던 것이다. 그리고 평소엔 어딘지 모르게 온화함과 아이러니한 면을 지녀 오랫동안 젊음을 지녔던 그 얼굴이, 갑자기 있는 그대로의 모습을 드러내어 반쯤 벌어진 입술 사이로 침을 흘리면서 피폐와 노쇠를 보여 주고 있었는데, 리외는 이때 목구멍이 죄는 듯한 느낌을 받았다. 말하자면 이와 같이 허약해지면서 리외는 자신의 피곤을 판단할 수가 있었던 것이다. 그의 감수성을 이젠 마음대로 제어할 수 없었다. 대부분의 경우에는 딱딱하고 메마른 상태로 있었는데, 그것이 이따금 풀어져서 이젠 더 걷잡을 수 없는 감동에 휩싸이도록 버려두는 것이었다. 그의 유일한 방어는 무감각한 마음속으로 피신하여 자기 속에 형성되는 매듭을 더 단단히 당겨서 꽉 죄는 일이었다. 그는 그것이 일을 계속해 나가기 위한 썩 괜찮은 방법임을 잘 알고 있었다. 그 밖의 일에 관해서는 환상을 가지고 있지 않았고, 그의 피로는 그가 여태껏 줄곧 품어 온 환상마저 뺏어 버렸다. 왜냐하면 예전엔 짐작할 수도 없었던 어떤 기간 동안에 걸쳐, 그의 역할은 이제는 치료하는 일이 아니라는 것을 잘 알고 있었다. 그의 임무는 진단 선고를 하는 것이다. 찾아내고, 보고하고, 기록하고, 등록하고, 그리고 선고내리는 것이 그의 임무였다. 남편과 아내들은 그의 손목을 잡고 매달려 울었다. "선생님, 제발 살려 주십시오." 하지만 그는 환자를 살리기 위해 그곳에 있는 것이 아니라, 격리시키기 위해 그곳에서 같이 있는 것이었다. 그때 사람들의 얼굴에서 볼 수 있었던 증오의 기색 따위가 도대체 무슨 소용이 있었으랴. "당신은 인정이 없어요." 이런 말도 들었다.

아니, 그는 인정이 있는 사람이다. 그것이 그의 경우엔 매일 살기 위해 태어난 사람들이 죽어 가는 모습을 보는 24시간을 참고 볼 수가 있었다. 처음부터 똑같은 일을 시작하는 데 도움이 되고 있다. 처음부터 그는 그 때문에 꼭 만족할 만한 인정을 가지게 되어 버렸던 것이다. 그런 인정만으로 어떻게 살려 주기에 충분할 수 있을까?

그야말로 그가 하루 종일 사람들에게 나눠 주고 있는 것은 베푸는 것이 아니라 지시를 내리는 것이다. 물론 이런 일은 사람의 직책이라고 부를 수 있는 것은 아니었다. 그러나 도대체 공포에 직면한, 많은 사람의 사망자가 계속 나오는 이 민중 속에서, 도대체 누구에게 인간다운 직무를 수행할 너그러움이 존재하고 있을까? 피로를 느끼는 것이 있었던 것은 그나마 행복한 일이었다. 만약 리외가 더 생기가 도는 상태에 있었더라면, 도처에 퍼져 있는 이 죽음의 악취는 그를 감상에 빠지게 했을지도 몰랐다. 하지만 4시간밖에 잠을 자지 못한 경우, 인간은 결코 감상적일 수 없는 법이다. 그는 사람들을 있는 그대로 본다. 즉 정의에 입각하여, 꺼림칙하면서도 가소로운 정당성의 눈으로 사람들을 보는 것이다. 그리고 다른 사람들, 즉 선고를 받은 사람들 또한 마찬가지로 그런 점을 잘 깨닫고 있었다. 페스트가 발생하기 전까지만 해도 그는 구세주처럼 대접을 받았던 것이다. 알약 세 개와 주사기 한 대로 모든 치료가 가능했고, 사람들은 그의 팔을 붙들며 복도까지 따라 나와 주었다. 이것은 경계해야 할 일이었다. 그러나 반대로 그는 군인을 수행해서 개머리판으로 문을 두드려야만 겨우 그 집 사람들이 문을 열게 하는 것이었다. 그들은 리외를, 또 모든 인류를, 그들과 함께 죽음의 한가운데로 끌어들이고 싶었을 것이다.

아! 인간은 인간 없이는 살 수가 없고, 그는 그런 불행한 사람들과 같이 속수무책의 처지였고, 그 자신 그들과 헤어져서 나오면, 가슴속에 걷잡을 수 없이 솟구치는 연민의 전율을 느낄 만한 인간이었던 것이다.

아무튼 이 계속되는 여러 주일 동안, 그것은 의사 리외가 자신의 별거 상태에 대한 생각과 함께 자꾸 마음속에 소용돌이치던 그런 생각이었다. 그리고 그것은 또한 그의 친구들의 얼굴에서도 그 반영이 나타나는 걸 볼 수 있는 생각들이다. 그러나 이 재앙과의 싸움을 벌이고 있는 모든 사람을 점차 지친 상태로 몰고 간 가장 위험한 결과는, 외부적인 사건이나 타인의 감정에 대한 무관심 속에는 없고, 오히려 그들이 끌려 들어가고 있는 무성의한 태도 속에 있었다. 왜냐하면 당시 그들은 절대로 꼭 필요한 것이 아닌 것 같은 몸짓은—더욱이 그것이 그들에겐 늘 그들의 힘에 벅찬 일같이 여겨지고 있었던 것이지만—일체 피하려고 하는 경향이 있었기 때문이다. 그래서 이런 사람들은 그들 자신이 마련해 놓은 위생 규칙을 차츰 등한시하게 되어, 자기 몸에 해야 할 어떤 소독을 잊거나, 때로는 전염에 대한 어떤 준비 상황도 없이 페스트에 감염된 환자 곁으로 달려가게 된다. 왜냐하면 병독에 감염된 집에 가야 한다는 것을 마지막 촉박한 시간에 알았다 해도, 민가의 소독소까지 되돌아가 적당한 주사를 맞는 일 등은 아주 성가신 것으로 생각되어 미리 지쳐 버릴 것같이 여겨졌다. 이런 행동이야말로 실제로 위험한 일이었다. 왜냐하면 페스트와의 투쟁 자체가 오히려 그들을 페스트에 제일 빨리 상처를 입기가 가장 좋은 위치에 놓는 셈이었기 때문이다. 그들은 마침내 요행을 바랄 수가 없는 셈이다. 그런데 이 도시 속에서 전혀 지쳤다거나 의기소침한 기색도 없이, 마치 만족의 화신 같은 모습을 유지하는 인간이 딱 한 사람 있었다. 그는 바로 코타르였다. 그는 다른 사람들과 여전히 접촉을 가지면서도 거리감을 두고 저 혼자만 남들로부터 떨어져 있었다. 그는 타루가 일에 지장을 받지 않는 한 타루를 대면하기로 마음을 먹었는데, 그것은 타루가 자기의 사건을 잘 알고 있었기 때문이기도 했고, 한편 타루가 키 작은 이 연금 생활자를 항상 변함없이 늘 친밀한 태도로 맞아 줄 줄을 알고 있었기 때문이었다. 그것은 끝없이 되풀이되는 기적이었지만, 타루는 그가 아주 힘든 일을 하고 있는데도 항상 남에 대해 호의적인 주의 깊은 태도로 마음을 써 주었다. 간혹 어느 날 밤엔 아예 뼈가 으스러지도록 피곤한 것같이 되어 있었다가도 이튿날이 되면 또 새로운 정력을 갖곤 하는 것이었다. "아무튼 그는 진짜 사나이니까요. 내가 하는 말을 항상 이해해 주는 거예요."

이와 같은 이유로 그 시기의 타루의 수기는 차츰 코타르라는 인물에 집중되고 있었다. 타루는 코타르가 자기에게 털어놓은 이야기나 형식, 혹은 그의 해석을 덧붙인 이야기를 가지고 코타르의 여러 가지 반응과 그의 고찰에 관한 일람표를 작성하려고 시도했다. '코타르와 페스트와의 관계'라는 제목의 그 일람표는 수첩의 몇 페이지를 차지하고 있었는데, 필자는 그것을 여기에 요약해서 소개해 두는 것이 유익한 일이라 생각한다. 그 키 작은 연금 생활자에 대한 타루의 총체적인 의견은 다음과 같은 판정으로 요약되고 있다. '그는 성장하고 있는 인물이다.' 외견상으로 볼 때 그는 기분이 좋은 가운데 성장하고 있었다. 그는 사건이 현재 같은 추이로 진행되는 데 불만은 없었다. 그는 타루 앞에서 자기 생각의 밑바닥을 설명하며 다음과 같은 종류의 주석을 붙였다. '그야 확실히 더 잘되어 가지는 않을 겁니다. 그러나 아무튼 모두 마찬가지로 함께 당하고 있는 일입니다.'

"아무튼." 하고 타루는 덧붙이고 있다. '그도 다른 사람들처럼 위협을 받고 있는 것이지만, 그러나 이것은 다른 사람들과 똑같이 그런 것이다. 그러나 내 확신에 의하면 그는 자기가 페스트에 걸릴 수도 있을 거라고는 정말 생각하지 않는 것이다. 그의 생각이 어처구니없다고 단정할 수는 없지만, 그는 어떤 큰 병이나 혹은 고통스러운 번민에서 시달리고 있는 인간은, 그것과 함께 다른 모든 병이나 또는 번민이 면제된다는 생각에 의하여 살아가는 것같이 보인다. "당신은 이런 일을 주의 깊게 생각해 본 적이 있습니까? 인간은 여러 가지 병을 함께 앓을 수는 없는 겁니다."라고 그는 나에게 말했다. "예를 들면 당신이 정말로 암이나 폐결핵 같은 중증이거나 불치의 병에 걸렸다고 합시다. 당신은 결코 페스트나 장티푸스에 감염되지는 않습니다. 그런 일은 있을 수가 없지요. 또 이건 더 확대한 문제인데, 암환자가 자동차 사고로 죽은 것을 본 적이 없을 테지요." 사실이든 거짓이든 간에 어쨌든 이와 같은 생각은 코타르의 기분을 아주 좋게 만들었다. 그의 바라지 않았던 유일한 일은 다른 사람들로부터 헤어져 있는 일이다. 그로서는 다른 사람들과 같이 고통을 받는 편이 홀로 사로잡힌

몸이 되어 있는 것보다 훨씬 좋은 것이다.

페스트라는 것이 있는 동안은 비밀 조사도, 서류도, 카드도, 비밀에 싸인 심리도, 닥쳐올 체포도 이젠 하등 문제될 것이 없게 된다. 정확하게 말하면 이젠 경찰이라는 것도 없고 오래된 것, 혹은 색다른 범죄라는 것도, 죄인이라는 것도 없고, 있는 것은 오로지 특사 중에서도 가장 자유재량적인 특사를 기대하고 있는 죄수들만이고, 더욱이 그 속에 경찰들 자신도 들어가 있는 것이다. 그래서 코타르는 이 역시 타루의 해석에 의하면 시민들이 나타내는 괴로움과 혼란의 조짐을 "여하튼 계속 말해 보세요. 나는 이미 당신 같은 사람보다도 전에 그런 생각을 한 적이 있으니까요."라는 말로 표현될 수 있을 듯싶은 온유하고 이해심이 있는 만족한 마음으로 고찰하기 위한 확실한 근거를 가지고 있었던 것이다.

"다른 사람들로부터 떨어져 있지 않기 위한 유일한 길은 결국 올바른 양심을 가지는 일이라고 계속 내가 말해 줘도, 그는 악의에 찬 눈으로 내 얼굴을 보고 이렇게 말할 뿐이었다. '그렇다면 그런 점으로 말해서 누구 하나님과 같이 있을 수 있는 사람은 없습니다.' 그리고 또 '이건 제가 말하니 의심치 말고 그렇게 생각하고 계세요. 그들을 같이 있게 하는 적절한 방법은 결국 페스트를 안겨 주는 겁니다. 아무튼 자기 주변을 살펴보십시오.' 그리고 사실 나는 그가 무슨 이야기를 하려고 하는지도, 현재의 생활이 그로서는 정말로 유쾌하게 생각될 것이 틀림없는가 하는 것도 잘 아는 것이다. 어째서 그가 한때 자기의 것이었던 여러 가지 반응을, 잽싸게 깨닫지 않고 있을 수 있으랴. 세상 사람들 모두를 자기 패에 넣으려고 너나없이 유도하고 있는 노력, 길을 찾지 못하는 통행인에게 혹은 길을 가르쳐 줄 때 사람들이 친절하게 해 주는 온화함과, 옛날에 그런 경우에 알게 되었던 불쾌감, 고급 식당에서의 사람들이 몰려드는 모습. 그 집에 들어가 그곳에서 푹 쉬고 있는 데 대한 그들의 만족감, 날마다 영화관 앞에 줄을 짓게 하며, 모든 공연장과 댄스홀에 이르기까지도 가득 채우게 하고, 방축을 펼친 물결처럼 모든 공공장소에 넘쳐 있는 무질서한 군중의 흐름, 모든 접촉에 대한 기획, 그러면서도 또 한편으론 사람들을 다른 사람들 쪽으로, 팔꿈치를 팔꿈치에, 이성을 이성에게 밀쳐 내는 인간적인 열기에 대한 이끌림……. 코타르는 이런 모든 일들을 그들보다 먼저 경험했던 것이다. 그것은 명백하다. 하지만 여자관계만은 좀 예외였는데, 왜냐하면 그 얼굴을 가지고서는……. 그리고 내가 예측하기엔 그가 자칫 여자들을 찾아갈 듯한 기분이 되었을 때에도, 나중에 혹시나 신상에 자기에게 이롭지 않게 될지도 모를 것 같은 나쁜 버릇이 몸이 배게 하지 않으려는 생각으로 미상불 그런 욕구를 자제했을 것이다."

"결국 페스트는 그에게는 안성마춤이다. 페스트는 고독하면서도 고독하기를 바라지 않는 한 사내를 하나의 공범자로 만들었다. 왜냐하면 분명히 그는 하나의 공범자이며 그것도 더없이 흡족해하고 있는 공범자이기 때문이다. 그는 그 눈에 보이는 모든 것, 즉 여러 가지 미신, 얼토당토 않는 공포, 절박한 이런 사람들의 감수성, 될 수 있는 대로 페스트에 관해서 이야기를 하지 않으려 하면서도 쉴 새 없이 그

런 이야기를 입 밖으로 내뱉고 싶은 그들의 이상한 경향, 이 병이 두통에서부터 시작된다고 알게 된 후로는 조금만 머리가 아파지기만 해도 겁을 집어먹고 미칠 듯한 표정이 되는 그들의 태도, 초조해지고 예민해져서 말하자면 불안정하여, 단순한 실례를 모욕으로 변형해 버리고, 짧은 바지의 단추 하나를 잃어버려도 슬퍼하는 것 같은 그들의 감수성, 이 모든 것들의 공범자인 것이다."

타루는 저녁때 종종 코타르와 함께 외출하는 수가 있었다. 그는 그후 자기의 수첩 속에서, 어떻게 그들이 석양 무렵이나 어두컴컴한 밤중에 군중 속에 섞여 어깨를 일렬로 한 채 드물게 전등이 내리쬐는 희고 검은 무리 속에 잠기면서, 페스트의 냉기를 막아 주는 열띤 쾌락을 향한 그 인간의 행렬과 함께하고 있는가를 이야기했다. 코타르가 몇 달 전 공공의 장소에서 찾아 헤매던 사치와 풍요로웠던 생활도, 그가 꿈꾸면서 결국 그 소망을 만족시키지 못했던 것, 즉 너무나 즐거운 향락도 이제는 주민 전체가 그것을 찾아가고 있었다. 모든 물가는 마구 뛰고 있었는데 사람들이 지금처럼 돈을 소비한 적은 없고, 또 일반적인 사람들에겐 필수품이 고갈된 반면, 이때만큼 불필요한 것들이 낭비된 적은 없었다.

타루와 코타르는 이따금 자주 오랫동안 한 쌍의 남녀를 뒤따라가는 수가 있었는데, 전만 해도 자기들의 관계를 감추려고 무던히 노력하던 그런 사람들이 지금은 꼭 붙어서 악착같이 이 거리 저 거리를 걸어 다니면서, 대단한 정열에서 오는 다소 굳어진 듯한 방심으로, 주위의 군중은 안중에도 없는 기색이었다. 코타르는 굉장히 감

동을 한 모양이었다. "정말 즐거운 것 같구먼!" 그는 이와 같이 말하
고 있었다.

그리고 그는 큰 목소리로 이야기하면서 집단적인 열기와 주위에서
뿌리는 아낌없는 팁과, 눈앞에서 벌어지는 숱한 남녀의 정사 속에서
마음 들떠 큰 소리로 이야길 하곤 했다.

그러나 코타르의 태도엔 거의 악의가 없는 것 같다고 타루는 보고
있었다. "나는 그들보다 먼저 그걸 맛보았으니까." 하는 그의 말도
자랑스러운 마음보다는 도리어 자신의 불행을 나타내는 것이었다.
"내가 생각하기에는." 하고 타루가 말했다. "그는 하늘과 도시의 벽
사이에 갇혀 있는 이런 사람들을 사랑하게 되기 시작한 것이다. 예
컨대 그들에게 그것이 그렇게 무서운 일이 아님을 될 수 있는 대로
설명해 주고 싶은 정도일 것이다. '당신도 들었겠지만.' 하고 그는
나에게 명확하게 말한 적이 있다. '그 사람들은 자주 말하고 있지요.
페스트가 물러나면 이렇게 하자, 페스트가 물러나면 저렇게 하자는
둥……. 그들은 제각기 일부러 생활을 암울하게 하고 있는 거예요.
조용히 태평스럽게 그냥 있으면 좋을 텐데, 또 그들 쪽의 유리한 점
조차 판단하지 못하고 있거든요. 저 같은 사람이 그런 말을 할 수가
있겠습니까? 체포가 끝나면 이와 같이 하자고 체포라는 건 일의 시
작이지 종말은 아닙니다. 그런데 페스트는……. 제 의견을 좀 털어
놓을까요? 그들이 행복하지 않은 건 스스로 마음의 고삐를 늦추지
않기 때문이에요. 이 말이 뭘 뜻한다는 걸 잘 알고 저는 말하고 있으
니까요.'라고 말했다."

　"아닌 게 아니라 그는 자기가 행하는 일의 의미를 잘 알고 있다."고 타루는 이야기하고 있다. "그는 오랑 시민들의 모순을 가차 없이 비판하는 것이다. 주민들은 그들 서로를 친근하게 하고 따뜻한 것에 대한 욕구를 절실히 느끼고 있는 동시에, 한편 그들을 서로 멀게 만드는 경계심 때문에 감히 그렇게 하지도 못하고 있는 것이다. 이웃을 믿을 수 없다는 것, 자기도 모르는 사이에 페스트에 걸리거나 방심하고 있는 틈을 타 병균에 전염될지도 모른다는 것을 너무나 잘 알고 있는 것이다. 사실은 코타르처럼 자기가 알고 지내고 싶어 하는 모든 사람이 정말로 밀고자일 수도 있다고 생각하며 살아 온 인간으로서는, 그런 감정은 잘 이해할 수 있다. 페스트가 오늘이나 내일에라도 당장 그들 어깨에 손을 얹어놓을지도 모르며, 자칫하면 자기 자신이 여전히 무사함을 기뻐하고 있을 때, 마침 그렇게 공격해 올 채비를 차리고 있을지도 모른다는 생각 속에서 생활하는 사람들에 대해서는, 자기 자신도 동료 같은 마음으로 지낼 수 있다. 아무튼 그는 가능한 범위에서 공포 속에 안주하는 것이다. 하지만 그는 이러한 모든 것을 그들보다 일찍 알았으므로, 이 불안의 참혹함을 완벽하게 그들과 함께 알게 되는 것은 그로서는 가능하지 않은 일이 아닐까 싶다. 아무튼 여전히 페스트로 죽지 않은 우리들 모두와 마찬가지로 그 역시 자신과 자유의 생명이 매일 당장 내일이라도 파괴될 것같이 있는 것을 여실히 알고 있다. 그러나 그 자신 공포 속에서 살았던 경험이 있기 때문에, 이번에는 다른 사람들이 그것을 경험하는 것을 예삿일로 알고 있는 것이다. 좀 더 확실하게 말하면, 그렇게 되면 그 공포도 그가 홀로 버티는 경우만큼은 무거운 짐이 아닌 것같이 그로서는 생각되는 것이다.
이것이 그가 잘못 생각하는 점이고, 다른 사람들보다 판단하기 어려
운 사고방식이다. 하지만 마침내 이 점에 있어, 그는 다른 사람들 이
상으로 우리가 판단하려고 애써 볼 필요가 있는 것이다."

결국 타루가 쓴 기록은 코타르에게도 페스트에 걸린 사람들에게도
다 같이 생긴 이 같은 의식을 그대로 그림으로 그려 놓은 것 같은, 하
나의 이야기로 마치고 있었다. 이 이야기는 그 시기의 험상궂은 분위
기를 있는 그대로 재현하는 것으로, 필자는 특히 이것을 중요시하는
것이다.

두 사람은 마침 오르페우스와 에우리디케를 공연하고 있는 시립
오페라 극장에 갔었다. 코타르가 타루를 초대했던 것이다. 페스트가
시작되던 봄에 이 도시에 들렀던 극단이 관계하고 있었다. 페스트 탓
으로 발이 묶인 이 가극단은 부득이 오페라 극장 측과 협의한 끝에,
어쩔 수 없이 매주 한 번씩 그 가극을 되풀이하기로 했다. 그래서 수
개월 전부터 금요일마다 이 도시의 시립 극장에서는, 오르페우스의
음률적인 한탄과 에우리디케의 무력한 호소가 울려 퍼지고 있었다.
하지만 이 공연은 여전히 사람들의 인기를 얻어 공연을 할 때마다 큰
수입을 올리고 있었다. 제일 비싼 좌석에 앉은 코타르와 타루가 있는
데서는 시민들 가운데서도 가장 멋쟁이들로 초만원을 이룬 아래층의
일반 좌석을 내려다볼 수 있었다. 보고 있어도 알 수 있을 정도로 굉
장히 화려한 모습을 보이려고 눈에 띄게 한껏 애쓰고 있었다. 무대
전면의 눈부신 조명 아래에서 악사들이 조용히 악기를 조율하고 있

235

는 동안, 사람들의 그림자가 상세하게 드러났으며, 좌석의 이 줄에서 저 줄로 옮겨 다니거나 점잖게 몸을 굽히기도 하고 있었다. 품위 있는 대화의 조용한 술렁거림 속에서, 사람들은 몇 시간 전만 해도 시내의 어두운 거리에서 갖지 못했던 마음의 안정을 되찾는 것이었다. 연미복이 페스트를 쫓아버렸던 것이다.

1막이 상연되는 동안 계속, 오르페우스는 아무 탈 없이 탄성을 질러 대고, 헐거운 튜닉을 입은 몇몇 여자들이 그의 불행을 설명했으며, 또 경가극의 형식으로 사랑의 노래가 불리어졌다. 장내는 정중한 열기로 이에 대한 반응을 보였다. 오르페우스가 제2막의 노래에서 악보엔 표시되어 있지 않은 떨리는 목소리를 섞어, 너무 지나친 비장미를 띠고 지옥의 주인에게, 그의 눈물에 감동해 달라고 호소하는 것도 거의 알아채지 못하고 있었다. 그의 동작에서 나오는 어떤 종류의 거친 몸짓도, 가극에 제일 정통한 사람들의 눈에조차 그 가수의 연기에 더욱 광채 있게 하는 하나의 양식화의 표현으로 보였던 것이다.

드디어 제3막의 오르페우스와 에우리디케의 장대한 이중창 장면―에우리디케가 사랑하는 애인에게서 떠나는 순간이다―까지 와서야, 겨우 어떤 놀라운 기색이 장내에 흘러 넘쳤다. 또 그 가수는 마치 관객이 동요하기만을 기다리고 있었다는 것처럼, 혹은 정확히 말해서 아래층의 일반 좌석으로부터 올라오는 웅성거리는 소리가 자기가 예상하고 있던 바에 확신을 불어 넣기라도 한듯, 그는 마침내 고대의 의상을 입은 채로 팔다리를 쭉 뻗으며 이상한 모습으로 무대 쪽으로 나오며, 배경의 여러 가지 목가적인 무대 장치 한가운데에 그냥 주저앉아 버렸다. 한편 그 무대 장치는 늘 시대착오적인 것이었지만, 관객의 눈에는 이때야 비로소 더욱 처참한 형태로 시대착오의 것이 되었다. 왜냐하면 이와 동시에 오케스트라는 잠잠해지고 일반 좌석의 관객은 일어나서 천천히 나가기 시작했던 것이다. 처음에는 말없이 마치 의식이 끝난 후 교회에서, 혹은 문상을 마치고 시신이 안치된 방에서 나올 때처럼 말없이, 여성들은 스커트 자락을 끌어올리고 고개를 떨어뜨린 채로 나가고, 남자들은 같이 간 여자에게 팔꿈치를 잡게 하면서 보조 의자에 걸리지 않게 조심하면서 나왔다. 하지만 사람들의 움직임은 점점 빨라지고 수군거리던 소리가 외침으로 변하고, 관객은 출구에 쇄도하여 서로 밀고 밀리다가, 마지막엔 소리를 지르면서 서로 밀치고 야단이었다. 코타르와 타루는 다만 일어선 자세로, 당시 자신들의 생활 그 자체와도 같은 이 광경을 바로 눈앞에서 보면서 다만 외롭게 서 있었다. 무대 위엔 팔다리가 부러진 어릿광대의 분장을 한 페스트, 관람석에는 붉은 의자의 붉은 쿠션 위에 잊고 간 부채와 레이스 세공품들이 아무 쓸모도 없게 된 하나의 사치품으로 남아 있었다.

랑베르는 9월 초순 며칠 동안 리외 옆에서 진지하게 일했다. 다만 남자고등학교 앞에서 곤잘레스와 두 청년이 만나기로 되어 있는 날에만 하루 휴가를 요청했을 뿐이다.

그날 정오에 곤잘레스와 랑베르가 보고 있는데, 두 녀석이 웃으면서 다가왔다. 그들 이야기로는 예전엔 운이 나빴지만, 그 정도의 일

은 예상하고 있어야 한다고 말했다. 어쨌든 지금은 그들이 경비 당번이 된 것은 아니다. 다음 주까지 그냥 있어야만 했다. 그런 뒤에 또 반복하는 거다. 랑베르는 이것이야말로 적절한 말이라고 그렇게 하자고 말했다. 그러자 곤잘레스는 그러면 월요일에 만나기로 하자고 제안했다. 그 대신 이번에는 랑베르를 마르셀과 루이의 집에 있게 하기로 했다. "둘이서 만나기로 약속하지. 자네와 나, 혹시 내가 오지 않거든 당신은 곧바로 저 친구들에게로 가면 돼요. 지금 이 사람들이 살고 있는 곳을 가르쳐 줄 테니." 하지만 마르셀인지 루이인지가 이때, 가장 간단한 것은 바로 곧 이 분을 인도하는 일이라고 말했다. 선생이 예민하지 않은 편이라면 4명이 함께 먹을 만한 것은 있다는 이야기였다. 그러니깐 그렇게 하면 선생도 이해가 갈 것이라고 말하는 것이었다. 곤잘레스는 그야말로 참 좋은 생각이라 말하고, 그래서 그들은 항구 쪽으로 갔다.

마르셀과 루이는 해군로 끝쪽인, 임해 도로를 향해 펼쳐져 있는 문 옆에서 살고 있었다. 벽이 두꺼운 스페인풍의 조그마한 집인데, 창문에는 밖으로 열리는 페인트칠을 한 작은 나무 문이 있고, 방 안은 아무 장식도 없으며 좀 컴컴했다. 식사로는 쌀밥이 나오며 젊은이들의 어머니라고 하는, 화려하고 늙은 스페인 노파가 거들어 주었다. 곤잘레스는 깜짝 놀라는 기색을 보였다. 그 이유를 알아보면 쌀은 벌써 시중에는 없었기 때문이다. "시문에서 적당하게 마련하는 거지요." 하곤 마르셀이 말했다. 랑베르는 먹고 마셨고, 곤잘레스는 이 친구는 정말로 자기들의 패거리라느니 하는 말을 하고 있었지만, 신문 기자는 지금부터 지내야 할 1주일 동안의 일만을 생각하고 있었다.

　실제로 그는 2주일을 머물러야 하는 셈이었다. 왜냐하면 경비 당국은 반(班)을 적게 하기 위해 15일 교대로 하기로 되어 있었던 것이다. 그리고 그 15일 동안 랑베르는 몸을 돌보지 않고 숨 쉴 겨를도 없을 만큼, 어떤 의미로는 모든 것에 눈을 감고 새벽부터 밤중까지 열심히 일했다. 밤이 늦도록 잠자리에 들면 깊은 잠에 빠진다. 한가로운 처지에서 힘에 겨운 이런 일을 하게 되었기 때문에, 그는 거의 꿈도 없고 기력도 없는 상태가 되어 버렸다. 임박해진 탈출에 대해서도 거의 입 밖에 내지 않았다. 하지만 하나 특기할 만한 사실이 있었는데 그것은 1주일이 지났을 때 그는 리외에게, 전날 밤 난생 처음으로 술에 취해 봤다고 고백한 것이다. 술집에서 나오자 그는 갑자기 사타구니가 부은 것 같았고, 겨드랑이가 자유자재로 움직이지 않는 것같이 여겼다. 이것은 분명 페스트라고 그는 생각했다. 그때 그가 할 수 있는 한 가지 반사적인 동작은, 그도 그것이 사리에 맞지 않는 행위라는 것을 리외와 함께 인정했지만, 이 도시의 제일 높은 곳에 뛰어 올라가, 그곳에도 바다는 보이지 않지만 하늘이 좀 풍요롭게 보이는 조그만 광장에서 커다랗게 소리 높여 이 도시의 외벽 너머로 아내를 불러보는 것이었다. 집에 돌아와서 자기 몸에 또 다른 감염의 조짐이 발견되지 않은 것을 보니, 그는 이 갑작스런 발작이 별로 나타낼 만한 일이 못되는 것같이 느꼈던 것이다. 리외는 인간이 그런 식으로 움직이는 경우도 있다는 것을 아주 잘 알게 됐다고 말했다. "어쨌든." 하고 그는 말했다. "그런 식으로 해 보고 싶은 기분이 된다는 건 있을 수

있는 일이지요."

"오통 씨가 오늘 아침 당신 이야기를 하고 있더군요." 랑베르가 돌아가려 했을 때, 갑자기 리외는 덧붙였다. "내가 당신을 알고 있느냐고 물었을 때, '그럼 충고를 해 드리세요.'라고 말하더군요. '남의 눈에 띄어 밀수를 하는 녀석들과 거래하지 않도록 하시오.'라고 덧붙였어요."

"그건 무슨 뜻일까요?"

"빨리 서둘러야 한다는 뜻이지요."

"상냥하게 말씀해 주시니 감사합니다." 의사의 손을 잡으며 랑베르는 말했다. 출구에서 그는 또 뒤돌아보았다. 리외는 페스트가 시작된 후로 그가 비로소 미소를 짓는 것을 보았다.

"그런데 어째서 당신은 나를 가지 못하게 하시지 않습니까? 그렇게 할 수단은 있을 텐데요."

리외는 언제나 똑같은 동작으로 머리를 저으면서, 이것은 랑베르의 문제이고 랑베르는 행복 쪽을 선택한 셈이니, 그것을 반대할 문제에 있어 어떤 것이 선인지 무엇이 악인지도, 자기로서는 판단할 수가 없을 것같이 생각되는 것이다.

"그런데 왜 나더러 빨리 하라고 말씀하십니까?"

이번엔 리외가 미소를 보였다.

"아마 나 자신도 행복이라는 걸 위해 무언가 해 보고 싶기 때문이겠지요."

이튿날 그들은 더 이상 아무 말도 하지 않았으나 그 대신 같이 일했다. 다음 주 랑베르는 마침내 그 스페인풍의 작은 집에 유숙하게 되었다. 거실에는 그를 위한 침대가 마련되어 있었다. 젊은이들은 식사하러 그곳에 오지 않았고, 또 될 수 있는 대로 바깥에 나가지 말라는 이야기를 듣고 있어서, 그는 거의 혼자 살거나, 또는 어머니라는 노파와 이야기를 나누기도 했다. 할머니는 야무진 몸매이고 부지런했으며, 검은 옷을 입고, 주름살 많은 갈색 얼굴에 어지간히 깨끗한 백발을 지니고 있었다. 말수가 적어서 그저 랑베르의 얼굴을 보면 화려한 눈매로 얼굴 가득히 미소를 떠올리는 것이었다.

언젠가 할머니는 랑베르에게, 부인한테 페스트균을 옮길까 봐 두렵지는 않느냐고 물어본 적이 있다. 그의 생각으로는 그러한 만일의 위험도 있을 수 있지만, 그것은 미미한 것이고, 한편 시내에 남아 있으면 그들 두 사람은 계속 따로 떨어져 있게 되어 버릴 염려가 있는 셈이었다.

"그녀는 부드러운 여자겠지요?" 할머니는 빙그레 웃으며 말했다.

"예, 아주 온화하지요."

"아름다운 여자겠지요."

"아마 그렇겠지요."

"네!" 할머니는 말했다. "말하자면 그래서군요."

랑베르는 생각하고 있었다. 확실하게 그 때문인 것은 틀림없지만, 그러나 다만 그 때문뿐이라는 건 있을 수 없었다.

"당신은 하느님을 믿고 있지 않아요?" 아침마다 미사에 다니는 할머니는 말했다.

랑베르가 그렇다고 인정하자, 할머니는 또다시 그 때문인 것이라고 말했다.

"역시 그 여자한테로 가야지요. 당신 생각은 올바른 생각입니다. 그렇게 하지 않으면 당신에겐 어떤 것이든 남을 것이 있습니까?"

그런 후에 랑베르는 황급하게 칠한 벽 주변을 빙빙 돌면서, 벽에 못 박혀 있는 부채를 만져 보기도 하고, 또는 탁자보의 수술로 되어 있는 털실 무더기를 셈해 보기도 하고 있었다. 저녁때가 되면 젊은이들이 다시 온다. 그들은 별로 이야기하는 편이 아니고, 간신히 아직 시기가 아니라는 걸 이야기하는 정도였다. 저녁 식사를 마치면 마르셀은 기타를 치고 증류주를 둘이 같이 마셨다. 랑베르는 명상에 잠겨 있는 듯했다.

수요일에 마르셀은 돌아오자마자, "내일 밤 12시요. 준비를 해 둬요." 하고 말했다. 그들과 함께 보초를 서고 있는 두 사내 중 한 사람은 페스트에 걸렸고 또 한 사람은 예전부터 그 사내와 같은 방을 쓰고 있었으므로 격리 중이었다. 그리하여 이삼 일 동안 마르셀과 루이는 단둘이서만 있게 된다. 오늘 밤 안에 그들은 끝으로 세밀한 준비를 갖춰 놓을 거라고 했다. 내일은 마침내 마음 놓고 진행할 수 있을지도 모른다. 랑베르는 인사했다. "기쁘겠지요?" 하고 노파는 물었다. 그는 그렇다고 대답했지만 속으로는 딴 생각을 하고 있었다. 이튿날은 하늘이 어두컴컴한데다 끈적거리고 무더워서 숨이 찼다. 페스트의 정보는 나빴다. 스페인인 할머니는 그럼에도 불구하고 여전히 즐거웠다. "이 세상엔 죄라는 게 있거든요." 하고 할머니는 말했다. "그

러니 아무리 생각해도 이런 일은 어쩔 수 없지요." 마르셀이나 루이
와 마찬가지로 랑베르도 상반신은 벗은 몸이었다. 하지만 어떻게 해
도 땀이 등줄기와 가슴 위를 흘렀다. 덧문을 닫아 버린 집 안의 컴컴
한 방에서 그와 같이 있었으며, 그들의 상반신은 갈색을 띠고 번들거
리고 있었다. 랑베르는 조용히 빙빙 돌고 있었다. 갑자기 오후 4시에
그는 옷을 입고 잠깐 외출하겠다고 말했다.

"잊지 마세요." 마르셀이 말했다. "오늘 밤 12시니까요. 준비를 이
미 다 마쳤으니까."

랑베르는 리외한테로 갔다. 리외의 어머니는 랑베르에게 고층 지
대의 병원에 가면 볼 수 있을 거라고 말했다. 초소 앞에서는 마찬가
지로 같은 군중이 한 곳을 빙빙 돌며 움직이고 있었다. "어서들 가
요!" 눈을 무섭게 뜬 순경 한 사람이 말했다. 사람들은 다시 움직이
기 시작했으나 결국 그냥 빙빙 돌고 있을 뿐이었다. "아무리 기다려
봐도 아무 소용없단 말입니다." 상의에 땀이 흠뻑 밴 순경은 말했다.
상대방도 같은 생각이었지만, 그래도 살인적인 더위를 무릅쓰고 그
들은 또한 거기에 계속 있었다. 랑베르가 통행증을 보이자 순경은
타루의 사무실을 일러 주었다. 그 방 입구는 앞쪽의 마당을 향하고
있었다. 랑베르는 방금 그 방에서 나온 파늘루 신부와 중간에서 마
주쳤다.

약제와 물렁물렁한 모포 냄새가 나는 흰 빛깔의 작고 지저분한 방
에서, 타루는 검은 나무 책상 저편에 앉아 와이셔츠 소매를 걷어 붙인
채, 팔뚝에 흘러내리는 땀을 손수건으로 누르고 있었다.

“여태 있었군요?” 그는 말했다.

“예, 리외 씨한테 좀 할 이야기가 있어서 기다렸습니다.”

“병실 쪽에 있습니다. 하지만 리외가 없어도 될 일이라면, 그렇게 하는 게 좋겠는데요.”

“어째서요?”

“선생님도 너무 일이 많았거든요. 내가 해도 될 만한 일은 될 수 있으면 시키지 않도록 하고 있습니다.”

랑베르는 타루의 모습을 바라보았다. 타루는 너무나 여위어 있었다. 피로 탓으로 눈도 얼굴의 선도 곱지가 못했다. 야무진 어깨도 동그랗게 움츠러 있었다. 문을 두드리는 소리가 나더니 한 간호사가 흰 마스크를 하고 왔다. 그는 타루의 책상 위에 한 묶음의 카드를 올려 놓고는 마스크에 눌려 버린 목소리로 ‘6명입니다.’라고 말하고는 나갔다. 타루는 랑베르의 얼굴을 바라보고 이 카드를 부채꼴로 펴놓으며 그에게 보였다.

“어때요, 그럴 듯한 카드지요? 하지만 그렇지가 않아요. 이것은 밤 사이의 사망자입니다.”

그의 얼굴은 컴컴해졌다. 그는 카드 다발을 먼저대로 묶어 두었다.

“우리에게 남겨진 일은 단지 장부를 만드는 일입니다.”

타루는 책상을 짚으며 일어섰다.

“이제 곧 떠나십니까?”

“오늘 밤 12시지요.”

타루는 그것이 자기로서도 즐거운 일이고, 부디 랑베르도 몸을 조심해 달라고 말했다.

"진정으로 그렇게 말씀하시는 겁니까?"

타루는 어깨를 움츠렸다.

"이 나이쯤 되면 싫어도 진심으로 말해 버리게 됩니다. 거짓말을 한다는 건 아주 좋지 않은 일이지요."

"죄송합니다." 하고 랑베르는 말했다. "잠깐 리외 씨를 만나 뵙고 싶은데요. 미안합니다."

"알고 있습니다. 선생님은 나보다도 인간적이니까요. 그럼 가 봅시다."

"그런 건 아니지만요." 랑베르는 왠지 난감한 듯이 말했다. 그리고 중도에 입을 다물어 버렸다.

타루는 그의 얼굴을 쳐다보다가 갑자기 문득 히죽 웃어 보였다.

두 사람은 벽을 밝은 녹색으로 칠하여 마치 수족관 같은 광선이 떠돌고 있는 작은 복도를 따라갔다. 마침 유리문 저편 쪽엔 미묘한 망령들이 떠돌아다니고 있는 듯한 유리 겹문에 도착하기 바로 전에, 타루는 둘레를 미닫이로 막아 버린 좁은 방으로 랑베르를 들어가게 했다. 그는 그 찬장의 하나를 열어서 소독기에서 흡수성 가제로 만든 마스크를 둘 꺼내어, 그 하나를 랑베르에게 주었고 그것을 가지고 입을 막으라고 권했다. 랑베르가 이런 것이 무슨 소용이 있느냐고 묻자, 타루는 소용이 없는 것이지만, 이걸 하고 있으면 저편이 안심한다고 대답했다.

두 사람은 유리문을 밀어 올렸다. 그곳은 넓고 커다란 큰 방인데,

이 더운 계절에도 창문은 꼭 닫아 놓았다. 벽 위쪽에 환기 장치가 윙윙 소리를 내는데 그 환기 장치의 날개가 두 줄로 늘어서 있는 회색의 침대 위쪽에서, 찌는 듯한 희뿌연 공기를 휘젓고 있었다. 온갖 방향으로부터 무디거나, 또는 날카로운 신음 소리가 들리는데 그것이 모두 하나로 합쳐져서 단순한 비명같이 되었다. 흰 옷을 입은 남자들이 높다란 들창으로 스며드는 뜨거운 햇빛 속에서 천천히 움직이고 있었다. 랑베르는 이 방의 더위 속에서 아무래도 마음이 안정되지 않아, 신음하고 있는 어떤 그림자 위에 몸을 구부리고 있는 리외의 모습을 전혀 알아보지 못했다. 리외는 두 간호사가 침대 양쪽 끝에서 움직이지 못하게 누르고 있는 환자의 사타구니를 도려내고 있었다. 이윽고 몸을 일으키더니 그는 그 수술 도구를 조수가 내미는 쟁반 속에 떨구고는, 한동안 서 있는 상태로 붕대를 감아 준 그 환자를 바라보고 있었다.

"무슨 특별한 일이라도……." 옆에 다가온 타루에게 그는 말해 주었다.

"파늘루가 예방 격리소 쪽에서 랑베르가 하던 일을 알아서 해 주었어요. 지금까지도 매우 애써 줬지만……. 이제 제3검색반은 랑베르를 뺀 상태에서 재편성해야 해요."

리외는 고개를 끄덕였다.

"카스텔은 최초의 제품을 마무리한 모양이더군요. 한 번 시험해 보고 싶다고 말하고 있어요."

"허어!" 리외는 말했다. "그 참 다행이군요."

"그리고 이곳에 랑베르가 와 있는데……."

리외는 돌아다보았다. 마스크 위로 랑베르의 모습을 확인하자 그는 눈을 찌푸렸다.

"이런 곳에서 무슨 일을 하고 있어요?" 그는 말했다. "당신은 벌써 다른 곳에 가 있기로 예정되어 있지 않았던가요?"

타루가 마침내 오늘 밤 12시로 정해졌음을 알리자 랑베르가 덧붙였다.

"원칙적으로 그렇다는 거지요."

그들 중의 어떤 사람은 말할 적마다 가제 마스크가 부풀어 올랐고 입에 닿는 부분이 축축해졌다. 그것은 마치 조각품들끼리의 대화 같은 다소 비현실적인 이야기를 주고받는 것 같았다.

"잠깐 이야기를 하고 싶군요." 랑베르는 말했다.

"같이 돌아갑시다. 당신만 괜찮으시다면 타루 방에서 기다려 줘요."

그리고 얼마 후 랑베르와 리외는 의사의 자가용 뒷좌석에 앉았다. 타루가 운전을 했다.

"이젠 휘발유가 없는걸." 차를 움직이게 하며 타루는 말했다.

"내일은 걸어 다녀야지."

"역시." 하고 랑베르는 리외에게 말했다. "나는 가지 않겠습니다. 당신들과 같이 남아 있을까 합니다."

타루는 전혀 움직이지도 않았다. 그냥 운전을 계속하고 있었다. 리외는 더 이상 피로에서 헤어나지 못하는 기색이었다.

"그럼 부인은?" 짓눌린 듯한 목소리로 그는 말했다. 랑베르의 이야기로는 그는 다시 한 번 많이 생각해 봤고, 지금도 마찬가지로 자기가 알고 있는 대로 믿고 있었지만, 만약 자기가 떠나갔더라면 반드시 부끄러운 짓을 하는 것이 될 거라고 말했다. 그런 마음 상태라면 그곳에 두고 온 그녀를 사랑하는 데도 지장이 있을 거라는 이야기다. 하지만 리외는 곧장 몸을 일으키고는 또렷한 목소리로 그것은 어리석은 일이고 행복 쪽을 택하는 데 부끄러워할 건더기는 없다고 말했다.

"그렇습니다." 랑베르는 말했다. "하지만 자기 혼자 행복해진다는 건 부끄러워해야 할 일인지도 모르지요."

타루는 그때까지 침묵하고 있다가 두 사람 쪽으로 얼굴을 돌리려고도 않고 이렇게 지적해 주었다. 만약 랑베르가 다른 사람과 불행을 함께하려고 한다면, 행복을 위한 시간은 앞으로는 결코 얻지 못할지도 모른다. 양자택일을 해야 한다.

"그런 것이 아닙니다." 랑베르는 말했다. "나는 이때까지 내내 나 자신은 이 도시와는 상관이 없는 인간이다. 나 자신과 당신들과는 아무런 관련도 없다고 생각하고 있었습니다. 하지만 지금 본 바와 같은 걸 봐 버린 지금으로서는 나 자신이 좋든 싫든 간에 이 고장사람이라는 사실을 깨달았습니다. 이 사건은 우리 모두에게 관계있는 일인 것입니다."

아무도 대꾸하려 하지 않아, 랑베르는 매우 초조해진 듯한 기색이었다.

"또 당신들도 그것은 잘 알고 있지 않습니까! 그렇지 않으면 그 병원에서 뭘 하시려고 하는 겁니까? 당신들은 도대체 선택을 하신 겁니까? 또 행복을 포기하셨습니까?"

타루도 리외도 계속 대답하려 하지 않았다. 침묵은 매우 오랫동안 계속되고 드디어 리외의 집이 가까워졌다. 랑베르는 또다시 조금 전의 질문을 매우 힘주어 되풀이했다. 그러자 오직 리외만이 그를 돌아다보았다. 리외는 간신히 몸을 일으켰다.

"섭섭하게 생각지 말아 줘요, 랑베르 씨." 그는 말했다. "하지만 나로서는 그것을 알 수가 없는 거예요. 당신이 또한 그러고 싶다면 우리와 함께 남아 있어 주면 되지요."

승용차가 약간 옆으로 미끄러지기에 그는 입을 다물었다. 그리고 물끄러미 앞을 쳐다 보며 또 말을 이었다.

"자기가 사랑하는 사람으로부터 헤어지게 할 만한 가치가 있는 건 이 세상에 그 어느 것도 없어요. 그런데도 나 역시 분명한 이유도 모른 채 그곳에서 떨어져 있는 거예요."

그는 또 말없이 등받이에 기댔다.

"그건 한 가지 사실일 뿐이에요." 그는 감당할 수 없이 지친 얼굴로 말했다.

"아무튼 그대로 기록해 두고, 그곳에서 끌어낼 수 있는 결론을 선택하도록 합시다."

"어떤 결론입니까?" 랑베르는 물었다.

"글쎄요." 리외는 말했다. "인간은 병을 고치면서 동시에 그걸 알아 낼 수는 없는 법이지요. 그렇다면 될 수 있는 대로 급히 치료해야겠지요. 이게 우선 화급한 일이지요."

밤 12시에 타루와 리외는 랑베르에게 검역을 맡게 된 지역의 지도를 만들어 주고 있었는데, 타루가 갑자기 그의 손목시계를 보았다. 고개를 들자 랑베르의 눈길과 부딪쳤다.

"탈출 안 하겠다는 걸 알려 주긴 했겠지요?"

랑베르는 눈길을 돌렸다.

"한마디만 전하고 왔습니다." 입이 무거운 듯 그는 조용히 말했다. "당신을 만나러 오기 전에."

카스텔의 혈청이 시험된 것은 10월 말께였다. 사실 그것은 리외의 유일한 희망이었다. 이것마저 실패로 돌아갈 시에는 이 도시의 전염병이 몇 개월에 걸쳐서 그 위력을 맹렬히 떨치든가, 또는 아무런 이유도 없이 그치든 간에 관계없이 페스트의 변덕에 시달리어 곤욕을 치르게 될 것을 리외는 확신하고 있었다.

카스텔이 리외를 방문했던 바로 전날 밤 오통 씨의 아들이 발병하여, 그 가족 모두가 예방 격리소에 수용되지 않을 수 없게 되었다. 어머니는 조금 전에 격리소에서 나왔으나, 또다시 분리 수용된 셈이었다. 정해진 규칙을 충실하게 지키는 판사는 어린애 몸에서 병의 징후를 보자, 의사 리외를 왕진 오게 했던 것이다. 리외가 도착했을 때 부부는 침대의 머리맡에 서 있었다. 어린 딸도 멀리 떨어져 있었다. 어린애는 마침 기진해 있었으므로 별로 싫어하지도 않고 진찰을 받았다. 의사가 마침내 머리를 들었을 때 그는 판사의 시선과, 그 뒤에서 손수건을 입에 대고 의사의 동작을 커다랗게 뜬 눈으로 주시하고 있던 부인의 창백해진 얼굴과 마주쳤다.

"역시 그렇겠지요?" 판사는 냉정한 목소리로 말했다.

"예, 그렇군요." 또 어린애 쪽을 바라보며 리외는 대답했다.

부인의 눈은 더 커다랗게 커졌지만 그녀는 계속 입을 열려고 하지 않았다. 판사 또한 잠자코 있다가, 이윽고 전보다 조그마한 목소리로 이와 같이 말했다.

"그렇다면 선생님, 우리는 규칙대로 해야만 하겠습니다."

리외는 계속해서 손수건을 입에 댄 채로 있는 여자 쪽을 될 수 있는 대로 시선을 주지 않도록 했다.

"그건 이내 할 수 있지요." 머뭇거리며 그는 말했다. "잠시 전화를 걸게 해 주시면……."

오통 씨는 곧 안내하겠다고 말했다. 하지만 리외는 그의 부인 쪽을 돌아다보았다.

"안되셨습니다. 부인께선 짐을 좀 꾸려 주셔야 되겠습니다. 준비할 건 알고 계실 줄 압니다마는."

오통 부인은 너무 뜻밖이라 당황한 기색이었다. 그는 고개를 끄덕이며 발밑을 내려다보았다.

"네." 하고 그녀는 고개를 끄덕이며 "지금 준비하겠어요."

작별 인사를 하기 전에 리외는 뭔가 필요한 것은 없느냐고 그들에게 물었다.

부인은 계속 말없이 그의 얼굴을 쳐다보고 있었다. 하지만 판사는 이번엔 눈길을 돌렸다.

"아니요." 하고 그는 말하고 나서 침을 한번 삼켰다. "다만 저 아이를 구해 주십시오."

예방 격리는 애초엔 간단한 형식에 지나지 않았던 것이지만, 리외와 랑베르에 의해 조직되어 아주 엄격한 형태의 것으로 되어 있었다. 특히 그들은 한집에서 사는 가족끼리 엄격히 서로 격리되게 하는 것을 지시했다. 만약 그 가족 중의 한 사람이 저도 모르는 사이에 감염되었다면, 발병의 기회를 증대시키는 것 같은 일은 해서는 안 되었다. 리외는 그러한 이유에 대해서 판사에게 설명하고, 판사는 그것을 긍정적으로 인정했다. 하지만 부인과 판사가 얼굴을 마주 본 표정에서, 이 격리가 그들을 얼마나 의지할 곳 없는 마음이 되게 해 버렸는가를 리외는 감지했다. 오통 부인과 어린애는 랑베르가 맡고 있는 호텔의 격리소에 수용될 수 있었다. 하지만 예심 판사는 당국이 도로과에서 빌어 온 천막을 이용한 시립 경기장에 건설 중인 격리 수용소 이외엔 가 있을 만한 장소가 없었다. 리외는 그 점을 사과했으나, 오통 씨는 만인을 위한 규칙은 하나밖에 없고 그것을 따르는 것이 옳은 일이라고 말했다.

어린애는 임시 병원으로, 예전의 교실 안에 침대가 여섯 개 설비되어 있는 방에 수용되었다. 20여 시간이 지난 후엔 리외는 진짜로 절망적인 증상이라고 판단했다. 작은 몸은 아무 반응 없이 병독이 파고드는 데 맡기고 있었다. 아플 듯한, 하지만 아직 형태를 이루고 있지 않을 정도의 극소의 임파선종이 연약한 팔다리의 관절에 퍼져 있었다. 이미 승산이 없는 싸움이었다. 그런 이유 때문에 리외는 카스텔의 혈청을 이 아이에게 접종해 보려고 생각했다. 즉각 그날 밤 저녁 식사 후, 그들은 긴 시간에 걸쳐 시험을 했으나, 어린아이에게서는 아무런 반응도 얻지 못했다. 이튿날 새벽녘이 되자 모여 있는 온갖 사람이 이 결정적인 실험의 결과를 보기 위해 어린애 옆으로 갔다.

어린애는 마비 상태에서 벗어나 모포 속에서 경련적으로 몸을 뒤척이고 있었다. 리외와 카스텔, 그리고 타루는 새벽 4시부터 그 곁에 서서 병의 일진일퇴를 시시각각으로 지켜보고 있었다. 침대의 머리맡에는 타루가 다부진 몸을 약간 수그리고 서 있었다. 침대의 발치에서, 서 있는 리외 옆에 앉아 카스텔이 겉으로는 아주 고요하게 무슨 낡은 책을 읽고 있었다. 아침 햇살이 임시 병원으로 쓰는 교실 안에 점차 퍼짐에 따라 다른 사람들이 찾아왔다. 먼저 파늘루가 와서 타루와는 침대의 반대쪽의 벽을 등지고 자리를 잡았다. 고통스러운 표정을 그 얼굴에서 볼 수 있었고 그가 몸을 다하여 일해 온 지난 며칠 동안의 피로가 이마에 주름살을 잡아놓고 있었다. 다음엔 조제프 그랑이 왔다. 7시인데 그랑은 헐떡거리면서 미안하게 되었다고 말했다. 자기는 잠시 밖에 머물 수가 없는데, 이제는 뭔가 확실한 것을 알게 되지 않았느냐고 물었다. 아무 말도 안 하고 리외는 어린애를 가리켰다. 아이는 일그러진 얼굴로 눈을 감은 채 이를 꼭 악물고, 몸은 꼼짝도 하지 않고 베갯잇도 없는 베개 위에서 자주 고개를 좌우로 움직이고 있었다. 드디어 밝아져서 방 안 쪽에 예전처럼 그대로 남아 있는 흑판 위에, 전에 썼다 지운 방정식의 자국을 판별할 수 있게 되었을 무렵에 랑베르가 왔다. 그는 옆 침대의 발밑에 등을 기댄 채 담뱃갑을 꺼냈다. 그러나 잠깐 어린애 쪽을 보고 나서 담뱃갑을 도로 호주

머니에 넣었다.

카스텔은 그냥 앉은 채 내려진 안경 너머로 리외 쪽을 바라보았다.

"아버지에 대해서는 어떤 이야기를 들었어요?"

"아뇨." 리외는 말했다. "지금 격리 수용소 쪽에 있어요."

리외는 어린애가 신음하는 침대의 나무를 세게 붙들고 있었다. 그는 그 어린 환자에게서 시선을 떼지 않고 있었는데, 어린애는 갑자기 몸이 굳어지면서 이를 강하게 악물고, 몸을 조금 구부리고 팔다리를 천천히 벌리는 것이었다. 군대 모포 밑의 알몸인 작은 몸에서는 털실 냄새와 찝찝한 땀 냄새가 올라왔다. 어린애는 기운이 빠져서 팔과 다리로 침대의 중앙을 향해 끌어당기고, 여전히 눈을 감고 목소리를 죽인 채 전보다 호흡이 가빠진 것같이 보였다. 리외는 타루와 시선이 부딪쳤으나 타루는 이를 피했다.

몇 달 전부터 무서운 병은 이젠 상대자를 가리지 않게 되었으므로 그들은 이미 아이들이 죽어 가는 모습을 수없이 보아 왔다. 그러나 그날 아침처럼 그렇게까지 어린애가 괴로워하는 장면을 시시각각으로 지켜본 적은 아직 한 번도 없었다. 더구나 물론 그런 죄 없는 사람에게 가해진 고통은 그들의 눈에 여태껏 그 실체 그대로의 것, 즉 공분을 느낄 만한 사실로서 보였던 것이다. 하지만 적어도 그때까지는 그들은 어떤 의미에서 보면 추상적으로 공분을 느끼고 있었을 뿐이었다. 왜냐하면 그들이 지금까지 죄 없는 사람의 단말마의 고통을 이처럼 오래도록 똑바로 본 적이 없었기 때문이었다.

마침 이때 어린애는 위장이 잡아 뜯기는 듯, 가냘픈 신음 소리를 내며 또다시 몸을 굽혔다. 어린애는 그렇게 하고 몇 초 동안 몸을 움츠린 채, 마치 그 연약한 뼈대가 무섭게 광란하는 페스트의 바람에 꺾이고, 연신 부채질하는 열풍에 삐걱거리는 것같이, 전율과 경련과도 같은 떨림에 흔들리고 있었다. 그 발작이 지나가자 어린애는 긴장을 좀 풀고 열은 물러가는 듯이 보였으며, 독기가 있는 음습한 것에 축 늘어진 몸을 버리고 간 것처럼 보이고, 그 고요해진 모습은 벌써 죽음을 닮고 있었다. 불타는 듯한 열의 물결이 세 번씩이나 덮쳐와 그 몸을 약간 들어 올려 놓는 듯하더니 어린애는 또 오그라들어서 그를 불태울 것 같은 불꽃의 공포에 싸여 침대 밑바닥으로 오므라들었다. 또 이불을 발로 차서 치우면서 미친 듯이 고개를 흔들었다. 굵은 눈물방울이 뜨겁게 속눈썹으로부터 솟아 납빛같이 된 얼굴에 흐르기 시작했다. 발작이 마침내 끝나자 탈진하여 48시간 동안에 살이 모두 빠져 버린 두 팔과 뼈가 드러나 보이는 두 다리에 경련을 일으키면서, 어린애는 몹시 흐트러진 침대 위에서 십자가에 못 박힌 사람처럼 괴상한 모습을 취하는 것이었다.

타루는 몸을 굽혀 그의 두툼한 손으로 눈물로 얼룩진 작은 얼굴을 닦아 주었다. 얼마 전부터 카스텔은 책을 덮고 물끄러미 꼬마 환자를 바라보고 있었다. 그는 말을 하기 시작했으나, 그 말이 끝날 때까지 도중에 헛기침을 해야 했다. 목소리가 별안간 이상해져 버렸기 때문이다.

"아침에 병세의 후퇴가 있었던 게 아니오, 리외 씨?"

리외는 그것은 그렇지만, 어린애는 일반적으로 볼 수 있는 것보다도 많은 시간에 걸쳐 병에 대항하고 있다고 말했다. 파늘루는 좀 기운이 빠진 것처럼 벽에 몸을 대고 있었는데, 그때 나직한 목소리로 중얼거렸다.

"어차피 남들보다 오래 고통스러워하는 셈이 되어 버리겠군요."

리외는 갑자기 그쪽으로 몸을 돌려서 입을 열어 무슨 말을 하려고 했지만, 그대로 입을 다물고 자신을 억제하려고 무척 애쓰는 것이 역력했다. 다시 어린애 쪽으로 시선을 던졌다.

햇빛이 방 안으로 흘러 들어오고 있다. 다른 다섯 개의 침대에서는 환자들이 움직이며 신음하고 있었는데 모두 의논이라도 한 것처럼 똑같이 조심스러운 태도로 꿈틀거리며 신음했다. 한 사람만 방구석에서 규칙적인 간격을 두고 고함을 지르는데 고통보다는 놀라움이 배여 있는 것같이 여겨지는 작은 탄성을 내고 있었다. 환자들 자신의 경우처럼 그런 종류의 초기의 고통이 아닌 것처럼 보였다. 현재 병을 앓는 그 태도 속에 일종의 동의 같은 것이 깃들여져 있었다. 어린애만이 홀로 있는 힘을 다해 싸우고 있었다. 리외는 그다지 그럴 필요가 있는 것은 아니고, 다만 현재 자기가 처해 있는 무기력한 무위 상태에서 벗어나기 위해, 가끔씩 어린애의 맥을 짚어 보고 있었지만 눈을 감으면 그 활기에 찬 맥박이 자기 자신의 물결치는 핏줄기와 뒤섞이는 것을 느꼈다. 그러면 그 고통을 감수하는 그 어린애와 자기가 하나로 합쳐져 버려서, 아직 건강한 자신의 모든 힘을 쏟아 어린애를 지켜주려고 시도하는 것이었다. 그러나 한순간 두 사람의 심장의 고동은 조화를 잃게 되어, 어린애는 그의 손에서 빠져나가고, 그의 노력은 허공 속에 무너져 내리고 말았다.

회칠을 한 벽을 따라 햇빛은 장밋빛에서 노란빛으로 변해 가고 있
었다. 창유리 뒤에서는 열기에 찬 아침이 바스락거리기 시작했다. 그
랑이 다시 돌아오겠다고 말하고 돌아간 것은 누구도 알았을까 말까
할 정도였다. 모두 얌전히 기다리고 있었다. 어린애는 계속 눈을 감은
채 좀 가라앉은 듯싶었다. 흡사 새 발톱같이 된 손은 얌전히 침대의
양쪽 모서리를 비비고 있었다. 그 손이 다시 제자리로 돌아와 무릎 언
저리의 모포를 긁어 대더니 갑자기 어린애는 다리를 접어 양쪽 넓적
다리를 배 가까이까지 끌어올리고는 움직이던 동작을 멈추었다.

이때 아이는 비로소 눈을 뜨고 눈 앞에 있는 리외의 모습을 바라보
았다. 이제는 일종의 회색의 점토처럼 굳어 버린 그 꺼진 얼굴 속에
서 입이 열려졌다. 즉시 지속적인 비명이 터져 나왔다. 이 비명은 거
의 호흡에 의한 억양조차 띠지 않고 갑자기 단조롭고 어색한 항의로
방 안을 가득 채우고, 이 항의는 모든 인간에게서 동시에 나온 것 같
은 인간적인 비명이었다. 리외는 이를 악물었고 타루는 얼굴을 돌렸
다. 랑베르는 카스텔의 바로 옆 침대로 다가갔고, 카스텔은 무릎을
펴놓고 있던 책을 덮었다. 파늘루 신부는 병으로 까맣게 타 버린 그
어린애의 입을 쳐다보고 있었다. 그리고 그가 돌연히 무릎을 꿇더니
좀 숨이 찬, 멎지 않을 것 같은 비탄에 찬 목소리로, 비명의 그늘에 뚜
렷이 알아들을 수 있는 목소리로 이렇게 기도하는 것을 모두들 들었
다. "하느님, 제발 이 아이를 구해 주시옵소서."

그러나 어린애는 마구 외치고, 그 주위의 환자들까지 흥분하기 시

작했다. 아까부터 방 안 구석 끝에서 소리를 계속 외치던 환자는 그 신음 소리의 리듬을 빨리하여 드디어 그 역시 비명을 지르기 시작했고, 그러는 동안 다른 환자들은 더욱더 격심하게 신음하기 시작했다. 물결 같은 흐느낌이 방 안에 몰려들면서 파늘루가 기도하는 목소리를 덮어 버리고 말았다. 한편 리외는 침대의 모서리에 매달린 채 피로와 혐오에 취해 눈을 감았다.

그가 다시 눈을 떠 보니 타루가 옆에 있었다.

"도저히 나는 여기에 더 있지 못하겠어요." 리외는 말했다. "이젠 더 듣고 있을 수가 없어요."

그런데 갑자기 다른 환자들이 고요해졌다. 리외는 바로 그때 어린애의 비명이 점차 약해져서 방금 들리지 않게 된 것을 알아차리게 되었다. 그런 후 주위에서 다시 비탄의 소리가 조그맣게, 이제 방금 끝이 난 그 싸움이 멀리 울려오는 메아리와도 같이 다시 시작되고 있었다. 싸움은 이제 끝났다. 카스텔은 침대 저편 쪽으로 돌아가, 이젠 모든 것이 끝났다고 말했다. 입을 벌린 채 어린애는 헝클어진 이불이 움푹 들어간 곳에 몸을 웅크리고, 눈물 자국을 얼굴에 남긴 채 누워 있었다. 파늘루는 침대 곁에 가서 강복을 비는 몸짓을 했다. 그리고 자기 성의를 여미고 중앙 통로를 지나 나가 버렸다.

"또다시 시작해야 할까요?" 타루는 카스텔에게 물었다. 늙은 의사는 고개를 끄덕였다

"어쩌면 그럴지도 모르겠군요." 일그러진 미소를 띠면서 그는 말했다.

"어쨌든 오래 견디어 내기는 했지만."

그러나 리외는 벌써 방을 나서려 하고 있었다. 더욱이 몹시 잰걸음으로 얼굴이 굳어져 있기에, 그가 파늘루를 앞질러 가려 했을 때 파늘루 신부는 손을 내밀어 그를 붙들려고 했을 정도였다.

"잠깐 기다리세요, 리외 씨." 그는 말했다.

화난 기색으로 리외는 돌아다보며 격렬한 어조로 뱉어 내듯 말했다.

"정말 그 아이만은 아무 죄도 없었습니다. 당신도 그건 알고 계실 테지요!"

그리고 또 고개를 돌리더니 그는 파늘루보다 빨리 방문을 지나 교정의 안쪽으로 향해 나갔다. 그는 먼지투성이의 작은 나무들 사이에 있는 벤치에 앉아, 벌써 눈에 흘러 들어온 땀을 닦았다. 그는 심장이 터질 듯한 몹시 죄어드는 응어리를 지금 여기서 풀기 위해 더 실컷 소리치고 싶었다. 더위가 무화과나무 가지 사이에 천천히 쏟아져 내려왔다. 아침나절의 푸른 하늘이 곧 희뿌옇게 흐려지기 시작하여, 그것이 대기를 한층 더 숨 막히게 해 놓고 있었다. 리외는 벤치에 몸을 맡겼다. 물끄러미 나뭇가지와 하늘을 바라보면서 천천히 정상 호흡을 되찾아 조금씩 피로를 풀어 갔다.

"왜 나에게 그렇게 화를 내며 이야길 하셨죠?" 하고 뒤에서 말을 거는 목소리가 있었다. "저 또한 그런 광경은 차마 볼 수가 없었습니다."

리외는 파늘루 쪽을 쳐다보았다.

"정말 그렇습니다." 그는 말했다. "나쁘게 생각지 말아 주세요. 아무튼 피곤 때문에 미친 사람처럼 되니까요. 그리고 이 도시에서 저는 이젠 반항심을 느낄 때가 종종 있거든요."

"그건 압니다." 파늘루는 중얼거렸다. "정말 분노를 삼키고 싶을 만한 일입니다. 왜냐하면 그것은 곧 우리들의 사고를 넘는 일이기 때문입니다. 하지만 우리는 미상불 우리 자신이 이해할 수 없는 일을 사랑해야 하는 겁니다."

리외는 갑자기 상체를 반듯하게 폈다. 그는 그때 몸속에 느낄 수 있는 강렬한 힘과 정열을 곁들여서 똑바로 파늘루의 얼굴을 지켜보고는 머리를 돌렸다.

"그런 일은 있을 수 없습니다." 그는 말했다. "나는 사랑이라는 걸 좀 다르게 생각합니다. 그리고 어린애들조차 고통을 받게끔 만들어진 이러한 세계를 사랑해야 한다는 건 정말로 긍정할 수가 없습니다."

파늘루의 얼굴에 당황한 그림자가 스쳐지나갔다.

"정밀 리외 씨." 그는 고통스러운 듯이 중얼거렸다. "저는 비로소 은총이라고 부르는 것이 어떤 것인지 이제야 알았습니다."

그러나 리외는 또 벤치 위에 몸을 던졌다. 다시 엄습하는 피로의 수렁 속에서 아까보다는 부드러운 말투로 이렇게 대답했다.

"그건 확실히 나에겐 없는 것이지요. 하지만 나는 그런 일을 당신과 함께 토론하고 싶지는 않습니다. 우리는 같이 일하고 있는 거예요. 모독이나 기도를 넘어서 결합시켜 주는 어떤 것을 위해. 그것만이 중요한 점입니다."

파늘루는 리외의 곁에 앉았다. 그는 감동한 기색이었다.

"그렇지요." 그는 말했다. "당신도 확실하게 인류의 구원을 위해 일하고 계시는 겁니다."

리외는 애써 미소를 지어 보이려 했다.

"인간을 구원한다는 건 너무 엄청난 말입니다. 나는 늘 그렇게까지 엄청난 일은 생각하지 않아요. 인간의 건강이 나의 관심의 대상입니다. 무엇보다도 인간의 건강입니다."

파늘루는 잠시 망설였다.

"리외 씨." 그는 말했다. 그러더니 그대로 입을 다물었다. 그의 이마 위에도 땀이 흘러내리기 시작했다. "실례하겠습니다."라고 중얼거리면서 일어섰을 때엔 그 눈은 반짝이고 있었다. 파늘루가 가려고 하자, 그때 생각에 잠겨 있던 리외도 일어서서 그에게 한 발 다가졌다.

"정말 죄송합니다. 다시 한 번 사과합니다." 그는 말했다. "다시는 그러한 화풀이는 두 번 다시 하지 않을 겁니다."

파늘루는 손을 내밀면서 침울한 목소리로 말했다.

"하지만 저는 당신을 설득하지 못했으니까요."

"네, 무슨 상관입니까?" 리외는 말했다. "내가 증오하는 건 죽음과 불행입니다. 그건 당신도 알고 계실 테지요. 그리고 당신이 원하든 그렇지 않든 간에 우리는 함께 그걸 참으며 그것과 싸우기 위해 여기 있는 거예요."

리외는 파놀루 신부의 손을 잡았다.

"당신도 아시는 것처럼 이렇게." 파늘루의 얼굴을 보지 않도록 애쓰면서 말했다. "하느님조차도 이제는 우리를 갈라놓을 수 없습니다."

　보건대에 들어온 이후로 파늘루는 병원과 페스트가 들끓는 장소에 늘 붙어 있었다. 그는 보건 대원들 중에서 마땅히 자기가 속해야 된다고 생각된 지위, 즉 제1선의 자리에 몸을 두고 있었던 것이다. 그는 죽음의 장면을 본 경우도 많다. 그리고 원칙적으로는 혈청에 의해 병마로부터 안전이 보장되어 있는 셈이기는 하지만, 자기 자신이 죽을 우려도 또한 아주 배제된 것은 아니었다. 겉으로 보기엔 그는 늘 냉정을 잃지 않고 있었다. 그러나 한 어린이가 죽어 가는 것을 오랫동안 바라보고 난 그날부터 그는 변한 것같이 여겨졌다. 뚜렷한 긴장의 기색을 그 얼굴에서 볼 수 있게 되었다. 하지만 그가 리외에게 자기는 지금 '사제는 의사의 진찰을 받을 수 있는가?'라는 논제에 관하여 간단한 준비 중이라고 미소를 띠면서 말했을 때, 리외는 그것이 파늘루가 하는 말 같지가 않고, 좀 더 심각한 그 무엇을 뜻하는 것 같은 인상을 받았다. 의사가 그 논문의 내용을 알고 싶다고 말했을 때, 파늘루는 이번에 남자만 모이는 미사에서 설교를 하기로 되었는데, 그 기회에 적어도 몇 가지 자기 견해를 말할 작정이라고 말했다.

　"당신도 오시길 바랍니다. 그 주제는 아마 당신에게도 관심이 있을 거예요."

　신부는 바람이 세게 부는 어느 날 그의 두 번째 설교를 했다. 사실을 말하자면 청중의 대열은 첫 번째 설교 때보다 듬성듬성했다. 그것은 이런 종류의 모임이 시민들로서는 별로 새로운 매력은 아니기 때문이다. 이 도시가 당하고 있는 어려운 고난 속에서는 '새로움'이라는 단어 자체가 이제는 의미를 잃고 있었다. 또 대부분의 사람들은 간혹 종교상의 의무를 완전히 외면해 버리고 있지는 않았더라도, 혹은 그것을 어떤 비도덕적인 생활에 어거지로 맞추어 걸맞는 것으로 만들어 버리고 있지 않았더라도, 통상적인 종교적 의무를 전혀 불합리한 미신으로 바꿔 놓아 버리고 있었다.

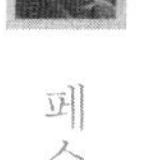

페스트

그들은 미사에 참석하는 것보다는 차라리 재앙을 막는 마스코트 메달이나 성(聖) 루가의 부적을 몸에 지니고 있었던 것이다.

그런 예로써, 시민들이 예언을 함부로 믿고 들먹이고 있던 사실을 꼽을 수 있다. 봄이 오자, 사람들은 사실 이제나저제나 질병이 그만 끝나기를 기다렸다. 또 감히 어느 누구도 다른 사람들에게 질병이 정말로 언제까지나 더 계속될지에 대해 물어보려고 하지 않았다. 그 이유는 바로 모든 사람은 병이 더 이상 오래 지속되지 않을 거라고 확신하고 있었기 때문이다. 하지만 세월이 지나감에 따라 그 불행은 정말 끝이 없는 것이 아닌가 두려워지기 시작했으며, 그래서 페스트의 종말이 모든 희망의 대상이 되었다. 또 옛 마술사들이나 가톨릭의 성직자들에 의해서 예시된 예언이 이 손에서 저 손으로 떠돌아 다녔다. 도시의 인쇄업자들은 이와 같은 취향들을 미끼로 해서 한바탕 돈벌이를 할 수 있다는 사실을 재빨리 눈치채고 유통 중인 책을 대량으로 인쇄하여 퍼뜨렸다. 그들은 사람들이 계속해서 흥미를 나타내는 것을 보고 시립 도서관 등을 이용하여 야사 가운데 그러한 종류의 모든 증언을 발굴해 내서, 그것들을 시중에 퍼뜨렸다. 역사 자체에서 예언이 부족하게 될 때는 기자들에게 그 주문이 넘겨졌는데, 그들 역시 최소한 이 점에 있어서는 과거 및 세기 동안에 있었던 예에 못지않게 유능한 솜씨를 발휘했다.

이러한 예언 중에 어떤 것들은 심지어 신문에 연재되기도 했는데, 더구나 그것은 건전한 시절에 실렸던 감상적인 이야기들보다 더 열심히 읽혀졌다. 그러한 예언 가운데 몇 가지는 그해의 기원 연수나 사망자의 수, 페스트가 계속되었던 달수 같은 것이 곁들어진 기묘한 계산에 근거를 두고 있었다. 또한 어떤 것은 역사상 대규모로 발생했던 페스트와 비교도 하고, 거기서 유사한 점―예언은 이것을 항상 불변의 것이라고 말했다―을 끌어내어, 역시 앞의 것에 그것들 못지않은 기묘한 계산을 통해 그로부터 지금의 시련에 관한 교훈을 끌어낼 수 있다고 했다. 하지만 일반 시민들의 구미를 제일 많이 당기게 한 것이라면 물론 묵시록의 말로써 알려 주는 일련의 사건이었는데, 그 하나하나의 사건은 지금 이 순간에도 마주치고 있는 사건으로 볼 수도 있었고 또 그 복잡성으로 인해서 모든 종류의 해석을 완전히 가능하게 하는 것들이었다. 이렇게 해서 항상 노스트라다무스와 성녀 오딜을 들먹였고 늘 수확이 있었다. 그런데 모든 예언에 공통되는 점은 결국 사람을 안심시켜 준다는 것이었다. 단지 페스트만이 그렇지가 않았다.

그리하여 미신이 우리 시민들에게 있어 종교의 자리를 대신 차지했으며 바로 그런 이유로 해서 파늘루 신부의 설교도 7할쯤 청중이

들어찬 성당에서 행해졌다. 설교가 있던 날 저녁 리외가 도착했을 때, 성당 출구의 대문 사이로 불어오는 바람이 청중의 틈바구니를 제멋대로 흘러 다니고 있었다. 그는 싸늘하고 조용한 성당 안에서, 남자들만으로 한정된 청중 한가운데 자리를 잡고, 신부가 단상 위에 오르는 것을 보았다. 신부는 첫 번째 설교 때보다도 온화하고 신중한 말투로 말을 했고 또 몇 번씩이나 청중들은 그의 말투에서 일종의 어떤 망설임이 배어 있는 것을 깨닫게 되었다. 더욱 이상한 것은 이제는 그가 '여러분'이라고 하지 않고 '우리들'이라고 말하는 것이었다.

한편, 그의 목소리는 점차 또렷해졌다. 그는 먼저 몇 달 전부터 페스트가 우리들 사이에 살아 있었으며, 지금 그것이 우리들의 식당이나 애인들의 머리맡에 도사리고 우리들 곁을 거닐며 일터에서 우리가 오는 것을 맞이하고 있는 것을 그토록 여러 번 보게 되었는데, 그것이 우리들에게 쉴 새 없이 말해 주는 것을 처음에는 놀라서 잘 알아듣지 못했을 가능성도 있지만, 아마도 이번에는 우리가 한층 잘 알 수 있을 거라는 말부터 하기 시작했다. 파늘루 신부가 여전히 똑같은 장소에서 설교했던 내용은 사실적인 것이었다. 아니 적어도 진실된 것이었다는 게 그의 신념이었다. 그러나 혹시 우리들 모두에게 그런 일이 발생할 수 있듯이, 그는 그로 인하여 가슴을 치기까지 했는데, 아무런 자비심도 없이 그 설교를 생각해 내어 말했던 것이다. 그러나 여전히 어떤 일에 있어서도 항상 진실한 것은 간직될 수 있다는 법이다. 가장 잔혹한 시련조차도 기독교인에게는 역시 이득이 되었던 것이다. 그러므로 기독교가 당면한 문제에서 정말로 추구해야 할 것은 바로 그 이익이며, 그 이익은 무엇으로 이루어져 있으며 어떻게 그것을 발견할 수 있는가를 아는 데 있다는 것이었다.

이때, 리외의 주변 사람들은 그들의 걸상 팔걸이에 팔을 제멋대로 올리고 앉아 될 수 있는 대로 평온한 자세로 있으려는 것처럼 보였다. 입구에 있었던 가죽을 댄 문 한 짝이 살며시 달그락거렸다. 누군가가 일어나서 그것을 붙잡았다. 리외는 그러한 사소한 움직임에 마음이 쓰여서 파늘루 신부의 설교를 귓전으로 흘려버렸다. 파늘루 신부가 말했던 요지는, 페스트로 인하여 벌어졌던 상황을 따지지 말고 도리어 페스트로부터 무언가를 알려고 노력해야 한다는 것이었다. 잘 알 수는 없었지만 그래도 어렴풋이 리외가 파악한 것은, 페스트에 관해서 신부로서는 아무것도 설명할 수 없다는 것이었다. 리외의 어수선한 마음이 신부에게로 쏠린 것은, 그가 이 지상에는 신의 존재와 비교해서 설명할 수 있는 것과 그럴 수 없는 게 있다고 말했을 때였다. 역시 세상에는 선과 같은 악이 존재하고, 그 둘 사이의 판별은 어렵지 않게 내려진다. 그리고 악의 내부에서 문제가 발생한다. 예를 들어, 명백히 필요한 악이 있고 또 명백히 필요하지 않은 악이 있다. 말하자면 지옥에 던져진 돈과 어린이의 죽음을 생각해 보면, 방탕한 자가 벼락을 맞고 죽는 것은 일견 부자연스럽지 않은 일이나 어린애가 고통스러워할 때 아무래도 납득할 수가 없다. 사실 이 세상에서는 어린애가 치루어야 하는 고통과 그 고통에서 나오는 혐오, 그러한 것들에서 찾아야 할 여러 가지 이유보다도 더 가치로운 일은 아무것도 없다. 그 밖의 삶에 있어서는 신은 우리에게 모든 것을 나누어 준다.

그래서 거기까지는 종교의 공덕이 별로 있지 않다.

그러나 그것에서부터 신은 지금까지와는 오히려 거꾸로 우리를 고통의 담 밑으로 밀어 넣는다. 그러나 우리는 그런 담 밑에서도 죽음의 그림자를 떨치고 우리의 이익을 참아야 한다. 그런데도 우리 자신은 그 담을 뛰어 넘을 수 있는 권익조차 바로 물리치고 있다. 신부는, 그 어린애를 구원하고 있는 환희가 그 고통을 충분하게 보상해 줄 수 있다고 말하는 것은 좋은 일이지만 자기 자신은 사실 거기에 대해 아무것도 모른다고 했다. 감히 어느 누가 영원한 기쁨이 인간의 잠깐 동안 오는 고통을 사해 줄 수 있다고 이야기할 수 있겠는가. 그와 같이 지껄여 대는 자라면 진정으로 육체와 정신의 고통을 전부 감내한 예수를 믿고서 따르는 크리스천이라고 이야기할 수도 없을 것이다. 하지만 또 그게 아니다. 신부는 고통의 담 밑에 푹 주저앉아 있을 것이며, 십자가가 보여 주는 그 처참함을 바로 본받아서 어린애의 죽음을 대면하고 있을 것이다. 그는 오늘 자신의 설교를 듣고 있는 사람들에게 서슴없이 이와 같이 설교했다.

"여러분, 드디어 그 시기가 왔습니다. 우리는 모든 것을 믿거나 아니면 모든 것을 믿지 않느냐, 이것입니다. 그렇다면 우리들 가운데 누가 감히 모든 것을 부정할 수 있겠습니까?"

리외가 이제 신부는 이단자가 되어 가고 있다고 생각하는 순간, 신부는 어느새 용감한 목소리로 그 무조건적인 요구를 순순히 받아들이는 것만이 참다운 기독교도의 은혜라고 단언했다. 그것은 기독교도가 감내해야 할 덕목이기도 하다는 것이었다. 신부는 자기가 이야기하는 덕목의 어떤 점은 굉장히 과격한 것이어서 제일 전통적이고 너그러운 도덕에 익숙해져 있는 많은 사람에게 큰 반발을 주리라는 것을 이제 알고 있다고 말했다. 그러나 페스트가 이와 같이 만연된 시대의 종교란 그 어느 때의 종교와 같은 것일 수는 없고, 또 하느님 도 시대가 평온할 때는 사람들에게 안정과 향락을 허락하시지만, 이처럼 강렬한 고통 속에서는 사람들의 영혼이 오히려 과격하기를 원한다고 했다. 신부에 따르면, 하느님이 오늘날 그가 창조하신 인간에게 은총을 베푼 탓으로, 우리가 '전체' 또는 '무'라는 덕목을 행하도록 우리를 불행 속에 밀어 넣으셨다는 것이다.

수백 년 전에 어떤 버릇없는 저술가가 연옥 따위는 진정으로 존재하지 않는다고 단언함으로써 교회의 온갖 비밀을 폭로시키겠다고 난리를 친 일이 있었다. 그렇게 이야기함으로써, 그는 천국과 지옥 외에 연옥이라고 하는 어정쩡한 상황은 있지도 않으며, 따라서 사람은 자기가 택한 바에 의해 구원을 받거나 저주 속으로 떨어지거나 하는 수밖에 없음을 주장했다. 하지만 파늘루 신부는 그런 생각은 방종한 영혼만이 발상해 낼 수 있는 엄청난 이단이라고 생각했다. 왜냐하면 연옥은 엄연히 존재하는 세계였다. 하지만 때로는 그 연옥을 절대로 기대해서는 안 되는 시대, 곧 죄로 소란을 피울 수 없는 특수한 시대가 있다. 모든 죄가 죽음을 의미하고 또 무관심이 모두 죄가 되는 시대, 즉 전체가 아니면 무인 시대가 있다는 것이다.

파늘루 신부가 말을 그쳤다. 그래서 리외는 바람이 그전보다 더 거세게 문짝을 흔드는 소리를 더 잘 들을 수 있었다. 하지만 그때, 신부

는 말을 다시 했다. 그에 의하면, 자신이 이야기하는 무조건적인 복
종이라는 덕성을 예사롭게 나타내서는 곤란하다는 것이었다. 그것
은 절대로 속된 체념의 표현도 아니고 기묘한 부끄러움도 아니다. 그
것은 복종이지만, 복종하는 사람 스스로가 합의한 복종이다. 어린애
가 당하는 고통은 정신적으로나 감각적으로나 너무나 굴욕적인 것이
다. 하지만 바로 그런 까닭으로 고통을 인내하고 그 속에 몰두되어야
만 한다. 바로 이런 점들 때문에, 자신의 생각을 그대로 표현할 수는
없지만, 아무튼 우리는 신이 바라는 것을 똑바로 받아들여야 한다고,
신부는 거듭해서 강조했다. 그렇게 함으로써만이 바로 기독교도들
의 양심에 아무런 거리낌이 없어지며 출구가 보이지 않는 암울한 상
황에서도 근본적인 선택의 자리로 돌아갈 수 있다. 이 순간에도 여러
곳의 교회에서 힘센 부인네들이 환부에 발생하는 멍울이 바로 페스
트를 퇴치하는 자연 요법임을 깨닫고, '주여, 우리 아이에게도 이러
한 멍울을 내려 주소서.'라고 기도하는 것처럼, 기독교도가 되려면
신의 뜻이라면 모두 흔쾌히 받아들여야 하는 것이다. 이제 그 까닭을
이해할 수는 없더라도, '나는 그것을 알 수는 있지만 받아들일 수는
없다.'라고 말할 수는 없다. 우리는 우리에게 닥쳐 온 이해할 수 없는
고통 속으로 우리 자신을 몰두시켜야만 한다. 어린애가 겪고 있는 고
통은 우리들에게 쓴 빵과 같다. 하지만 그 빵마저 없다면 우리의 영
혼은 굶주려 죽고 말 것이다.

　이때부터 파늘루 신부의 말이 잠깐씩 끊길 때마다 한숨 같은 탄식
이 일어나기 시작했다. 그런 후 신부는 그런 청중들의 의문을 대신해

269

서 묻는 투로, 그러면 우리는 어떻게 대처해야 하는가 하고 강조하면서 말문을 열었다. 그는 사람들이 숙명론적이라는 잔인한 말을 입에 담으리라는 걸 잘 알고 있다고 말했다. 그러나 그 말에 '능동적'이라고 하는 형용사를 덧붙여 주는 것으로 숙명론자임을 받아들일 수도 있다. 다시 말하자면, 지난번에 이야기했던 아비시니아의 기독교도들의 시늉을 흉내 내서는 안 된다. 뿐만 아니라 기독교도들로 이루어진 의료진을 향해 입었던 옷을 벗어 던지며, 신이 내린 질병에 항거하려는 신을 믿지 않는 자들에게 페스트를 앓게 해 달라고 하늘을 향해 울면서 기도하던 페르시아인을 흉내 내서는 안 된다. 또한 지난 세월이 겪어 낸 질병 가운데 어떤 것은 아직까지도 내재하고 있을지도 모른다는 이유로, 촉촉하게 젖은 따뜻한 입술의 부딪침을 방지하기 위하여 성체를 핀셋으로 집어내어 영성체를 나누던 카이로 사람들을 흉내 내서는 안 된다. 페르시아의 환자들이나 카이로의 수도자나 전부 똑같은 죄를 짓고 있었던 것이다. 왜냐하면 페르시아 환자들은 어린애가 겪고 있는 고통 등은 그다지 고려하지 않았기 때문이며, 카이로의 수도자들은 고통에 대한 너무나 인간적인 염려가 극히 지나쳤기 때문이다.

이 두 가지의 경우가 전부 문제의 핵심에서 어긋난 것이다. 모두들 하느님의 말씀을 알아듣지 못했다. 그 밖에도 파늘루 신부가 청중들에게 인식시키고자 했던 예는 또 있었다. 만약 마르세유에서 있었다는 페스트의 기록을 있는 대로 믿는다면 메르시 수도원의 수도승 81명 중에 겨우 4명만이 살아남았는데, 그 4명 가운데 셋은 도망갔다. 기록가는 이곳까지만 적어 놓았다. 그 이상의 이야기를 기록한다는 것은 그들의 직분에 어긋난 일이었다. 그러나 파늘루 신부는 그 기록을 읽으면서 77구의 시체를 목격했으며, 무엇보다도 3명의 동료가 없어진 뒤에도 홀로 남아 있던 1명의 수도승에게 매료되었다고 했다. 신부는 단상의 귀퉁이를 주먹으로 치면서 외쳤다.

"여러분 우리는 누구나가 남아 있는 한 사람이 되어야 합니다."

그렇다고 해서 반드시 재앙의 무질서 가운데 확립되는 사회의 질서를 거부하라는 것은 아니었다. 꿇어앉아서 전부를 포기해야 한다는 모랄리스트의 말에 현혹돼서도 안 된다. 다만 어둠 속이지만 그래도 전진을 계속하며, 선을 행하기 위해 힘써야 한다. 하지만 그 외의 것들은 모두 그것이 설마 어린애의 죽음이라 할지라도 모두 신의 손에 맡기고 절대로 개인의 힘에 기대를 걸어선 안 된다.

이 대목에 이르러서 파늘루 신부는 마르세유에 페스트가 퍼지던 동안 벨징스 주교라는 지체 높은 사람이 보여 주었던 태도를 다시금 생각했다. 질병이 거의 끝나갈 무렵에, 주교는 더 이상 해 볼 도리가 없다고 생각하곤, 담을 높이 쌓게 한 다음 먹을 것을 장만해서 집 안에 그냥 틀어박혔다. 그러나 주교를 믿고 따랐던 시민들은 너무나 오랜 고통에 지쳐 버린 반발로 주교에 대해 울분을 터뜨렸다. 그리하여 주교에게도 페스트를 전염시키려고 그의 집 둘레에 전염병으로 죽은 시체를 높이 쌓아 올리고, 때론 죽은 시체를 집 안으로 던지기까지 했다. 주교는 자신이 죽음의 세계와 떨어져 있다고 믿고 있었으나 사실

271

그의 죽음은 하늘에서 머리 위로 떨어져 내리고 있었던 것이다. 마찬가지로 우리도 페스트와 완벽히 격리된 파라다이스는 아무 곳에도 없음을 알아야 한다. 중간이란 어디에도 없다. 스탕달도 용서해야 한다. 왜냐하면 우리는 신을 저주하든가 사랑하든가, 아무튼 둘 중에서 하나를 선택해야만 하기 때문이다. 그렇다면 누가 감히 신에 대한 증오를 선택할 수 있단 말인가?

"여러분." 결국 파늘루 신부가 판정을 내리듯 말했다. "신에 대한 사랑은 정말 힘든 것입니다. 그것은 자신을 완벽히 내맡기고 자신의 인격을 경멸할 것을 전제로 요구합니다. 하지만 그 사랑만이 어린애의 고통과 죽음을 설명할 수 있습니다. 왜냐하면 그것은 누구도 이해할 수 없기 때문이며, 그저 바랄 수밖에 없는 일이기 때문입니다. 바로 그것이 제가 여러분에게 해 주고 싶은 교훈입니다. 그것은 우리가 보기에는 더없이 잔인한 일이나 신이 보시기에는 가장 결정적인 신앙의 표현입니다. 우리는 그 가까이 가야 합니다. 우리는 그 끔찍한 것들과 어깨를 동등하게 해야 합니다. 그중에서 모든 것이 어우러져 조화되어, 이때 정의가 아닌 것에서 정의가 나타날 것입니다. 그래서 프랑스의 남부 지방에 있던 많은 성당에는 페스트로 숨졌던 사람들이 벌써 수백 년 전부터 잠들어 있습니다. 수도승들은 그 무덤 위에서 말들을 했는데 그들이 이야기하는 정신은 어린애들의 뼛이 섞어진 죽음의 재에서 비롯되는 것입니다."

리외가 바깥으로 나올 때, 조금 열려진 문틈으로 모진 바람이 새어들어 신자들의 얼굴을 내리쳤다. 바람이 거리의 비 냄새와 포도 향기를 성당 안에 풍겼다. 그 덕분에 신자들은 거리의 모습을 파악할 수 있었다. 리외 앞에는 방금 성당을 나온 늙은 신부와 젊은 모자를 행여나 부제가 바람에 날려 버릴까 하고, 조심을 하면서 쓰고 있었다. 늙은 신부는 쉬지 않고 설교에 한 주석을 붙였다. 그는 파늘루 신부의 웅변에 감명 받은 듯했으나, 그래도 그의 몇몇 매우 대담한 생각에 대해서는 조금은 불안감을 가지고 있었다. 그는 파늘루 신부의 설교에는 내용보다 오히려 불안적인 요소가 자리 잡고 있다고 평가했다. 젊은 부제는 바람 때문에 고개를 푹 숙이고 있었는데, 그는 파늘루 신부의 집을 자주 드나들고 있어서 신부의 사상적인 발전을 매우 잘 알고 있다면서, 그의 논문은 계속 더욱더 대담해질 것이며, 또 결국 신부는 출판 허가를 받지 못할 것이라고 말했다.

"도대체 무슨 사상을 갖고 있지?" 늙은 신부가 물었다.

그들은 성당 앞뜰에 서 있었는데, 바람이 계속적으로 불어서 젊은 부제는 입을 열지 못했다. 겨우 입을 열 수 있게 되자 그는 간단하게 이렇게 말했다.

"신부가 의사의 진찰을 받는 것이 잘못된 거라는 생각이죠?" 타루는 리외로부터 파늘루 신부의 설교에 대한 이야기를 듣고는 전쟁 통에 눈을 잃은 청년을 보고 신앙을 잃은 한 신부를 알고 있다고 말했다.

"파늘루 신부의 말이 맞아요." 타루가 말했다. "죄 없는 사람이 그의 눈을 잃게 될진대, 기독교도라면 눈알이 없어지거나 신앙을 잃게 되거나 다 인정해야죠. 파늘루 신부는 절대로 신앙을 잃으려고 하지 않을 겁니다. 그러니 그는 결국 갈 데까지 다 가겠지요. 그가 바라는 것이 바로 그겁니다."

그 설교가 있은 지 며칠이 지난 후 신부는 이사하느라 너무나 분주했다. 그 무렵 시내에는 병세가 기승을 부려 누구든지 이사하기에 정신이 없었다. 타루가 호텔을 떠나 리외의 집으로 옮겨야 했듯이 신부 또한 교구에서 마련해 준 아파트를 떠나서, 성당에 잘 나오는 신자로서 아직도 질병에 걸리지 않은 늙은 부인 집으로 이사했다. 이사를 하는 동안, 신부는 자신이 너무나 피로하고 불안정하게 있음을 느꼈다. 그런 까닭으로 신부는 결국 집의 여주인한테 존경심을 빼앗기고 말았다. 왜냐하면 그 부인이 그에게 성녀 오딜의 예언이 잘 맞았다고 열을 올리며 떠들어 대는 동안 신부는, 아무래도 심한 피로 때문이었겠지만 거의 눈에 띌 만큼 초조해했었다. 그 후 신부는 어떤 노력을 기울이든 간에 부인의 호의를 얻어 보려 했으나 잘되지 않았다. 그것으로 노부인은 신부에 대하여 악의를 갖고 말았던 것이다. 그래서 저녁마다 편물로 된 커튼이 길게 늘어져 있는 자기 방으로 돌아가기 전, 그는 거실에 앉아 있는 부인의 등을 가만히 바라보아야만 했다. 그래도 부인이 자기를 바라보지 않으면 그는 예전에 그녀가 해 주었던 "편히 주무세요, 신부님." 하는 밤 인사를 떠올리며 자기 방으로 돌아가야 했다. 바로 그런 날 저녁, 신부는 잠이 들려다가 말고, 머리가 너무나 쑤시고, 뿐만 아니라 벌써 여러 날 전부터 있기 시작했던 미열이 이제는 손목과 관자놀이의 힘줄을 뚫고 터져 나오려는 것을 느꼈다.

그 후의 일은 그 노부인의 이야기로 간신히 알 수 있었다. 다음 날 아침, 그녀는 습관대로 일찍 잠에서 깨었다. 그런데 오랜 시간이 지나도 신부가 자기 방에서 나오지 않자, 그녀는 이상한 느낌이 들어 신부의 방문을 두드리려고 마음먹었다. 그녀가 신부의 방문을 열자 신부는 밤 사이 잠을 못 잔 얼굴로 그때까지도 자리에 있었다. 그는 심장이 답답해서 고통을 겪고 있었으며, 굉장히 충혈된 눈빛을 하고 있었다. 부인의 말에 의하면, 그녀는 의사를 부르자고 친절하게 제안했으나 신부가 너무나 심하게 자신을 꾸짖는지라 너무나 서운했다. 마침내 부인은 신부의 방에서 힘없이 물러나오고 말았다. 잠시 후 신부가 벨을 눌러 부인을 불렀다. 그리고 좀 전에 자신이 화를 냈던 일에 대해 사과하고 자신의 병세는 페스트가 아니며 단지 조금 피로해서 일어난 증세일 뿐이라고 말했다. 그때 부인은 침착하게, 자신의 제안은 그런 따위의 천박한 걱정에서 비롯된 것이 아니라면서, 자신은 하나님께서 완벽히 주관하시는 생명인 자기 신체의 안전 같은 일에는 너무나 무관심한 존재로서 아까의 이야기는 자기 자신도 신부님의 건강에 대해 어떤 책임이 있다고 생각해서 그랬을 뿐이라고 다른 말로 돌렸다. 신부는 아무 대꾸도 하지 않았다. 그래서 부인은, 물론 그녀의 말을 믿는다면 자기 의무를 다하고자 또 의사를 부르자고 신부에게 제안을 했다. 하지만 신부는 이번에도 부인의 청을 거절했다. 신부는 무어라고 열심히 설명했으나 부인은 그것이 어떤 이야긴지 도저히 알아들을 수가 없었다. 단지 알아들을 수 있는 것은 의사의 진찰을 받는다는 것은 신부의 사상에 그릇된 것이기 때문에 의사를 불러서는 안 된다는 것이었는데, 사실은 그게 가장 알아듣기 힘든 애

매한 말이었다. 부인은 마침내 신부가 너무 열에 시달려서 생각의 갈
피를 잡지 못한다고 생각하고는 약을 지어다 주는 것으로 자신의 의
무를 끝내고 말았다. 이런 사태에서 어떻게 자신의 임무를 완수해야
하는지를 잘 알고 있던 그녀는, 2시간마다 환자의 방에 올라가 보았
다. 부인에게 너무나 큰 충격을 준 것은 그날 온종일 계속 흥분에 들
떠 있는 신부의 모습이었다. 신부는 이불을 걷어차다가 다시 끌어 덮
고, 또 자기 이마에 손을 가져다 대기도 하면서, 이따금씩 몸을 돌연
히 일으키고는 쥐어짜듯 기침을 뱉어 내려고 애쓰기도 했다. 그때마
다 그는 마치 목구멍 속에 막혀 있던 솜 덩어리를 빼내지 못해 숨이
막혀 죽을 것만 같았다. 그런 발작을 서너 번 계속하고 나서 그는 맥
이 빠져 뒤로 나자빠져 버리고 말았다. 그러다가 그는 결국 다시 몸
을 일으키고는 아까보다도 더욱 꿋꿋한 자세로 앉아 정면을 주시했
다. 하지만 부인은 신부의 화를 살까 봐 의사를 청하기를 주저하고
있었다. 겉으로는 대단한 병인 것 같지만 그래도 그저 단순한 열병에
의해 일어나는 순간적인 발작 증세에 지나지 않을지도 모른다고 생
각했다.

오후에, 부인은 신부에게 이야기를 붙여 보았지만 횡설수설하는
몇 마디 밖에는 더 들을 수가 없었다. 부인은 또 의사를 부르자고 제
의했다. 그러자 신부는 몸을 일으켜 세운 후 숨이 막혀 애쓰면서도
그러기를 바라지 않는다고 확실히 말하는 것이었다. 그때 부인은, 만
약 내일 아침까지도 신부의 이 같은 증세가 이어진다면 랑스도크 통
신사에서 라디오를 통하여 하루에도 여러 차례씩 떠들어 대는 전화

번호로 전화를 걸어야겠다고 생각했다. 항상 자신의 임무를 소홀하게 한 적이 없는 부인은 밤중에도 환자의 상태를 알아보려고 마음먹었다. 한데 저녁때 신부에게 한 차례 더 약을 먹이고 나니 과로해서 조금 눕고 싶었다. 그런 것이 다음 날 새벽에야 겨우 눈을 뜨게 되었다. 부인은 신부의 방으로 쫓아갔다.

신부는 움직이지도 않고 누워 있었다. 지난밤에는 너무나 벌겋게 열이 나 있더니 현재는 허연 납빛이 되어 있었는데, 얼굴 모양은 그대로이고 더 창백해 보였다. 신부는 누운 채로 침대 위에 장식되어 있는 여러 가지 빛깔의 진주 샹들리에를 바라보고 있었다. 부인이 들어가자 신부가 머리를 돌렸다. 그 부인의 말에 의하면, 그 모습은 전날 밤의 강렬한 고통에 시달려 이제는 너무나 기진해 버린 듯했다. 그녀는 그에게 좀 어떠냐고 물었다. 그러자 신부는 부인이 괴상히 여길 정도로 무관심한 말투로, 병세는 점점 더해 가나 의사를 부를 필요는 없고, 그저 모든 일이 순리대로 진행되도록 병원으로 자기를 데려다 주었으면 좋겠다고 말했다. 부인은 질겁하고 놀라서 전화통으로 달려갔다.

정오에 리외가 도착했다. 그는 부인의 전달을 듣고 나서, 파늘루 신부의 말 그대로일 것이며, 그래서 이미 때가 늦었을 거라고 대답했다. 신부는 계속해서 관심이 없는 태도로 리외를 맞이했다. 하지만 막상 진찰을 한 리외는 놀라지 않을 수 없었다. 신부는 다만 목이 부어 호흡이 곤란했을 뿐 어디에도 페스트의 심각한 징후는 나타나지 않고 있었다. 그러나 벌써 맥박이 몹시 약해져 있었고, 그 외의 증세

도 매우 위험해서 살아날 가망은 거의 없었다.

"페스트의 중요한 증세는 이제는 완벽히 찾아볼 수 없군요." 리외가 파늘루 신부에게 이야기했다. "그렇지만 무언가 이해가 되지 않은 점들이 있으므로 그도 격리하는 게 좋을 듯합니다."

신부는 무표정하게 조금 웃어 보였을 뿐 말도 하지 않았다. 리외는 전화를 걸러 나갔다가 또 들어왔다. 리외는 가만히 신부를 내려다보았다.

"제가 곁에 있겠습니다." 그가 부드럽게 말했다.

신부는 약간 생기가 감도는 듯이 보였다. 그는 삶의 정열이 도진듯이 부드러운 눈길로 의사를 바라보았다. 그리고 한마디 한마디를 간단하게 이어 가며 서글픈 기색이 잔뜩 담긴 목소리로 말했다.

"고맙습니다. 그러나 수도자에겐 친구가 없습니다. 성직이란 모든 것을 신에게 맡겨야 하니까요."

그는 리외에게 침대 머리맡에 놓여 있는 십자가를 들어 달라고 했다. 손에 십자가가 쥐어지자 그것을 보기 위하여 고개를 돌렸다.

병원에서 파늘루 신부는 될 수 있는 대로 말문을 열지 않았다. 그는 자기 몸에 행하여지는 치료에 마치 물건인 양 자기를 맡기고 있었으나 끝내 십자가는 놓지 않았다. 신부의 병세는 계속해서 애매했다. 리외의 머릿속에서는 어떠한 의문이 변함없이 일어나 그를 괴롭혔다. 신부는 페스트인 것도 같았고 전혀 그렇지 않은 것도 같았다. 한데 얼마 전부터 페스트란 놈이 의사의 진찰을 힘들게 만드는 장난을 치고 있는 듯했다. 그렇지만 파늘루 신부의 경우에는 이런 불확실성도 이제는 중요한 점이 못 된다는 것이 그 후의 경과에서 드러났다.

열이 점점 더 올랐다. 기침 소리는 더욱 심해졌고 온종일 환자는 고통으로 괴로워했다. 마침내, 그날 저녁에 신부는 자신의 호흡을 막던 그 솜뭉치를 기침과 함께 토해 냈다. 솜은 빨갛게 젖어 있었다. 그러한 발열상태에서도 계속해서 파늘루는 무관심한 눈빛을 유지했다. 하지만 이튿날 아침, 몸을 침대 밖으로 반쯤 떨구고 죽어 있는 그의 눈에서는 아무 빛도 찾아볼 수 없었다. 그의 병원 카드에는 이렇게 적혔다. 〈병명 미상〉

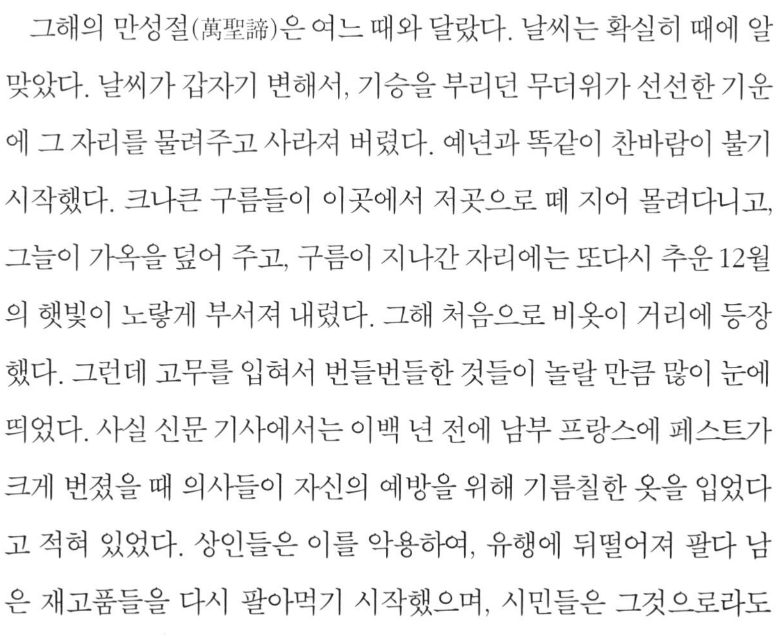

그해의 만성절(萬聖諦)은 여느 때와 달랐다. 날씨는 확실히 때에 알맞았다. 날씨가 갑자기 변해서, 기승을 부리던 무더위가 선선한 기운에 그 자리를 물려주고 사라져 버렸다. 예년과 똑같이 찬바람이 불기 시작했다. 크나큰 구름들이 이곳에서 저곳으로 떼 지어 몰려다니고, 그늘이 가옥을 덮어 주고, 구름이 지나간 자리에는 또다시 추운 12월의 햇빛이 노랗게 부서져 내렸다. 그해 처음으로 비옷이 거리에 등장했다. 그런데 고무를 입혀서 번들번들한 것들이 놀랄 만큼 많이 눈에 띄었다. 사실 신문 기사에서는 이백 년 전에 남부 프랑스에 페스트가 크게 번졌을 때 의사들이 자신의 예방을 위해 기름칠한 옷을 입었다고 적혀 있었다. 상인들은 이를 악용하여, 유행에 뒤떨어져 팔다 남은 재고품들을 다시 팔아먹기 시작했으며, 시민들은 그것으로라도 면역성을 얻게 되는 것으로써 위안을 삼으려 했다.

다른 해 같으면 시내의 전차들은 국화꽃의 은은한 향기로 가득 차고, 부인네들은 떼를 지어 그들 친지의 무덤에 꽃을 놓으러 가곤 했다. 그럼으로써 그들은 죽은 사람들 옆에 서서 여태 잊고 지냈던 것을 보상받으려 했다. 하지만 올해는 누구도 죽은 이를 염려하지 않았다. 벌써 이들은 지나칠 정도로 죽은 자에 대해 생각해 왔기 때문이다. 하지만 이제는 더 이상 후회와 감상에 젖어 죽은 이를 돌볼 필요는 없었다. 죽은 자들은 벌써 일 년에 한 번씩 사람들의 변명을 들을 권리가 있는 존재들이 아니었다. 그래서 누구나 잊고 싶어 했다. 이런 까닭에 그해의 초혼제는 싱겁게 넘어가 버리고 말았다. 코타르의 말대로라면, 타루도 그의 말투가 점차 더 야유조가 되는 것을 눈치챘는지, 그저 매일매일이 항상 초혼제였다.

한데 사실 페스트의 불꽃은 화장터 화덕 위에서 매우 신이 나서 타오르고 있었다. 날마다 사망자 수가 더 이상 증가하지 않은 것은 사실이다. 하지만 페스트는 이제 그 최고 절정에 확고하게 자리를 잡고서, 자신의 살인 계획을 차근하게 관리하는 정확성과 규칙성을 확인했다. 원칙적으로, 또 당국의 견해로 볼 때, 그것은 좋은 징조였다. 페스트의 진행 그래프에는 본래 급상승 커브에 이어 얼마간의 평형 상태가 있다고 했다. 리외와 같은 의사들은 이런 현상을 아주 짧은 변화로 알았다. "좋아, 훌륭한 그래프군." 의사는 말했다. 그는 병세가 수평 상태에 이르렀다고 생각했다. 앞으로의 병세는 차츰 약해질 것이다. 그는 그것이 카스텔의 놀라운 혈청 덕분이라고 생각했다. 예전에 그 혈청은 몇 차례나 뜻밖의 성공을 거둔 바 있었다. 카스텔 노인도 이를 부정하지는 않았지만, 페스트는 역사적으로 볼 때 예상치 못했던 여러 가지 일들을 포함하고 있었으므로 앞날을 확답할 수는 없다고 평가했다. 도청은 이미 오래전부터 민심의 안정을 희망해 왔는데, 페스트는 좀처럼 그 요구를 들어 주지 않았다. 도청은 이 문제에 관해 의사들의 의견을 알기 위해 모임을 갖기로 했는데 바로 그때, 의사 리샤르가 페스트로, 그것도 병세가 평행 상태를 유지하고 있을 때 죽고 말았다. 행정 당국은 그 폭발적인, 하지만 정말 어쩔 도리가 없는 확실한 사실 앞에서, 지금까지의 긍정적인 자세에서부터 또 다른 모순에 찬 비관주의로 돌아서고 말았다. 카스텔은 자신의 혈청을 매우 정성 들여 만들기로 했다. 아무튼 이제는 병원이나 검역소로 개조되지 않은 공공장소라고는 하나도 없었는데, 그래도 도청만은 자리를 지키고 있었다. 왜냐하면 항상 사람들이 모여 있는 장소는 필요했기 때문이다. 하지만 대체로, 그리고 그 당시 페스트가 한층 안정된 상태에 머물고 있었음에 비추어 볼 때, 리외가 기획했던 조직은 결코 늦은 게 아니었다. 힘들도록 온갖 노력을 기울인 의사들이나 보조원들은 이제는 노력을 상상할 필요가 없었다. 이렇게 이야기해도 좋을지 모르지만 아무튼 그들은 그 초인적인 사건들을 규칙적으로 계속해야만 했다. 벌써 나타나기 시작한 폐장성 페스트는 흡사 바람결이 사람들의 가슴속에 불을 태우고 부채질을 해 대듯이 놀라운 속도로 퍼져 가고 있었다. 환자들은 피를 토하며 훨씬 빠른 속도로 죽어 갔다. 전염성의 위험은 이런 새로운 증세와 더불어 더 번질 것 같았다. 이 점에 대한 전문가들의 의견은 항상 올바르지 못했다. 그래도 안전을 기하기 위해 보건 담당자들은 항상 소독된 가제 마스크를 이용했다.

얼핏 보기에는 병세가 더욱 확산될 것 같았다. 하지만 선(腺) 페스트는 점차 줄어들어 갔으므로 통계 커브는 여전히 수평을 유지했다.

이제는 시간이 지남에 따라 자연적으로 식량 보급이 어려운 지경에 이르게 되었으며, 이 밖에도 여러 가지 문제점이 노출되었다. 또 투기가 성행해서 보통 시장에서는 찾기 힘든 생활필수품들이 어이없는 가격으로 떠돌았다. 빈곤한 가정은 더할 수 없는 괴로움에 처하게 되었으나 부유한 가정은 없는 게 없을 정도로 풍요로워졌다. 페스트가 모든 사람에게 공평하게 번졌듯이 시민들의 생활을 평등하게 이끌어 갈 수도 있었을지 모른다. 그러나 사실 페스트는 도리어 인간의 마음속에 에고이즘을 확실하게 심어 줌으로써 불평등을 심화시켰다. 확실히 완전한 평등은 남아 있었지만 그 누구도 그런 평등을 원하지는 않았다. 그래서 굶주림에 시달리는 가난한 사람들은 이루 말할 수 없는 향수에 젖어 풍족하고 자유로운 이웃 도시를 그리워했다. 때로는 논리에 맞지 않는 이야기지만, 그들은 자신들에게 풍족한 식량도 공급해 주지 못할 바에야 오히려 자기들을 이곳에서 떠날 수 있도록 해 줘야 한다고 피력했다. 그래서 결국 하나의 구호가 생겼고, 그것은 널리 퍼져서 때로는 시장이 지나가는 길에서도 외쳐지기도 했다. "빵이 아니면 바람을 다오."라는 이 풍요로운 문구는 몇몇 시위의 주요 단서가 되기도 했는데, 시위는 곧 진압되었으나 그 중요성은 누구든지 인정하고 있었다. 때때로 신문들은 자신들이 받았던 낙관주의의 명령에 이끌리고 있었다. 신문에서 볼 때 사태의 명확한 특징은 시민들이 보여 주었던 '냉철과 침착의 감동적인 실례'였다. 그러나 꽉 막혀 있는 도시, 더욱이 어느 것도 감추어진 것이 없는 도시에서는 도청이 예고하는 '실례' 따위에 속을 사람은 없었다. 그리고 심각했던 그 냉철과 침착에 대해 명확한 개념을 알고자 한다면, 당국에 의해 제시된 예방격리소나 격리 수용소 같은 곳에 입소해 보면 자세히 알게 된다. 마침 그때 필자는 다른 곳에 일이 있었기 때문에 그런 곳들을 알아보지 못했다. 그 때문에 이제부터 타루의 목격담을 인용할 수밖에 없다.

타루는 그의 수첩에다 시립 운동장에 설치되어 있는 수용소에 랑베르와 함께 갔던 이야기를 적어 놓았다. 운동장은 그 도시의 문 근처에 있었으며, 그 한쪽에는 전차길, 한편 또 한쪽으로는 도시가 있는 고원까지 넓은 공터가 옆에 있었다. 그곳은 본래 콘크리트로 높은 담이 둘러싸여 있었다. 그래서 사람들이 도망치는 것을 방비하기 위해서는 네 군데의 출입구에 보초를 세워두는 것으로 만족했다.

그 높은 담은 또 격리 수용된 환자들을 바깥사람들의 호기심으로부터 예방해 주기도 했다. 그 대신 수용소의 사람들은 온종일 보이지도 않는 전차가 떠나가는 소리를 들어야 했고, 또 전차 소리와 함께 소음이 나는 것을 듣고 그때가 관공서의 출퇴근 시간임을 알기도 했다. 그래서 그들은 자기들이 떠나간 그 생활이 지금도 불과 몇 미터 밖에서 진행되고 있으며, 그럼에도 불구하고 콘크리트 벽을 경계로 자기들이 얼마만큼 다른 세상에서 살았던가를 느끼게 되었다. 타루와 랑베르가 운동장에 간 날은 어떤 일요일 오후였다. 그들은 축구 선수인 곤잘레스와 같이 갔는데, 랑베르가 그를 알아냄으로써 간신히 수용소의 교대 감시를 허가받을 수 있었다. 랑베르는 수용소의 관리인에게 그를 인사하게 했다. 곤잘레스는 그 두 사람과 부딪쳤을 때 지금이 페스트가 일어나기 이전이라면 시합을 가지기 위해 유니폼을 입고 있을 시간이라고 이야기했다. 경기장이 없어지고 난 지금 그것은 상상할 수도 없는 일이었다. 그래서 곤잘레스는 거의 무위도식하는 사람처럼 보였고, 스스로도 그렇다고 여기고 있는 모양이었다. 바로 그런 이유도 있고 해서, 그는 그 감시를 주말에만 맡아서 한다는 조건으로 응했다. 하늘은 어느 정도 흐려 있었다. 곤잘레스는 코를 벌름거리며, 시합하기에는 비가 오지 않고 그다지 무덥지도 않은 날씨가 제격이라고 했다. 그는 탈의실에서 나는 약들 냄새며, 무너져 내릴 것처럼 가득 들어 찬 관람석, 옅은 황갈색의 대지 위를 돌아다니는 신선한 색깔의 운동 셔츠와 쉬는 시간에 먹었던 레몬, 바싹 말라 버린 목구멍을 수천 개의 바늘로 찔러 대는 짜릿하고 향긋한 맛의 레몬주스 같은 것들, 아무튼 모든 것들을 다 떠올렸다. 또 타루의 기록에 의하면, 교외의 너무나 험한 길을 걸어가는 동안에도 그 선수는 돌멩이만 보면 발로 걸어찼다. 그는 그 돌멩이들을 바로 하수구에 떨어뜨리려고 애썼다. 만약 자신이 성공하게 되면 그는 "일 대 영."이라고 외쳤다. 그는 담배를 피우고 나면 으레 그 꽁초를 탁 내뱉고, 떨어지는 것을 또 발로 걸어찼다. 운동장 근처에서 뛰놀던 아이들이 지나가는 사람을 향하여 외쳤다. 공을 던지자 곤잘레스는 곧 공을 향해 달려가서 정확한 발길질로 그 공을 다시 아이들에게 날려 보냈다. 때마침 그들은 운동장에 들어갔다. 관람석은 사람들로 가득 차 있었다.

하지만 운동장에는 붉은 천막이 수백 개나 시설되어 있었고, 그 속에 있는 침구와 보따리들이 먼 곳에서도 잘 보였다. 관람석은 너무 덥거나 비가 쏟아지는 날에 수용자들이 피난할 수 있도록 그냥 두었다. 다만 해가 지면 그들은 전부 천막으로 다시 돌아가야 했다. 관람석 아래에는 새로 설치된 샤워실과 예전의 선수용 탈의실을 변형해서 만든 사무실, 그리고 병실들이 있었다. 수용자의 대다수는 관람석에 모여 앉아 있었고, 다른 환자들은 터치라인 근처에서 왔다 갔다 하고 있었다. 몇몇 사람들은 자기네 천막 앞에 웅크리고 앉아 흐릿한 눈빛으로 두리번거렸다. 관람석에는 많은 사람이 털썩 주저앉아서 무언가를 기다리듯 있었다.

“저들은 낮에는 무엇을 하죠?” 타루가 랑베르에게 물었다.

“하긴요. 아무것도 안 한답니다.”

거의 모든 환자들이 두 팔을 축 늘어뜨리고 앉아 빈손을 흔들고 있었다. 그들의 거대한 집단은 참 이상하고도 고요했다.

“처음 며칠 동안은 서로의 말소리도 알아듣지 못할 정도였지요.” 랑베르가 말했다. “그런데 날이 갈수록 점차 말수가 없어지더군요.”

타루의 기록을 있는 그대로 믿는다면, 타루는 그들의 심정을 알 수 있었다고 한다. 초기에 그들은 두껍게 둘러싸인 천막 속에서 파리가 나는 소리를 듣거나 자신의 몸을 긁적거리기에 바빴다. 혹 그렇지 않을 경우, 이를테면 상냥하게 자신의 이야기를 알아듣는 사람이 있을 때는 있는 힘을 다해 자신의 분노와 공포에 대해 떠들어 댔다. 하지만 수용소의 인원이 점점 더 많아짐에 따라 친절하게 이야기를 들어 줄 사람의 수효가 점차 줄어들었다. 나중에는 입을 다물고 서로를 경계하게끔 되었다. 사실 그곳에는 경계심 같은 것들이 잿빛으로 빛나는 하늘로부터 붉은 천막 위로 내리쬐고 있었다.

그렇다. 그들은 전부 감시하는 모습이었다. 타인과 격리되었으므로 이유가 없는 것도 아니었다. 그래서 그들은 자기 자신이 그 이유를 찾고, 두려움을 가지게 되었다. 타루가 본 사람들은 모두 하나같이 불투명한 빛을 가지고 있었고 누구나 자신이 누렸던 생활로부터 떨어진 이별의 슬픔에 번민하고 있었다. 그렇다고 해서 항상 죽음만을 생각하고 있을 수도 없었으므로 마침내 그들은 아무것도 생각하지 않게 되었다. 그들은 휴가 중이었다. 타루는 이와 같이 썼다. "그러나 가장 악화되게 만든 것은 그들이 잊혀진 사람들이라는 것이고 그들 또한 그것을 알고 있다는 사실이다. 그들을 알던 사람들도 다른 생각을 해야 했으므로 그들을 잊어버리게 되었다. 그건 진정으로 이해가 간다. 그들을 사랑하던 사람들도 그들을 거기서 끌어내기 위한 일에 몰두했으므로 마침내 그들을 잊게 되었다. 끌어내는 일에 마음이 쓰여서 끌어낼 사람에 대해서는 잊고 마는 것이다.

이건 역시 타당한 일이다. 결국, 불행의 막바지에 다다르면 누군가를 진심으로 생각한다는 것, 그것은 어느 순간에도 절대로 다른 것에 마음을 빼앗기지 않고, 집안 걱정 같은 것도 않고, 날아다니는 파리가 눈에 보이지도 않고, 밥 먹는 것도 잊어버리고, 가려움증 같은 것도 감지되지 않는다는 것이기 때문이다. 하지만 언제라도 파리는 날아다니고 몸은 근지럽다. 따라서 결국 인생은 힘든 것이다. 그런데 그들은 이런 사실을 너무나도 잘 알고 있었다.”

그들에게로 돌아온 소장이 오통 씨가 그들을 만나고 싶어 한다고 전해 주었다. 소장은 곤잘레스를 자기 사무실로 안내해 오고, 그들을 관람석 한구석으로 데리고 갔다. 혼자 앉아 있던 오통 씨가 관람석에서 일어나 그들을 맞이했다. 그는 여느 때와 똑같은 옷차림을 하고 있었는데, 딱딱한 칼라도 여전했다. 타루는 그의 관자놀이에 난 머리털이 예전보다 훨씬 흐트러지고, 구두끈이 풀어져 있는 것을 보았다. 판사는 너무나 피곤한 듯, 말하는 동안 단 한 번도 상대방을 똑바로 바라보지 않았다. 그는 그들을 만나게 되어 너무 기쁘며, 리외에게 여러 가지 신세를 진 데 감사하다고 전해 달라는 말을 했다. 두 사람은 잠자코 있었다.

“그래도 아마.” 잠시 후에 판사가 말문을 열었다. “필립이 너무 호된 고생이나 하지 않았으면 좋겠습니다.”

타루로서는 그가 자신의 아들 이름을 입 밖에 내는 것을 처음 들었다. 그래서 그는 판사가 변했음을 알 수 있었다. 해가 지평선으로 기울었다. 구름 사이로 햇빛이 관람석을 어슴푸레 비추어 그 세 사람의 얼굴을 빨갛게 물들였다.

“아닙니다.” 타루가 말했다. “정말 아닙니다. 고생이랄 건 그다지 없습니다.” 그들이 가고 난 뒤에도 판사는 똑같이 그냥 햇빛을 바라보고 있었다. 그들은 곤잘레스에게 잘 있으란 인사를 하러 갔다. 그는 감시 교대표를 바라다보고 있었다. 축구 선수는 두 사람의 손을 잡으며 웃었다.

287

"적어도 탈의실만은 다시 찾은 셈입니다." 그가 말했다. "아무튼 좋아요."

잠시 후, 소장이 타루와 랑베르를 배웅해 줄 때 관람석으로부터 매우 커다란 크기의 우박이 퍼붓는 소리가 들려왔다. 그러자 옛날의 좋았던 시절에는 시합의 결과를 알려 주거나 팀을 소개하는 데 이용되었던 확성기에서, 수용자들은 자신의 천막으로 돌아가서 저녁을 배급받으라는 내용의 콧소리가 섞인 목소리로 방송되었다. 사람들은 유유히 관람석을 빠져나가 신발을 거칠게 끌면서 천막 속으로 들어갔다. 모두들 제 천막으로 돌아간 후 조그만 전기 자동차 두 대가 천막 사이로 커다란 냄비를 싣고 돌아다녔다. 사람들은 팔을 내밀어서 국자 두 개를 두 개의 냄비에 넣었고 두 개의 식기에 떠 담았다. 차가 다시 움직였다. 또 다음 천막에서도 똑같은 일이 벌어졌다.

"과학적이군요." 타루가 소장에게 말했다.

"물론입니다." 소장은 그들의 손을 잡아 흔들면서 매우 만족스러운 얼굴로 말했다. "매우 과학적이죠."

황혼이 깃들고 하늘 가득 저녁 빛이 번졌다. 부드럽고 신선한 햇빛이 수용소를 비쳤다. 저녁의 평화 속에서 스푼과 접시 부딪치는 소리가 여기저기서 들렸다. 박쥐들이 천막 위에서 파드득 사라졌다. 담 저쪽에는 전차 한 대가 소리를 내면서 지나갔다.

"판사가 안됐군." 문턱을 넘어서면서 타루가 혼잣말하듯 말했다. "어떻게 좀 도와줘야 할 텐데. 그렇지만 어떻게 돕지?"

이렇게 시내에는 이 밖에도 이 같은 수용소가 있었지만, 필자는 신

중하게 일을 하기 위해 또 직접적인 정보가 없고 보니 그것에 관해 더
이상은 말할 수 없다. 하지만 필자가 말할 수 있는 것은 그러한 수용
소의 존재와 그곳에서 풍겨 오는 인간의 냄새며, 초저녁 어둠 속에서
의 확성기의 크나큰 목소리와 담장의 은밀함이며, 혐오를 느끼게 하
는 이런 장소에 대한 공포 등이 시민들의 정신을 거세게 짓눌러서 모
든 사람의 혼란과 불안을 더 가중시키고 있었다는 사실이다. 행정 당
국과는 보잘것없는 사건과 말썽들이 늘어날 뿐이었다. 11월 말이 되
자 아침나절은 너무나 차가웠다. 홍수 같은 비가 거침없이 포석을 씻
고 하늘을 맑아지게 하여서, 그 후엔 번쩍거리는 거리 위에 구름 한
점 없는 하늘이 펼쳐지게 되었다. 싱그러운 태양이 아침마다 거리 위
를 반짝이면서도 마음껏 차가워진 빛을 쏟았다. 저녁때가 임박해지
면서 반대로 공기는 도리어 따뜻해지곤 했다. 이때 그런 때를 택해
타루는 의사 리외에게 자신의 내력을 조금씩 이야기해 주었다.

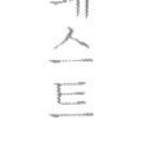

　어느 날 밤 10시쯤, 권태롭고 고달픈 하루를 지낸 후, 타루는 리외
가 그 천식환자 할아버지한테 저녁 왕진을 가는데 같이 가게 되었다.
하늘은 그 지역의 낡은 집들 위에 어슴푸레 빛나고 있었다. 미풍이
어두운 길목을 지나 소리도 없이 마구 불어 닥치고 있었다. 고요한
길에서 벗어나자마자 두 사람은 난데없는 할아버지의 수다에 붙잡혀
버렸다. 할아버지는 두 사람에게 이야길 들려주었다. 즉 아무래도 평
탄하게 잘되어 가지 않는 면이 있는데, 맛있는 국물을 마시는 건 늘
같은 패거리고, 이러한 상황이 계속되면 언젠가는 망해 버리게 될 테
고, 그러니 아마 무슨 소동이 벌어지게 될 거요…… . 리외가 치료를

해 주는 동안에도 노인은 이런저런 일에 주석을 다는 것을 멈추지 않았다. 위층에서 누군가 걸어 다니는 소리가 났다. 영감의 아내인 할머니는 흥미를 가지고서 타루의 기색을 알아차린 후, 이웃 여자들이 테라스에 나가 있다고 이야기해 주었다. 이와 동시에 들은 이야기로는, 그 위에서는 전방이 매우 좋고, 또 집들의 테라스는 가끔 한쪽이 통해져 있는 수가 있어, 이 근처의 아낙네들은 자기 집에서 한 발자국도 나가지 않고 서로 돌아다닐 수 있다는 것이었다. "그렇다니까요." 할아버지가 다시 말했다. "아무튼 올라가 보시오. 거기에 나가면 바람이 참 좋지요."

가 보니 테라스는 텅 비어 있고 의자만 세 개 나란히 놓여 있었다. 한쪽은 온통 테라스뿐이고, 그 끝에는 컴컴하고 울룩불룩한 덩어리가 드러나 있었는데, 그것이 첫 번째 언덕임을 알 수 있었다. 다른 한쪽은 몇 군데 거리와 보이지 않는 항구 너머로 하늘과 바다가 모두 숨 쉬며 뒤섞여 있는 수평선이 바라다 보였다. 그곳이 벼랑임을 알고 있는 그 너머에서는 어떤 곳에서 비치는지도 모를 불빛 한줄기가 연속적으로 반짝거렸다. 해변의 등대가 작년 봄부터 다른 항구로 항로를 옮기는 선박을 위해 여전히 회전을 계속하고 있었다. 바람에 씻기고 닦여져 있던 하늘엔 맑은 별이 반짝이고 또 등대의 먼 불빛이 가끔 별빛과 부딪쳐 약간씩 회색으로 빛나기도 했다. 미풍이 향료와 돌 냄새를 실어 왔다. 그야말로 완전한 정적이었다.

"기분이 좋군요." 하고 앉으며 리외는 말했다. "흡사 페스트도 여기까지는 올라오지 않았을 것 같군요."

타루는 그에게 등을 돌린 채 바다를 쳐다보고 있었다.

"네." 잠시 후 타루도 말했다. "정말 기분이 좋군요."

그도 의사 옆에 와서 앉아 자연스럽게 그 얼굴을 쳐다보았다. 등대 불빛이 세 번 하늘에서 깜박거렸다. 어느 곳에선가 접시가 맞붙는 소리가 깊은 한길 바닥에서 둘이 있는 곳에까지 올라왔다. 집 안에서 문이 부딪치는 소리가 났다.

"그런데 리외 씨." 너무나 부드럽게 타루는 말했다. "당신은 내가 어떤 인간인지 알고 싶다고 이야기한 적은 없는가요? 나에 대한 우정은 지니고 있겠지요?"

"그렇소." 의사는 대답했다. "당신에 대해서 우정을 갖고 있어요. 그러나 지금까지 그런 것을 이야기할 시간이 없었거든요."

"그렇군요, 그럼 안심이 돼요. 어때요, 지금 이때를 우정을 나누는 시간으로 삼아 줄 수 있겠어요?"

대답 대신 리외는 그에게 미소를 띠었다.

"그럼 아무튼 들어 줘요……"

저편 길에서 승용차 한 대가 젖은 아스팔트 위를 달리는 모습이 보였다. 그 자동차가 저 멀리 사라지더니, 이내 연달아 멀리서 들려오는 여러 가지 뒤섞인 외침 소리가 또다시 정적을 무너뜨렸다. 그리고 또 이 정적은 하늘과 별과의 온갖 무게를 가지고 두 사람 위에 내려왔다. 타루는 일어나 테라스의 난간 위에 걸터앉아, 계속 움푹 패인 의자에 앉아 있는 리외를 마주 보았다. 그 모습에서는 하늘에 뚜렷이 떠오른 건장한 몸의 윤곽이 보일 뿐이었다. 그는 오래 이야기했는데,

다음은 그 이야기를 가끔 원형대로 기술해 본 것이다.

"이야기를 단순하게 하기 위해 미리 말해 두지만, 나는 이 도시와 요번 전염병을 접하기 훨씬 전부터 이미 페스트에 시달리고 있었던 거요. 이것을 말하자면 나 역시 여기의 모든 사람과 똑같다는 이야기지요. 그렇지만 세상엔 그것을 모르는 사람도 있고, 그러한 상태 속에서 좋다고 살고 있는 사람도 있지요. 또 그런 걸 알고 될 수 있으면 거기에서 빠져나가고자 애쓰는 사람도 있죠. 나는 항상 빠져나가고 싶다고 생각했었지요.

젊었을 때 나는 나 자신이 결백하다는 생각을 갖고 있었어요. 다시 이야기해서 아무것도 생각하지 않고 살았다는 셈이지요. 나는 고민하는 타입도 아니었고 세상에의 첫걸음도 괜찮은 편이었거든요. 아무튼 형편이 좋아서 머리를 쓰는 면에서도 고난을 겪는 일은 없었고 여자들한테도 꽤 인기가 있었지요. 간혹 불안 같은 걸 느끼기는 했지만, 이내 잊고 말았어요. 하지만 어느 날 나는 반성하기 시작했지요. 이제는…….

미리 말해 두지만 나는 당신처럼 가난하지는 않았어요. 아버지는 차석 검사셨죠. 그것은 사회적으로 꽤 좋은 지위예요. 하지만 아버지는 그렇게 보이지 않았어요. 원래 마음 좋은 호인이었거든요. 어머니는 온화하고 조심스런 여자여서 나는 늘 변함없이 좋아하고 있었지만, 이젠 그 이야긴 그만둡시다. 아버지는 사랑을 가지고 나를 돌봐주고 있었고, 나를 도와주려고 애쓰고 있기조차 했다고 생각하지요. 바깥에선 여러 가지로 바람도 많이 피웠던 모양이고, 하지만 지금은 그건 뚜렷한 일이라고 보이지만 그래도 그걸 책망하는 마음은 그다지 없어요. 아버지는 그런 경우에도 마땅히 기대해도 좋을 만한 행동을 하고 있었을 뿐이고, 남에게 못할 짓을 하고 있지 않았지요. 간단히 말하면 그리 뛰어난 것은 아니었던 셈이지만, 그것도 돌아가신 지금으로서는 일생 동안 성자처럼 산 인생은 아니었더라도, 또한 악인도 아니었다는 걸 나는 확실히 알 수 있는 거예요. 아버지는 중용을 지킨 사람이라고 할까요. 그저 그런 분이셨습니다. 또 이런 타입의 인간에 대해서는 확실하게 애정을 느끼게 되는 법이에요. 즉 그대로 지속할 수 있는 애정 말입니다.

아버지는 그래도 한 가지 특징은 있었어요. 그 큰《철도 여행 가이드》란 책을 아버지가 늘 머리맡에 두고 있던 거예요. 그렇다고 여행을 자주 다니시는 분도 아니었고 휴가철이면 약간 땅을 가지고 있는 브르타뉴로 지방에나 떠나는 정도였지요. 하지만 아버지는 정확하게 가르쳐 줄 수가 있었던 거예요. 즉 파리에서 베를린 선의 출발과 도착 시각이라든가, 리옹에서 바르샤바까지 가려면 언제 어디서 갈아타야 되는지, 이 수도와 저 수도와의 사이의 확실한 킬로미터라든가 하는 것들 말이지요. 당신은 브리앙송에서 샤모니로 가려면 어떻게 가야 하는지를 말할 수 있겠어요? 비록 역장일지라도 이런 질문에는 어리둥절할 거예요. 그러나 아버지는 얼떨떨해하진 않았거든요. 또 거의 밤마다 그러한 공부를 하셨으며, 그런 박학함을 자랑스럽게 생각하고 있었던 것 같아요. 그것을 너무나 재미있어 한 내가 마구 질문을 해 보고는, 아버지의 대답을《철도 여행 가이드》로 확인해 보고, 그것이 틀리지 않은 걸 알고서는 기뻐했었지요. 이런 보잘 것없는 놀이는 우리 부자를 아주 깊게 맺어 주게 했단 거예요. 아무튼 나는 아버지를 위해 이야기를 들어 주는 사람이 되어 드렸고, 그것도 진정으로 그렇게 하고 있는 것이 아버지로서는 기뻤던 거지요. 한편 나는 철도에 관한 지식의 이런 우월성도 똑같이 다른 우월성에 버금간다고 생각하고 있었지요.

이러한 이야기를 너무 거창하게 늘어놓다가는 아버지를 너무나 중요한 인물로 만들게 될 것 같군요. 사실 아버지는 내게 나의 결심에 대해 간접적인 영향을 주었을 뿐이거든요. 기껏해야 내게 어떤 기회를 만들어 줬을 정도예요. 내가 17살이 되었을 때였는데, 아버지가 나보고 당신이 하는 논고를 들으러 오라고 하셨습니다. 그건 중죄 재판소에서 공판을 받던 중대한 사건인데, 아버지는 그날 자신의 훌륭한 모습을 내게 보여 주고 싶다고 생각했을 겁니다. 한편 또 젊은 인간의 상상력에 이야기하기 쉬운 그 의지적인 면이, 아버지 자신이 선택한 길로 나를 입문하게 하는 데 촉진제가 되리라는 것도 기대하고 있었을 테지요. 나는 가기로 했어요. 왜냐하면 그건 아버지를 기쁘게 해 드리는 일이었고, 한편 아버지가 우리들 사이에서가 아닌 곳에서 아버지의 역할을 보고 싶은 생각이 들었기 때문이지요. 그 이상의 일은 아무 생각도 없었지요. 그전까지만 해도 법정에서 벌어지는 일은 7월 14일의 사열식이라든가 어떤 상품 수여식 같은 자연스럽고 불가피한 일처럼 나로서는 늘 생각했었지요. 그것에 대해서는 극히 추상적인 관념이었는데도, 별로 꺼림칙하게 느끼는 일은 없었지요.

　그런데 그날 내가 갖게 된 이미지는 단지 유일한 것이었을 뿐이에요. 그건 그 죄인의 이미지였지요. 나는 그 사람이 진짜로 죄가 있다고 믿었고, 그것이 어떤 죄였는지는 그다지 중요하지 않았어요. 하지만 30살쯤 된 조그맣고 붉은 머리털의 가엾은 사내는 모든 걸 모두 인정하기로 마음을 먹는 기색이어서, 자기가 한 일과 이제부터 자기가 받을 벌에 대해 몹시 겁을 내는 것 같더군요. 그래서 잠시 후 나는 그 사람만을 끊임없이 살펴보고 있었지요. 그 사내는 마치 열정적인 광선에 놀란 한 올빼미 같은 몰골이더군요. 넥타이의 매듭도 칼라가 여며진 곳에 반듯하게 매여져 있지 않았어요. 한쪽 손, 오른손의 손톱을 씹고 있는 거예요. 요컨대 길게 더 말하지 않더라도 아시겠지만, 그 사내는 살아 있었던 겁니다.

　그러나 나는 그때서야 돌연 그것을 깨달았던 거지요. 그때까지는 다만 '용의자'라는 간편한 생각을 통해서밖에 그를 생각하지 않았으니까요. 그때에도 아버지의 존재를 알고 있었다고는 말할 수 없지만, 하지만 뭔가가 내 배를 조이는 것 같아서 그 형사 피고인 외에는 아무 데에도 주의를 기울일 수가 없었죠. 나는 거의 아무것도 귀에 들어오지 않았습니다. 단지 그 살아 있는 사내를 전부 죽이려 하고 있다는 걸 느끼자, 큰 파도 같은 막을 수 없는 본능이 일종의 강인한 맹목적인 힘으로 나를 그 사내 곁으로 밀었지요. 내가 간신히 제정신이 든 건 아버지의 논고가 시작되었을 때였어요.

　붉은 옷을 입은, 호인도 다정한 인간도 아닌 것이 된 아버지는, 굉장한 말이 마치 뱀처럼 그 입에서 쉼 없이 튀어 나오더군요. 또 내가 알게 된 건 아버지가 사회의 이름으로 이 사내의 죽음을 요구하는 것, 심지어 이 사내의 목을 베라고까지 요구한다는 사실이었지요. 하긴 아버지는 그저 이와 같이 말했을 뿐이었지요. '이 머리는 마땅히 떨어져야 합니다.'라고 말했을 뿐입니다. 그러나 결국 그게 그거 아니겠어요. 더욱이 그건 실제로 같은 일이 되거든요. 아무튼 아버지는 그의 머리를 손에 넣었으니까요. 단지 그 경우엔 사실 일하는 사람은 아버지가 아니라는 것뿐이지요. 그래서 나는 그 후에도, 특히 이 사건만을 마지막까지 주의 깊게 방청하고 있었는데, 나는 그 불행한 남자에 대해 아버지로서는 전혀 느낄 수 없었던 아찔할 만큼의 친밀감을 느꼈어요. 그래도 아버지는 관례에 따라 이른바 임종이라는 의식에 입회했을 겁니다. 최후의 순간이라는 건 그럴싸한 말이지만, 그것이야말로 가장 비상식적인 살인이라고 할 만한 겁니다. 그때부터 나는 이젠 《철도 여행 가이드》만 보아도 역겨워져서 보기조차 싫어져버렸지요. 나는 소름이 끼치는 기분으로 법이니 사형 선고니 형의 집행에 주의를 기울이게 되었어요. 얼마 후 눈앞이 캄캄해지는 것같이 여겨졌는데, 그것은 아버지는 예전에 수없이 그러한 장소에 입회했었고, 그날이 바로 아버지가 너무나 일찍 일어나는 날이라는 사실을 알고는 정신이 하나도 없었죠. 실제로 아버지는 그런 때엔 자명종을 옆에 놓고 잤어요. 나는 그것을 어머니에게 이야기할 용기는 없었지만, 그렇게 되자 지금까지보다 더 잘 살펴볼 수 있게 되었고, 부부 사이엔 이제는 아무것도 존재하지 않아 어머니는 이미 체념적인 생활을 하고 있다는 걸 알게 되었던 겁니다. 그 점을 바로 염두에 두어 나

296

는 어머니를 용서할 수 있게 되었다고 그 당시엔 나 자신이 그렇게 타
일렀었지요. 하지만 그 후 잘 알게 되었지만 어머니에겐 용서를 받아
야 할 만한 일은 아무것도 없었던 거예요. 이 세상에 태어나 결혼할
때까지 내내 가난에 시달리고 있어, 가난 덕택에 체념을 배우게 된 여
자니까요.

　당신은 아마도 내가 그때 곧 집을 뛰쳐나왔다는 말을 하리라고 기
대하고 있을 테지요. 그렇지는 않아요. 나는 여러 달 동안, 아니, 거의
1년이나 더 머물러 있었지요. 하지만 나의 마음은 벌써 병들어 있었
지요. 어느 날 밤 아버지는 다음 날 아침에 일찍 일어나야 한다며 자
명종을 가져오게 하더군요. 나는 단 한숨도 자지 않았어요. 다음 날
아버지가 집에 돌아오기 전에 나는 이미 집을 나가 버린 후였지요.
이것도 미리 말해 두는 게 좋을 성싶군요. 아버지는 나를 찾게 했고
나는 아버지를 만나러 가서, 만약 강제로 돌아오게 하려고 하면 죽겠
다고, 냉정하게 아무 설명의 말도 하지 않고 말했던 거예요. 아버지
는 마침내 승복하더군요. 유순한 편이었으니까요. 또 제 손으로 벌어
먹는다는 것이 얼마나 어리석은 생각인가에 대해 설교를 늘어놓고
(아버지가 내 행동을 그런 식으로 해석하고 있었기 때문에 나는 굳이 그런 오해를
풀어 드리려고 하지 않았지요), 여러 가지로 주의를 주면서 진정으로 눈
물이 나오려는 걸 간신히 참고 있더군요. 너무나 긴 세월이 흐른 후
나는 규칙적으로 어머니를 만나러 돌아가게 되었는데, 그럴 때면 아
버지도 만나는 경우가 있었지요. 그런 관련만으로도 아버지에겐 만
족했다고 생각하지요. 나로서는 아버지에 관하여 원한을 품고 있었

297

던 것이 아니고 그저 조금씩 마음에 슬픔을 간직하고 있었을 뿐이에
요. 아버지가 돌아가신 후 나는 어머니와 함께 살았습니다. 지금도
내 곁에 있었을 테지만 그 어머니도 곧 숨져 버렸지요.

지금까지 사건의 발단에 대해 이와 같이 길게 이야기했지만, 이것
은 사실 모든 일의 시발점이 되었기 때문이지요. 이제부터는 좀 빨리
이야기를 지속하기로 합시다. 나는 평온한 생활에서 벗어나자 18살
에 가난에 시달리게 되었죠. 자활을 하기 위해 그야말로 별의별 일을
다해 봤어요. 하지만 그것도 원만하게 되지 않을 때가 많았지요. 그
렇지만 내 관심의 대상은 사형 선고라는 것이었어요. 나는 그 붉은
머리의 올빼미와 명확하게 끝장을 보고 싶었던 거예요. 그 결과 나는
세상 사람들이 흔히 말하는 정치 운동을 하게 되었지요. 난 결코 페
스트 환자가 되고 싶지 않았던 거예요. 그것뿐인 거요. 나는 내가 살
고 있는 사회는 사형 선고라는 기반 위에 존재한다고 믿었으며 이것
과 투쟁함으로써 살인과 싸울 수 있다고 믿었어요. 나는 그와 같이
믿었고 다른 사람들도 나한테 그렇게 말했으며 또 결국 그것은 대체
로 진실이었던 거지요. 그래서 나는 내가 좋아하는 사람들—내가 변
함없이 계속해서 사랑해 온 사람들—과 행동을 함께했지요. 나는 그
일을 꽤나 오랫동안 했고, 유럽의 나라들 중에 내가 활동하지 않았던
나라는 없을 정도였지요. 하지만 그런 이야기는 중요하지 않은 것이
요. 물론 우리들도 필요한 경우에 사형을 선고하고 있었다는 것은 나
도 알고 있었어요. 그리고 그런 몇 사람의 죽음은 더 이상 누구도 죽
음을 당하는 일이 없는 세계로 가기 위해 필요한 것이라는 말을 나는

들고 있었지요. 이건 어떠한 의미에선 진실이지만, 결론적으로 나는 이러한 종류의 진실을 끝까지 믿을 수 없는 성질을 타고났는지도 몰라요. 확실한 건 내가 망설이고 있었다는 사실이에요. 하지만 나는 그 올빼미에 관해서 생각하고 있었고, 또 그때까지 하던 일을 그대로 지속할 수 있었던 거지요. 그런 끝에 마침내 어느 날 나는 어떤 처형 장면을 보게 되었지요(그것은 헝가리에서의 일이었습니다). 그리고 지난 날 어린애였던 시절 나를 휘어잡은 것과 같은 현기증 때문에, 어른이 된 내 눈도 캄캄하게 흐려져 버렸던 겁니다.

당신은 혹시 인간을 총살하는 현장을 본 적이 있으신지요? 물론 못 보셨겠죠. 그것은 일반적으로 초대된 사람에게만 행해지는데, 입회인은 미리 정해져 있으니까요, 그 결과 당신들의 지식은 그림이나 서적의 영역에 머물러 있을 뿐이지요. 눈가리개, 죄수를 묶어 두는 기둥, 그리고 멀리 몇 명의 군인들……. 하지만 실제로는 그렇지 않죠! 당신은 아시나요. 그렇기는커녕 총살반은 처형자 앞의 1.5미터 지점에 늘어서는 거예요. 처형자가 두 발 앞으로 나서면 총구가 가슴에 닿을 정도란 말이에요. 그런 가까운 거리에서 처형자의 심장을 향하여 집중 사격을 하니, 총알은 커서 그야말로 주먹이 들어갈 만한 구멍이 뚫릴 수밖에 없는 거죠. 사실 당신은 그러한 일을 알지 못해요. 그런 세밀한 점은 어느 누구도 말하려고 하지 않기 때문이에요. 사람들의 편안한 잠은 페스트 환자의 생명 이상으로 신선한 것이에요. 온화한 사람들의 잠을 방해해서는 안 되지요. 그런 짓은 웬만한 악취미가 아니고서는 할 수가 없으며, 좋은 취미라는 것은 어떤 일이건 강조하지 않는 데 있거든요. 누구나 모두 그것을 알고 있는 거예요. 하지만 나는 그때부터 잠을 잘 자 본 적이 없단 말이에요. 악취미든 무엇이든 구역질나는 뒷맛이 입에 남아 있었고 또 고집도 그랬어요. 늘 그러한 생각을 하고 있었던 거예요. 그때 나는 그 긴 세월 동안, 더욱이 최선을 다해 그때 페스트 자체와 대결하고 있다고 믿는 동안에도 나 자신이 끝내 페스트 환자가 아니었던 적은 없었다는 것을 알았지요. 나는 나 자신이 수천 명의 인간의 죽음에 직접적으로 동의하고 있었다는 것, 불가피하게 그러한 죽음을 있게 했던 행위와 원리를 선이라고 확정함으로써 그 죽음을 불러일으키기조차도 하고 있었다는 걸 알았지요. 다른 사람들은 이런 일에 괴로워하지도 않았고, 그렇지 않더라도 아무튼 자기 입으로는 그러한 이야기를 절대로 하려고 하지 않았지요. 나는 목구멍이 막혀 버린 것 같은 기분이었지요. 그들과 함께 있으면서도 외톨이었어요. 내가 자기의 의문을 이야기하거나 하면, 그들은 내게 지금 무엇 때문에 투쟁하고 있는가를 생각해 볼 필요가 있다고 말해요. 그리고 어떤 때는 너무나 감동을 주는 이유를 내세워, 아무래도 용납이 가지 않은 일을 억지로 납득시키려고 했지요. 하지만 나는 이렇게 대답한 거예요. 그 커다란 페스트 환자들, 즉 붉은 법복을 입고 있는 자들에게도 그러한 경우의 커다란 이유가 있을 것이고, 만약 내가 보잘것없는 페스트 환자들이 내세우는 불가항력이라는 이유와 필요성 같은 것을 용납한다면, 커다란 환자들의 요구 상황도 부인할 수 없게 된다고 말했거든요. 또 그들은 더 깊게 생각할 것을 요구하면서, 붉은 법복을 입은 자들에게만 형의 선고를 인정하게 한다는 건 그야말로 그들을 옳다고 생각하는 거나 다름없다고 말하는 거예요. 그래서 나는 생각했지요. 한번 양보해 버린 다음에는 멈출 이유는 없는 것이라고. 마치 역사는 내 생각을 뒷받침해 준 것 같군요. 현재는 마치 서로 죽이는 놀음을 하는 것 같아요. 그들은 전부 살육의 열기에 들떠 있어요. 또 그들로서는 그 외에 다른 방법이 없는 거지요.

내 문제는 아무튼 타당하지 않은 이유를 생각해 내는 일은 아니었죠. 그 붉은 털의 올빼미였어요. 그 역겨운 사건―독을 지닌 고약한 입이 쇠사슬에 묶여 있는 사내를 보고 너는 죽어야 한다고 선포하고, 한편 그 사내가 고민의 여러 밤을 보낸 끝에 확실하게 제정신인 채 살해되는 것을 알고 나서 사실 그대로 죽도록 모든 절차를 갖춰 놓은―바로 그 힘겨운 사건이었던 거예요. 내 문제라고 하는 것은 그 가슴에 뚫려 있던 구멍이었던 거죠. 또 나는 그렇게 생각했죠. 적어도 나만큼은 그 악독한 학살에 그야말로 단 하나의―알겠어요, 단 하나뿐인 거예요―근거라도 주는 것 같은 일은 결코 거부해야 한다고 말이에요. 그래요. 나는 이렇게 완강한 맹목적인 태도를 택한 거예요. 더 확실하게 판단할 수 있을 때까지만이라도 말이에요.

그 후로 내 생각은 바뀌지 않았어요. 그때부터 너무나 오랫동안 나는 수치스럽게 생각하고 있었지요. 설상 극히 간접적이었더라도, 또 선의의 의도에서였더라도 이번엔 나 자신이 살해자 쪽에 있었다는 것이 죽고 싶을 만큼 수치스러웠죠. 세월이 흘러감에 따라 나는 너무나 쉽게 그렇게 깨달았지만, 다른 이들보다 뛰어난 사람들조차 오늘

날엔 남을 살해하거나, 또는 죽이게 해 두지 않고서는 존재할 수가 없고, 그것은 그들이 살고 있는 논리 속에 내포되어 있는 때문인 것 같아요. 우리는 남을 죽이게 하는 두려움 없이는 이 세상에서 몸짓 하나 할 수가 없는 거예요. 진정으로 나는 내내 부끄럽게 생각하고 있었고, 우리는 모두 페스트 속에 있다는 걸 확실하게 알게 되었지요. 그리하여 나는 마음의 평정을 잃어 버렸어요. 나는 또 그것을 추구하면서 모든 사람을 이해하며, 누구에 대해서도 불구대천의 적은 되지 않으려고 힘쓰고 있는 거예요. 하지만 나는 그것만으로 알고 있지요. 때로는 페스트 환자가 되지 않도록 해야 할 일을 하는 거라고, 그것만이 마음의 평화를, 또는 그것을 얻지 않으면 수치스럽지 않은 죽음을 예상하게 해 주는 것인 거예요. 이것이야말로 사람들을 위안할 수 있는 것, 그들을 구원할 수 없을지라도 아무튼 될 수 있는 대로 해가 되지 않게 때론 다소 좋은 일마저 해 줄 수 있는 거예요. 그리하여 그러한 이유로 나는 직접적으로든 간접적으로든, 좋은 이유에서든 나쁜 이유에서든 남을 죽이게 하거나, 죽게 하는 일을 정당화시키는 모든 일을 거부하기로 결심했습니다. 바로 이런 이유로 해서 나는 이번 페스트에서 아무것도 새로 알게 되는 것은 없고, 굳이 그런 게 있다면 당신들 곁에서 그것과 싸워야 한다는 것뿐이지요. 나는 정확하게 지식에 의해 알고 있지만(그렇지요. 리외 씨, 나는 인생에 관하여 모두 알고 있어요. 그건 당신이 들여다본다 해도 확실할 거요), 누구든지 저마다 자신 속에 페스트를 갖고 있다는 거예요. 왜냐하면 누구 하나, 진정으로 이 세상에 누구 하나 그 병독을 면하고 있는 사람은 없으니 말이에요.

또 늘 스스로 감시하고 있지 않으면, 잠깐 한눈판 순간에 남의 얼굴에 입김을 뿜어 대서 병독을 옮기게 되죠. 자연스러운 것, 그것이 바로 병균인 거예요. 그 외의 것들, 즉 건강이라든가 완전함, 혹은 순결성이라고 말해도 좋지만, 그런 것들은 의지의 소산이며, 더욱이 그 의지는 반드시 늦춰서는 안 되는 겁니다. 훌륭한 사람, 즉 거의 아무에게도 병독을 전염시키지 않는 사람이란 마음의 긴장을 풀지 않는 사람을 말하는 거죠. 그런데 그렇게 되기 위해서는 그야말로 굳센 의지와 긴장을 가지고 결코 마음의 긴장을 풀지 않도록 해야 하는 거예요. 리외 씨, 사실 페스트 환자로 있다는 것은 무척 피곤한 일이에요. 하지만 페스트 환자가 되지 않으려고 발버둥치는 것은 더 고달픈 일이에요. 바로 그렇기 때문에 지친 모습을 하는 거예요.

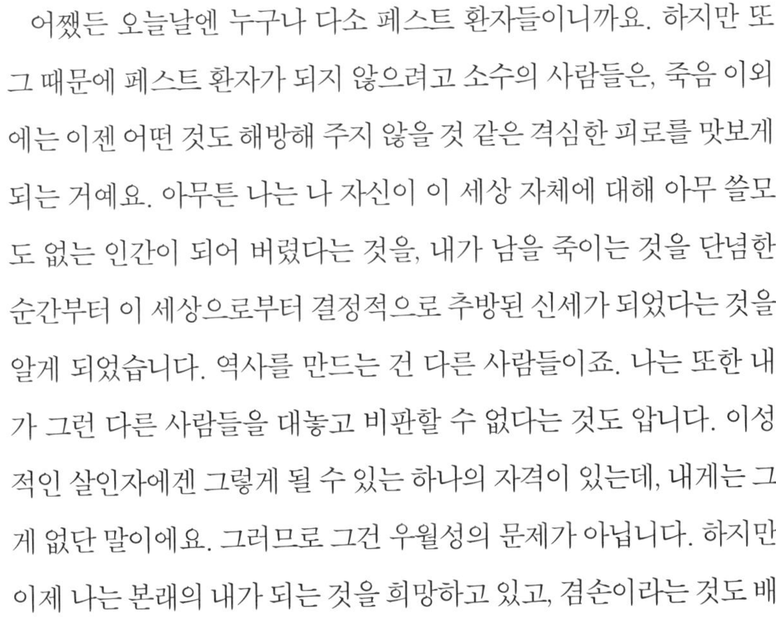

어쨌든 오늘날엔 누구나 다소 페스트 환자들이니까요. 하지만 또 그 때문에 페스트 환자가 되지 않으려고 소수의 사람들은, 죽음 이외에는 이젠 어떤 것도 해방해 주지 않을 것 같은 격심한 피로를 맛보게 되는 거예요. 아무튼 나는 나 자신이 이 세상 자체에 대해 아무 쓸모도 없는 인간이 되어 버렸다는 것을, 내가 남을 죽이는 것을 단념한 순간부터 이 세상으로부터 결정적으로 추방된 신세가 되었다는 것을 알게 되었습니다. 역사를 만드는 건 다른 사람들이죠. 나는 또한 내가 그런 다른 사람들을 대놓고 비판할 수 없다는 것도 압니다. 이성적인 살인자에겐 그렇게 될 수 있는 하나의 자격이 있는데, 내게는 그게 없단 말이에요. 그러므로 그건 우월성의 문제가 아닙니다. 하지만 이제 나는 본래의 내가 되는 것을 희망하고 있고, 겸손이라는 것도 배

303

왔어요. 하지만 내가 이야기하고 있는 건 이 세상엔 재앙과 희생자가 있다는 것, 그리고 될 수 있는 대로 천재 편을 드는 걸 거절해야 한다는 거예요. 이건 당신으로서는 어떻게 보면 다소 간단한 생각같이 보일는지도 모르지만, 아무튼 나는 이것이 진실이라는 걸 알고 있습니다. 나는 너무 여러 가지 이론을 주워들어서 머리가 돌아 버릴 뻔하기도 했는데, 그 이론들은 모두 다른 사람들의 머리를 돌게 만들고, 그리하여 그들로 하여금 살인 행위에 동조하도록 해 버렸어요. 그래서 나는 인간의 모든 불행은 그들이 명백한 이야기를 하지 않는 데서 온다는 걸 깨달았지요. 그리하여 나는 틀림없는 길을 선택하도록 명백하게 이야기하고 명료하게 행동하기로 결심한 거예요. 따라서 나는 재앙과 희생자가 있다고 말할 뿐, 그 이상은 더 이야기하지 않습니다. 그렇게 함으로써 이제 나 자신이 재앙이 되는 일이 발생하더라도 나는 그것에 협조하지 않을 겁니다. 차라리 나는 내가 죄 없는 살인자가 되길 원하죠. 그다지 대단한 야심은 못 되지만요.

역시 제삼의 카테고리, 즉 확실한 의사로서의 카테고리가 필요하겠지만, 그건 그다지 쉽게 찾을 수 있는 것도 아니고, 어쩌면 상당히 어려운 일일지도 모르죠. 때로는 나는 언제나 희생자들 무리에 끼어서 그 피해를 되도록이면 없애려고 합니다. 희생자들 틈에서 어떻게 하여 제삼의 카테고리, 즉 마음의 평화에 이를 수 있는지에 대해 생각해 보기도 하죠."

이야기를 마치자, 타루는 한쪽 다리를 휘휘 내두르며 발끝으로 테라스 바닥을 조심스럽게 탁탁 쳤다. 잠깐 침묵을 지키고 나서 리외는 조금 몸을 일으켜 세우면서, 마음의 평화에 도달하기 위해서 걸어야 할 길에 대해 어떻게 생각하느냐고 물었다.

"있지요, 공감이라는 거예요."

구급차의 사이렌이 두 번 멀리서 울렸다. 조금 전까지만 해도 확실하지 않던 고함 소리가 시의 경계선, 돌이 많은 언덕 언저리에 몰려가고 있었다. 동시에 발포하는 소리 같은 것이 들려왔다. 또다시 정적이 돌아왔다. 리외는 등대가 두 번 깜박이는 것을 보았다. 산들바람이 다소 강해진 것같이 생각되고, 이내 바다 쪽에서 불어 온 바람이 바닷물 냄새를 실어 왔다. 지금은 분명히 벼랑에 몰아치는 물결의 조용한 숨결 소리가 들리고 있었다.

"결국." 담담한 어투로 타루는 말했다. "내가 마음이 이끌리는 것은 어떻게 하면 성자가 될 수 있을까 하는 문제지요."

"그렇지만 당신은 신을 믿고 있지 않습니까?"

"물론입니다. 그러니까 정말로 인간이 신의 도움 없이 성자가 될 수 있는가 하는 것이 오늘날 내가 알고 있는 한 가지 구체적인 문제인 거요." 갑자기 외침 소리가 들리고 있는 어귀에서 산뜻한 섬광이 줄달음치고, 바람을 타고 뚜렷하지 않게 들리던 목소리가 두 사람이 있는 곳에까지 들려왔다. 섬광은 곧 컴컴해지고, 저 멀리서 테라스가 연결되어 있는 끝부분에 약간 불그스름한 것이 남아 있을 뿐이었다. 바람이 잠깐 멎었을 때 사람들의 외침 소리가 여전히 들리고, 또 사격 소리와 군중이 떠드는 목소리가 들렸다. 타루는 일어나서 귀를 기울였다. 이제는 아무것도 들리지 않았다.

"또 시문 쪽에서 말썽이 난 모양이군요."

"이젠 끝난 모양이에요." 리외는 말했다.

타루는 여태껏 그것이 결코 끝난 것은 아니며 희생자는 더 나올 거라면서, 차례가 그렇게 되어 있다고 혼자서 말했다.

"어쩌면 그럴지도 모르겠군요." 리외는 대답했다. "그렇지만 어쨌든 나 자신은 성자 같은 사람에게보다는 패배자 쪽에 늘 연대감을 느끼게 돼요. 나한테는 아무도 영웅주의나 성자의 덕행을 바라는 마음은 없다고 생각해요. 내가 마음이 이끌리는 건 인간이라는 존재인 거예요."

"그렇지요. 우리는 결국 같은 걸 추구하고 있습니다. 다만 내 쪽이 야심가가 못 될 뿐이지요."

리외는 타루가 농담을 하는 게 아닌가 하고 그 얼굴을 쳐다보았다. 그러나 타루의 얼굴은 희미한 별빛을 받아 도리어 더 진지하고 엄숙해 보였다. 타루가 몸을 흔들었다.

"어때요." 하고 그는 말했다. "우리 한번 우정의 기념으로 좋은 일을 해 볼까요?"

"뭐든지 좋아요. 당신 좋을 대로 합시다."

"해수욕을 하는 거죠. 미래의 성인일지라도, 그것은 정말 멋진 쾌락이죠." 리외는 미소를 지었다.

"통행증을 가지고 있으면 방파제 위에까지 갈 수 있거든. 페스트 속에서만 살아야 한다는 건 따지고 보면 그다지 현명한 일은 못 되니까요. 그러나 인간은 희생자들을 위해 싸워야 해요. 하지만 그 밖의 면에서 아무것도 좋아하지 않게 되면, 싸우고 있다는 게 무슨 소용이 있단 말이에요?" "좋아요." 리외는 말했다. "자, 갑시다."

그리고 얼마 후 승용차는 항구의 철조망 앞에 멈추었다. 달이 뜨고 있었다. 우윳빛 하늘은 도처에 흐릿한 그림자를 던지고 있었다. 두 사람의 등 뒤엔 시가지가 계단을 이루고 있었고, 그곳에서 흘러오는 따뜻하고도 탁한 숨소리가 그들을 해안 쪽으로 몰아냈다. 초병 한 사람에게 통행증을 보이자 상대방은 유유히 세밀하게 그것을 살폈다. 두 사람은 그곳을 지나서 술통을 곳곳에 쌓아 올린 둑 너머로 포도주와 생선 비린내가 나는 곳을 지나 방파제로 나아갔다. 이제 곧 그곳에 당도하려 하는데, 해초 냄새가 벌써 바다가 가까워졌음을 알렸다. 곧이어 파도 소리가 들렸다.

바다는 방파제의 커다란 둑 밑에서 고요히 소리를 내고 있었지만 이윽고 두 사람이 둑에 올라가자 눈앞에 마치 빌로드처럼 두꺼운, 등불처럼 온화하고 매끄러운 모습을 나타냈다. 두 사람은 앞바다 쪽을 향하여 바위 위에 걸쳤다. 물은 부풀어 올라왔다가는 또 천천히 하강하곤 했다. 이 고요한 바다의 숨결이 수면에 기름 같은 반사를 내리치게 하고 있었다. 그들 앞에는 밤의 어둠이 끊임없이 펼쳐져 있었다. 리외는 손가락 밑에 거친 바위의 표면을 느끼며 야릇한 행복감을 느꼈다. 타루 쪽을 바라다보니 그 친구의 침착하고 신중한 표정에도 그 살인조차도 잊고 있지 않은 행복함이 느껴졌다.

그들은 옷을 벗어 던졌다. 리외가 먼저 물속에 몸을 담갔다. 처음

에는 차갑던 물이, 한번 빙그르르 돌고 나더니 미지근하게 느껴졌다. 몇 차례 손발을 놀리고 나니 그날 저녁때의 바다는 대지에서 지난 여러 달 동안 축적된 열기를 흡수하고 있는 미지근한 가을의 온도임을 알 수 있었다. 그는 규칙적인 폼으로 헤엄쳐 갔다. 물을 때리는 발 뒤엔 거품이 이는 하얀 물거품이 일고, 물은 가슴을 따라 미끄러졌다가는 양쪽 발에 달라붙었다. 무겁게 울렸던 물소리로 타루가 뛰어들었음을 알았다. 리외는 반듯하게 누운 채, 온통 달과 별들뿐인 하늘을 반대로 상대하며 꼼작도 하지 않고 있었다. 그는 유유히 숨 쉬었다. 이어 점점 명확하게, 밤의 정적과 적막 속에서 분명하게 물을 때리는 소리를 들었다. 타루가 다가오고 조금 있다가 그가 숨 쉬는 소리까지도 들리게 되었다. 리외는 다시 몸을 돌려 타루와 똑같이 어깨를 나란히 하고 같은 리듬으로 헤엄치기 시작했다. 타루는 그보다 더 힘있게 나아갔고, 그는 처지지 않으려고 몸을 빨리 움직여야 했다. 그들은 몇 분 동안 똑같은 리듬으로 단둘이 세상에서 멀리 떨어져, 이 도시와 페스트로부터 벗어나 마침내 해방되어 나갔다. 리외가 나아가다가 먼저 멈추자, 두 사람은 함께 천천히 되돌아왔다. 다만 중도에 잠시 얼음처럼 찬 물줄기 속에 들어왔을 때만은, 서로 아무 말도 하지 않고 이 바다의 불의의 습격에 쫓겨 서둘러 헤엄쳤다.

　다시 옷을 입은 그들은 한마디도 하지 않고 발길을 돌렸다. 그러나 이날 밤의 일은 그들에겐 달콤한 추억이었다. 멀리서 페스트의 보초병이 보이자, 리외는 타루 역시 자기와 마찬가지로 마음속으로 이와 같이 중얼거린다는 것을 알고 있었다. 페스트도 조금 전에는 그들을 잊고 있었을 텐데 그건 좋은 일이었다. 그러나 이제부터 다시 시작해야 한다고.

아닌 게 아니라 결국 시작해야 했고 페스트는 결국 누구에 대해서도 그리 오래 잊어버리는 법이 없었다. 12월 내내 페스트는 시민들의 애간장을 태우고, 화장터 화덕을 불붙게 하고, 허깨비 같은 사람들을 수용소에 넘치게 하는 등, 계속해서 정지하는 일 없이 그 끈질긴 면모를 조금도 바꾸지 않았다. 당국에서는 날씨가 차가워지면 병세가 수그러질 것으로 예상했으나 며칠 동안 계속된 첫추위에도 아랑곳하지 않고 페스트는 여전히 기승을 부렸다. 어쩔 수 없이 더 기다려야만 했다. 그렇지만 인간은 너무 오래 기다림에 지쳐 있으면 아예 기다리지 못하게 되는 법이며, 그래서 사람들은 아예 미래가 없는 생활을 하고 있었다.

의사 역시 어떤가 하면, 그에게 주어진 평화와 우정의 덧없는 한때도 그뿐이어서 그 후로 이어지는 일은 없었다. 그리고 또 병원이 하나 개설되었으므로 리외는 이제는 환자들 이외의 사람은 접촉할 기회가 없어져 버렸다. 그런 중에도 페스트는 차츰 폐장성의 양상을 보이게 되었고, 또 환자들도 어느 정도 의사에게 협조하는 경향을 보였다. 최초의 시기 같은 허탈감이나 광란에 빠져 있는 일은 없어지고, 그들은 자기들의 이익에 관하여 지금까지보다 똑바른 관념을 지니게 되었다. 또 자기 자신을 위한 최상의 방법일 수 있을 것 같은 일을 자기들 쪽에서 요청하게 되었다. 끊임없이 마실 것을 요구하고 전부 따뜻하게 지내고 싶어 했다. 리외로서는 피곤하기는 매일반이었지만, 그래도 그런 경우에는 그는 전처럼 외톨이가 된 것같이 느껴지지는 않았다.

12월 말경 리외는 여전히 그때까지 수용소에 있는 예심판사 오통 씨로부터 한 통의 편지를 받았다. 거기에는 오통 씨의 격리 기간이 이미 끝났음에도 불구하고 당국에서 그가 입소한 날짜를 모르기 때문에 그가 여태 수용소에 억류되어 있다는 것은 확실히 사무 착오 때문이라는 등의 내용이 담겨 있었다. 얼마 전에 퇴소한 그의 아내가 당국에 항의하러 갔지만 제대로 상대해 주지도 않고, 결코 착오는 없다는 말만 들었다는 것이다. 리외와 랑베르가 중재하러 가게 했는데, 결국 이삼 일 후 오통 씨가 찾아왔다. 사실상 착오가 있었다. 리외는 적이 분개했다. 하지만 오통 씨는 여윈 얼굴로 말없이 손을 들고, 무거운 말투로 한마디 한마디 힘겹게 이야기하면서, 누구든지 잘못을 저지를 수 있는 법이라고 말했다. 리외는 갑자기 어딘가 예전과는 변한 데가 있다고 느꼈다. "앞으로 어떻게 하실 작정입니까, 판사님? 확실히 많은 서류가 기다리고 있겠지요?" 하고 리외가 말했다.

"하지만 그게 그렇지가 않은 겁니다." 판사는 이야기했다. "저는 휴가를 얻을까 생각하고 있습니다."

"아닌 게 아니라 휴식을 취할 필요가 있지요."

"아니, 그게 아니고요. 나는 수용소에 돌아가고 싶어요."

리외는 깜짝 놀랐다.

"그렇지만 거기서는 방금 나오셨잖아요?"

“제가 말한 건 그런 뜻이 아니지요. 이야기를 들으니 그 수용소에는 자원해서 사무를 맡아 보고 있는 사무원이 있다더군요.”

판사는 둥근 눈을 이리저리 굴리며, 또 한쪽 머리칼을 자꾸 손가락으로 꾹꾹 눌러 모양을 바로 잡았다.

“아무튼 그런 경우가 있다면 저도 일을 도와 드릴 수가 있는 거지요. 또 어리석은 생각을 하는 것 같지만, 그래야만 자식 놈하고도 너무나 멀리 떨어지지 않은 것 같은 느낌이 덜 들 테구요.”

리외는 그를 물끄러미 바라보았다. 이 냉엄하고 무뚝뚝하던 눈에 돌연 정겹고 부드러운 빛이 흘러나오는 느낌을 받았다. 하지만 곧 그의 눈은 또 흐려져서 맑은 빛은 말끔히 사라져 버렸다.

“그야 물론 알선해 드리죠.” 리외가 선선히 말했다. “그런 소망이시라면 곧 절차를 밟아 드리도록 하겠습니다.”

리외는 정말로 그 수속을 밟았고 페스트에 눌려 있는 이 도시의 생활은 크리스마스 때까지 여전히 끊임없는 나날이 계속되었다. 타루는 변함없이 천연덕스러운 태도를 견지하며 여기저기를 헤매고 있었다. 랑베르는 리외에게 그 젊은 보초병 2명 덕분으로, 아내와 가끔 편지를 주고받을 수 있는 비밀 서신 왕래가 생겼음을 털어놓았다. 그는 이따금 아내의 편지를 받아 본다고 했다. 그는 리외에게도 그 서신 왕래를 이용하라고 권해, 리외는 곧 승낙했다. 리외는 오랜 세월이 흐른 뒤 처음으로 아내에게 편지를 써 봤는데, 쓰는 데 여간 힘이 들지 않았다. 어떤 문구 등은 잊어버린 말들도 있었다. 편지는 보냈으나 답장은 여간해서 오지 않았다. 코타르는 코타르대로 더욱 장사가 잘되었고, 그 자질구레한 투기로 성공함으로써 부자가 되어 갔다. 그러나 그랑의 경우는 이 축제의 계절이 아무래도 별반 재미를 보지 못한 것으로 되어 있었다. 그해의 크리스마스는 성스러운 명절이라기보다는 차라리 지옥의 명절이었다. 텅 비어 있고 등불이 없는 가게, 쇼윈도 속에 장식되어 있는 모조 초콜릿이나 혹은 빈 상자, 음울한 안색의 사람들을 태운 전차등, 어느 것 하나도 지난날의 크리스마스를 떠올리게 하는 것은 없었다. 전에는 부자도 가난한 사람도 모두 한데 어울리던 이 축제에 이제는 고작해야 두세 가지 즐거움, 특권자들이 지저분한 술집 별실의 후미진 곳에서 돈으로 얻는 고독하고 부끄러운 즐거움밖에 존재할 여지가 없었다. 교회는 감사의 기도보다 서글프게 울부짓는 목소리로 채워졌다. 음산하게 얼어붙은 시가지에서는 몇몇 꼬마들이 아직 어떤 위험에 위협받는지도 모른 채 뛰어놀았다. 하지만 누구 하나 그들에게 지난날의 하느님의 내 방, 산뜻한 희망 그 자체이며 많은 선물을 가져다주는 신의 내방을 알리려 하는 사람은 없었다. 모든 사람의 마음속엔 이제는 늙고 지친 음울한 희망, 즉 사람들이 죽음을 감수하는 것을 방해하는 단순한 삶에 대한 애착에 불과할 뿐인 바로 그런 희망만이 남아 있을 뿐이었다.

그 전날 밤 그랑은 약속한 시간에 도착하지 않았다. 리외는 초조해져서 아침 일찍 그의 집에 찾아갔지만 그는 없었다. 모두 그 소식을 듣고 경계심이 생겼다. 11시경 랑베르가 병원에 찾아와 리외에게 이야기한 바에 따르면, 그는 다른 사람같이 변해진 얼굴로 길거리를 헤매고 있는 그랑의 모습을 얼핏 보았다고 했다. 또 그는 그 모습을 이내 놓치고 말았다고 한다. 리외와 타루는 차를 타고 그를 찾으러 갔다.

정오가 되어 싸늘한 시각에 리외는 승용차에서 나오자, 초라한 나무로 만든 장난감이 잔뜩 진열되어 있는 길 건너 쇼윈도에 거의 달라붙다시피 하고 있는 그랑을 보았다. 이 늙은 서기의 얼굴에는 눈물이 끊임없이 흐르고 있었다. 또 그 눈물은 리외의 마음을 혼란시켰다. 왜냐하면 그로서는 그 눈물의 이유를 알고 있었으며 또 자기 자신도 목구멍 언저리에 그것이 솟구쳐 오는 것을 느끼고 있었기 때문이다. 리외 역시 크리스마스 날 어느 가게 앞에서 있었던 이 불행한 사나이의 약혼과, 또 그의 품에 몸을 기대며 자기는 행복하다고 말한 쟌느라는 아가씨에 대해 생각하고 있었다. 미칠 듯한 그랑의 가슴속에 지나간 세월 속으로부터 그 발랄했던 쟌느의 목소리가 되살아났음이 분명했다. 그것은 이제는 확실한 일이었다. 리외는 울부짖는 이 노인이 지금 이 순간 무슨 생각을 했는지 알고 있었다. 그도 노인과 마찬가지로 그러한 생각을 하고 있었다. 사랑이 없는 이 세계는 마치 죽은 세계와 같고, 언젠가는 꼭 감옥과 일, 용기 따위에 지쳐, 한 인간의 모습과 애정에 희희낙락하고 있는 마음을 추구할 때가 오리라는 것을.

한데 그랑은 유리에 비친 리외를 알아보았다. 그리고 계속 울며 뒤돌아서서 등을 유리에 기댄 채 리외가 다가오는 것을 바라보았다. "아아, 정말 선생님! 아아, 정말! 선생님." 그는 말했다. 리외는 말을 할 수가 없어 고개를 흔들어 끄덕여 보였다. 이 슬픔은 그의 슬픔이기도 하고, 이때 그의 심장을 사로잡는 것은 모든 인간이 함께 나누는

313

고통과 마주섰을 때 인간의 마음에 생기는 견딜 수 없는 분노였다. "정말 그래요, 그랑 씨." 그는 말했다.

"어떻게 해서든지 편지를 한 통 쓸 시간을 갖고 싶습니다. 그녀가 잘 알 수 있도록 말이에요, 그리고 후회하지 않고 행복하게 살 수 있도록……." 마치 강제로 밀어내듯 리외는 그랑을 앞으로 걸어가게 했다. 상대방은 거의 끌려가다시피 하면서도 띄엄띄엄 계속 중얼거렸다.

"이건 너무나 오래 계속되잖아요. 저도 알지 못하게 될 대로 되라는 기분이 되는 것은 어쩔 수 없는 일이지요. 정말이지 선생님, 제가 얼른 보기엔 태평한 것같이 보일 테지요. 그렇지만 제 자신은 항상 그저 당연하게 지내는 것만으로도 무섭고 힘겨웠던 거예요. 하지만 지금은 그것조차 이제는 견딜 수 없게 되어 버렸답니다."

그는 이야기를 끝내자 손발을 부들부들 떨면서 미친 사람 같은 눈빛이 되었다. 리외는 그 손을 잡았다. 그것은 불타는 것같이 뜨거웠다. "이젠 돌아가야지요."

한데 그랑은 그의 손을 물리치고 5~6보 달려갔다가 멈춰 서더니, 양팔을 벌려서 앞뒤로 비실거리기 시작했다. 또 제자리에서 한 바퀴 돌더니 계속해서 흘러내리는 눈물로 얼굴이 뒤범벅이 된 채, 차가워져 버린 보도 위에 쓰러지고 말았다. 통행인들은 돌연히 멀찍이서 바라다보면서도 다가서려고는 하지 않았다. 어쩔 수없이 리외가 노인을 두 팔로 부축해 안았다.

침대에 눕혀진 그랑은 호흡조차 곤란에 빠져 있었다. 폐가 이미 병들어 있었다. 리외는 깊은 생각에 잠겼다. 그랑에겐 가족이 없다. 그 렇다면 그를 병원으로 보낼 필요가 있을까? 타루와 함께 둘이 간호 해 주는 게 낫겠지……. 창백한 얼굴에 광채 잃은 눈을 하고 그랑은 베개에 머리를 파묻고 있었다. 그는 타루가 궤짝 쪼가리가 부서져 버 린 것으로 난로에 피운 약한 불을 물끄러미 바라보고 있었다. "아무 래도 병이 나빠지는 것 같아요." 하고 그는 말했다. 그가 말할 때마다 예전부터 상해 버린 그의 폐에서부터 빠지직거리는 이상한 소리가 새어 나왔다. 리외는 그에게 말을 하지 말라고 주의해 주고는, 또 자 기는 이내 돌아오겠노라고 말했다. 미묘한 미소가 환자의 얼굴에 얼 핏 스치고, 동시에 일종의 애정이 담긴 감정이 그 얼굴에 나타났다. 그는 힘들여서 눈을 껌벅여 보였다. "만일 이 경우를 극복할 수 있으 면 경의를 표해야죠, 선생님!" 그렇게 말하자마자 이내 의식을 잃고 말았다.

두세 시간이 지나 리외와 타루가 와보니, 환자는 침대 속에서 몸을 반쯤 일으켜 앉아 있는데, 리외는 그의 얼굴에 나타난 병세의 진도를 보고 깜짝 놀랐다. 하지만 그는 내내 의식은 뚜렷한 모양이어서, 이 내 두 사람을 보고 서랍에 넣어 둔 원고를 가져다 달라고 허전한 목소 리로 부탁했다. 타루가 그 종이 뭉치를 갖다 주자 그는 그것을 보려 고도 하지 않고 꼭 껴안았다가는 리외에게 내주면서 읽어 달라는 몸 짓을 해 보였다. 그것은 오십 매 정도의 짧은 원고였다. 리외는 그것 을 띄엄띄엄 읽어 보면서, 그것이 모두 똑같은 문장을 수없이 다시 쓰 고, 고치고, 지운 것에 지나지 않는다는 것을 깨달았다. 끊임없이 5월

315

이니 여자 기수니 숲속의 지름길이니 하는 말들이 여러 가지 방법으로 배열되어 있었다. 거기에는 또한 여러 가지 설명이 붙어 있었다. 때로는 엄청나게 길기도 하고, 정정문도 간직하고 있었다. 그러나 맨 끝 페이지에는 단정한 필적으로 잉크 자국도 새롭게, 그저 이렇게만 적어 놓았다.

'그리운 쟌느, 오늘은 크리스마스요.'

"읽어 주세요." 하고 그랑은 말했다. 그래서 리외는 그것을 읽었다.

"아름답게 갠 5월의 화창한 아침나절 한 사람의 날씬한 여자 기수가 화사한 밤색 털의 암말을 타고 오솔길의 꽃에 둘러싸인 숲의 오솔길을 달리고 있었다……."

"그게 틀림없지요?" 노인은 뜨거운 목소리로 말했다.

리외는 노인에게로 시선을 돌리지 않았다.

"아, 그래요." 상대방은 흥분하며 말했다. "'화창한'이요, '화창한'이라는 것은 정확한 표현이 아니에요."

리외는 모포 위로 그의 손을 잡았다.

"괜찮아요, 선생님. 이젠 나을 수 없겠지요……." 그의 가슴은 괴로운 듯이 부풀어 오르더니 그는 느닷없이 크게 외쳤다. "그것을 불태워 주세요!"

의사 리외는 망설였으나 그랑이 너무나 사납게, 게다가 몹시 고통스런 목소리로 명령을 되풀이하기에, 리외도 어쩔 수 없이 그 원고 뭉치를 거의 꺼져 가는 불길 속에 던졌다. 방 안은 갑자기 밝아지고 한순간 따뜻해지기까지 했다. 리외가 환자 옆에 다시 돌아왔을 적엔 환자는 이곳으로 등을 돌리고 그 얼굴은 거의 벽에 닿을 것같이 되어 있었다. 타루는 마치 이 자리의 상황과는 상관이 없는 사람같이 창문으로 바깥을 바라보고 있었다. 혈청을 주사하고 나서 리외가 그 친구에게 그랑은 오늘 밤을 넘기지 못할 것이라고 이야기하자 타루는 자기가 남아 있겠노라고 말했다. 리외는 그 제안을 받아들였다.

밤새껏 그랑이 죽으려 하고 있다는 생각이 그의 마음에 달라붙어 떨어지지 않았다. 한데 이튿날 아침 리외가 가 보니, 그랑은 침대에 앉아 타루와 이야기하고 있었다. 열은 없어져 있었다. 남아 있는 것은 다만 전반적으로 초췌해진 징후뿐이었다.

"정말 선생님, 큰 실수를 했습니다." 그랑은 말했다. "하지만 또 할 거예요. 죄다 기억하니까요. 아무튼 두고 보세요."

"아무튼 증세를 살펴봅시다." 하고 리외는 타루에게 말했다. 그러나 낮이 되어도 조금도 변함이 없었다. 저녁때가 되어서야 그랑은 이제는 살아났다고 간주할 수 있었다. 리외로서는 이 소생이 전혀 납득조차 가지 않았다.

하지만 거의 같은 시기에 리외한테 환자 한 사람이 인도되었는데, 그는 그 환자가 절망적이라고 보고 곧 병원에 격리시켰다. 그 젊은 아가씨는 완전히 혼수상태에 빠져 있고, 폐장성 페스트의 온갖 징조를 다 보이고 있었다. 한데 이튿날 아침이 되자 열은 말끔히 가셔 리외는 그때까지 또 그랑의 경우와 똑같이 그것을 아침녘의 병세 이완이라고 생각했고, 이것은 경험에 의해 오히려 나쁜 조짐으로 보는 습관이 붙어 있었다. 하지만 낮이 되어도 열은 더 이상 오르지 않았다.

밤에는 고작 2, 3분만 올랐으나, 이튿날 아침이 되자 열은 말끔히 가서 버렸다. 젊은 아가씨는 쇠약하기는 했지만 잠자리 속에서 누운 채로 호흡하고 있었다. 리외는 타루에게, 그 여자는 모든 법칙을 깨뜨리고 살아났다고 말했다. 한데 그 1주일 동안에 리외의 소관 내에서 같은 증세가 네 건이나 발생했다. 그 주말에 늙은 천식을 앓는 할아버지는 몹시 흥분한 기색으로 리외와 타루를 맞아들였다.

"이젠 문제가 없습니다." 할아버지는 흥분하면서 말했다. "그놈들이 또 나타났으니까요."

"누구 말인가요?"

"쥐 말이에요, 쥐!"

지난 4월 이후로 쥐의 시체는 1마리도 발견되고 있지 않았다. "그렇다면 또 시작되는 걸까?" 타루는 리외에게 말했다. 할아버지는 계속 손을 비비적거리고 있었다.

"정말 볼 만하다니까요, 그놈들이 돌아다니고 있는 꼴은. 그야말로 즐겁게 되는 것 같군요."

할아버지는 살아 있는 2마리의 쥐가 거리에 인접해 있는 문어귀에서 자기 집으로 들어오는 것을 보았다. 근처 사람들로부터 들었던 이야기로는, 그들의 집에도 쥐들이 또 나타났다고 한다. 어느 집 대들보 언저리에서는 벌써 여러 달 동안 잊고 있던 바스락거리는 소리가 또다시 들리기 시작했다. 리외는 매주 초에 있는 통괄적인 통계 발표를 기다렸다. 통계는 전염병의 후퇴를 확실하게 나타내고 있었다.

제5부

　이러한 병세의 갑작스러운 퇴조는 예기치 않게 돌연히 찾아오긴 했지만, 우리 시민들은 성급하게 즐거워하지 못했다. 그들은 오늘날까지 지나간 몇 달 동안에, 해방에 대한 소망을 증대시키면서 자라난 만큼, 조심스러운 태도를 배우게 되었고, 이 전염병이 그다지 쉽게 퇴치되리라고는 생각지 않게 길들여졌던 것이다. 그렇지만 이 새로운 사실은 뭇사람들 입에 계속 오르내렸고, 또 굳이 입 밖으로 드러나게 말하지는 않았지만 사람들의 마음속에서는 더 큰 희망이 꿈틀거리며 자라나고 있었다. 그 외의 모든 일은 전부 이차적인 것으로 옮겨져 버렸다. 새로운 페스트 희생자들도 이 엄청난 사실 앞에선 별로 아무런 의미가 안 되었다. 떠들어 대지는 않았지만 전부 건강한 시대를 기다리고 있음이 은연중에 드러났다. 이제 시민들은 무표정한 태도로써 페스트가 퇴치되고 난 후의 생활 계획에 대해 즐겨 이야기하기 시작했다.

모두들 똑같이 편리했던 과거 생활의 모든 것이 동시에 회복되기는 불가능하며, 재건설하기보다는 차라리 파괴해 버리는 게 더 용이하다고 생각했다. 다만 식량 배급 문제만은 개선될 수 있을 것이므로, 그러면 가장 커다란 걱정거리에서 해방되는 셈이라고 했다. 그렇지만 이같이 미온적인 태도의 밑바닥에는 무절제한 희망이 부풀어 오르고 있었던 것이 사실이다. 시민들도 이런 사실을 문득문득 깨닫고는, 서둘러 무절제한 희망을 지워 버리고, 아무래도 오늘내일에 쉽게 해방이 이루어질 수는 없다고 자신들을 타이르는 것이었다.

사실상 페스트는 오늘내일에 걸쳐 쉽사리 끝나지는 않았지만, 표면적으로는 사람들이 생각했던 것보다 훨씬 빠른 속도로 그 병세가 쇠퇴해 가는 듯싶었다. 1월 상순에는 추위가 맹위를 떨쳐, 도시의 하늘이 예전처럼 얼어붙고 마는 것 같았다. 하지만 하늘은 전에 없이 맑고 푸르렀다. 밝게 개인 차가운 하늘에서 며칠 동안이나 연속해서 찬란한 햇빛이 내리 비추었다. 페스트는 그렇게 깨끗해진 대기 속에서 3주일 동안 계속해서 힘을 잃고 있었다. 페스트로 인한 주검의 수효가 적어지면서, 정말로 이대로 페스트의 기세가 완전히 쇠퇴해 가는 것 같았다. 페스트는 이제까지 수개월 동안 활기찼던 힘을 단 며칠 사이에 대부분 잃고 있었다. 그랑이나 리외가 돌보던 그 소녀처럼 다 잡아놓은 미끼를 놓치거나, 어떤 지역에서는 며칠 동안 병으로 떠들썩하다가 끝내 그 힘을 잃고 만다거나, 월요일에는 희생자의 수를 격증시켜 놓았다가 수요일이 되면 그들 모두를 살려 버리거나, 그와 같이 허둥거리며 어쩔 줄 몰라 하는 상황을 보면, 이제는 페스트도 피로와 싫증으로 그만 맥이 빠져, 그 자신에 대한 지배력과 동시에 자신의 힘의 바탕이던 수학적이고도 절대적인 유효성마저도 잃어버린 것 같았다. 또 카스텔의 혈청은 일찍이 없었던 대성공을 여러 번 보여 주었다. 전에는 아무런 효과도 얻지 못했던 의사들이 놀라운 효과를 몇 가지 뚜렷하게 얻어 낸 것 같았다. 그래서 페스트는 물러가게 되고, 지금까지 페스트를 공략하던 그 무딘 칼날에 이제는 무서운 힘이 깃든 것 같았다. 그래서 페스트는 기껏해야 나을 것이라고 알았던 환자를 서너 명쯤 뜻하지 않게 죽음으로 끌고 가는 것이 고작이었다. 그들은 마침내 페스트에 대해 운이 나빴던 자들이며, 희망에 가득 차 있을 때 살해를 당한 자들이라고밖에 할 수가 없다. 격리 수용소에서 퇴원하게 된 오통 판사도 바로 그런 경우였는데, 실제로 타루는 운이 나빴다고 말하기도 했다. 한데 그것이 판사의 죽음을 추모해서 한 소리였는지 아니면 판사가 살았을 때를 생각해서 한 소리였는지는 알 수가 없었다.

아무튼 페스트의 감염률은 전체적으로 그 분야에서 떨어지고 있었고, 도청도 처음에는 살살 희망의 여운만을 던져 줄 뿐이었으나, 마침내는 시민의 머릿속에 승리의 확신을 심어서, 병은 이제 종식되고 있다는 것을 공공연히 떠들어 댔다. 그렇지만 그것이 승리인지 아닌지는 확실하게 말하기가 어려웠다. 사람들은 다만 이제 페스트가 잠입했을 때처럼 스스로 물러가고 있다는 것만을 이야기하고 싶어 했다. 병에 대한 전략은 조금도 바뀌지 않았다. 어제까지는 효과가 없던 것들이 오늘이 되자 확실한 효과를 나타냈다. 사람들은 이제는 페스트가 제풀에 먼저 지쳐 버렸거나 혹은 제 욕심을 모두 갖추었으므로 이제 그만 물러나려고 하는 것이라고 생각할 따름이었다. 다시 말해서 페스트는 자기의 역할을 전부 끝낸 것이다.

그럼에도 불구하고 시내에는 아무런 변화도 보이지 않았다. 낮에는 항상 조용한 거리뿐이었고, 저녁이 되어도 늘 같은 모양의 시민들—그래도 이제는 거의가 코트와 숄을 걸친 모습이었지만—로 거리가 가득 찼다. 극장과 카페는 여전히 손님이 많았다. 하지만 조금 더 주의해서 들여다보면, 그들의 얼굴에는 예전의 그 어둡던 긴장이 없어지고 종종 미소가 번지기도 한다는 것을 알 수가 있었다. 그럴 때마다 그들은, 그동안 누구도 거리에 서서 웃었던 적이 없었다는 사실을 다시금 깨닫고는 했다. 몇 달 전부터 도시를 둘러싸고 있던 불투명한 장막에 조그만 구멍 하나가 뚫어져, 사람들은 월요일마다 라디오를 통하여 그 구멍이 점차 더 크게 뚫어져 간다는 소식을 접한 후, 그래서 나중에는 겨우 숨을 쉴 수 있으리라는 확신을 가질 수 있었다. 하지만 아직은 너무 불분명한 안도감이었으므로 확실하게 겉으로 드러내 놓고 표현하지는 않았다. 예전 같았으면 기차가 떠난다거나 배가 도착했다는 소식, 혹은 자동차의 운행이 다시 허용되리라는 소식을 들었을 때 모두들 의혹이 없이는 들을 수 없었지만, 1월 중순쯤에 이르러서는 그런 발표도 어떠한 놀라움을 일으키지 못했다. 그것은 물론 의심의 여지가 없었다. 이러한 사소한 변화는 사실상 우리 시민들의 희망에 많은 진전이 있었음을 뜻했다. 시민들이 아주 조그마한 희망이라도 지니게 된 그때부터, 실질적으로 페스트의 위력은 사라져 갔다고 말해도 좋을 것이다. 1월 한 달 동안, 우리 시민들은 모순된 행동 속에서 우왕좌왕한 것도 사실이다. 다시 말해 그들은 흥분과 피곤이 번갈아 오는 상태에 서 있었다. 그처럼 긍정적인 통계가 나타나는 동안에도 놀라운 몇 건의 탈주 계획이 보고되었다. 그것은 당국을 너무나 크게 놀라게 했음은 물론, 각 초소까지도 놀라게 했다. 탈주범들은 대부분 성공했던 것이다. 하지만 이때 탈출을 감행한 사람들은 모두 자신의 본능인 자연스런 행동으로 움직였던 것에 지나지 않는다. 어떤 사람들은 이제는 페스트에서 벗어나지 못하리라는 심한 회의에 빠지기도 했다. 희망은 더 이상 그들 마음속에 자리잡을 수가 없었다. 페스트의 시대가 끝나 가고 있던 이때도 그들은 페스트를 기준으로 살아가고 있었다. 그들은 시대에 뒤떨어진 인간들이었다. 이와는 반대로 또 어떤 사람들은, 특히 그때까지 자기가 사랑했던 사람들과의 생이별을 겪었던 사람들 가운데는, 너무나 오랜 세월에 걸쳐서 감금과 절망에 지친 나머지, 그러한 희망의 빛이 그들의 열망과 초조함으로 가득 찼던 마음에 불을 질러 그만 모든 자제력을 잃고 말았다. 그들은 목적지를 바로 눈앞에 두어 놓았던 순간에, 또다시 누군가가 죽거나 또 그리운 사람과 만날 수 없게 되어 그동안의 모진 고생이 헛수고가 되어 버리지나 않을까 하는 이유 없는 낭패감에 빠져들기도 했다. 몇 달 동안을 암울한 심정으로 감금과 귀양살이의 고통을 조용히 참아냈으므로, 공포나 절망이 허물어뜨릴 수 없

던 것을 최초의 희망이 부서뜨릴 수도 있었다. 그들은 페스트의 느렸던 걸음을 잠자코 따라 갈수만은 없어서, 그것보다 앞서 가려고 미친 사람처럼 서둘러 댔다. 한데 바로 그때 너무나 낙관적인 징조가 몇 가지 나타났다. 또 물가는 놀라울 정도의 하락세를 나타나게 되었다. 순수하게 경제적인 관점에서 보면, 이러한 현상은 무슨 말을 해도 적절히 설명할 길이 없었다. 사정의 곤란함은 개선되지 않았고, 까다로운 검역 절차는 끊임없이 계속되었고 식량 보급이 좋아질 기미는 조금도 보이지 않았다. 그래서 그러한 움직임은 페스트의 쇠퇴 현상이 여러 부분에서 반향을 보이고 있는 것처럼 오로지 정신적인 현상에 지나지 않았다. 그와 동시에, 전에는 같이 모여 살았었으나 페스트로 인하여 헤어져야 했던 사람들 사이에서도 좋은 관점에서의 태도가 나타나기 시작했다. 시내에 있는 두개의 수도원은 복구되기 시작했으며, 자신들의 공동생활도 시작되었다. 군인들의 경우도 이와 마찬가지여서 텅 비어 있던 막사로 군인들이 몰려들기 시작했다. 그들은 다시금 정상적인 주둔 생활로 변모되었다. 이 같은 사소한 움직임들이 사실은 커다란 징조였던 것이다.

시민들은 이 같은 은근한 흥분 속에서 1월 25일까지 살았다. 그 주일이 되자 통계 숫자는 매우 낮아졌으므로, 도청은 의사회의 자문을 얻어 전염병이 쇠퇴되었다고 여겨진다는 발표를 감행했다. 발표문에 덧붙여서, 확실하게 시민들의 강렬한 지지를 얻을 것이라는 확신 아래, 도청은 앞으로도 2주일 동안은 계속해서 시를 폐쇄할 것이며, 예방 조치도 1개월간 더 지속될 것인데, 그동안에라도 위험이 도발

할 듯한 조짐이 조금이라도 발생할 경우에는 지금과 같은 상태가 지속될 것이며, 아울러 해제되었던 조치들도 소급시켜 강화할 것이라고 밝혔다. 하지만 이를 들었던 모든 사람들은 그 추가 발표문을 형식적으로 덧붙여 놓은 항목 정도로 생각해 버렸다. 또 1월 25일 저녁에는 기쁨에 넘친 흥분이 도시의 거리를 가득 채웠다. 시장은 시민의 기쁨에 협조하기 위해 등화관제를 해제하라는 지시를 내렸다. 우리 시민들은 맑게 개였던 차가운 하늘 아래 불이 켜졌던 거리를 떼를 지어 왁자지껄 웃으며 쏘다녔다.

물론 그때도 많은 집들이 덧문을 닫아 놓은 채로 있었고, 또 서민들의 함성 소리로 온밤 내내 복잡하여도 조용히 지낸 가족들도 많았다. 그렇지만 상을 당한 사람들은 말할 것도 없이, 시민들은 가족 중의 누군가를 잃게 되는 고통에서 이제는 해방되었다고 하는 포만감과 자기 자신의 안전에 대한 부드러움으로 인해 마음속 깊은 평화를 느낄 수 있었다. 그럼에도 이런 일반적인 기쁨에 전혀 무관한 가족들도 있었다. 그들은 더 말할 것도 없이 그 순간에도 병원에서 페스트와 다투고 있는 환자를 가진 가족, 예방 격리소나 자기 집에서, 재난이 다른 사람들에게서 손을 떼어 낸 것과 같이 자기들에게서도 손을 떼고 저 멀리 떠나 줄 것을 알고 있는 가족들이었다. 그들도 역시 희망을 지니고 있었지만, 그 희망을 성급하게 내보이진 않았고, 그것을 실제로 획득할 때까지는 전혀 스스로 끌어내려 하지 않았다. 또 고통과 기쁨의 중간에 서서, 그런 기대를 안고 막연히 밤을 지샘으로써 전부 기뻐하는 속에서 도리어 더욱더 안쓰러운 심정이 되었다. 하지만 이런 사람들이 있었다고 해서, 다른사람들이 누리려는 기쁨에 어떤 손 상이 있었던 건 아니다. 역시 페스트는 지금도 끝나지는 않았을 것이 다. 그럴려면 페스트가 완벽하게 퇴치되었다는 어떤 증거가 나타나 야만 한다. 그런데도 시민들의 머리속에는 벌써 여러 주일 전부터 변 함없이 긴 철도 위로 기적 소리를 날리면서 기차가 지나가고, 햇빛을 받아 빛나는 바다 위로 배가 출렁이며 항해하고 있었다. 그 이튿날, 사람들의 마음이 침잠해지면 또다시 온갖 의혹이 되살아날 것이다. 하지만 그 순간에는, 도시 전체가 지금까지 뿌리를 박고 서 있던 그 컴컴하고 움직이지 않는 곳에서 덜컹거리기 시작하여 드디어 생존자 들을 싣고서 전진하기 시작했던 것이다. 그날 저녁, 타루와 리외도 랑베르나 다른 사람들과 똑같이 군중 속에 섞여 걸어가고 있었는데, 그들 또한 발이 땅에 닿는 것 같지 않은 기분을 느꼈다. 이제는 한길 에서 벗어난 지도 너무나 오래 되었는데 타루와 리외는 여태껏 그 기 쁨의 소리가 자신들의 뒤를 뒤쫓아 오고 있는 것을 들었으며, 드디어 그토록 적막한 거리에서 덧문이 닫혀 있는 창문들을 따라 걸어가고 있을 때도 그 소리를 들었다. 또 그들은 너무도 지쳤으므로 그 덧문 들 뒤에서 여전히 계속되고 있는 그 괴로움을, 이계는 멀리 떨어진 거 리를 잔뜩 채우고 있는 기쁨과 분산시켜 생각할 여유는 없었다. 다가 오고 있는 해방은, 웃음과 눈물이 뒤섞인 모습을 하고 있었다.

웅성거리는 소리가 더 커졌고 더 즐겁게 높이 퍼지자 타루는 이따 금 걸음을 멈추었다. 어둠침침한 보도 위로 조그만 물체 하나가 날렵 한 몸짓으로 달려왔다. 고양이였다. 지난 봄 이후로 처음 고양이를 보았다. 고양이는 잠시 길 한복판에 멈추고는 한쪽 발을 들고 그 발로 빠른 속도로 자기의 오른쪽 귀를 문지르더니, 다시 어둠속으로 달려가 사라져 버렸다. 타루는 미소를 지었다. 그 작달막한 영감도 역시 기뻐했을 것이다.

하지만 페스트가 자신이 기어 나왔던 그 알 수 없는 야수의 굴속으로 아무 말 없이 또다시 들어갈 무렵, 도리어 페스트의 퇴각에 놀라 당황해 하는 사람이 이 도시에 1명 있었다. 타루의 수첩에 적힌 바에 의하면 그 사람은 바로 코타르였다.

사실, 그 수첩은 통계 숫자가 하강하기 시작했을 때부터 매우 이상하게 변해가고 있었다. 너무 피곤한 탓인지 몰라도, 글씨가 너무 엉망으로 기록되어 있었고, 화제도 여기저기 갈피를 못 잡고 비약하곤 했다. 또 수첩에 적힌 내용은 객관성을 잃고 개인적인 고찰이 너무 심하게 노출되어 있었다. 또 코타르에 관한 매우 긴 기록 중간에도 고양이와 함께 노는 영감에 관한 이야기가 짤막하게 실려 있었다. 그래도 타루의 말을 빌린다면, 페스트는 그 영감에 관해서 그의 깊은 관심을 조금도 빼앗아가지는 못했으며, 그는 전염병이 퍼진 후에도 그 이전에 흥미를 가졌던 것만큼 영감에 관하여 관심을 갖고 있었으며, 또 그의 호의 그 자체 때문은 아니지만 아무튼 그는 이 이상 그 영감에 관하여 흥미를 가질 수 없게 될지도 몰랐다. 그는 또 그 영감을 보길 원했다. 그는 1월 25일 저녁이 지난 며칠 뒤에 그 좁은 길의 한 귀퉁이에 자리잡고 있었다. 고양이들은 약속을 확실하게 지키기 위해 그곳에 모여 따사로운 양지에 몸을 따뜻하게 하고 있었다. 그러나 여느 때의 그 시간이 되어도 덧문은 그냥 굳게 잠겨 있었다. 그 후 며칠이 지나도 덧문이 열리는 것을 알 수는 없었다. 타루는 기묘한 한 가지 결론을 내렸는데, 그것은 그 영감이 화가 났거나 죽었을 거라는 이야기였다. 만약 심통이 난 것이라면 그것은 영감이 자기가 옳았고 못된 짓을 한 것은 페스트였다고 인식했기 때문일 것이며, 만약 영감이 죽었기 때문이라면 천식을 앓던 할아버지와 마찬가지로 이 영감도 진짜로 성자이었던가 아니었던가를 생각해 볼 필요가 있다고, 타루는 수첩에 적어 놓았다. 타루는 그 영감을 성자라고는 생각하지 않았다. 하지만 그는 영감들이라면 이런 '깨우침'을 얻을 수 있으리라고 확신하고 있었다. 그 수첩에는 이와 같이 적혀 있었다. "아마도 인간은 성덕(聖德) 가까이까지 밖에는 도달할 수가 없는 모양이다. 그렇다면 우리는 겸손하고 자애로운 일종의 악마주의에 만족할 수밖에 없지 않은가."

코타르에 대한 고찰 가운데, 수첩에는 여러 관찰 기록이 또 이곳저곳에서 발견되었는데, 그중에는 이제는 회복기에 접어들어서 아무 일도 없었다는 듯이 다시 일을 시작하게 된 그랑에 관한 것과 의사 리외의 어머니에 관한 것들도 있었다. 한집에 같이 살게 된 관계로 주고받을 수 있었던 리외 어머니와 타루 사이의 주고받게 된 대화, 그 늙은 부인의 태도와 미소, 페스트에 관한 관찰 등이 꼼꼼하게 적혀 있었다. 타루는 특히 리외 어머니의 조심스러움을 강조하며 어떤 일이건 단순한 말로 표현해 내는 말솜씨, 조용한 거리로 난 창문을 극히 좋아하는 부인이 저녁 무렵이면 그 창문 앞에 몸을 기대고 서서, 두 손을 얌전히 포개놓고 주의력 있는 시선으로, 방안으로 스며드는 황혼이 부인의 자태를 잿빛 광선 속에서 검은 그림자로 변화시켰고, 그 잿빛의 광선이 점차 짙어져 그 움직이지 않는 그림자를 녹일 때까지 가만히 앉아 있는 모습, 방에서 방으로 옮겨 갈 때의 날쌘 몸짓, 타루 앞에서 꼭 그와 같이 분명하게 나타내 보인 적은 없지만 그래도 선량함을 확인할 수 있는 부인의 언행, 또 생각하지 않고서도 모든 것을 다 알 수 있고, 어떤 빛, 때로는 그것이 페스트의 빛이었을 경우에라도 또 어깨를 펴고 겨를 수 있는 사람으로서 부인을 나타내고 있었다. 그런데 이 부분부터 타루의 글씨는 꺾어진 모양으로 괴상하게 변

질되고 있었다. 그 뒤로 이어지는 몇 줄의 글은 읽기조차 힘들었고, 글씨체의 변모를 확인시켜 주기라도 하듯이 그 마지막 부분의 말들은 너무나 개인적인 기록들이었다. "내 어머니도 또한 그러했다. 나는 또 어머니의 그런 양순함을 좋아했으며, 어머니야말로 내가 항상 함께 있고 싶었던 그런 여자였다. 팔 년 전에 어머니가 돌아가셨다고는 결코 생각할 수가 없었다. 그건 어머니가 내 눈에 띄지 않게 되었을 뿐이다. 내가 뒤를 돌아다보았을 때, 그곳에 어머니가 안 계셨던 것뿐이다." 하지만 우리는 코타르의 이야기로 돌아가야만 한다. 통계 숫자가 하락하기 시작하자 코타르는 여러 가지 이유를 내세워 여러 차례 리외를 방문했다. 또 그는 항상 리외에게 페스트가 과연 어떤 모양으로 진행될 것인가에 대하여 질문했다. "당신은 이와 같이 갑작스레, 아무런 예고도 없이 페스트가 퇴치되리라고 생각하십니까?" 그는 그 점에 관해 사뭇 회의적이었는데, 그래서 그 자신이 말한

바에 의하면 그랬다. 그러나 자꾸만 되풀이해서 물어보는 폼이 그와 같이 확실한 믿음을 갖고 있지는 못한 것 같았다. 1월 중순에 리외는 너무나 낙관적인 답변을 했다. 한데 그때마다 리외의 답변이 코타르를 기쁘게 해주기는커녕, 그가 나타내 보인 여러 가지 반응들은 유쾌하지 않거나 차라리 절망적인 것이었다. 그리하여 그 다음부터 리외는 그에게 통계상으로 나타난 양호한 징조에도 불구하고 아직은 성급하게 승리를 예언할 처지가 못 된다고 말하게끔 되었다. "다시 말해서," 코타르가 말했다. "사태는 여태껏 불분명하고, 오늘 내일 사이에 또 터질 수도 있다는 이야기 아닌가요?"

"그렇습니다. 퇴치될 전망이 내다보이는 것과 마찬가지로 반대의 경우도 예상할 수 있습니다."

모든 사람들이 혼돈스러워하는 그 불확실성이 도리어 코타르에겐 위로를 주는 모양이었다. 코타르는 자신이 사는 마을의 장사꾼들에게 리외의 의견을 잘 알리고자 애를 썼다. 그러나 그것은 그다지 어려운 일은 아니었다. 왜냐하면 처음의 승리에 대한 열정이 사라지자 사람들의 머리 속에는 또다시 의혹의 그림자가 드리워져서, 도청의 발표로 인하여 흥분된 마음에 그늘이 지고 있었기 때문이었다. 코타르는 그런 불안을 확인하고는 안심하는 듯했다. 또 전처럼 낙관적인 말투로 대답했던 것이다. "물론 그렇지요." 그는 타루에게 말했다. "이제는 도시의 폐쇄가 없어지고 말겠지요. 또 두고 보십시오. 나 같은 것은 전부 녹아 버리도록 내 버려둘 겁니다."

1월 25일까지는, 사람들은 그의 정신 상태가 안정스럽지 못하다는 것을 알게 되었다. 또 오랫동안 마을 사람들이나 친척들과 협조하고자 힘써 온 그가, 며칠 사이에 이제는 완전히 그들과 틀어지고 말았다. 또 겉으로 보기엔, 그 당시 그는 이 세상과 완벽히 단절된 듯이 보였다. 그러더니 또 그는 야만인과 같은 생활을 하기 시작했다. 이제는 식당이나 극장 또는 그가 잘 다녔던 카페에서 그를 볼 수가 없었다. 그는 페스트가 번져가기 이전의 절도 있고 오붓했던 생활 속으로 다시는 돌아갈 수 없는 듯이 보였다. 그는 자기의 아파트에 완벽히 틀어박혀 살고 있었으며, 식사는 근처에 있는 식당에서 가져다먹었다. 이제 저녁이 되면, 그는 은폐하듯 몰래 외출을 해서, 가게에서 중요한 물건들을 사 가지고, 사람이 없는 공허한 거리 속으로 달려가곤 했다. 그즈음 타루가 그를 만난 적이 있는데, 그는 퉁명스럽게 한두 마디 내뱉을 뿐이었다. 또 별안간 사교적인 인간으로 변한 그가 페스트에 관해 지껄이며, 남의 의견에 장단을 맞추며, 저녁마다 군중들 사이에 섞여 아름답게 웃으며 거리를 쏘다니는 모습이 눈에 띄었다. 도청의 발표가 있었던 날 코타르는 완전히 행방을 감췄다. 이틀 후에, 타루는 길거리를 헤매고 있는 그를 만났다. 코타르는 변두리에까지 함께 가줄 것을 부탁했다. 그날 낮에 몹시 피곤했던 타루는 약간 머뭇거렸다. 하지만 코타르는 자꾸만 재촉했다. 그는 너무나 흥분해서 허둥지둥 몸을 흔들어 가며 큰 소리로 떠들어 댔다. 그는 타루에게 도청의 발표대로 이제는 페스트가 물러났다고 생각하느냐고 물었다. 타루는 물론 행정적인 발표문, 그 자체가 페스트의 재앙을 없애 주지는 않지만 별다른 일이 없는 한 이제는 페스트는 거의 끝나 가고 있다고 생각한다고 대답했다.

"그렇죠." 코타르가 말했다. "색다른 일이 없다면 말이죠. 하지만 생각지도 못한 문제가 항상 있기 마련이죠."

타루는 시의 문을 열기 이전에 2주일 동안의 유예 기간을 줌으로써 뜻밖의 사태에 관하여 어느 정도는 예비하고 있다고 말해 주었다. "그것 참 다행이군요." 코타르가 계속해서 침울한 목소리로 하지만 흥분해서 말을 했다. "다 잘되어 가는 일들이 이제는 헛수고가 될지도 모르니까 말입니다."

타루는 정말 그럴 수도 있겠지만, 그래도 그다지 멀지 않은 시일 내에 시의 문이 개방되고 생활도 정상으로 호전되어 갈 것이므로 그에 대해 만반의 준비를 해두는 게 좋을 거라고 이야기했다.

"그건 그렇다고 칩시다." 코타르가 말했다. "그렇지만 정상적인 생활로 되돌아간다는 것은 어떤 뜻이지요?"

"극장에 새로운 필름이 들어오는 것이죠." 타루가 웃으면서 말했다. 하지만 코타르는 웃지 않았다. 그는 페스트가 이 도시에 아무런 변화도 일으키지 않을 것이며, 그리하여 모든 일이 예전, 결국 아무 일도 없었던 듯이 또 변화될 수 있을지 어떨지를 알고 싶어 했다. 타루는 이 도시가 페스트에 의해 변화될 수도 있고 그렇지 않을 수도 있는데, 시민들이 너무나 바라는 바는 여태껏 결코 아무 일도 없었던 듯이 모든 것들이 옛날처럼 전개되는 것이라고 말했다. 그래서 어떤 의미에서는 어떤 변화도 일어나지 않을 테지만, 또 다른 의미에서는 이제는 또 강한 의지의 소유자라 할지라도 모든 것을 다 잊어버릴 수는 없으며, 페스트는 그래도 사람들의 마음속에라도 그 흔적을 항상 남겨 놓을 거라고 이야기했다. 그 자그마한 연금 생활자는 이제는 마음 같은 것에는 흥미도 없으며, 걱정거리가 많아 그런 것에 관심을 가질 수도 없다고 잘라 말했다. 그의 관심을 끄는 것은, 혹시 행정 조직 자체가 개혁되지 않을지, 또는 모든 기관이 옛날처럼 제 기능을 발휘할 수 있을지에 관해서라고 했다. 그래서 타루는 자기도 그 점에 관해서는 이제는 아는 바가 하나도 없다고 했다. 그의 생각에 의하면, 페스트가 전염되던 동안에 엉망으로 망가뜨려진 기관들이 또 움직이려면 예상되는 문제가 많지 않겠느냐는 것이었다. 또 다른 문제들이 수없이 많이 생겨남으로써 이제는 종전의 기관들을 재편성해야 할 필요성이 생길지도 모른다는 것이다.

"아!" 코타르가 말했다. "그럴싸한 생각이에요. 그러나 모두들 어떤 일이든지 또 시작해야만 할 테니까요."

그 두 산책객은 코타르 집 앞에까지 도착했다. 코타르는 신명이 나서 이런저런 희망에 찬 생각에 빠져들었다. 그는 무(無)에서 새롭게 출발하기 위해 과거를 청산하고 새로운 삶을 시작하는 도시를 상상하고 있었다.

"그렇고말고요." 타루가 이야기했다. "어쨌든 당신 처지도 좀 좋아질 거예요. 어떤 의미로 보면 그것은 새로운 삶이 시작되는 거니까요." 그들은 문 앞에 이르러서 마주 악수를 나누었다.

"정말 옳은 말씀입니다." 코타르는 점차 더 흥분해서 어쩔 줄 몰라 했다. "항상 무에서 또 시작한다는 건 참 좋은 일이지요."

그런데 복도의 어둠 속에서 문득 두 남자가 모습을 드러냈다. 타루는 자기 옆에 있는 사람이, 저놈들은 대체 무엇 때문에 여기까지 온 거야 하고 투덜거리는 소리를 이제는 알아들을 겨를조차 없었다. 사복 경찰처럼 생긴 그 사내들은 코타르에게 진짜 당신이 코타르냐고 자꾸 물었다. 그러자 코타르는 무딘 고함 소리 같은 것을 내지르며 휙 몸을 돌려, 그 사내들과 타루가 몸 한 번 달싹할 틈도 주지 않고는 어둠 속으로 사라져 버렸다. 놀라움이 좀 가라앉자, 타루는 그 사내들에게 어떤 일로 그러느냐고 물어보았다. 그들은 공손하고 친절한 태도로, 그저 조사할 일이 좀 있을 뿐이라며, 자연스럽게 코타르가 사라져 간 쪽으로 발길을 옮겼다.

집으로 돌아와서, 타루는 그 당시의 장면을 기록해 놓고, 곧(글자가 이를 똑똑히 증명해 준다), 자신의 피로에 관해 밝혀 두었다. 그는 자기에게는 아직도 할 일이 많았는데 이렇게 아무 마음의 준비도 없이 보내는 것은 옳지 못하다고 적은 다음, 정말로 자신은 마음의 준비가 되어 있는가에 대해 이야기했다. 마지막으로 그는, 인간이 비겁해지는 때가 낮이거나 밤이거나 늘 한때 있기 마련이며, 자기가 두려워 끓는 것이 바로 그 시각이라고 적음으로써 그의 수첩을 마치고 있었다.

그 다음 다음 날, 시의 문들이 열리기 며칠 전에, 의사 리외는 이제는 기다리는 전보가 와 있지나 않을까 해서 정오에 집으로 향했다. 이 무렵의 나날은 페스트가 맹위를 떨쳤던 그때나 마찬가지로 고단했지만, 해방에 대한 벅찬 희망으로 피곤을 잊을 수 있었다. 이때 그는 확실한 희망을 지니고 있었고, 또 그런 희망을 가질 수 있음을 즐기고 있었다. 늘 마음을 긴장시키고 굳은 채로만 살 수는 없는 노릇이다. 투쟁을 위하여 묶어 놓았던 힘을 떠오르는 감정 속에서 하나하나 풀어 가는 일은 진정 즐거운 일이다. 기다리고 있던 전보가 만약 기쁜 소식을 전해 주는 것이라면 리외는 흥겹게 새 출발을 할 수 있을 것이다. 그는 전부 새 출발을 해야 한다는 생각을 지니고 있었다.

그는 수위가 거처하는 수위실 앞을 지나쳐 갔다. 새로 온 수위가 창유리에 얼굴을 눌러 대고 그에게 미소를 던졌다. 계단을 걸어 올라가면서, 리외는 피로와 결핍으로 창백해진 그 수위의 얼굴을 머릿속에 그려 보았다.

그래, 추상이 끝나는 대로 곧 새 출발을 해야만 하리라. 또 조금 재수가 좋으면……. 한데 그가 문을 연 바로 그 순간, 그의 어머니가 나와 맞으며 타루가 좀 이상하다고 말했다. 타루 씨가 아침에 일어나기는 했지만 외출할 기력이 없어 이제 막 누웠다는 것이었다. 리외 어머니는 불안해했다.

"별로 대단한 병은 아니겠지요." 아들이 말했다.

타루는 다리를 쭉 뻗어 길다랗게 누워 있었다. 그의 머리는 배게 속에 푹 파묻혔고, 두꺼운 이불 밑으로 그의 다부진 가슴이 드러나 보였다. 열이 꽤 심했으며, 머리가 아파 괴로워하고 있었다. 그는 리외에게 분명치는 않지만 페스트인 것 같다고 말했다.

"아니, 아직 뚜렷하게 속단할 만큼 분명한 증세가 보이지는 않아요." 그를 진찰하고 나서 리외가 이렇게 말했다.

하지만 타루는 갈증으로 괴로워했다. 복도로 나가자 의사는 자기 어머니에게 아마도 페스트의 초기 증상인 것 같다고 말했다.

"설마!" 어머니가 놀라서 말했다. "그럴 리가 있냐, 이제 와서 그런 일이 있을 리가 있느냐!"

그리고는 곧 이어서 말했다.

"그냥 이대로 집에서 치료하기로 하자."

리외는 잠시 생각에 빠져 있었다.

"저에게는 그렇게 할 권리가 없어요."라고 그가 말했다. "그렇지만 곧 시의 문도 개방될 거예요, 어머니만 여기 안 계신다면. 이제는 이것이 제가 저 자신을 위해서 치르게 되는 최초의 권리일 겁니다."

"베르나르야," 어머니가 말했다. "우리 둘 다 집에 있도록 해 주려무나. 내가 예방 주사를 맞은 지 얼마 되지 않았다는 것을 너도 잘 알잖니." 의사는 타루도 또한 예방 주사는 맞았지만, 굉장히 피곤했기 때문에 끝내 혈청주사 맞는 일을 빼 먹고, 또 몇 가지 주의 사항을 잊어버렸을 거라고 말했다. 리외는 벌써 자신의 진료실로 향하여 가고 있었다. 그가 방으로 돌아왔을 때 타루는 그의 손에 들린 큰 혈청 샘플을 보았다.

"아, 역시 그랬군요." 타루가 말했다.

"아니, 확실한 건 아니에요 그저 만일에 대비하려는 것뿐이에요."

타루는 이제는 대꾸하지 않고 자기 팔을 내밀어 이제까지 자기가 다른 환자들에게 놓아 주었던 그 긴 주사를 맞았다.

"오늘 저녁에 결과를 봅시다." 이와 같이 말하고 나서 리외는 타루를 마주 보았다.

"리외, 격리는 확실히 되는 거죠?"

"페스트인지 아닌지 잘 모르는데, 무슨 그런 말을……."

타루가 짐짓 웃어 보였다.

"예방 주사를 놓아 주면서 격리 지시를 하지 않는 건 진짜 처음 보
는데요." 리외는 타루에게서 얼굴을 거두었다.

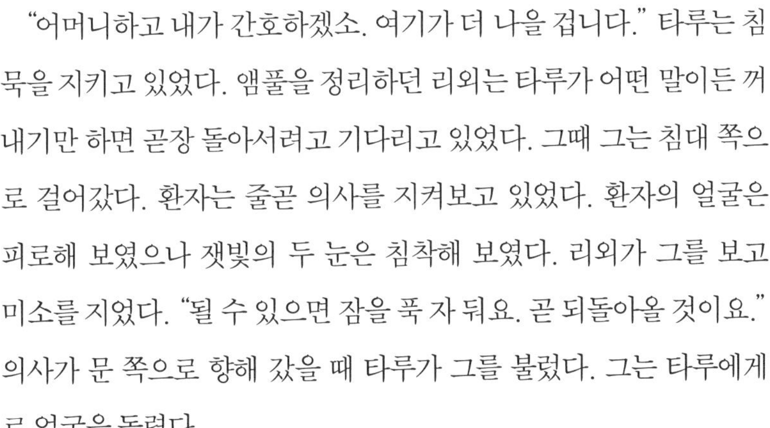

"어머니하고 내가 간호하겠소. 여기가 더 나을 겁니다." 타루는 침
묵을 지키고 있었다. 앰풀을 정리하던 리외는 타루가 어떤 말이든 꺼
내기만 하면 곧장 돌아서려고 기다리고 있었다. 그때 그는 침대 쪽으
로 걸어갔다. 환자는 줄곧 의사를 지켜보고 있었다. 환자의 얼굴은
피로해 보였으나 잿빛의 두 눈은 침착해 보였다. 리외가 그를 보고
미소를 지었다. "될 수 있으면 잠을 푹 자 둬요. 곧 되돌아올 것이요."
의사가 문 쪽으로 향해 갔을 때 타루가 그를 불렀다. 그는 타루에게
로 얼굴을 돌렸다.

그때 타루는 어떤 말을 하려는지 머뭇머뭇했다.

"리외." 끝내 그가 입을 열어 똑똑하게 말을 건넨다. "사실대로 말
해 주시죠. 그렇게 할 필요가 있어요."

"당신 생각이 맞습니다."

타루가 그 두꺼운 얼굴을 찡그리며 웃었다.

"감사합니다. 나는 결코 죽고 싶지는 않아요. 애써 싸우겠어요. 그
렇지만 끝내 내가 져야 한다면, 이때는 깨끗하게 내 인생을 마감하고
싶습니다." 리외가 머리를 숙이고 그의 어깨를 잡았다.

“아니 그렇지 않아요.” 리외가 말했다. “성자가 되기 위해선 이제는 살아야만 합니다. 끝까지 싸워야 해요.”

낮 동안에 유난히도 추웠던 날씨는 이제 풀렸으나 오후가 되자 우박이 섞인 비가 요란하게 쏟아졌다. 해가 질 무렵에는 하늘이 좀 개는 듯했으나 추위는 말할 수 없이 더 심해졌다. 리외는 컴컴해져서야 집으로 돌아왔다. 그는 외투도 벗지 않고 곧장 친구 방으로 갔다. 리외의 어머니는 뜨개질을 하고 있었다. 이때까지 타루는 꼼짝도 않고 있었던 모양이었다. 하지만 고열 때문에 하얗게 뜬 그의 입술이 아직도 그가 병과 싸우고 있음을 보여 주었다. “좀 어때요?” 의사가 물었다.

타루는 침대 밖으로 그의 건장한 어깨를 조금 으쓱해 보였다. “한데…….” 그가 말을 꺼냈다. “아무래도 내가 이기지 못할 것 같아요.” 리외는 타루에게로 몸을 굽혔다. 끓는 듯이 강렬한 살갗 밑에서 임파선들이 응어리져 있었고, 환자의 가슴 어딘가는 보이지 않는 대장간에서 첫소리가 울려 오듯 온갖 잡소리를 막 울리고 있었다. 이상하게도 타루에게서는 두 가지 증세가 같이 보였다. 몸을 일으키면서, 리외는 더 이상 혈청도 아무 효용이 없게 되었다고 말했다. 타루는 무엇이라고 말을 하려고 했으나 목구멍 속에서 뜨거운 열이 소용돌이 쳐 그의 말을 방해했다.

리외와 그의 어머니는 저녁 식사가 끝난 후 환자 곁에 앉았다. 타루에게 있어 밤은 강렬한 투쟁의 시작이다. 리외는 페스트와 피곤한 싸움이 다음날 새벽까지 계속되리라는 것을 알고 있었다. 타루의 튼튼

한 어깨와 넓은 가슴은 페스트에 대한 최선의 무기는 아니며, 그보다
는 오히려 아까 리외가 바늘 끝으로 뽑았던 피, 그 피 속의 영혼보다
도 더욱더 심원한 어떤 무엇, 과학의 힘으로는 밝혀낼 수 없는 그것이
바로 최선의 무기였다. 리외로서는 친구의 투쟁을 보고 있을 수밖에
없었다. 그가 행하고자 하는 일, 가령 화농의 정도를 촉구시킨다거나
강심제를 주사한다거나 하는 일들은 이미 여러 달에 걸쳐 실패를 거
듭해 왔으므로 그 효과에 관해서 잘 알고 있었다. 그렇지만 리외가
할 일이라고는, 너무나 흔한, 하지만 결코 용이하지 않은 요행의 기
회를 만들어 주는 것뿐이었다. 그래서 요행이 주어져야만 했다. 현재
리외는 자신을 당황하게 하는 페스트와 마주하고 있었다. 또 한 번
페스트는 자신을 물리치려는 모든 수단들을 동원하여 곯려 주려고
애쓰고 있었다. 페스트는 이제는 예기치 않던 곳에서 또 모습을 드러
내기도 하고, 굳게 뿌리를 박았던 곳에서 갑자기 사라져 버리기도 했
다. 페스트는 그 위력을 보여 주기 위해 모든 기력을 다 쓰고 있었다.

타루는 꼼짝도 않은 채 페스트와 싸웠다. 밤새껏 그 고통스러움을
그대로 참아내며, 둔탁한 체격과 침묵으로 싸움을 지속했다. 그는 단
한 번도 입을 열지 않았고, 그럼으로써 조금이라도 마음을 놓으면 안
된다는 시실을 무언으로 나타내고 있었다. 리외는 친구가 병과 투쟁
하는 과정을 다만 그의 눈으로밖에는 따로 더듬어 볼 길이 없었다.
떴다 감았다 하는 친구의 눈, 눈망울에 찰싹 달라붙었다가는 또 축 늘
어져 버리는 눈꺼풀, 그 무언가를 막연하게 바라보다가 리외나 리외
의 어머니에게로 살며시 옮겨가는 눈빛 같은 것이 고작이었다. 의사

와 시선이 마주칠 때마다 타루는 억지로 웃음을 지어 보였다. 한 순
간, 거리에서 급하게 뛰어가는 소리가 들려왔다. 사람들이 멀리서부
터 번개가 꽝꽝거리는 소리에 쫓기는 것 같았다. 그 울림 소리는 점
점 가까워져서 거리는 마침내 좍좍 쏟아지는 우렁찬 소리로 가득 찼
다. 또다시 비가 마구 쏟아 내려졌다가 곧 비와 섞여 우박이 보도 위
로 우렁찬 소리를 내며 쏟아졌다. 큰 휘장들이 창문 앞에서 물결치듯
이 흩날렸다. 방 안의 어둠 속에서 잠깐 내리는 비에 정신이 팔렸던
리외는, 침대 테이블에 놓여 있는 전등 불빛에 비치는 환자를 유심히
살펴보았다. 이제 의사로서 할 수 있는 일은 모두 다 해본 셈이었다.
비가 그치자 방 안의 침묵은 한층 무거워졌고, 또 보이지 않는 투쟁의
소리들만이 더욱 더해 갔다. 수면 부족으로 신경이 날카로워진 의사
는, 그 정적 끝에, 전염병이 기승을 떨치던 동안 항상 그를 따라다니
던 그 규칙적으로 색색거리는 소리를 듣고 있는 것 같은 착각에 빠졌
다. 그는 어머니에게, 이제 그만 잠자리에 들라는 눈짓을 보냈다. 어
머니는 고개를 흔들며 사양했다. 어머니는 눈을 크게 뜨고 바늘 끝으
로 뜨개질하던 것의 코를 조심스럽게 헤아려 보았다. 리외는 일어서
서 환자에게 물을 먹여 주고, 다시 돌아와 제자리에 앉았다. 비가 조
금 그친 틈을 타서 사람들은 황급한 걸음으로 거리를 지나다녔다. 잠
시 후 그들의 발자국 소리도 줄어들고, 점점 더 멀어져 갔다. 밤늦도
록 산책객들이 즐비하고 구급차의 사이렌 소리가 울리지 않는 그 밤
이 옛날의 밤과 똑같다는 것을, 의사는 이때 처음으로 느꼈다. 그날
은 곧 페스트에게서 해방된 밤이었다. 또 추위와 햇빛, 그리고 군중

340

에게서 밀려난 질병이 시내의 컴컴하고 습기 찬 곳에서 빠져나와 그
따뜻한 방을 지나 타루의 늘어진 몸뚱이를 향하여 최후의 맹공을 퍼
부으려는 것 같았다. 재난은 이제 더 이상 이 도시의 하늘을 휘젓고
있지 않았다. 그것은 이젠 방 안의 무거운 공기 속에서 조용하게 마
지막 숨을 내쉬고 있었다. 몇 시간 전부터 리외가 듣고 있던 소리가
바로 그 소리였다. 그는 그곳에서 페스트가 멈췄고, 그곳에서 페스트
가 자기들의 패배를 선언하는 것을 기다려야만 했다.

　동트기 바로 전에 리외는 어머니에게로 몸을 굽히고 이렇게 말했
다. "8시에 저하고 교대하시고 지금은 좀 주무시는 게 좋을 텐데요.
주무시기 전에 꼭 소독을 하세요."

　리외 어머니는 자리에서 일어나서 뜨개질하던 것을 챙기고 침대
쪽으로 갔다. 타루는 이미 얼마 전부터 눈을 감고 있었다. 그 위엄 있
는 이마 위로 땀이 흘러내려서 머리칼이 그 위에 달라붙어 있었다.
리외 어머니가 한숨을 내쉬었다. 또 환자가 눈을 떴다. 부드러운 얼
굴이 자기를 내려다보고 있음을 알자, 환자는 들끓는 열에도 불구하
고 억지로 미소를 지어 보였다. 하지만 금방 두 눈이 이내 감겨졌다.
혼자 남게 된 리외는 방금까지도 어머니가 앉아 있었던 안락의자에
앉았다. 거리는 조용했고, 어두컴컴한 침묵만이 가득했다. 새벽빛의
한기가 방 안에 느껴지기 시작했다.

　의사는 깜박 졸았다. 새벽의 첫 자동차 소리가 조는 그를 깨웠다.
그는 몸을 떨고서 타루를 바라보았다. 병세가 약간 가라앉았는지 환
자도 잠이 들어 있었다. 나무와 쇠로 된 마차 바퀴 소리가 계속해서

저 멀리 들려오고 있었다. 유리창에는 아직도 밤의 어둠이 남아 있었다. 의사가 침대 곁으로 왔을 때 타루는 아직도 잠에서 완전히 깨어나지 못한 눈빛으로 그를 똑바로 쳐다보았다.

"잠이 들었었죠?" 리외가 물었다.

"네, 좀 잔 것 같아요."

"숨쉬기는 어떠십니까?"

"네, 조금 나은 것도 같은데, 그렇지만 그게 어떤 의미가 있을까요?"

리외는 입을 다물었다. 그리고는 잠시 후에 말했다.

"타루, 이제는 아무 의미도 없습니다. 병세의 진전에 대하여 나만큼이나 잘 알고 있잖습니까?"

타루는 고개를 끄떡거렸다.

"고맙습니다." 그가 말했다. "하지만, 그래도 좀 확실하게 말해 주셨으면 좋겠군요."

리외는 침대 끝에 편안하게 앉아 있었다. 그는 벌써 죽은 사람처럼 딱딱해진 환자의 다리를 감지할 수 있었다. 타루의 숨소리가 한층 높아졌다.

"열이 또 나는 것 같아요. 그렇죠, 리외?" 그가 숨찬 목소리로 말했다.

"그렇습니다. 정오가 되면 결판이 나겠지요."

타루는 눈을 감았다. 그것은 자신의 힘을 가다듬는 것 같았다. 그의 얼굴에 피곤의 빛이 뚜렷히 나타났다. 그는 몸 깊숙한 곳에서 펄펄 끓어오르기 시작한 열이 어서 온몸으로 퍼지기를 얌전히 기다리

고 있었다. 눈을 떴을 때, 그의 눈은 벌써 흐려 있었다. 자리 옆에 웅
크리고서 서 있는 리외를 보고서야 겨우 눈에 생기가 돌았다.

"물을 마셔요." 리외가 말했다.

그는 물을 마시고, 고개를 아래로 떨어뜨렸다.

"몹시도 지루하군요." 그가 말했다.

리외는 그의 팔을 붙잡았다. 하지만 타루는 시선을 돌리고 아무 말
도 하지 않았다. 이때 갑자기 그의 내부에서 무슨 둑이라도 무너진
것처럼 이마에까지 열기가 빨갛게 얼굴 전체에 퍼져 올랐다. 타루의
시선이 리외한테로 되돌아왔을 때, 의사는 얼어붙은 얼굴로 그에게
용기를 북돋아 주었다. 타루는 다시 웃어 보이려고 해 보았지만, 억
지 미소는 단단해진 턱과 뿌옇게 된 거품으로 범벅을 한듯 입술 사이
로 힘없이 사라져 버렸다. 그러나 그렇게 굳어 가는 얼굴에서도 두
눈만은 여전히 용기로 빛나고 있었다.

7시가 되자 리외 어머니가 방으로 돌아왔다. 의사는 진료실로 가
서 전화를 걸어 자기 대신 일할 수 있는 사람을 요청했다. 또 진료를
연기하고, 진료실의 긴 의자에 드러누웠다. 그렇지만 금방 다시 일어
나서 친구의 방으로 돌아왔다. 타루는 리외 어머니에게로 머리를 향
하고 있었다. 그는 자기 의자에 앉아서 두 손을 무릎 위에 얹고 있는
조그만 그림자를 보고 있었다. 그가 하도 열심히 바라보았기 때문에
리외 어머니는 그의 말뜻을 감지하고서 일어나서 머리맡의 전등을
껐다. 그러자 커튼 뒤에서 햇빛이 강렬하게 쏟아져 들어 왔고, 또 잠
시 후에 환자의 얼굴이 어둠 속에서 비쳐질 때 지금까지도 여전히 환

자가 자기를 바라보고 있는 모습을 보았다. 리외 어머니는 그에게로 몸을 젖혀서 베개를 다시 베어 주고, 또 일어나서는 촉촉하게 젖은 곱슬거리는 머리카락 위에 얼마간 손을 얹고 있었다. 그리고 그 순간 부인은 그 어디에선가 고맙다고 말하며, 이제 모든 게 다 잘되었다고 하는 말소리를 들을 수 있었다. 부인이 또 돌아와 제자리에 앉았을 때 타루는 눈을 감고 있었다. 그의 입술은 단단하게 다물어져 그 맥없이 늘어진 얼굴 속에서는 다소 웃는 듯한 표정이 엿보였다.

정오가 되자 열은 그 절정에 이르렀다. 일종의 내장성 기침으로 피를 토하기 시작했다. 임파선은 더 이상 부어오르지 않았다. 여전히 관절의 마디마디에 나사처럼 끼여 박혀서, 리외는 절제하는 것이 불가능하다는 판정을 내렸다. 열과 기침이 잠시 멎는 사이 순간순간에도 타루는 자기의 친구를 바라보았다. 그러나 이윽고 그 눈길도 점차적으로 횟수가 적어졌다. 그리고 그때마다 햇빛 속에 나타난 엉망이 된 그의 얼굴은 점점 더 창백해졌다. 강렬한 경련으로 그의 몸을 뒤흔들어 놓은 폭풍은 그 불꽃이 점차 사그라져 갔고, 타루는 그 폭풍 속으로 천천히 표류하고 있었다. 리외의 앞에는 더 이상 미소를 잃어버린 무기력한 마스크 하나가 놓여 있을 뿐이었다. 그렇게도 정다웠던 인간이, 이제는 창끝으로 찔리우고 초인간적인 악으로 불태워져, 하늘이 내리는 증오에 찬 모든 저주에 시달리며 또 자신의 눈앞에서 페스트의 검은 물결 속에 휘말려 들어가고 있는데, 그는 어떤 도움이 되어 줄 수 없었다. 그는 다시 한 번 또 아무런 무기도 처방도 없이, 빈손과 멍한 마음으로 강가에서 그 재앙을 쳐다보고 있어야 했다. 마

침내 자신의 무력함을 탄식하는 눈물이 흘러내려, 리외는 타루가 별
안간 벽 쪽으로 돌아눕고 몸속에서 진짜로 중요한 어떤 줄 하나가 완
강히 뚝 끊어져 버리는 것처럼 힘없는 비명을 지르며 숨을 거두는 것
조차 보지 못했다.

이어 찾아온 밤은 이제 투쟁의 밤이 아니라 침묵의 밤이었다. 세계
로부터 동떨어져 버린 그 방 안에서, 이제는 옷을 단정하게 입고 있는
시체 위에서, 리외는 벌써 여러 날 전에 페스트가 아래에서 두리번거
리고 있는 테라스 위에서, 시의 문이 습격 받은 후의 정막이 감돌고
있음을 느꼈다. 그때 그는 벌써 죽게 내버려 두고 온 사람들의 침대
에서 들려오는 침묵에 대해 생각했던 것이다. 그것은 어떤 곳 어디에
서나 똑같은 휴식이었고, 똑같이 엄숙한 소리였으며, 전투가 끝난 뒤
에는 항상 찾아오는 진정 상태였다. 그것은 패배의 침묵이었다. 하지
만 지금 현재 친구를 휩싸고 있는 침묵은 너무도 강렬한 것이었고, 또
페스트에서 해방된 시내와의 침묵과 너무나 긴밀하게 합치되었기 때
문에 리외는, 이번이야말로 진짜로 결정적인 패배, 전쟁을 끝내고 또
평화 그 자체를 되돌릴 수 없는 고통으로 이끌어가는 패배라는 것을
강렬하게 느끼고 있었다. 타루가 평화를 또 발견했는지 그렇지 못했
는지는 의사로서 알 수가 없었다. 하지만 적어도 그때 그는, 자기 자
신에게는 이제 평화의 가능성이 남아 있지 않다는 것, 또 아들을 빼앗
긴 어머니라든가 친구의 시체를 묻어 본 경험이 있는 사람들에게는
휴전이라는 것이 없음을 알게 되었다.

바깥은 계속 추운 밤이었고 맑게 갠 찬 하늘에는 별들이 꽁꽁 얼어

붙어 있었다. 어두컴컴한 방 안에서도 유리창을 얼게 하는 추위와 북극의 밤으로부터 불어오는 차가운 바람을 느낄 수 있었다. 침대 옆에는 리외 어머니가 낯익은 자세로 오른쪽 머리맡에 놓여 있는 전등의 불빛을 받으며 앉았다. 리외는 불빛으로부터 멀리 떨어진 방 한가운데 놓여 있는 안락의자에 앉아 기다리고 있었다. 아내의 생각이 머리에 떠올랐다. 그럴 때마다 그는 그 생각을 떨쳐 냈다. 저녁 무렵에 거리를 지나가는 사람들의 발자국 소리가 찬 밤공기를 타고 전해져 왔다.

"할 일은 다 마쳤느냐?" 어머니가 물었다.

"네, 전화를 걸어 두었습니다."

또다시 두 사람은 침묵의 밤샘을 계속했다. 어머니는 가끔 자신의 아들을 바라보았다. 어머니와 시선이 부딪치면 아들은 미소를 보냈다. 밤거리의 정다운 소음이 계속 들려왔다. 비록 허가는 아직 내려지지 않았지만 적지 않은 승용차들이 다시 움직이고 있었다. 차들은 날쌘 속력으로 사라졌다가는 이내 또 나타나곤 했다. 말소리, 다시 돌아온 침묵, 말 한필의 말발굽 소리, 모퉁이를 도는 두 대의 전차가 삐걱거리는 소리, 분명치는 않지만 뭐라고 지껄여 대는 웅성거림, 그리고 또다시 시작되는 밤의 숨결.

"베르나르야."

"네?"

"고단하지 않아?"

"아니, 괜찮아요."

이때 그는 어머니가 무슨 생각을 하고 있는지를 알았고, 또 어머니가 자기를 사랑하고 있다는 걸 알고 있었다. 그렇지만 또 한편으로는, 한 인간을 사랑하는 것은 이제는 대단한 일이 아니라는, 적어도 사랑이라는 것이 자신의 표현을 발견해 내는데 그와 같이 강력한 것은 되지 못한다는 느낌도 들었다. 또 그와 그의 어머니는 항상 침묵 속에서 서로를 사랑할 것이다. 그리고 어머니는—혹은 자기가—평생 동안 자신의 애정을 말하지도 못한 채로 죽어 갈 것이다. 마찬가지로 그는 타루와 그와 같이 다정하게 지내 왔음에도 불구하고 그날 저녁 자신들의 우정을 우정답게 이야기도 못한 채 죽어 갔던 것이다. 타루는 그의 말대로 내기에 졌다. 하지만 리외 자신은 도대체 무엇을 얻었단 말인가? 다만 페스트를 같이 겪었고, 그 일에 대하여 추억을 가졌다는 것, 우정을 느꼈으며 또 언젠가는 그것도 추억이 되어 회상되리라는 것만이 그가 얻은 것들이었다. 인간이 페스트나 그 외의 인생의 어떠한 게임에서 획득할 수 있는 것이라고는 그것에 대한 경험과 추억뿐이다. 그래도 타루는 그것을 두고 내기에 이기는 거라고 이야기했던 모양이다!

또다시 자동차 한 대가 지나갔고, 어머니가 의자 위에서 몸을 조금씩 움직였다. 리외가 자기 어머니를 보고 미소 지었다. 부인은 아들에게 피곤하지 않냐고 말했다. 그리고는 또 말을 이었다.

"너, 그래도 산으로 휴양을 가야겠구나. 거기로 말이다."

"그래야 할까 봐요, 어머니."

"그렇지, 거기서 좀 쉬어야겠다." 못할 이유가 없지 않은가. 그곳에서 여기의 모든 일은 추억이 되리라. 그렇지만 내기에 이긴다는 게 마침내 이런 것이라면, 끝내 자기가 지니고 있는 것과 추억에 남겨진 것만을 간직하고 살아갈 뿐이고 바라는 것은 모두 잊어버려야만 한다는 이야기니, 삶이란 그 얼마나 괴로운 노릇인가. 결국 타루는 인생을 그렇게 살아 왔던 터라서 꿈이 없는 인생이 얼마나 메마른 것인지를 잘 알고 있었던 것 같다. 희망 없이 마음의 평화가 만들어질 수는 없는 일이다. 한데 인간에게는 누구도 단죄할 권리를 주지 않았던 타루, 그러면서도 인간은 항상 단죄에서 벗어날 수 없으며 때때로 희생자가 사형 집행자의 역할까지도 해야 함을 알고 있었던 타루는 분열과 모순 속에서 그의 인생을 보낼 것이며, 그리하여 그는 희망의 존재를 이제는 알지 못하고 살았던 것이다. 그런 까닭으로 그는 종교적인 성덕을 추구하고, 인간에 대한 봉사로 마음의 평화를 갈구했던 것일까? 그것은 리외로서는 아무것도 알지 못했고, 한편 그런 것은 어떤 것이라도 좋았다. 자기가 앞으로 보존하게 될 타루의 이미지는, 자동차의 핸들을 기운차게 잡고 차를 모는 한 남자의 모습이거나, 이제는 더 이상 움직이지 않고 길게 뻗어 있는 육중한 육체의 모습일 것이다. 삶의 체온과 죽음의 이미지, 그것이 바로 체험인 것이다.

이튿날 아침, 리외 의사가 자기 아내가 숨졌다는 소식을 들었을 때 침착할 수 있었던 것도 이와 같은 이유에서일 것이다. 그는 진료실에 앉아 있었다. 어머니가 달리다시피 빠른 걸음으로 그에게 전보 한 장을 건네주고는 집배원에게 팁을 주기 위해 다시 진료실에서 나갔다. 어머니가 돌아왔을 때 아들은 전보를 편 채 손에 쥐고 있었다. 어머니는 아들을 보았다. 하지만 아들은 유리창 너머로 항구를 밝히며 다가오는 장엄한 아침 풍경을 언제까지나 내다보았다. "베르나르야." 리외 어머니가 아들을 불렀다.

의사는 말없이 그의 어머니를 바라보았다.

"무슨 전보냐?" 어머니가 물었다.

"결국 그렇게 됐습니다." 의사는 확실하게 털어놓았다. "1주일 전에요." 어머니는 창문 쪽으로 얼굴을 돌렸다. 의사는 아무 말도 하지 않았다. 그는 어머니에게 울지 말라고 말한 뒤 이와 같이 될 줄은 알고 있었지만 그래도 너무나 속이 아프다고 덧붙여 말했다. 그와 같이 말하면서도 그는 이 괴로움이 그다지 새삼스러울 게 없다는 것을 알고 있었다. 이는 벌써 몇 달 전부터, 그리고 이틀 전부터 계속되어 왔던 똑같은 괴로움일 따름이다.

도시의 문들은, 2월의 어느 아름다운 날 아침에 시민과 신문과 라디오와 도청의 발표문의 축하를 받으며 열렸다. 따라서 이제 필자에게 남겨진 임무는 시의 문이 개문되어 이어지는 기쁜 순간의 기록자가 되어야겠다. 그러나 필자 자신은 거기에 완벽하게 동화될 자유가 없는 사람들 가운데 하나이기는 하지만 말이다. 밤낮으로 거창하게 축하 행사가 벌어졌는데, 그와 함께 기차는 역에서 연기를 뿜어대기 시작했고, 멀고 먼 바다로부터 항해해 온 배들은 어느새 도시의 부두를 향하여 뱃머리를 돌렸다. 모두들 그날이 이별을 괴로워하고 있던 사람들의 역사적인 재회의 날임을 뚜렷이 보여 주고 있었다.

그래서 독자들은 우리 대다수의 시민들에게 만성이 되어 버린 이별의 감정이 어떻게 변화되었는지를 너무나 쉽사리 상상할 수 있을 것이다. 낮 동안에 우리 시로 돌아온 기차도 시를 떠난 기차와 마찬가지로 많은 승객을 싣고 있었다. 모두들 2주일 동안의 유예 기간 동안에 이날을 위해 좌석을 예약해 놓고는 그래도 마지막 순간에 도청의 결정이 취소되는 것이 아닐까 하여 초조해하고 있었다. 시내로 들어오는 여객들 가운데는 여전히 그런 불안을 전부 떨쳐 버리지 못한 사람들도 더러 있었다. 왜냐하면 그들은 거의 자신과 아주 가까운 친지들의 운명은 알고 있었으나 그 외의 사람들이라든가 도시 전체가 어떻게 변모했는가에 대해서는 일체 아무것도 모르고 있었으며, 그저 막막하고 끔찍하게 무서운 모습이 되어 버렸으리라고 상상하고 있었기 때문이다. 그렇지만 그런 경향은 그동안의 고통 중에 정열이 모두 불타 버리지 않은 사람들 경우에나 맞는 이야기였다. 정열에 불타고 있던 사람들은 사실상 어떤 고정 관념에 사로잡혀 있는 셈이다. 그들에게도 변한 것이란 유일하게 단 한 가지 있었다. 그 몇 달 동안의 유배 생활 중에 밀어서라도 나가 보고 싶었던 그 시간들, 이제는 그들 눈에 도시가 보이기 시작했던 그 순간에도 빨리 서둘러 가며 마음 졸였던 그 시간이, 기차가 서기 위해 브레이크를 걸기 시작하자 이제는 도리어 속력을 늦추면서 이대로 머물러 주기를 바랐다. 그 여러 달 동안 사랑을 잃고 지냈다는 막연하면서도 강렬한 감정이 그들로 하여금 무의식중에 기쁨의 시간은 기다림의 시간보다 곱절은 천천히 흘러가야 한다는 일종의 보상을 그들에게 요청하게 만들었던 것이다. 또 랑베르의 아내는 이제는 수주일 전부터, 그 소식을 듣고 적절한 절차를 밟아 오늘 이 도시에 도착하는데, 그런 랑베르처럼 방 안에서나 플랫폼에서 사람을 만나려는 사람들도 똑같은 혼란과 초조감에 젖어 있었다. 왜냐하면 그들은 몇 달씩이나 페스트가 진행됨으로써 추상화되어 버렸던 사랑이나 상냥함이 이제는 그것의 버팀줄이 되어 주었던 육체와 대립하는 장면을, 랑베르처럼 가슴을 떨면서 기다리고 있었기 때문이다.

그는 페스트가 번졌던 초기의 자기 자신, 빠르게 도시를 탈출해서 사랑하는 사람을 만나길 열망했던 자기 자신으로 되돌아가고 싶었을지도 모른다. 그렇지만 그것이 불가능하다는 사실을 그는 너무나 확실하게 알고 있었다. 그는 변하게 되었다. 페스트가 그의 마음속에 딴 마음이라는 것을 불어 넣어 심어 주었던 것이다. 그는 온 힘을 다해서 그 딴 마음을 떨쳐 버리려고 했으나, 그것은 마치 무딘 불안처럼 그의 마음속에 계속 살아남았다. 어찌 생각하면 페스트가 너무나 갑자기 끝나 버린 것 같아 그는 좀 얼떨떨하기조차 했다. 행복은 전속력으로 찾아오고 있었고 일들은 기대하고 있던 것보다 훨씬 빨리 풀려 나갔다. 랑베르는 모든 것이 일순간에 제대로 복구될 것이며, 또한 기쁨이란 원래 제대로 맛을 볼 겨를도 없이 흘러가는 일종의 불길 같은 거라는 사실을 알고 있었다. 그리고 모든 사람들이, 약간씩 정도는 다를지라도 결국은 랑베르와 같은 생각을 갖고 있었다. 제각기 다른 개인 생활을 다시 시작하고 있는 그 플랫폼에서, 그들은 서로 동료 의식을 느끼면서 따뜻한 눈짓과 미소를 주고받았다. 그렇게 있다가 기차가 내뿜는 연기를 보자마자, 그들이 유배생활에서 가졌던 감정들은 극도의 혼란과 엄청난 기쁨에 가려 일순간에 식어 버리고 말았다. 기차가 멈췄을 때, 서로의 팔이 이제는 어느새 그 모습조차 없어져 버린 몸과 몸 위로 기쁨에 넘쳐서 얼룩진 채 탐스럽게 엉겨 붙을 때, 때때로 같은 플랫폼에서 시작되었던 그 길고도 길었던 이별들은 한순간에 없어져 버리고 말았다. 랑베르가 그 신선했던 모습이 자기를 향해 달려오는 것을 볼 겨를도 없이, 그 여자는 어느새 그의 품에 안겨 있었다. 그녀를 덥석 껴안은 채, 고 보드라운 머리칼밖에 보이지 않는 그녀의 머리를 꼭 껴안고, 그것이 현재의 행복에서 오는 눈물인지 아니면 그동안 너무 참아 왔던 고통 때문이지 잘 볼 수 없는 눈물을 주르르 흘리면서, 그는 지금 자신의 어깨에 파묻혀 있는 이 얼굴이 진실로 자기가 그토록 꿈에서도 잊지 못하고 그리워하던 그 얼굴인지 아니면 전혀 알지도 못하는 타인의 얼굴인지 그것을 확인해 볼 수 없다는 데 안도를 하고 있었다. 나중에 가서야 그는 자신의 의혹이 옳았던 것임을 알게 될 것이다. 지금 이 순간만은 그도, 주위의 다른 사람들과 똑같이 속 편하게, 페스트는 사람들의 마음에 상관없이 올 수도 있고 되돌아갈 수도 있다고 믿고 싶었다.

그들은 전부 서로를 꼭 껴안고 그 외의 세계는 관계없이, 표면상으로는 페스트에 관하여 완전히 승리를 거둔 듯한 얼굴로, 온갖 비참함과 그리고 똑같이 한 기차를 타고 왔으나 누구도 마중 나온 사람이 없어서 그동안의 무소식이 그들 마음속에 깔아 놓았던 불안을 이제 집으로 돌아가서 확인을 해야만 하는 사람들을 모두 잊어버린 채 집으로 오게 되었다. 그 잊혀진 사람들, 이제 동반자라고는 신선한 괴로움뿐인 사람들, 또 그 순간 없어져 버린 사람의 추억에 몰두하고 있던 사람들에게 있어서는 이런 사정이 너무나 달라서, 이별의 슬픔이 바로 절정에 달했다. 이름도 없는 구덩이에, 무명의 묘혈 속에서 묻혀 버렸거나 또는 불속에서 재가 되어 녹아 버린 사람과 더불어 모든 기쁨을 잃어버린 어머니들, 배우자들, 애인들에게 있어서 페스트는 지금도 여전히 진행 중이었다.

하지만 누가 그 고독한 사람들을 생각해 주겠는가? 정오에는 태양이 아침부터 대기 속에서 항거하고 찬바람을 이겨내고, 끊임없이 강렬한 햇볕을 온 시가에 쏟고 있었다. 낮은 그냥 멈추어 있었다. 언덕의 꼭대기에 있는 요새의 대포들은 하늘을 향해서 끝없이 포성을 울려 댔다. 도시 전체가 밖으로 뛰쳐나와서 고통의 시간은 종말을 고했지만 망각의 시간은 아직 미처 시작되지 못한 이 숨 막히는 순간을 축복했다.

사람들은 광장마다 몰려나와 춤을 추었다. 교통은 이내 크게 붐비기 시작했고 자동차들이 여기저기서 울리면서 사람들이 넘쳐 나온 거리를 빠져나가기에 애를 먹었다. 시내의 모든 종들이 오후 내내 요란하게 울렸다. 종들의 맑은 소리가 푸르른 황금빛의 하늘을 가득 채웠다. 교회에서는 감사의 기도를 올렸다. 또 유흥장은 동시에 곳곳마다 터질 듯한 성황을 이루었으며, 앞날을 걱정할 것도 없이 카페에서는 남아 있는 술을 있는 대로 모두 내놓았다. 카페의 카운터마다 열정적인 군중들로 가득했다. 그들 중에는 구경거리가 되는 것도 의식하지 않고 서로를 마구 껴안고 있는 쌍들도 있었다. 모두들 큰소리로 떠들었다. 각자 자신의 영혼을 축소시키면서 살았던 지난 몇 달 사이에 쌓였던 생명감을, 이제는 그날이 자기들의 생존 기념일인 것처럼 한껏 즐겼다. 이튿날부터는 또 예전의 생활이 자연스럽게 다시 시작될 것이다. 하지만 그날 그 순간에는 근본이 다른 사람들끼리도 자신의 팔꿈치를 비벼 가며 친교를 맺었다. 죽음 앞에서도 해결될 수 없었던 평등이, 해방의 기쁨 속에서 몇 시간이나마 해결되고 있었다. 하지만 그와 같이 평범한 행복감이 전부는 아니었다. 저녁 무렵에 랑베르 곁에서 어깨를 같이 하고 거리를 다녔던 사람들 중에는 더 아기자기한 행복을 마음속으로 감춘 채 침착함을 잃지 않았던 사람들도 있었다. 수많은 남녀 연인들과 수많은 가족들도 겉으로는 그저 평화로운 산책객으로만 보였다. 하지만 사실상 그들은 그동안 자신들을 안타깝게 했던 곳곳을 찾아다니며 기묘한 순례를 계속하고 있었다. 그것은 새로 온 사람들에게 페스트가 존재했었던 확실한 흔적이랄까, 역사의 현장을 보여 주기 위해서였다. 어떤 사람들은 안내를 하기도 하고, 그동안 페스트와 함께 지내며 목격했던 것들을 말해 주기도 했는데, 그들은 그러한 이야기를 아무 두려움도 없이 마냥 즐기고 있었다. 그러한 즐거움은 비난할 것이 못된다. 한데 또 어떤 사람들에 있어서는 그런 장소가 더욱더 경련을 일으키게 했는데, 그들은 추억의 향기로운 불안에 빠져서 자기 애인에게 이와 같이 말하기도 했다. "바로 여기야, 당신이 보고 싶었는데 당신은 내 곁에 없었지." 그 열정에 빠졌던 애인들은 웅성거리는 군중들 틈에 빠져나와 걸어가면서도 속삭임과 비밀스러운 이야기로 섬을 만들고 있었다. 네거리의 오케스트라보다도 실제로 실질적인 해방을 알리는 것은 바로 그들이었다. 말도 없이 서로 꼭 붙어서 황홀한 얼굴로 걸어가는 그들에게서 우리는 정말로 페스트가 끝나고 행복한 시절이 돌아왔으며 이와 같은 공포의 시간은 이제는 지나가 버렸음을 예측할 수 있었다. 그들은 이제 우리가 경험했던, 사람의 죽음은 파리 1마리의 죽음 정도로 알았던 그 무지한 세계, 그 확실한 야만스러운 짓거리들, 모든 미치광이짓들, 현재의 것이 아닌 모든 것들에 대해 가졌었던 참혹한 자유의 감금 상태, 제풀에 죽어 넘어지지 않던 사람들을 놀라게 했던 죽음의 냄새 따위를, 눈에 드러나진 않지만 천천히 부정하고 있었다. 또 그들은 결국, 어떤 사람들은 매일 화장터의 아궁이에서 이글거리는 연기가 되어 사라져 가고, 또 다른 사람들은 무력함과 공포의 사슬에 얽매여 자기 차례를 기다렸었던 멍청한 시민이었음을 부정하고 있다.

　이런 것들이 그날 오후 늦게 교외로 가기 위해 교회의 종소리와 음악 소리, 또 귀가 아플 정도의 혼란한 속을 혼자 걸어가고 있던 리외의 눈에 비친 모습들이었다. 환자에게는 휴가라는 것이 없는 법이니까, 그의 임무는 여전히 계속되었다. 도시를 내리쬐는 햇볕 속에, 옛날과 변함없이 불고기 냄새와 아니스 주(酒) 냄새가 퍼져 나왔다. 그의 주변에서는 기쁜 얼굴들이 하늘을 쳐다보고 있었다. 남자들과 여자들이 서로 불타는 듯한 정열적인 얼굴로 욕정의 흥분과 긴장에 부들부들 거리며 껴안고 있었다. 그렇다, 이제 페스트는 공포와 함께 끝났으며, 그처럼 끈끈하게 달라붙은 팔들은 이제 페스트가 유배와 이별의 동의어였음을 말해 주었다.

리외는 이제부터 그 몇 달 동안 행인들의 얼굴에서 읽을 수 있었던 그 가족적인 분위기에 이름을 붙일 수 있었다. 이제는 주위를 둘러보는 것만으로도 충분했다. 비참이나 곤궁과 함께 페스트의 종말을 맞아, 모든 사람들이 지금까지 자신이 해 왔던 일들, 망명객으로서의 역할을 처음에는 얼굴에, 그리고 복장에 매일 두르기 시작했다. 그들은 페스트가 도시의 문을 파괴시켰던 그 순간부터 매일 이별의 상태 속에서만 살아 왔으며, 모든 것을 잊어버렸던 인간적인 체온으로부터 빼앗겨 버리고 있었던 것이다. 정도는 저마다 다르지만, 시중의 구석구석에서 그 남녀들은 성질이 다르고, 그러면서 또한 모두가 한결같이 불가능한 결합을 열망했었다. 그들의 대부분은 곁에 있지도 않은 상대방을 향해서 열정적인 체온과 애정을 혼신의 힘을 다해 외치고 있었다. 어떤 사람들은 보통 자기도 모르는 사이에 다른 사람들과의 우정이 없어진 상태에 살고 있음을, 편지 교환, 기차, 배 따위의 수단을 통해 남들과 어울릴 수 없음을 괴로워했다. 또 얼마 되지 않은 몇몇 사람들은, 가령 타루와 같은 사람들은 뭐라고 확실하게 정의할 수는 없지만 그들의 눈에 희망적인 유일한 선으로 보이는 그 어떤 것과의 결합을 희망하기도 했다. 그것을 달리 부를 말을 찾지 못해, 그들은 그것을 평화라고 이야기를 했다.

리외는 계속해서 걷고 있었다. 그가 걸어감에 따라 군중의 수는 더 불어나고 시끄러움도 점점 더해져서, 그가 가고자 하는 교외가 자꾸 뒤로 물러나는 것 같았다. 그도 점차 그 소란스러운 군중과 결합이 되어 감으로써, 그중의 일부는 이제는 자기 자신의 외침인 양 느끼기도 했다. 그렇다, 이 모든 사람들이 모두 육체적으로나 정신적으로하나같이 힘겨운 휴가, 어쩔 수 없는 유배 생활, 영원히 면할 수 없는 갈증에 괴로워했던 것이다. 산처럼 쌓였던 시체들, 구급차의 사이렌 소리, 보통 운명이라고 불렀던 선고들, 악착같이 발버둥 치던 공포에 대한 반항, 이러한 모든 것들 틈에서도 하나의 커다란 기운이 이제는 죽지 않고 있었으며, 그것이 공포에 떠는 사람들에게 경고를 하며, 그들에게 이제는 조국을 다시 찾아야 한다고 말해 주고 있었던 것이다. 그들 모두에게 있어서, 올바른 조국은 질식해 있는 도시의 담 너머에 있었다. 언덕 위의 은은한 수풀과 바다, 자유로운 나라, 따사로운 사랑 속에 있었다. 또 그들은 그 조국을 향해, 그 행복을 향하여 돌아가고 싶었으며, 이 밖의 것들에 대해서는 완강히 등을 돌리고 싶어했다.

　리외는 그런 유배 생활과 그 결합에 대한 욕구가 어떤 뜻을 갖는지 전혀 몰랐다. 그는 사방에서 밀어젖히고 말을 걸어오는 틈바구니 속에서 계속 걸음을 재촉하여 차츰차츰 그 혼잡 속을 벗어나는 동안, 그런 것들에 어떤 의미가 있고 없고는 그다지 중요한 문제가 못 되며, 그것보다는 차라리 사람들의 희망이 이제는 어떠한 대답을 얻었는지에 관하여 알아보는 편이 낫다고 생각했다. 그는 어떤 대답이 기다리고 있는지 잘 알고 있었는데, 거의 인적도 없는 고요한 교외로 들어섰을 때, 그는 보다 똑똑히 그것을 알 수 있었다. 자기라고 하는 하잘것없는 존재에 집착하여 다만 자신들의 사랑의 보금자리로 돌아갈 꿈

357

이나 꾸었던 사람들은 때때로 보상을 받았다. 그중에는 기다리던 사람을 빼앗기고 쓸쓸히 거리를 헤매는 사람들도 있었다. 그러나 그들조차도 이중의 이별을 겪게 되지 않은 것만으로도 고마워해야 했던 것이, 예를 들면 어떤 사람들은 질병이 퍼지기 이전에 자기들의 사랑을 확실하게 이루어 놓지 못하고, 여러 해 동안 이룰 수 없는 결합을 맹목적으로 추구하다가 결국 서로 사랑의 적이 되었던 것이다. 그런 사람들은 리외와 똑같이 어리석게 시간을 믿었던 것이다. 하지만 이제 그들은 영원토록 헤어져야만 했다. 하지만 그날 아침에 헤어질 때 의사가 "용기를 내요, 지금이야말로 정신을 바짝 차려야 할 때요."라고 말해 주었던 랑베르, 그 랑베르 같은 사람들은 이젠 잃어버렸다고 단정했던 사람을 망설임 없이 다시 찾았다. 그로써 그들은 적어도 얼마 동안은 행복할 것이다. 이제 그들은 인간이 어느 때 욕구를 느끼며 이따금씩 손에 넣을 수도 있는 것이 있다면, 그것은 바로 인간의 애정이라는 것을 알게 되었다.

이와는 반대로 인간을 초월하여 자기 자신으로서는 상상도 할 수 없는 그 어떤 것을 지향하고 있던 사람들은 때로는 어떠한 대답도 얻지 못했다. 타루도 그가 말하고 있는 소위 마음의 평화라는 것에 도달한 것같이 생각되었지만, 결국 그는 그것을 이미 아무 쓸모도 없는 죽음 속에서야 겨우 찾아냈던 것이다. 그렇지만 다른 사람들. 즉 집집마다 그 문턱에서 엷어지기 시작한 햇빛을 받으며 서로를 힘껏 껴안은 채 서로 열렬하게 바라보는 사람들이 그렇게 바라던 것을 손에 넣었다면, 그것은 그들이 자기들의 힘으로 얻을 수 있는 것들만을 요구했기 때문이다. 리외는 그랑과 코타르가 사는 거리로 접어들면서, 가끔씩이나마 기쁨이라는 게 찾아 와서 인간과 인간의 황량하고 무서운 사랑에 만족을 느끼는 사람들에게 보상을 해야 옳을 거라는 생각을 했다.

이제 이 기록도 종말에 가까워졌다. 베르나르 리외는 이제 자신이 이 기록문의 필자임을 고백해도 무방할 것이다. 그렇지만 이 기록의 마지막 사건을 쓰기 전에, 그는 최소한 이렇게 당돌한 짓을 이야기하며, 또 자신이 객관적인 태도로 말하고자 항상 애를 썼던 것도 알리고 싶으리라. 페스트가 기승을 부리던 동안 내내, 그는 임무 수행상 시민의 대부분을 만났고, 따라서 그들의 감정을 수집할 수도 있었다. 그야말로 자기가 보고 들었던 것을 보고하기에 적절한 상황에 놓여 있었다고 할 수 있다. 하지만 그는 될 수 있는 대로 모든 일에 조심스럽게 실행하려고 애썼다. 그는 자신이 보았던 것 이상의 것을 보고하지 않도록 애썼고, 또 페스트와 함께 살아 온 사람들에게 어색한 사상을 심어 주지 않도록, 또 다행인지 불행인지는 몰라도 일단 그의 손에 들어온 자료들만을 이용하도록 애썼다. 그는 일종의 범죄 사건에 증인으로 불려 갔던 적이 있었는데, 그때에도 그는 선의의 증언자답게 조심성 있게 행동했다. 한편 정직한 마음의 법도를 따라 확실하게 희생자의 편을 들어서, 시민들이 지니고 있는 것 중 유일하게 확실한 것들, 즉 사랑과 괴로움과 유배 생활을 그들과 함께 체험하고자 했다. 그래서 시민들의 괴로움이라면 어느 하나 그가 겪지 않은 것이 없고, 어떤 상황이라도 그의 상황이 아니었던 것이 없었다.

그는 착실한 증인이 되기 위해 특히 조서와 자료, 같은 것들에 대해서도 보고해야 했다. 하지만 그가 개인적으로 말하고 싶었던 것들, 즉 자신의 기대라거나 자신의 고통이라든가 하는 것들에 관하여 입을 다물어야만 했다. 그는 때때로 그런 것을 이용하기도 했는데, 그것은 다만 시민들을 이해하고 또 이해시키려는 의미에서였을 뿐이다. 대부분의 경우, 그것은 그들이 어슴푸레하게 느끼고 있는 것들을 될 수 있는 대로 정확히 표현하기 위해서였다. 사실 그로서는 이런 이성적인 노력이 조금도 어렵지 않았다. 수천 명에 달하는 페스트 환자의 목소리에 자기 자신의 견문기를 직접 섞어 넣고 싶은 유혹을 느꼈을 때, 자신의 괴로움 중에서 그 어느 하나도 동시에 타인의 괴로움이 아닌 것이 없고, 슬픔이 너무 커서 고독한 세계에서는 그런 고백은 안 하는 것이 낫다는 생각이 그를 가로막곤 했다. 분명코 그는 모든 사람을 변호해야 했다.

하지만 시민들 가운데 적어도 한 사람만은, 리외로서도 두둔할 수 없었다. 그것은 전에 타루가 리외에게 이와 같이 이야기했던 적이 있는 사람이었다. "그 사람이 저질렀던 유일하고도 확실한 죄는, 아이들이나 어른들을 죽여 버리는 것에 대해 마음속으로 옳다고 느꼈던 것입니다. 그 외의 것은 모두 나로서는 알 수 있어요 나는 그 외의 것을 모두 용서하지 않을 수가 없습니다." 이 기록이 이렇게 무지한, 다시 말해서 고독한 마음을 가졌던 그에 관한 서술로 끝나는 것은 참으로 타당한 일이라고 생각한다.

축하 행사로 떠들썩한 한길을 빠져나와 그랑과 코타르가 살고 있는 길 쪽으로 들어섰을 때, 의사 리외는 마침 경찰관들이 쳐놓은 바리 케이드에 부딪혔다. 이건 전혀 예기치 못했던 일이었다. 이렇듯 축하의 외침 소리가 멀리에서 들려오는 까닭에 그 지역은 더욱더 조용한 것 같았다. 조용한 만큼 인기척도 다른 소리로 느껴졌다. 그는 신분증을 꺼내 보였다.

"어쩔 수 없습니다, 선생님." 경관이 말했다. "미친 사람이 시민들에게 총질을 합니다. 잠깐만 여기에 좀 계시죠. 수고를 끼칠 일이 생길 것도 같네요." 이때, 리외는 그랑이 자기 쪽으로 오고 있는 것을 보았다. 그랑은 그 이상 아무것도 모르고 있었다. 사람들이 가지 못하게 길을 막아서 보았더니, 그의 아파트에서 누가 총을 발포하고 있다고 했다. 멀리, 이미 식어 버린 태양의 마지막 빛을 받아 싸늘하게 물든 아파트의 정면이 보였다. 주위에는 커다란 공간이 구획되어 맞은편의 보도에까지 펼쳐져 있었다. 그 길 한가운데는 모자 하나와 지저분해진 헝겊 조각이 뚜렷하게 보였다. 리외와 그랑은 아주 멀리 길 저편에서 자기 길을 막고 있는 선과 평행하게, 다른 또 한 개의 차단 망과 그 뒤로 잽싼 걸음으로 오가는 마을 사람들을 볼 수 있었다. 자세히 살펴보니 아파트 건너편에 있는 건물의 문 안에 몸을 바짝 붙이고 서서 권총을 겨누고 있는 경관들의 모습도 보였다. 아파트의 덧문은 전부 닫혀 있었다. 그러나 삼층의 덧문 하나는 반쯤 떨어져 가까스로 매달려 있었다. 거리는 쥐 죽은 듯이 고요했다. 시내의 중심부에서 음악 소리가 간헐적으로 들려왔다.

그때 그 집 맞은편에 있는 어떤 건물에서 권총 소리가 두 방 울리고, 아까 말한 그 덧문에서 파편이 몇 개 튀었다. 그리고 다시 조용해졌다. 이 모든 것이 멀리 떨어진 곳에서 일어나고 있었고, 또 한낮의 소란스러움이 막 끝이 난 다음이라서 리외에게는 전부 비현실적으로 느껴졌다.

"코타르의 방 창문입니다." 그랑이 매우 흥분한 채 말했다. "아니, 코타르는 자취를 감추었는데."

"왜 사격을 하는 겁니까?" 리외가 경찰관에게 물었다. "그를 꾀어 내고 있는 중이지요. 우리는 필요한 도구를 싣고 올 차를 기다리고 있소. 저 문으로 들어가려고만 하면 쏘아 대니까요. 경찰관이 1명 총에 맞았소."

"그는 왜 총을 쏘는 걸까요?"

"알 수가 없지요. 사람들이 거리에서 재미있게 떠들고 있었어요. 최초의 총소리는 무슨 영문인지 아무도 몰랐다오. 두 번째 총성이 울리고서야 아우성이 일어났고, 부상자가 생기고, 그리고 도망을 쳤소. 필경 어떤 놈인지는 몰라도 단단히 미친놈의 짓일 거요."

다시 조용해지자, 일 분 일 초가 지리하게 느껴졌다. 돌연 거리의 저쪽에서 개가 1마리, 리외로서는 오래간만에 보는 개가 1마리 튀어 나왔다. 스파니엘 종인 모양으로 더러운 것을 보니 아마도 그동안 주인이 숨겨 길렀던 모양이다. 개는 벽을 따라서 뛰어오고 있었다. 개는 문 앞에까지 와서 머뭇거리더니, 결국 엉덩이를 땅에 붙이고 앉아, 뒤로 네 발을 버둥거리더니 벼룩을 잡기 시작했다. 경찰이 휘파람으로 개를 부르자, 머리를 든 개는 조심스럽게 발을 옮겨 길을 건너와

모자의 냄새를 맡았다. 바로 그때 삼층에서 또 총성이 울렸다. 개는 엷은 천조각처럼 그냥 뒤집어지더니 강렬하게 네 발을 휘젓다가 잠시 동안 부들부들 떨고 나서 결국 옆으로 쓰러지고 말았다. 또 곧 맞은편 문에서 대여섯 발의 총성이 울렸고, 덧문이 산산조각으로 부서졌다. 그리곤 또다시 잠잠해졌다. 해가 조금 더 기울어져서 코타르와 창 가까이에까지 그늘이 내렸다. 의사가 서 있는 뒤쪽 길에서 브레이크를 거는 소리가 나지막하게 들려왔다. "왔구나." 경찰관이 말했다.

경찰관들이 자동차의 뒷문에서 밧줄과 사다리 하나, 기름을 먹인 천으로 싼 길쭉한 꾸러미 두 개를 갖고 나타났다. 그들은 그랑의 아파트 맞은편에 있는 집들 사잇길로 들어갔다. 잠시 후, 그 집들의 문 안에 어떤 술렁거리는 것을 보았다기보다는 그랬던 것같이 느낄 수 있었다. 그리고 모두들 기다렸다. 개는 이젠 움직이지 않았고, 다만 이제 검붉게 괸 액체 속에 잠겨 있었다. 경찰관들이 돌연 점령하고 있던 집들의 창문에서 갑자기 기관총 사격이 시작되었다. 사격이 계속됨에 따라서 지금까지의 과녁이었던 그 덧문은 문자 그대로 정말 산산이 부서지고 그 뒤로 검은 표면이 노출되었지만 리외와 그랑이 서 있는 곳에서는 그 이상 아무것도 보이지 않았다. 그 총성이 멎게 되자, 이번에는 또 다른 기관총이 좀 더 멀리 떨어진 집, 다른 각도에서 총성이 울렸다. 총알은 창의 어떤 쪽을 뚫고 들어갔던 모양으로 한 방에서 벽돌 하나가 파편이 되어 날았다. 이 무렵, 경찰관 셋이 달리면서 길을 건너가서는 아파트의 문으로 쳐들어갔다. 뒤이어 3명이 또 그 문으로 빠른 속도로 뛰어 들어갔다. 기관총 소리는 멎었고, 총성이 두 번, 집 안에서 어렴풋이 울려 퍼졌다. 이윽고 한바탕 떠들썩한 소리가 난 후, 집 안으로부터 셔츠 차림의 작은 사내가 계속 고함을 지르면서 끌려 나왔는데, 그것은 오히려 안겨 나왔다고 하는 편이 더 나을 것이다. 기적이라도 일어난 듯, 닫혀졌던 거리의 덧문은 모두 열려졌고, 창문마다 호기심에 찬 구경꾼들이 몰려들었다. 잠시 후 수많은 사람들이 집 안에서 쏟아져 나와 바리케이드 앞에서 실랑이를 벌였다. 잠깐 동안 그 작은 사내의 모습이 보였는데, 그는 길 가운데에서 경찰관에게 팔을 뒤로 붙들린 채 잡혀가고 있었다. 그는 뭐라고 고함을 질렀다. 경찰관 한 사람이 그 사내에게 다가가서 주먹으로 천천히, 있는 힘을 다해 두 번 때렸다.

"코타르로군요." 그랑이 중얼거렸다. "실성을 한 모양이군요." 코타르가 쓰러졌다. 땅바닥에 쓰러진 몸뚱이를 경찰관이 발길로 걸어 찼다. 이때 사람들이 웅성거리기 시작했고, 의사와 그의 늙은 친구 쪽으로 몰려들었다. "길을 비키시오!" 경찰이 말했다.

리외는 일행이 몰려가는 쪽을 바라보았다.

그랑과 의사는 해가 저물기 시작한 쪽으로 걸어가기 시작했다. 방금 그 사건으로 인해 그 마을의 마비 상태가 뒤흔들려 깨워진 것처럼, 그 변두리 거리도 다시금 군중들의 들뜬 환호 소리로 술렁이기 시작했다. 그랑은 집 앞에서 의사에게 작별 인사를 했다. 이제부터 그는 일을 할 생각이었다. 하지만 막 집으로 올라가려던 순간, 그는 리외에게 자기는 쟌느에게 편지를 썼으며 지금은 몹시 즐겁다는 말을 했다. 그리고 자기가 쓴 사연을 외었다. "형용사들은 전부 빼어 버렸죠."

그리고 장난스런 미소를 지으며 모자를 벗어 들고 의례적으로 행하는 경례를 했다. 하지만 리외는 항상 코타르에 대해 생각하고 있었다. 코타르의 얼굴을 때리던 소리가 그 천식 환자 영감 집을 향해 가는 동안 줄곧 그의 귓전에 떠돌았다. 아마도 죄인에 대해 생각하는 것이 죽은 사람을 생각하는 것보다도 더 힘든 모양이다.

리외가 그 늙은 병자의 집에 도착했을 때 어느새 하늘은 컴컴해져 있었다. 방 안에서 어렴풋이 자유롭게 웅성거리는 소리가 들렸다. 영감은 기분이 좋아 콩 옮겨 담는 일을 계속하고 있었다.

"사람들이 들떠 있는 것도 당연하지요?" 영감이 말했다. "세상을 살아가자면 그런 것들도 모두 필요하지. 한데 선생님 친구분은 어찌 되셨지요?" 무언가 폭발 소리가 몇 번 그들 귀에까지 들렸다. 하지만 그것은 평화로운 소리였다. 아이들이 폭죽을 터뜨리고 있었던 것이다.

"사망했습니다." 의사는 영감의 쿨럭거리는 가슴에 청진기를 갖다대며 대답했다.

"뭐요!" 영감이 기가 막히다는 듯이 얼떨떨한 소리를 질렀다.

"페스트 때문에." 리외가 덧붙였다.

"그렇군요." 잠시 후에 영감이 말했다. "항상 제일 좋은 사람들이 먼저 가는군요. 하긴 그게 인생이라는 거요. 하지만 그분은 자기가 뭘 원하고 있는지 다 알고 있었던 분이죠."

"왜 그런 말씀을 하는 겁니까?" 청진기를 집어넣으면서 의사가 물었다. "특별한 이유는 없지만, 하지만 그 사람은 어떤 것이라도 그저 의미가 없는 말은 하지 않으셨지요. 아무튼 나는 그분을 좋아했습니다. 한데 이제 이 모양이 되었죠. 다른 사람들은 '페스트야, 그 페스트를 이겨 냈다' 하고 난리를 치죠. 좀 더 봐 주면 훈장이라도 하나 달라고 할 판입니다. 그렇지만 페스트가 도대체 어떻단 말입니까? 인생, 그게 전부예요."

"찜질을 규칙적으로 하셔야 합니다."

"걱정할 것 없어요. 나는 아직도 충분한 여유가 있으니까요. 나는 다른 사람들이 다 죽는 것을 보고서야 죽을 테니까요. 나는 살아가는 법을 제대로 알고 있거든요."

그의 말에 대답이라도 하듯 멀리서 환호하는 외침 소리가 들려왔다. 의사는 방 한가운데 우뚝 섰다.

"테라스에 좀 가 봐도 괜찮을까요?"

"왜 안 되겠어요. 거기서 저 사람들을 보시려는 거죠? 그 위에서 실컷 좋으실 대로 하세요. 그들은 언제나 그러는 걸요."

리외는 계단 쪽으로 발길을 돌렸다.

"그런데, 의사 선생님, 페스트로 죽은 사람들을 위해 기념비를 세운다는 이야기가 사실인가요?"

"신문에서 그리 말하고 있더군요. 돌이나 동판으로 세울 거라고요." 영감은 목구멍에 걸린 듯한 소리를 내며 웃어 댔다. "여기 앉아 있어도 훤히 들리는 것 같군요. '세상을 떠난 사람들은……, 어쩌구…….' 그 다음은 모두 먹고 마시고 할 테지요."

리외는 이미 계단을 올라가고 있었다. 넓고 을씨년스런 하늘이 집들 위에 넓게 펼쳐지고, 언덕 가까이에서는 별들이 부싯돌처럼 딱딱하게 있었다. 그날 밤은 그가 타루와 함께 페스트를 잊기 위하여 그 테라스에 올라왔던 때와 그리 다르지 않았다. 하지만 오늘은 파도 소리가 테라스 아래에서 그때보다 더 큰 소리로 들려왔다. 대기는 가을날의 미지근하고 찝질한 맛이 사라지고 더욱 부드럽고 상큼했다. 한편, 시내로부터 계속 웅성거리는 소음이 둔탁하게 들렸다. 그렇지만 그날 밤은 반항의 밤이 아니라 분명 해방의 밤이었다. 멀리 검붉은 불빛이 그곳이 도로와 광장이라는 것을 나타내 주었다. 이제는 이와 같이 해방이 찾아온 밤에 욕망은 더 이상 아무런 구속도 받지 않을 것이다. 욕망이 덜컹거리는 소리가 리외에게까지 들렸다.

컴컴한 항구 쪽에서 공식적인 축하의 첫 번째 불꽃이 피어올랐다. 도시 전체가 함성을 길게 울리며 그것을 찬양했다. 코타르나 타루도 잊혀지고, 리외가 좋아했지만 잃고 만 사람들도, 죽은 사람도, 죄인도 전부 잊혀졌다. 마침내 영감의 말이 옳았다. 사람이란 이제 그런 것에 지나지 않았다. 그렇지만 그것이 지금 그들의 힘이기도 하고 장점이기도 하다는 걸, 또 그렇기 때문에 슬픔을 넘어서 그들과 손을 잡게 된다는 걸 리외는 알고 있었다. 또 여러 가지 색깔의 불꽃이 또 하늘을 수 놓음에 따라 거리의 함성이 점차적으로 더 테라스 가까이까지 밀려오는 것을 알면서 리외는 방금까지의 일들을 글로 쓸 작정을 했다. 이러쿵저러쿵 떠들어 대는 사람들 속에 쌓이지 않기 위해서, 또 페스트로 죽어 간 사람들에게 적절한 증언을 하기 위해서, 그들에게 행해졌던 부정과 폭행에 관해 조금이나마 적은 기억만이라도 남기기 위해서, 또 그 재난 속에서 배울 만한 교훈, 즉 인간에게는 경멸당할 것들보다도 찬양받을 것이 훨씬 더 많다는 것을 밝혀 두기 위해서였다.

한편, 그는 이 기록이 직접적인 승리의 기록일 수는 없다는 사실을 알고 있었다. 하지만 이 기록은 그가 공포와 그 공포의 억척스러운 무기에 대해 행해야 했던 것, 또 성인이 될 수도 없고 고통을 받아들이기를 거부하면서도 의사가 되려고 하는 사람들이 그들의 고통에도 불구하고 아직도 수행해야 할 것에 대한 증언이 될 수는 있으리라.

사실 시중에서 솟아오르는 드높은 기쁨의 외침 소리를 들으며, 리외는 그런 기쁨이 언제나 위협을 받고 있다는 사실을 상기하고 있다. 왜냐하면 그는 그 기쁨에 들떠 있는 군중들이 알지 못하고 있는 사실을 알았다. 즉 페스트균은 절대로 죽지도 사라지지도 않으며, 그 균은 수십 년의 세월 동안 가구며 속옷 사이에서 자면서 또 방이나 지하실, 트렁크나 손수건, 휴지 같은 것들 틈에서도 계속 참을성 있게 앞으로 또 언젠가는 인간에게 교훈을 일러 주기 위하여, 쥐들을 흔들어 깨워서 어떤 행복의 도시로 몰아넣고서는, 그곳에서 죽게 할 날이 오리라는 것을.

독후감 길라잡이

프랑스의 식민지 알제리의 작은 해변 도시, 오랑. 조금 심심한 것을 제외하고는 평범하기 만한 이곳에 베르나르 리외라는 의사가 살고 있습니다. 병약한 아내의 치료를 제외하고는 오랑만큼이나 평범한 의사이지요. 아내의 요양길을 바래다 주고 오는 길에 그는 쥐 한 마리가 그의 앞에서 피를 토하고 죽는 것을 발견합니다. 마을 사람들도 쥐들의 수상한 죽음을 종종 목격하지만 단순한 우연이라고 생각하고 무시해 버립니다. 그러나 여기서 비극은 시작되지요. 도시 곳곳에서 엄청난 수의 쥐들이 떼죽음을 당하고, 수천 마리의 죽은 쥐를 치우느라 마을은 혼비백산합니다. 심상치 않은 마을의 흐름이 리외는 불안하기만 합니다. 혼란 속에서 빈민가로 왕진을 간 리외는 온몸에 돋은 종기와 발진, 그리고 심한 고열로 고통에 시달리는 환자를 만납니다. 놀랍게도 환자는 병증을 보인지 이틀도 안 되어 목숨을 잃고 마을 곳곳에서 이 환자와 비슷한 증세로 죽음을 맞이하는 환자들이 속출합니다. 의사인 리외는 마침내 그들의 병이 오래전에 자취를 감추었다고 생각했던 희대의 살인 전염병, 페스트임을 확신하게 됩니다. 평화로웠던 도시는 갑작스런 전염병의 습격에 어쩔 줄을 모르고 그 사이에도 병은 계속 퍼져나가 한 주에도 수백 명씩 죽어 나가기에 이릅니다. 이를 확인한 정부는 오랑 시를 봉쇄하여 전염병이 퍼져나가는 것을 막는데요. 정부의 봉쇄 정책으로 인해 오랑 시는 밖으로 나갈 수도 안으로 들어올 수도 없는 그야말로 감옥이 되고 맙니다.

사람을 이틀 안에 죽일 수 있는 전염병과 함께 오랑 시민들은 기약 없
는 수감생활을 하게 된 것이지요.

　오랑 시는 외부사람과의 편지 왕래도 가능하지 않을 정도로 꽁꽁
봉쇄당합니다. 도시에 갇혀 버린 사람들은 처음에는 밖으로 내보내
줄 것을 간곡히 호소합니다. 그러나 무슨 수를 써도 오랑 시의 벽을
넘는 것은 불가능에 가깝다는 것을 알고는 체념합니다. 다만 페스트
균이 완전히 박멸될 때까지만 갇혀 있으면 된다는 정부의 말에 희망
을 걸 뿐이지요. 그러나 그 희망은 곧 절망으로 바뀌고 맙니다. 페스
트균이 언제 박멸될 지는 그야말로 미지수, 몇 주 안에 끝날 줄 알았
던 격리 기간이 몇 달씩 계속 이어지게 되었기 때문입니다. 삶의 목
적과 의미를 잃어버린 사람들은 하루하루 술에 절어 살거나 일회적
인 유희에 온 정신을 쏟으며 살게 됩니다. 페스트를 이유로 시민들을
철저히 통제하는 권력 앞에서 사람들은 이렇듯 무력하기 그지없는데
요. 그러나 그 속에서도 잘못된 통제에 대해서 저항하는 사람들이 리
외의 시각에 잡힙니다. 저마다 방식은 다르지만 부조리한 사회에 대
해 그들은 지속적으로 저항하지요. 그들에 대한 리외의 서술로 이야
기는 진행됩니다.

　먼저, 리외 본인 역시 오랑의 봉쇄로 고통을 느낍니다. 사랑하는
부인과 무기한 떨어지게 되었고 그녀의 병세에 대해서도 구체적인
이야기를 듣지 못하고 있지요. 때문에 그 역시도 억압적 사회에 대하
여 저항심을 느끼지만 그는 가장 현실적인 방법으로 그들에게 맞섭
니다. 그 방법은 즉, 그는 의사였기에 오랑의 봉쇄를 풀 수 있는 몇 안

371

되는 지식인 중 하나였던 것이지요. 그는 페스트에 걸린 환자들을 돌보고, 병의 확산 정도를 확인하는 등 의사로서 그가 할 수 있는 일에 최선을 다하며 어떻게든 빨리 사슬에 묶인 오랑을 풀어내려 합니다. 그와는 반대로 오랑의 봉쇄에 정면으로 맞서며 오랑 밖으로 탈출하려는 인물도 있었습니다. 파견을 왔다가 발이 묶여 버린 기자 랑베르인데요. 그는 리외와 마찬가지로 오랑 시 밖에 사랑하는 연인을 두고 온데다 또한 자신은 본래 오랑 주민이 아니었으므로 이렇게 함께 갇히는 것이 온당치 못하다고 생각합니다. 그래서 그는 온갖 공무원들과 도시 대표들을 수십 번씩 찾아가 그를 풀어 줄 것을 끈질기게 요청하지요. 그러나 그의 그런 질긴 노력에도 오랑 대표들은 아랑곳하지 않습니다. 한 명이라도 내보내는 선례를 보였다간 오랑 시의 모든 사람들을 풀어 주게 되고, 그랬다간 페스트균이 알제리 전체에 퍼지는 것은 시간문제라는 것이 그들의 주장이었지요. 억울한 상황에 울분을 토하는 랑베르이지만 갇힌 기간이 길어짐에 따라 차츰 생각을 바꿉니다. 페스트에 죄 없이 스러지는 사람들과 그들을 돕기 위해 헌신적으로 일하는 리외의 모습에 점차 감화된 것이지요. 결국 랑베르는 도시 밖으로 탈출하기를 단념하고 봉쇄가 풀릴 때까지 리외와 함께 사람들을 돕는 일에 전념합니다.

개인적 고통을 감수하고 사람들을 도우며 문제를 해결하기로 한 리외나 랑베르와 달리, 좀 더 특이한 방식으로 페스트에 걸린 오랑에 저항하는 인물들도 등장합니다. 그 대표적인 인물들이 구청 서기인 그랑, 신부 파늘루, 여행 작가 타루입니다. 리외와 친분이 있는 말단 공무원 그랑은 소심한 성격 탓에 아내에게 이혼까지 당한 인물입니다. 그는 그를 농락하고 그의 월급 인상을 해 주지 않는 못된 구청의 횡포에도 저항할 생각을 하지 않은 채 묵묵히 일할 뿐입니다. 도시의 기능이 정지해 버린 오랑에서 그랑은 자신만의 소설을 써 보는 것에 골몰합니다. 개인적인 소일거리를 하면서 재앙이 지나가기를 혼자 기다리는 것이지요. 평소에 말하는 것조차 몇 번씩 생각해서 하는 그이기에 그의 소설 창작은 더디기 짝이 없지만 덕분에 그는 삶의 목적을 상실한 다른 사람들보다는 좀 더 정상적인 정신 상태를 유지해 나갈 수 있습니다. 봉쇄 막바지에 그랑은 페스트에 걸리긴 하지만 그 덕분인지 목숨을 건지게 되지요. 파늘루 신부는 오랑 시에 내린 페스트가 신앙심이 얕았던 시민들에게 내린 신의 단죄라고 연설합니다. 그러므로 오랑 시민들은 그들에게 닥친 심판에 맞서지 않고 달게 처벌을 받음으로써 신앙에 대한 죄를 씻을 것을 말하지요. 그러나 그의 이런 두꺼운 신앙은 죄 없는 어린 아이가 페스트로 끔찍하게 죽어 가는 것을 직접 목격하면서 흔들리게 됩니다. 신의 처벌이기에 호들갑 떨지 말아야 한다는 생각과 어린 아이의 목숨까지도 앗아가는 페스트에 대한 분노가 서로 충돌한 것이지요. 부조리한 상황에 대한 순응을 요구하던 신부가 그에 대한 저항심에 사로잡힌 것입니다. 그 와중에 그는 페스트에 걸리지만 리외에게 진찰을 거부하며 자신이 페스트에 걸려 죽었음을 남기지 않고 의문사로 남습니다. 신의 단죄에 대한 그의 마지막 저항이었을 것이라 리외는 생각하지요. 마지막으로 여행 작가인 타루의 저항도 흥미롭습니다. 타루는 호방하고 자유분

방한 성격의 남성으로 오랑으로 여행 온 일상을 매우 세밀하게 적어 내려가는데요. 페스트 봉쇄로 갇히게 되면서 그는 변해 가는 오랑 시의 모습도 낱낱이 파헤쳐 그의 노트에 적습니다. 사회의 관찰자적인 역할을 톡톡히 한 것이지요. 그는 어릴 적 아버지의 죽음을 경험하고는 죽음이란 결코 호들갑을 떨 것이 아니라 언제나 우리 곁에 있는 것임을 강조합니다. 병에 걸려 죽지 않기 위해서 어떻게 해야 할지를 현실적인 관점에서 묵묵히 수행할 뿐이지요. 허나 그런 그 역시도 페스트의 손길에서 벗어나지는 못합니다. 페스트에 걸려 죽어 가는 순간에도 그는 죽음은 의연히 받아들여야 하는 것이라 말하며 조용히 죽음을 맞이합니다.

마침내 평생 맹위를 떨칠 것만 같던 페스트의 기세가 수그러들고 봄에 시작된 봉쇄령은 이듬해 정월이 되어서야 풀립니다. 마침내 오랑 시민들은 그토록 그리웠던 바깥세상으로 나아갈 수 있게 됩니다. 사람들은 너무나도 기뻐하지만 리외는 오랑 시민들이 예전과는 조금 달라졌음을 눈치 챕니다. 마침내 연락이 닿게 된 가족들의 죽음 소식에도 순응하듯 받아들이고 그저 묵묵히 새로운 삶을 살아가는 그들의 모습이 아직까지도 봉쇄령이 풀리지 않은 것처럼 보였기 때문이지요. 리외는 '환자에게는 휴가가 없다'라는 말로, 페스트로 인한 봉쇄가 오랑 시민들을 얼마나 수동적이고 무기력한 성격으로 만들어 버렸는지를 제시합니다. 즉, 오랑 시민들은 평생 스스로를 병자로 생각하며 닥쳐 올 위기에 순응하며 살아갈 것에 리외는 한탄했던 것이지요. 페스트균이 누그러지기는 했지만 언제 또다시 발병해서 오랑 시를 혼란으로 몰아넣을지 모르는 것처럼 시민들의 무저항적인 태도 역시 또 한 번 공포스러운 억압 사회를 만들어 낼지도 모른다는 리외의 걱정으로 이야기는 마무리됩니다.

❷ 작품 분석하기

▮ 작품의 주제 ▮

페스트의 전염으로 혼란에 뒤덮인 도시와 이를 물리치기 위한 사람들의 고군분투기. 〈페스트〉의 주제가 이런 것이 아니라는 것은 줄거리를 꼼꼼히 읽어 보시면 잘 아실 수 있습니다. 소설 〈페스트〉에는 철학가로서의 카뮈의 생각이 잘 반영되어 있고, 그가 가진 철학의 근본적인 물음이 주제로 깔려 있습니다. 카뮈는 사르트르와 흐름을 같이하던 실존주의 사상을 지지했는데요. 실존주의란 인간의 존재는 그 자체로 위대한 것이라는 생각을 담고 있는 철학이랍니다. 때문에 당시 인간의 존재는 신의 창조라 생각하는 신학과 마찰이 굉장하기도 했습니다. 카뮈는 인간의 존재는 그 자체로 존중받을 권리가 있는 것이기에 외부의 운명이나 부조리한 사회로부터 인간은 저항해야만 한다고 늘 주장해 옵니다. 소설이 페스트의 병세를 보여 주기보다는 페스트라는 부조리한 운명에 대해 다양한 방식으로 저항하는 사람들에게 초점을 맞추고 있는 것도 이 때문이지요. 카뮈는 저항하지 못하는 존재는 언제 페스트와 같은 부조리에 삼켜질지 모른다며, 자신의 존재를 앞세워 세상의 부조리에 적극 맞설 것을 소설을 통해 주장합니다.

▌작품의 표현 ▌

사건 서술 방식은 매우 독특합니다. 우선 서술자는 리외이므로 1인칭 관찰자 시점에 해당하지만 리외는 자기 자신도 객관화시켜 하나의 인물로 표현하여 3인칭 관찰자 시점의 방식도 구현합니다. 또한 소설을 이끄는 서술자가 본인이었음을 소설의 결말부에서 밝힘으로써, 리외의 서술이었음에도 독자들은 리외에 대한 친근감을 느끼지 않고 〈페스트〉에 등장하는 모든 인물 군상에 대하여 객관적인 시각을 유지할 수 있습니다. 이러한 서술 방식이 어색하지 않게 쓰일 수 있었던 것은 그의 구조가 종군기자가 피해상황을 직접 인터뷰하고 묘사하는 '르포'의 형식을 따르고 있기 때문입니다. 독자들은 서술자의 사건에 대한 세밀하고 현실감 있는 묘사를 통해 정말로 페스트가 퍼지고 있는 오랑 시 한가운데 서 있는 것 같은 느낌을 받게 됩니다. 이를 통해 독자들은 부조리한 현실에 대해서 보다 깊은 공감을 느끼고 이에 대해 저항해야 할 필요성을 느끼게 되지요. 부조리한 현실에 저항해야 한다는 카뮈의 주제의식을 잘 반영한 표현입니다.

❸ 등장인물 알기

▌베르나르 리외 ▌ 오랑 시의 의사이자 이 작품의 서술자입니다. 아내의 요양을 위해 기차로 그녀를 바래다 준 직후 페스트에 걸린 오랑 시를 마주하게 되는 인물이지요. 때문에 그는 사랑하는 아내와의 생이별을 감내해야 했지만 비탄에만 잠겨 있지 않습니다. 그는 목숨이

경각에 다다른 병자들을 꾸준히 찾아가 치료하면서 페스트를 오랑 시로부터 몰아내고자 성실히 일합니다. 그의 그런 노력에 많은 사람이 감화되어 적극적으로 오랑 시의 페스트 박멸과 봉쇄령 해지를 위해 대응합니다. 또한 그는 작품의 서술자로서, 재앙이 닥친 오랑 시의 현실에 여러 방식으로 저항하는 다양한 인물들을 객관적 시점에서 관찰해 전달하는데요. 독자들은 그의 서술을 통해 부조리에 대한 저항의 필요성을 느끼게 됩니다. 소설의 주제의식을 꾸준히 부각하는 인물이라 할 수 있지요.

▌그랑▐ 구청의 말단 서기입니다. 신중한 성격이지만 그 정도가 심하여 소심하기가 하늘을 찌를 듯한 인물이지요. 정당한 월급인상에 대해 말 한 마디 하지 못하는 답답한 성격 때문에 아내로부터 이혼까지 당하지만 자신의 성격에 적응하여 살아갑니다. 페스트로 오랑 시가 봉쇄되자 전부터 쓰고 싶었던 자신만의 소설을 쓰면서 지루한 시간들을 이겨나가는 인물이지요. 미약하게나마 사회의 부조리에 대해 자신의 방식으로 저항하는 인물로 그려집니다.

▌코타르▐ 우울증 증세가 있는 외판원입니다. 페스트가 돌기 전에 불안정한 정신 상태로 자살 소동을 일으키지만 정작 도시 전체가 불행으로 뒤덮이자 그 상황을 가장 즐기는 인물입니다. 자신만이 더 이상 불행하지 않다는 것을 느끼고는 우울한 도시 상황이 앞으로도 계속 되었으면 하고 바라는 인물이지요. 페스트가 끝나지 않기를 바랐

으나 결국 봉쇄가 풀리자 다시 우울감에 휩싸입니다.

▌랑베르▐　오랑 시로 발령이 났다가 페스트 봉쇄령으로 시민들과 함께 갇히고 만 비운의 기자입니다. 도시 밖에 있는 애인에 대한 걱정과 자신은 원래 오랑 시민이 아니기에 여기에 갇혀 있을 필요가 없다는 논리로 집요하게 오랑 시의 장벽을 뚫고 나가려고 하지요. 그러나 오랑을 둘러싼 봉쇄의 세기가 생각보다 훨씬 강했음을 알게 되어 절망감에 휩싸입니다. 결국 그는 봉쇄령이 풀리기까지 오랑을 탈출하려는 계획을 포기하고 리외와 함께 페스트로 뒤덮인 오랑 시민들을 살리기 위해서 노력하는 인물입니다.

▌파늘루▐　오랑 시의 신부로 신앙심이 매우 깊은 인물입니다. 그는 페스트로 인한 오랑 시의 재앙이 시민들이 신을 제대로 믿지 않아서 생긴 심판이라 주장하며 오랑 시민들이 그 죄를 달게 인정할 것을 연설합니다. 비록 현실이 부조리할지라도 그에 대해서 저항하지 말고 묵묵히 순응할 것을 강조하지요. 소설의 주제의식과 정반대의 사고를 가진 인물이라 할 수 있겠습니다. 그러나 눈앞에서 어린 아이가 페스트로 목숨을 잃는 것을 본 그는 페스트가 과연 온당한 신의 심판인가에 대한 회의감을 품습니다. 결국 신앙심과 저항심 사이에서 갈등하던 그는 페스트에 걸리고, 리외의 진찰을 거부하며 자신의 병명을 미상으로 남깁니다. 페스트라는 신의 심판을 아이러닉하게도 최후의 순간에 거부한 것이지요.

┃타루┃　오랑 시로 여행을 왔다가 발목을 잡힌 인물입니다. 호탕하고 사교적인 성격으로 오랑으로 여행을 와서 오랑의 여러 일상들을 세밀하게 기록으로 남깁니다. 그리고 페스트가 닥친 오랑의 처참한 현실에 대해서도 마찬가지로 정밀하게 묘사하지요. 그러나 그런 기록을 남기면서도 그는 평정심을 잃지 않습니다. 어릴 적 경험했던 아버지의 죽음을 바탕으로 죽음이란 찾아온다면 어쩔 수 없는 것이지만 최대한 그것이 찾아오지 않게 해야 한다고 생각합니다. 지극히 현실적인 방법으로 페스트에 주의하며, 오랑 시의 무기력에 휩쓸리지 않고 묵묵히 할 일을 해 나갑니다. 그 역시 페스트에 걸리게 되고 죽음을 맞이하게 되지만 마지막 순간까지도 침착함을 잃지 않는 인물이지요. 부조리에 대한 현실적 저항의 형태를 잘 보여 줍니다.

❹ 작가 들여다보기

　1913년 1월 17일, 알베르 카뮈는 알제리의 몽드비에서 태어났습니다. 당시 알제리는 프랑스의 식민지였고 프랑스인이었던 아버지와 어머니 사이에서 태어난 카뮈는 프랑스계 알제리 이민자였던 것이지요. 군인이었던 아버지는 1914년 제1차 세계대전에 참전했다가 전사합니다. 어려서 아버지를 잃은 카뮈는 귀머거리인 어머니, 할머니와 함께 알제리에서 어렵고 가난한 어린 시절을 보냅니다.

　카뮈의 인생에서는 다양한 선생님들의 영향이 컸습니다. 초등학교 때 L. 제르맹이라는 은사와의 만남은 어린 카뮈에게 아버지의 빈

자리를 대신해 주었고, 고학으로 다니던 알제리 대학교 철학과에서 만난 J. 그르니에 교수는 카뮈의 철학적 사고에 많은 영향을 주었습니다. 어렵게 학업을 이어 나갔던 카뮈는 교수를 꿈꾸었으나 지병이던 결핵으로 학교를 중퇴하고 신문 기자로 첫 사회생활을 시작합니다.

그러나 카뮈의 사회생활은 순탄하지 않습니다. 신문 기자를 비롯해 자동차 수리공, 기상청 인턴 등 다양한 직업을 가졌지만 그의 마음에 차지 않았던 것이지요. 뿐만 아니라 카뮈는 결혼 생활 역시 그리 원만하지 못했습니다. 카뮈가 본래 결혼 제도 자체를 반대했기 때문이기도 했지요. 1934년 시몽 히에와 결혼하나 두 사람 모두 각자의 불륜 애인이 발각되면서 이혼하고, 1940년 프랑시느 포레와 재혼하지만 카뮈의 외도는 아이를 낳고도 계속됩니다.

이처럼 일도, 사랑도 천방지축이었던 카뮈가 마침내 정착한 곳은 바로 1935년 창설된 프랑스 공산당이었습니다. 본래 철학자였던 카뮈는 공산주의에 깊이 매료되었고 열정적으로 자신의 사상을 표출합니다. 그러나 1936년 알제리 공산당이 생기면서 거기에도 가입을 했고 사상가들 사이에서 박쥐라 불리며 사이가 악화되기도 합니다. 이처럼 카뮈가 공산주의 사상에 젖어갈 무렵, 1941년 제2차 세계대전이 발발하면서 그는 시골의 잡지사로 직장을 옮깁니다. 이곳에서 카뮈는 자신의 첫 소설인 〈이방인〉과 〈시지프스 신화〉를 저술하여 본격적인 작가 생활을 시작합니다. 〈이방인〉은 부조리에 대한 카뮈의 철학적 사고가 최초로 녹아 있는 소설이며, 〈시지프스 신화〉는 부질없지만 부조리에 반항해야 하는 인간의 존재에 대한 이야기를 다룹니다. 뿐만 아니라 〈오해〉, 〈칼리굴라〉와 같은 훌륭한 극본도 저술하여 극작가로도 성공을 거두게 됩니다. 〈오해〉, 〈칼리굴라〉는 인간이 자신의 부조리함을 벗어나는 것이 얼마나 어려운지에 대해 역설하고 있지요.

　작가로 등단하고 나서도 카뮈의 다양한 활동은 계속되었는데요. 골수적인 반전주의자였던 카뮈는 레지스탕스 조직에 가입해 나치에 저항하는가 하면, 1943년에는 파리 신문의 편집장으로 일하며 전후 프랑스의 상황을 보고하는 활동을 하기도 합니다. 철학자로서의 그의 입지도 점차 올라가 희대의 실존주의 철학자였던 사르트르와 친분을 맺습니다. 그러나 사르트르는 공산주의에 대해 부정적이었고, 카뮈의 공산주의적 사상을 강하게 비판하면서 두 사람의 사이는 멀어지게 되지요. 이후 1947년과 1948년에 각각 발표한 소설 〈페스트〉와 극본 〈계엄령〉은 문학가로서의 카뮈의 명성을 더욱 확고하게 합니다. 〈페스트〉는 부조리한 상황에 대한 저항을 다양하게 보여 주는 인물 군상을 통해 인간의 실존 문제를 다루고 있으며 이를 극화한 것이 극본 〈계엄령〉입니다.

　카뮈는 사형제도에도 큰 반대의 입장을 가지고 있었습니다. 1953년 〈단두대에 대한 성찰〉이라는 에세이를 발표하면서 사형에 대한 자신의 생각을 만천하에 드러냈고, 이 에세이는 세계의 큰 반향을 얻어 카뮈에게 1957년 노벨문학상을 안겨 주기까지 합니다. 이처럼 주장도 강했고 하는 일도 다양했던, 파란만장한 카뮈의 일생은 1960년 교통사고로 마감하게 됩니다. 음모론에 따르면 그의 존재가 위협이 되었던 소련 정보

당국의 암살이었다는 말도 있지만 진실은 죽은 자만이 알겠지요.

알베르 카뮈의 연보는 다음과 같습니다.

1913년　　　　　알제리의 몽도비에서 출생.

1914년　　　　　그의 부친은 보병연대에 징집되어 마른 전투에서
　　　　　　　　부상, 생 브리외크 병원에서 사망했다. 이후 그는
　　　　　　　　할머니, 어머니와 함께 자란다.

1920년　　　　　초등학교 재학 시기, 교사 제르맹으로부터 각별한
　　　　　　　　사랑을 받는다.

1923년　　　　　카뮈, 알제의 뷔조 중학교에 입학한다.

1925~1928년　　고등학교 친구들과 지내면서 가난을 뚜렷이 의식
　　　　　　　　한다. 학교에 얼마 없던 아랍인 친구들과 돈독한
　　　　　　　　우정을 형성한다.

1929~1930년　　처음으로 지드의 책을 접하다.

1930년　　　　　문과반에서 그르니에를 스승으로 갖게 된다. 그리
　　　　　　　　고 이 시기에 카뮈는 결핵으로 입원했다가, 이곳
　　　　　　　　저곳을 떠돌아다닌다.

1931~1932년　　문과 학업을 지속. 후일에 건축가가 될 미켈, 나중
　　　　　　　　에 조각가가 될 베니스티, 작가이자 비평가인 막
　　　　　　　　스 폴 푸셰 등과 교우.

1933년　　　　　히틀러 권력 장악, 카뮈는 앙리 바르뷔스와 로맹
　　　　　　　　롤랑에 의해 주도된 암스테르담-플레이엘 반파

쇼운동에 가입, 투쟁. 카뮈는 그르니에를 사상적 스승으로 여겨 언제나 그 영향력을 잊지 않았을 뿐만 아니라 〈표리〉와 〈결혼〉에 깊은 영향을 미친다.

1934년	시몽 히에와 결혼, 그러나 2년 후 이혼. 장 그르니에의 권유로 공산당에 가입, 회교도 계층에서의 선전 임무가 부여되지만 내면적인 갈등으로 곧 공산당에서 탈퇴한다.
1935년	〈모멸의 시대〉, 〈표리〉 집필 시작.
1936~1937년	알제 라디오 방송극단의 배우로서 한 달에 15일씩 순회공연을 한다.
1942년	〈이방인〉 출간.
1943년	〈시지프의 신화〉 출간. 비평계 일각에서 카뮈를 절망의 철학자로 규정, 선전.
1945년	앙드레 지드에게서 휴전 소식을 전해 듣는다. 세기에 가에 정착.
1947~1948년	1947년 여름과 1948년 여름을, 1946년에 며칠 지낸 적이 있었던 루르마랭 부근에서 보낸다. 소설 〈페스트〉, 극본 〈계엄령〉 출간.
1948년	프라하의 군사 혁명. 알제리 여행. 6월 티토, 공산당 정보국에서 추방당한다.
1949년	사형선고 받은 그리스 공산당원들을 위한 구명 호소.

1950년	〈시사평론〉 제1권 간행. 그리스 근교의 카브리스 에서 휴양, 보주 산악지방에서 여름을 보낸다.
1953년	에세이 〈단두대에 대한 고찰〉 출간.
1954년	모든 정치적, 문학적 활동을 중단하고 아무 글도 쓰지 않는다.
1957년	노벨 문학상 수상.
1957~1958년	〈적지의 왕국〉, 〈스웨덴 연설〉 출간.
1960년	몽몽트로 근교 빌블르뱅에서 교통사고로 사망.

❺ 시대와 연관 짓기

카뮈가 살았던 20세기 중후반은 페스트가 미친 듯이 유행하던 시기가 결코 아니었습니다. 물론 페스트가 유럽을 송두리째 흔들며 어마어마한 사람들의 목숨을 앗아간 것은 사실이지만 그것은 어디까지나 중세시대의 이야기였죠. 20세기에는 이미 페스트를 치료하는 방법에 대해서도 많은 연구가 나온 상태였고 설사 페스트가 발병했다 할지라도 오랑 시처럼 늑장대응을 벌이다가 도시 전체를 몇 달씩 봉쇄해야 할 가능성은 거의 희박했을 것입니다. 그렇다면 카뮈는 왜 굳이 페스트를 작품 속에 등장시켰던 것일까요? 20세기 중후반은 제2차 세계대전이 한창인 시기였습니다. 카뮈가 태어난 20세기 초반에는 제1차 세계대전이 진행 중이었으니 카뮈는 그야말로 전쟁 속에서 살아갔던 인물이라고 할 수 있습니다. 〈페스트〉가 한창 집필 중이었던 시기는 제2차 세계대전의 막바지부터 전쟁 후의 수습기간이었는데요. 카뮈는 전쟁과 같은 부조리한 사회 문제에 대해 언제나 격정적으로 반대하던 작가였습니다. 그는 독자들에게 부조리한 사회에 대해 적극적으로 대응해야 할 이유를 전달하고 싶었지만 만약 전쟁을 소재로 그 내용을 전달한다면 독자들은 전쟁의 참상에만 집중하게 되어 그가 정작 하고 싶었던 말을 가리게 될 우려가 있었지요. 게다가 전쟁이 막 끝난 시기인지라 전쟁을 소재로 한 소설들이 마구잡이로 쏟아져 나오기 시작했기에 그가 전쟁을 소재로 소설을 전개했다면 아마 많은 독자의 관심을 끌지 못했을 것입니다. 카뮈는 20세기에 뜬금없이 등장한 '페스트'라는 전염병을 소재로 소설을 썼기에 독자들로 하여금 참신함을 불러올 수 있었습니다. 또한 부조리에 맞서야 한다는 주장도 내용에 의해 지나치게 가려지지 않게 되었지요. 이것이 바로 카뮈가 오랑 시에 페스트를 내리게 된 이유입니다.

그렇다면 카뮈는 왜 그토록 잘못된 현실에 대해서 저항해야 한다는 것을 강조했을까요? 이에 대해서는 그가 서 있었던 실존주의 철학의 성립을 들여다보아야 합니다. 실존주의는 인간의 모든 것을 신의 뜻에 맡기는 종교에 대한 염증으로 생겨난 철학입니다. 인간은 언제나 운명과 신의 뜻에 예속된 존재라고 생각하는 종교에 대해서 실존주의는 전면적으로 부정의 뜻을 나타냅니다. 카뮈를 비롯한 실존주의자들은 인간은 어떤 목적을 위해서 존재하는 것이 아닌 그 존재 자체가 하나의 목적이라 주장합니다. 인간은 운명이나 사회에 예속된 존재가 아니라 그들에게 주체적으로 맞설 수 있는 존재가 되어야 한다는 것이지요. 카뮈는 사회의 부조리가 인간을 운명에 귀속시키는 생각에서 비롯되었다고 판단하고 그런 사회 부조리들, 예컨대 전쟁이나 사형제도와 같은 문제를 해결하기 위해서는 인간이 무엇보다도 주체적인 존재가 되어야 한다고 생각했기에 그는 소설로까지 이 주제의식을 등장시켰습니다.

❻ 작품 토론하기

1 리외는 오랑 시에 떠도는 질병이 페스트임을 알게 되고 시청에 보고하여 즉각 페스트에 대처할 것을 주장합니다. 조금 과정이 더뎌지기는 했지만 그의 주장은 받아들여졌고 정부에서는 오랑 시를 봉쇄하여 전염병의 박멸 이전에는 그 어떤 사람들도 나갈 수 없도록 통제합니다. 리외는 오랑 시의 봉쇄 속에서 페스트에 걸린 환자들을 직접 찾아가 돌보는 등 헌신하지만 리외의 주장으로 몇 달씩 봉쇄된 오랑 시는 봉쇄가 풀리고 나서도 이전의 생기를 찾지 못하고 무기력하고 소극적인 분위기의 도시가 되고 맙니다. 그의 행동은 옳았는지에 대하여 친구들과 함께 토론해 보세요.

▶**학생 1 :** 당연히 리외의 행동은 옳았다고 생각합니다. 오히려 리외의 주장을 늦게 받아들여 페스트의 확산을 도왔던 시청의 행동이 크게 잘못되었다고 봅니다. 의사로서 전염병의 전파를 막고 이를 치료하기 위하여 전념을 다했던 리외의 행동은 결코 문제될 것이 없었

으며 오히려 칭찬을 받아 마땅한 일이 아닌가요? 만약 리외의 노력이 없었다면 페스트는 다른 도시에까지 번져나가 더 많은 사람에게 재앙을 끼쳤을 것이고 그랬다면 소설에 나타난 끔찍한 오랑 시의 모습보다 한층 더 무서운 현실과 부딪히게 되었을 것입니다.

▷**학생 2** : 리외가 의사로서의 사명을 다했고 그에 대해서는 오히려 칭송을 해야 한다는 것은 인정합니다. 그러나 그의 그런 행동이 조금 성급하지는 않았을까 하는 생각도 듭니다. 페스트가 불치병이었던 중세시대였다면 그런 격리가 불가피했겠지만 그가 살았던 시대에는 페스트 치료가 까다롭기는 해도 고칠 방법이 있는 병이었습니다. 페스트를 막기 위해 봉쇄를 하기보다는 더 많은 인력과 치료약이 빠르게 유통될 것을 그는 강하게 주장했어야만 합니다. 사회와 격리된 오랑 시민들이 몇 달 동안이나 얼마나 많은 두려움과 공포를 안고 살았는지에 대해서는 소설이 잘 보여 주고 있지요. 그의 행동은 옳았지만 최선은 아니었다고 생각합니다.

▼**학생 3** : 글쎄요. 오랑 시의 폐쇄가 리외 때문에 일어난 일이라고 할 수 있을까요? 리외는 오히려 오랑 시민들을 지키기 위해 시청에 하루빨리 페스트 치료약을 보급할 것을 주장합니다. 그의 노력이 없었다면 정부는 오랑에 페스트가 있다는 사실 자체도 늦게 받아들였을 거예요. 오랑 시민들의 고통은 오히려 정부에 있다고 봅니다. 정부는 오랑 시를 무작정 가둬두기보다는 그 치료를 체계적으로 이루

기 위하여 보다 융통성 있게 봉쇄령을 내려야만 했어요. 단지 자기가 살던 도시에 전염병이 퍼졌다는 이유만으로 죄인 취급을 받으며, 결국 오랑 시민들을 무기력과 절망에 젖게 만든 건 리외가 아닌 정부, 사회의 잘못이 무엇보다 크다고 봅니다.

▽학생 4 : 소설의 주제의식을 파고 들어간다면 리외의 행동뿐 아니라 그 자체로서도 긍정적인 인물로 보아야 합니다. 부조리한 사회에 대해 사람들이 저항을 이루어야 한다는 주제에 비추어 보았을 때 리외 자신은 적극적으로 사회에 저항하려 했을 뿐 아니라 그 행동이 하나의 모범이 되어 많은 사람이 그를 따라 감화되어 부조리에 대해 저항하려 노력하게 되잖아요? 결국 그는 작가의 주제의식에 가장 부합하는 인물이었고 세상과의 적극적 대면을 외친다는 점에서 의사로서의 역할을 넘어서도 옳은 행동을 한 인물이라고 생각합니다.

> ❷ 카뮈는 페스트가 휩쓸고 간 오랑 시의 시민들이 긴 시간 동안 소극적으로 페스트라는 사회의 부조리를 운명처럼 받아들임으로써 수동적이고 무기력한 인간이 되었음을 비판합니다. 이는 카뮈가 주장하는 주체적이고 적극적인 삶을 사는 사람들과 정반대의 위치에 놓여 있기 때문입니다. 과연 오랑 시민들이 카뮈의 생각처럼 더 이상 회복이 불능할 정도로 부조리에 찌들어 버린 것인지, 아니면 카뮈의 해석과 달리 그들 역시 주체적인 인간으로 살아갈 수 있는 희망이 존재하는지에 대해 서로 토론해 보세요.

▶**학생 1** : 제 생각엔 오랑의 시민들은 더 이상 자신의 의지에 맞추어 삶을 살아갈 수는 없을 것 같습니다. 오히려 몇 달 동안 지속적으로 앓아왔던 공포와 절망감으로 인해 사람들은 만성 우울증에 시달리며 살겠지요. 한번 부조리한 상황에 순응한 사람들은 다시 부조리에 저항하기 힘들게 되었다는 실험 결과도 있잖아요? 장시간 갇혀 살면서 학습이 되어 버린 심리적 압박감은 오랑 시민들을 앞으로도 운명에 대해서 순응하며 살아가는 소극적 인간군으로 만들어 버렸으리라고 생각합니다. 그 때문에 카뮈는 결말에 페스트가 언제 다시 나타날지 모르는 것처럼 사람들의 마음속에도 앞으로 나타날 다른 부조리들에도 머리 숙이며 살아야 할 것이라는 서글픈 예측을 한 것이 아닐까 합니다.

▷**학생 2** : 분명 페스트가 지나가고 봉쇄가 풀렸음에도 오랑 시민들이 봉쇄 이전처럼 밝게 그려지지 않았던 것은 사실입니다. 사실 저 같아도 그럴 것 같습니다. 역병 때문에 사랑하는 친구와 가족, 이웃을 그렇게 쉽게 잃어버리고 금방 원래의 생활 패턴을 찾아 간다는 것은 가능하지 않은 일입니다. 그러나 그렇다고 해서 오랑 시민들이 더 이상 부조리에 대해서 저항할 수 없는 사람들이 되었다고는 생각하지 않습니다. 그들은 단지 저항하기 힘든 부조리를 만나서 피해를 입고 얼마간 비관주의에 빠졌을 뿐이지 막상 다음 고난이 닥쳐온다면 그래도 한번 고난을 지나온 경험이 있었던 만큼 이전보다는 더 잘 저항해 낼 수 있지 않을까 합니다. 즉, 페스트는 부조리한

사회 현실에 대해서 지각하지 못하던 사람들에게 그것을 지각할 수 있도록 해 준 예방 접종과 같은 역할을 한 것은 아닐까 하는 생각입니다.

▼**학생 3** : 단순한 비관주의와 우울증이라……. 그렇게 가볍게 치부하기에는 사람들이 겪었던 고난의 크기가 너무 크지 않았을까요? 오랑 시민들이 몇 달 동안 겪었던 감금 생활은 사람들의 정신력을 무너뜨리기에 충분할 만큼 끔찍한 것이었습니다. 그 힘이 너무 강했기에 사람들은 저항할 의지를 잃어버리고 일찌감치 항복하여 무기력한 삶을 선택한 것이지요. 만약 다음에 또 한 번 페스트와 비슷한 부조리한 고난이 닥쳐온다면 사람들은 이전보다 훨씬 빨리 그들에게 투항하고 운명에 순응할 것만 같습니다.

▽**학생 4** : 오랑 시민들이 다시 주체적이고 적극적으로 세상과 맞서 싸울 수 있게 해 줄 희망은 서술자가 중심적으로 서술했던 여러 인물들에게 존재한다고 저는 생각합니다. 리외나 랑베르, 파늘루나 타루 같은 사람들은 비록 넘기 힘든 고통의 산이라 할지라도 그것들을 넘기 위해서 각자의 주관에 맞춰 열심히 살아갔었잖아요. 실제로 리외의 헌신적인 진료를 보고 다시 한 번 적극적인 삶을 살아갈 의지를 다진 사람들이 있듯이 비록 지금은 오랑 시민들이 소극적이고 순응적으로 부조리에 고개 숙일지 몰라도 그들 같은 주체적인 인물들이 계속 늘어난다면 나중엔 오랑 시 전체가 이전보다 훨씬 사회의 고난

을 대하는 태도가 능숙해 질 것이라고 생각합니다.

❼ 독후감 예시하기

▷▶독후감 1 : 뉴스 보도 형식으로 쓰기

안녕하십니까? 최근 알제리의 작은 해안 도시 오랑 시에서 때 아 닌 페스트의 전염으로 비상이 걸렸습니다. 정부는 현재 오랑 시로 가는 모든 길을 차단하고 집중 봉쇄하여 페스트가 도시 밖으로 전 염되지 못하도록 관리 중인데요. 현장에 특파원으로 나가 있는 랑 베르 기자를 통해 오랑 시 상황을 알아보도록 하겠습니다. 랑베르 기자?

┃랑베르┃ 저는 지금 페스트로 하루에도 수백 명씩 사람들이 죽어 나가고 있는 생지옥 오랑의 한 병원에 나와 있습니다. 많은 의료진들 이 갑작스러운 페스트의 전염으로 비상근무 체제로 환자들을 치료하 고 계시는데요. 그중 한 분과 이야기를 나눠 보았습니다.

┃리외┃ 저번 봄에 엄청난 수의 쥐가 떼죽음을 당할 때부터 조금 눈치를 채고 있었지만 이토록 페스트가 심하게 번질 줄을 모르고 있 었습니다. 밖으로 나가는 길을 봉쇄당해 치료에도 어려움을 겪고 있 고 또 많은 환자들이 보호자가 없어 불편을 겪고 있습니다만, 오랑에 있는 모든 의사들이 환자들의 치료와 전염병의 퇴치에 온 힘을 쏟고

있는 만큼 오래지 않아 페스트를 물리칠 수 있다고 봅니다.

▎랑베르▎ 한편 종교계에서는 이와 같은 페스트의 확산이 평소 신앙심이 깊지 않았던 오랑 시민들에 대한 신의 분노라고 주장하는 연설을 하여 많은 논란이 되고 있습니다. 오랑 시민들은 한 신부의 이같은 연설을 듣고 공포에 떨거나 절망에 몸서리를 치는 등 그야말로 사기가 밑바닥까지 떨어진 모습을 보이고 있는데요. 신부님을 만나 보았습니다.

▎파늘루▎ 인과응보인 것입니다. 신을 노여워하게만 하지 않았다면 왜 갑자기 이런 거대한 전염병이 우리 도시에 불어 닥쳤겠습니까? 때 아닌 재앙은 언제나 신의 노여움이었습니다. 겨울의 홍수, 여름의 눈보라 등과 같이 지금의 페스트 사태는 신앙에 나태했던 오랑 시민들에 대한 신의 심판입니다. 시민들은 하루빨리 회개하고 자신의 잘못을 뉘우치며 지금껏 저질렀던 자신의 죄에 대한 페스트의 단죄를 달게 받아들여야 할 것입니다.

▎랑베르▎ 이렇듯 오랑을 덮친 페스트를 둘러싸고 시민들의 의견이 다양하게 부딪히며 오랑은 혼란에 휩싸여 있습니다. 뿐만 아니라 오랑 시의 모든 사람은 도시 밖으로의 출입이 통제되면서 많은 시민의 불만이 하늘을 찌를 듯하고 있습니다. 심지어 편지조차도 페스트균을 묻힐 수 있다는 우려로 밖으로 왕래가 불가한 상황입니

다. 저 역시도 오랑 시에 갇힌 채로 꼼짝도 하지 못한 상황인데요. 오랑 시 당국과의 이야기를 통해 밖으로 나가 현장과 관련된 더 자세한 이야기를 전달하도록 하겠습니다. 지금까지 오랑에서 랑베르였습니다.

오랑에서의 페스트 사태가 시작된 지 벌써 한 달이 다 되어 가고 있습니다. 과연 페스트의 퇴치를 위해 저토록 사람들을 가둬두는 것이 옳은 것인지, 언제쯤이나 페스트균이 퇴치되어 오랑 시민들이 웃는 얼굴로 도시 밖을 나설 수 있을지에 대해서 아직까지도 이렇다 할 예측이 나오지 않고 있습니다. 하루빨리 페스트가 없어진 오랑을 기대해 봅니다.

▷▶독후감 2 : 주체적으로 사는 삶

처음에 이 책의 제목을 접하고서 고개를 갸우뚱했다. 분명 내가 알기로 카뮈는 20세기 근대 프랑스 작가 중 한 사람인데 중세시대에나 유행했을 페스트를 소재로 책을 만들었다니! 그래서 나는 페스트가 무엇인가 상징적인 요소를 강하게 보여 주는 것이라 생각하고 그 궁금증을 풀기 위하여 책을 펼쳤다.

그러나 나의 예상과는 달리 소설의 내용은 정말로 페스트가 덮친 한 마을의 이야기를 다루고 있어서 놀라웠다. 마을의 의사인 리외를 중심으로 오랑 시의 주민들이 페스트 앞에서 어떻게 대치하는지가 다소 연속성이 떨어지는 메모 형식으로 배열되어 있었는데, 마치 인물들 각각의 행동들을 사진기로 스냅샷을 찍어놓은 것 같은 인상이 흥미로웠다.

현실적이면서도 공감이 가는 인물들도 나의 마음을 끌었는데 특히 냉정해 보이면서도 의사로서의 사명감을 놓지 않고 성실히 임무를 수행하는 의사 리외나, 사랑하는 여인을 다시 찾아가기 위해서 물불을 가리지 않고 탈출을 시도하는 열정적인 기자 랑베르에게 눈길이 많이 갔다. 한편으로는 소심한 성격 탓에 언제나 말끝을 흐리는 그랑이나 자신의 우울증이 집단적인 우울증에 의해 가려짐으로써 기뻐하는 코타르 같은 인물들을 보면서는 다소 인상이 찌푸려지기도 했다.

페스트가 퍼진 마을을 배경으로 하는 만큼 그 어마어마한 공포를 주로 집중적으로 묘사할 줄 알았는데 오히려 그런 페스트에 대한 사람들의 반응, 그중에서도 저항하려는 사람들에 초점을 두고 있었던 점이 흥미로웠다. 마치 페스트라는 커다란 괴물을 상대로 저마다 자신을 지키기 위해서 온 힘을 쓰고 있다고나 할까? 작가가 전달하고 싶었던 점이 페스트로 대표되는 부조리한 사회에 대해 인간으로서 우리는 가능한 가장 적극적이고 주체적으로 맞서야 한다는 것임을 알고는 작가가 주제를 글 속에 참 잘 녹여 내었구나 하는 생각이 들었다.

책의 결말부에 나오는 한 마디가 참으로 인상 깊었는데 페스트균이 사라지지 않듯 사람들의 무기력함도 사라지지 않을 것이란 리외의 걱정에서 나를 둘러싼 고난에 대해 주체적으로 사는 삶이 얼마나 중요한지에 대해서 생각해 볼 수 있는 기회가 되어 좋았다. 페스트로 둘러싸이고 사회로부터 격리된 해변의 작은 도시에서 나라면 과연 어떻게 대처했을까 하는 상상으로 조금 오싹한 짜릿함을 느낄 수도 있었던 독서였다.

독후감 제대로 쓰기

　우리는 책을 통해서 지식을 쌓고 학문을 연마하게 됩니다. 또한 교양을 얻고 수양을 쌓게 되지요. 그리하여 즐겁고 보람 있는 생활을 할 수 있는 것입니다. 이러한 습관이 지속된다면 이것이 곧 나의 생활 자체가 되고, 책을 읽는 시간이 얼마나 가치 있고 즐거운 시간인지 깨닫게 될 것입니다.

　독후감을 쓰기 위해서는 책을 읽어야 함은 말할 것도 없습니다. 그러나 아무 책이나 읽는다고 다 좋은 것은 아닙니다. 특히 중학생은 아직 양서를 구별할 만한 충분한 지식을 갖추지 못했기 때문에 선생님 혹은 부모님, 그리고 선배들이 권하는 책이나, 이미 국내적으로나 세계적으로 잘 알려진 명작이나 명저를 찾아 읽는 것이 바른 방법이라고 볼 수 있습니다. 예컨대 사회적으로 존경받을 만한 사람들의 일대기를 그린 위인전이나 자서전 같은 것은 읽을 가치가 있으며, 명시 모음집이나 명작 소설, 특정한 분야의 관찰기, 평론집 같은 것도 좋은 읽을거리가 될 수 있습니다.

　그럼 효율적인 독서를 위해서 유의해야 할 점을 알아볼까요?

　첫째, 본문을 읽기 전에 책의 앞부분에 있는 머리말이나 해설하는 글을 먼저 정독합니다. 그러면 책을 쓰게 된 동기나 평가 등에 대하여 잘 알 수 있게 되죠.

　둘째, 목차를 잘 살펴봅니다. 목차에서 그 책의 내용이 어떻게 전개될 것인가에 대해 미리 파악할 수 있기 때문입니다.

셋째, 본문을 읽기 시작하면, 그 중에 잘 모르는 단어나 문구가 나오기 마련입니다. 그런 것은 곧 사전을 찾아 뜻을 알아두어야 합니다. 그런 것을 무시했다가는 자칫 전체를 이해하지 못하는 오류를 범할 수 있거든요.

넷째, 각 문단별로 소주제가 무엇인지를 파악하고, 그 줄거리를 요약하는 습관을 길러야 합니다. 특히 필자가 표현하려는 것과 그 뒷받침되는 내용이 무엇인지 알아내는 것이 필수겠지요.

다섯째, 글의 배경은 무엇인지, 앞뒤 맥락이 어떻게 이어지고 있는지를 잘 생각하면서 읽어야 합니다. 그리고 소설일 경우에는 주인공과 등장인물들의 성격이나 특성을 파악해야 하지요.

여섯째, 다 읽은 다음에는 줄거리를 만들어 보고, 전체적인 주제가 무엇인지 정리하는 작업도 필요합니다.

❷ 책을 감상하는 방법

책을 읽을 때는 내용을 진지하게 파고들어 가며 읽어야 합니다. 즉 자기의 현재 생활과 비교해 가며 생각의 폭과 사고를 넓히는 것이 중요하답니다. 그리고 작품의 문체·제목·주제·논제 등도 염두에 두고 읽으면 독후감을 쓰기가 좀더 수월해집니다.

그리고 저자가 강조하고 있는 내용과 사건들이 현재 우리 사회에 어떤 의미를 가지고 있으며 어떻게 발전시켜 나가야 할 것인가를 생각하며 읽습니다. 더불어 저자가 작품에서 강조하려고 하는 것이 무엇인가를 파악하며 읽을 필요가 있습니다. 그렇다고 굉장한 부담을 느끼면서 책을 읽을 필요는 없습니다. 책 읽는 것 자체를 즐긴다면 그리 깊게 생각하지 않아도 작가가 말하려는 바를 깨닫게 될 테니까요.

그렇다면 각 문학 장르에 따라 어떤 점에 유념하여 책을 읽어야 하는지 알아볼까요?

▌소설▐ 작품의 주제를 파악하고 작중 인물의 성격과 배경을 생각하며 주인공이 어떻게 변화되어 가고 있는가를 염두에 두고 읽습니다. 자신의 생각이나 현실과 결부시켜 보는 것도 재미를 배가시켜 줄 거예요.

▌시▐ 선입견 없이 그대로 느낌을 받아들이며 읽습니다.

▌희곡▐ 무대 상연을 전제로 하여 쓰여진 것이기 때문에 시간적·공간적 제약을 받는다는 것을 염두에 두어야 합니다.

▌역사 소설▐ 인물·사건 등을 작가가 상상력에 의존하여 구성한 글로서, 항상 계몽사상이나 민족의식 고취 등 어떤 목적이 들어 있는지를 파악하며 읽어야 합니다.

▌역사▐ 역사는 역사 소설과는 구분지어야 합니다. 이것은 정확한 기록으로 글쓴이의 주관적 해석이 들어 있을 수 없으며, 시간의 흐름에 따라 사건을 나열한 것임을 생각해야 합니다.

▌수필▐ 지은이의 인생관이 들어 있습니다. 심리적 부담감이 적으므로 편안한 마음으로 읽을 수 있습니다.

▌전기문▐ 인물의 정신, 자취, 시대적 배경과 사회적 환경을 먼저

파악해야 합니다.

┃과학 도서┃ 미지의 세계에 대한 탐구심, 합리적 사고력 배양, 지식과 정보의 입수, 창의력을 기르는 데 도움이 되므로 평소 이에 대한 흥미를 갖는 것이 중요합니다.

❸ 독후감이란 무엇인가?

독후감은 말 그대로 어떤 글이나 책을 읽고, 그에 대한 느낌이나 생각을 쓰는 것입니다. 좋은 책을 읽고 그것을 정리해 두지 않는다면 곧 그 내용을 잊어버려, 독서를 한 만큼의 가치를 얻지 못할 수도 있으니까요. 그러므로 한 권의 책을 읽으면 곧 그 책의 내용을 정리하고, 느낌이나 생각을 적어 두는 것이 좋습니다.

독후감은 느낌이나 생각을 거짓 없이 써야 하나, 그렇다고 아무렇게나 써도 되는 것은 아닙니다. 즉 독후감도 글이므로 수필의 형식으로 쓰든, 논술의 형식으로 쓰든, 정확하게 읽고 주제와 내용에 맞게 써야 함은 물론이죠. 아무리 좋은 글이나 책이라도, 잘못 읽어 실제와 맞지 않는 생각이나 느낌을 쓰면 좋은 독후감이라고 할 수 없거든요. 그러므로 좋은 독후감을 쓰려면 독서를 잘해야 한다는 것이 전제됩니다. 독서를 잘하는 방법은 따로 있는 게 아니라, 그저 많이 읽다 보면 요령이 생기고, 이해도 쉽게 되며, 능률도 오르게 되는 것입니다.

❹ 독후감은 왜 쓰는가?

독후감을 쓰는 목적은 독후감을 작성함으로써 독서하는 능력이 향상되고 글 쓰는 훈련을 할 수 있기 때문입니다. 그러므로 독후감을 쓰기 위해 책을 읽으면 보다 깊은 생각을 하면서 책을 읽게 됩니다. 또한 책을 통해 생활을 반성하며, 책에서 얻은 지식과 감명을 음미하여 자기 생활에 적용시킬 수 있습니다. 문장력과 논리적 사고가 향상되는 것은 물론이고요! 그럼 독후감을 왜 쓰는지 다음과 같이 정리해 볼까요?

1 읽은 책의 내용을 되살려 다시 음미해 볼 수 있습니다.

2 감동을 간직하고 책 읽는 보람을 얻을 수 있습니다.

3 책을 통해 지식을 심화시킬 수 있습니다.

4 책을 통해 자신의 문제를 연관지어 볼 수 있습니다.

5 글을 써 봄으로 해서 생각을 깊이 있게 할 수 있습니다.

6 독서 목표를 확실히 할 수 있습니다.

7 작품에 대한 비판력과 변별력을 기를 수 있습니다.

8 생각을 조리 있게 쓸 수 있는 작문력을 향상시켜 줍니다.

9 사고력과 논리력, 추리력을 기를 수 있습니다.

10 바르게 책을 읽는 습관을 형성할 수 있습니다.

독후감은 수필의 형식이든 논술의 형식으로든 쓸 수 있다고 했는데, 사실 이 둘의 차이는 모호합니다. 다만, 수필이 자유롭게 붓 가는 대로 쓰는 것이라면 논술은 논리 정연하게 쓴다는 점이 다르다고 할 수 있습니다.

붓 가는 대로 자유롭게 수필의 형식으로 쓰는 독후감이라도 글의 앞뒤가 맞지 않는다든지, 주제가 통일되지 않으면 좋은 평가를 받을 수 없습니다. 논리 정연하게 쓰는 독후감이라면, 서론·본론·결론으로 나누어 서술해야 함은 물론이구요.

서론에 해당되는 부분에서는 그 책에 대한 소개나 쓴 사람의 생애, 또는 특기할 만한 일화 같은 것을 적는 것이 일반적입니다.

본론에 해당하는 부분에서는 그 책을 읽고 특별히 다루려는 내용을 체계적이고 구체적으로 써야 합니다.

결론에서는 본론에서 다룬 내용을 요약하거나, 자신이 읽은 후의 감상, 그 책의 좋은 점, 나쁜 점 등을 들어서 마무리를 해야 합니다.

독후감은 짧게 쓰는 것이 상례이므로, 작품 전체를 거론하기보다는 특정한 주제를 잡아서 쓰는 것이 좋습니다. 보편적으로 다룰 수 있는 몇 가지 주제를 제시해 보면 다음과 같습니다.

첫째, 작가의 의식이나 주인공의 언행, 성격과 연관지어 주제를 구현시키는 방법입니다. 문학 작품이라면 주제가 애정이나 애국, 의리나 배반일 수 있으므로 이러한 점에 초점을 두고 써야겠지요. 또한 과학에 관계된 것이라면, 그 발명의 의의나 연구자의 노력과 관련시켜 서술해야 하겠지요.

둘째, 저자의 이념이나 생애, 업적에 관심을 두고 쓰는 방법입니다.

그 작품을 통하여 알 수 있는 저자의 철학이나 사상 또는 저자가 그 작품을 남기기까지의 역경이나 작품을 쓰게 된 동기, 작품의 가치나 다른 작품에 미친 영향 등 작품과 연관시켜 쓰는 것이지요.

셋째, 작품의 내용을 중심으로 기술합니다

예컨대, 작품 속 주인공의 성격을 분석하거나 다른 사람과 비교해 볼 수도 있고, 그 작품의 사건이나 시대적 배경을 논의하거나, 작품의 구성 같은 것에 초점을 두고 이야기할 수도 있습니다.

이와 같이 작품을 읽기 전에 먼저 어떤 점에 중점을 두고 독후감을 쓸 것인가를 염두에 둔다면, 그렇지 않은 경우보다 훨씬 이해가 쉽고, 나중에 독후감을 쓰는 데도 도움이 될 것입니다.

❻ 독후감의 여러 가지 유형

1. 처음에 결론부터 쓴 다음 왜 그러한 결론이 도출되었는지 감상을 자세하게 쓰거나, 감상을 먼저 쓰고 결론을 씁니다.

2. 책을 읽게 된 동기부터 설명하고 글 중간에 자기의 감상을 씁니다.

3. 저자나 친구에 대한 편지 형식으로 감상을 쓰거나 주인공에게 대화 형식으로 씁니다.

4. 시(詩)의 형태로 감상문을 씁니다.

5. 대화문(對話文) 형식으로 씁니다.

6. 줄거리부터 요약한 다음 자기의 느낌이나 생각을 씁니다.

❼ 독후감을 구체적으로 쓰는 방법

어렵게 쓰겠다는 생각은 하지 말고 쉽게 써야겠다는 마음가짐을 가져야 좋은 글이 나올 수 있습니다. 그리고 무엇보다 감상문을 쓰기 전에 무엇을 어떻게 쓸까 조목별로 골자를 먼저 쓰고, 이 골자에 살을 붙이는 방법으로 쓰려고 노력해야 합니다. 이때 의도적으로 아름답게 잘 쓰려고 하지 않는 것이 좋습니다. 자, 그럼 더 자세하게 알아볼까요?

1. 먼저 제목을 붙입니다.

2. 처음 부분(머리글)을 씁니다.

   ⫸ 책을 읽게 된 이유나 책을 대했을 때의 느낌을 씁니다.

   ⫸ 자신의 생활 경험과 관련지어 써 봅니다.

   ⫸ 제일 감동받은 부분을 씁니다.

   ⫸ 지은이나 주인공을 소개하는 글을 씁니다.

3. 가운데 부분을 씁니다.

   ⫸ 자기의 생활과 견주어 씁니다.

   ⫸ 주인공과 나의 경우를 비교해서 씁니다.

◈ 시시비비를 분명히 가려야 합니다.

◈ 가장 극적이었던 부분을 소개합니다.

4. 끝부분을 씁니다.

◈ 자신의 느낌을 정리합니다.

◈ 자신의 각오를 씁니다.

독후감을 쓴 다음에는 다음과 같은 추고의 과정이 필요합니다.

첫째, 쓴 글을 다시 한 번 읽으면서 맞춤법이나 표준어 규정에 어긋나는 것은 없는지 살펴봐야 합니다.

둘째, 문장이 잘 구성되어 있는지, 또 문단이 잘 짜여져 있는지 알아보아야 합니다. 한 문단에는 소주제문과 보조문들이 있어야 하는데, 그런 점이 잘 지켜져 있는지 유의해야 합니다.

셋째, 글 전체의 구성이 잘 이루어졌는지 살펴봅니다. 예를 들어 서론에 해당하는 부분이 지나치게 길다든지, 결론에 해당하는 부분이 너무 짧다든지, 전체적인 구성이 균형을 잃고 있다면 다시 고쳐 써야 하겠지요.

우리가 시간을 들여 열심히 책을 읽고 난 후 독후감을 잘 쓰기 위해서는 책을 읽고 있는 동안의 느낌을 잊지 않고 글로써 표현할 줄 알아야 하며, 책을 읽고 가장 감명받은 부분을 기억하고 있어야 합니다. 또한 다른 사람들은 어떻게 독후감을 썼는지 남의 것을 읽어 보고, 자신의 것과 비교해 보며 자주 글을 써 보는 것이 중요합니다. 그렇게 하다 보면 자신만의 개성 있는 필치로 독특한 감상문을 쓸 수 있게 되

지요. 학교에서 아무리 독후감 숙제를 내주어도 부담없이 즐거운 기
분으로 끝낼 수 있을 겁니다!

❽ 그 밖에 알아두면 유익한 것들

‖ 독후감 쓰기 10대 원칙 ‖

1. 자신의 수준에 맞는 책을 선택합시다.

2. 독후감 쓰는 형식이 있기는 하지만 너무 거기에 구애받을 필요
   는 없습니다.

3. 자신이 작가라면 어떻게 글을 이끌어갈지를 생각하며 읽어 봅
   시다.

4. 평소 음악 평론이나 영화 평론을 많이 읽어 봅시다.

5. 읽으면서 마음에 와닿는 것이 있다면 따로 적어 둡시다.

6. 현대 사회의 문제점과 비교하면서 읽어 봅시다.

7. 모르는 것이 있으면 적어 두는 습관을 기릅시다.

8. 신문 사설이나 칼럼을 스크랩해서 필요할 때 사용합시다.

9. 요약하는 데에만 집착하지 말고 제대로 책을 읽읍시다.

10. 읽은 후에는 꼭 독후감을 직접 써 봅시다.

‖ 책을 읽는 10가지 방법 ‖

1. 아주 어릴 때부터 책과 친하게 지내는 습관을 기릅시다.

2. 너무 속독하려 하지 말고 담겨진 내용을 충실히 읽는 습관을 기

릅시다.

3. 항상 작품이 나와 어떠한 상관 관계가 있는지 체크를 해 가며 읽읍시다.

4. 무조건 책장을 넘길 것이 아니라 시시비비를 가려 가면서 읽읍시다.

5. 매일매일 조금씩이라도 책을 읽는 습관을 들입시다.

6. 책 속에 담긴 뜻을 음미하고 되새기면서 읽읍시다.

7. 너무 자신의 취향에 맞는 책만 읽지 말고 다양한 장르의 책을 골고루 읽도록 합시다.

8. 책 속에 담겨진 교훈을 깊이 생각하고 생활에 적용시킵시다.

9. 책에 따라 읽는 방법을 달리하는 습관을 들입시다. 모든 책이 만화책은 아니기 때문이죠.

10. 바른 자세로 앉아 눈과의 거리를 30cm 두고 밝은 곳에서 읽읍시다.

❾ 원고지 제대로 사용하기

▌제목 및 첫 장 쓰기▌

1. 제목은 석 줄을 잡아 둘째 줄 가운데에 씁니다.

2. 1행 2칸부터 글의 종별을 표시합니다. 가령 수필이면 '수필'이라고 씁니다. 간혹 글의 종별을 비워 두는 경우가 많은데 이는 적는 것을 잊었거나, 원고지 사용법에 무관심하기 때문입니다.

3. 제목을 쓸 때에는 마침표를 찍지 않고, 물음표와 느낌표는 붙이지 않는 것이 좋습니다.

4. 제목에 줄임표는 사용하지 않는 것이 상례입니다.

5. 이름은 넷째 줄 끝에 두 칸 정도를 남기고 씁니다. 특별한 경우에는 서너 칸을 남겨도 됩니다.

6. 성과 이름은 붙여 씁니다. 다만, 성과 이름을 분명히 구별할 필요가 있을 경우에는 띄어 쓸 수 있습니다.

   예) 임채후 (○), 남궁석 (○), 남궁 석 (○)

7. 본문은 여섯째 줄부터 쓰는 것이 좋습니다. 단, 특수한 작문인 경우는 넷째 줄부터 본문을 시작해도 상관없습니다.

8. 학교 이름이나 주소가 길 경우에는 세 줄로 쓸 수 있습니다.

9. 주소는 보통 표제지에 기재하고 원고지 첫 장에는 제목과 성명만 간단하게 적는 것이 상례입니다.

10. 성명의 각 글자는 시각적 효과를 위해 널찍하게 한두 칸씩 비워 써도 무방합니다.

11. 학교 앞에 지명을 기입할 때는 학교명을 모두 붙여 써서 지명과 학교명의 구분을 명확히 해 주는 것이 좋습니다.

▌첫 칸 비우기 ▌

1. 각 문단이 시작될 때는 첫 칸을 비우고 씁니다.

2. 대화체의 경우는 첫 칸을 비우고 씁니다.

3. 인용문이 길 때는 행을 따로 잡아 쓰되, 인용 부분 전체를 한 칸

들여서 씁니다.

4. 첫째, 둘째, 셋째 등으로 이야기를 전개해야 할 때는 시작할 때마다 첫 칸을 비울 수 있습니다. 단, 그 길이가 길거나 제시된 내용을 선명하게 하고자 할 때 비워 둡니다.

5. 시는 처음 두 칸 정도 줄마다 비우고 씁니다.

▌줄 바꾸기▐

1. 문단이 바뀔 때는 줄을 바꾸어 씁니다.

2. 대화는 줄을 새로 잡아 씁니다.

3. 인용문을 시작할 때는 줄을 바꾸어 씁니다. 단, 그 길이가 길 때 한해서입니다.

4. 대화나 인용문 뒤에 이어지는 지문은 글이 다시 시작되는 것이므로 한 칸을 들여 씁니다. 단, 이어 받는 말로 시작되는 지문은 첫 칸부터 씁니다.

▌문장 부호 및 아라비아 숫자, 영문자▐

1. 문장 부호는 한 칸에 하나씩 넣는 것이 원칙입니다.

2. 아라비아 숫자는 한 칸에 두 자씩 넣습니다.

3. 한자(漢字)로 쓸 때는 띄어 쓰지 않습니다. 그러나 한자와 한글이 함께 쓰이면 띄어 쓰기를 합니다.

4. 마침표(.)와 쉼표(,) 다음에는 통례상 한 칸을 비우지 않으며, 느낌표(!), 물음표(?) 다음에는 통례상 한 칸을 비웁니다.

5. 행의 첫 칸에는 문장 부호를 쓰지 않습니다. 첫 칸에 문장 부호를
   써야 할 경우는 그 바로 윗줄의 마지막 칸에 글자와 함께 씁니다.
6. 영문자의 경우, 대문자는 한 칸에 한 글자, 소문자는 한 칸에 두
   글자씩 넣습니다.

❿ 문장 부호 바로 알고 쓰기

1. 마침표 : 문장을 끝마치고 찍는 문장 부호로 온점(.), 물음표(?),
   느낌표(!)를 이르는 말입니다.
2. 쉼표 : 문장 중간에 찍는 반점(,) 가운뎃점(·) 쌍점(:) 빗금(/)을
   이르는 말입니다.
3. 따옴표 : 대화, 인용, 특별어구를 나타낼 때 쓰는 문장 부호로 큰
   따옴표("")와 작은따옴표(' ')를 씁니다.
4. 그 밖의 문장 부호 : 물결표(~)는 '내지(얼마에서 얼마까지)'라는
   뜻에 씁니다. 줄임표(……)는 할말을 줄였을 때와 말이 없음을
   나타낼 때 씁니다.

⓫ 마 치 며

초등학교나 중학교에서는 독후감이라는 말을 사용하지만 고등학
교에 가게 되면 독후감이라는 말보다는 아마 논술이라는 말을 더 많
이 쓰고 더 많이 듣게 될 것입니다. 논술이란 말 그대로 어떠한 논제

를 가지고 논리적으로 서술하는 것을 말하는데, 이는 하루아침에 이루어지지 않습니다. 다양한 분야의 많은 것을 폭넓고 깊이 있게 알고, 주관을 뚜렷이 할 때만이 논술을 잘 쓰게 되는 것이지요. 그러기 위해서는 중학교 시절부터 많은 책을 읽어 보고 스스로 글을 써 보는 훈련을 하는 것이 중요합니다.

실제로 고등학교에 가면 교과목 공부에도 시간이 모자라 제대로 책을 읽을 시간이 없거든요. 무엇을 알아야 글을 쓸 것이고, 자신의 주장을 피력할 것 아니겠어요? 그러니 중학생 시절부터 좋은 책을 많이 읽어 보고, 생각해 보며, 글을 써 보는 노력을 하는 것이 여러분의 미래를 더욱 밝게 해줄 것입니다. 아마 그렇게 한 사람은 그렇지 않은 사람보다 10리쯤 앞서 나가지 않을까 생각되는데 여러분 생각은 어떠세요?

┃성 낙 수┃
한국교원대학교 교수, 연세대학교 졸업, 동 대학원에서 석사·박사 학위 받음
┃오 은 주┃
서울여고 교사, 현재 한국교원대학교 대학원 재학, 국민대학교 졸업
┃김 선 화┃
홍천여고 교사, 현재 한국교원대학교 대학원 재학, 강원대학교 졸업

판 권
본 사
소 유

중학생이 보는
페스트

초판1쇄 발행 2013년 6월 10일
초판2쇄 발행 2021년 6월 10일

엮 은 이 성낙수 · 오은주 · 김선화
지 은 이 알베르 카뮈
옮 긴 이 김동호 · 김선
펴 낸 이 신원영
펴 낸 곳 (주)신원문화사

주   소 서울시 구로구 가마산로 27길 14 신원빌딩 10층
전   화 3664 – 2131~4
팩   스 3664 – 2130

출판등록 1976년 9월 16일 제5 – 68호

＊ 잘못된 책은 바꾸어 드립니다.

ISBN 978 – 89 – 359 – 1637 – 5 44800
ISBN 978 – 89 – 359 – 1626 – 9 (세트)